Isabella Nadolny:
Ein Baum wächst übers Dach
Roman

Deutscher
Taschenbuch
Verlag

dtv

Von Isabella Nadolny
sind im Deutschen Taschenbuch Verlag erschienen:
Seehamer Tagebuch (1665)
Vergangen wie ein Rauch (10133)
Durch fremde Fenster (11159)

Ungekürzte Ausgabe
April 1980
11. Auflage Juni 1990
Deutscher Taschenbuch Verlag GmbH & Co. KG,
München

ISBN 3-471-88210-3
Umschlaggestaltung: Celestino Piatti
Gesamtherstellung: C. H. Beck'sche Buchdruckerei,
Nördlingen
Printed in Germany · ISBN 3-423-01531-4

I

»Wenn wir«, sagte mein Bruder Leo, »jeden Sommer zu viert auf Sommerfrische gehen, so kostet das pro Jahr ... Wartet mal.« Er griff nach einem Blatt Papier und fragte mich über die Schulter:

»Wie lange dauern deine Ferien eigentlich?«

Ich gab mürrisch Auskunft. Gegen die Autorität eines um elf Jahre älteren Bruders war nichts auszurichten.

»Und zwei Jahre mußt du doch noch zur Schule gehen – ist sowieso wenig genug«, murmelte er, »zweimal Ferien à sechs Wochen. Also das macht ...« Er blinzelte gegen den Rauch seiner Zigarette und rechnete. »Da ist es viel billiger, wir bauen uns ein Sommerhaus.«

Er strich die Zahlen aus und begann einen Grundriß zu zeichnen.

Wir saßen im Eßzimmer, Mama in dem Sessel unter dem Porträt, so daß man prüfen konnte, ob es ähnlich genug war. Nur drei der vielen Porträts, die von Mama gemalt worden waren, hatten in unserer Wohnung Platz gefunden, einer großen, altmodischen Wohnung mit hochherrschaftlichen Stuckdecken.

»Ein Sommerhaus«, sagte Mama und drehte mit gedankenvoll gerunzelter Stirn an ihrem Ring, »ein Sommerhaus wäre fein. Man könnte einen Hund dort halten!«

Hunde und Pferde waren vielleicht das einzige, was Mama seit jenem Tage entbehrt hatte, als sie neunzehnjährig das Schloß ihrer Ahnen verließ, um zu heiraten. Hätte sie, der Pferde und Hunde wegen, damals den ungarischen Offizier genommen, der sie so glühend verehrte, so wäre ich heute schwarzhaarig und braunäugig, was ich mir immer gewünscht habe. Sie verzichtete jedoch auf die Pferde und Hunde und heiratete Papa. Das ist zu verstehen. Papa war reizend, hochmusikalisch und ungewöhnlich sprachbegabt, wenn auch etwas schüchtern. In seinem Paß stand als Berufsbezeichnung »Kaufmann«, ein dehnbarer Begriff, der nichts besagte, außer daß Papa Geld genug hatte, um nur gelegentliche weite Geschäftsreisen unternehmen zu müssen, und zwar von Moskau aus, wo er und seine ganze Verwandtschaft lebten. Mama zog mit ihm nach Rußland. Nach ein paar Jahren äußerte Papa den ungewöhnlichen Wunsch, Rußland zu verlassen und ausgerechnet in München malen zu lernen. Nichts hinderte ihn, auch Mama nicht. Sie war nicht einmal verblüfft, sondern packte ihre Koffer, nahm den kleinen Leo, die russische Kinderfrau, fuhr nach Bayern und suchte sich mit Papa eine Wohnung in Schwabing. Eine hochherrschaftliche Wohnung mit Stuckdecken. Papa lernte malen, Mama, die bildschön war, wurde gemalt, und beide besuchten mit Erfolg die legendären Künstlerfeste jener Zeit, die man im ›Simplicissimus‹ älterer Jahrgänge abgebildet findet.

Als der Weltkrieg vorüber war und die alljährlichen Rußlandreisen zur Familie für immer aufhörten, kam ich zur Welt. Und just um diese Zeit begannen auch die ersten Vermögensschwierigkeiten und die ersten Sorgen. Papa malte weiter, ihm genügte es, von den leidigen Geldangelegenheiten nicht zu sprechen und alles damit Zusammenhängende zu ignorieren. Von Mamas Gefühlen und Erwägungen ist nichts bekannt, sie war eine echte Dame und ließ sich nichts anmerken. Nun zum erstenmal seit Jahren sahen wir die Hoffnung auf einen Hund zugleich mit dem Gedanken an ein Sommerhaus in ihrem Auge aufleuchten.

Bruder Leo zeichnete noch immer. Jetzt ergriff er ein Lineal und zog eine Linie.

»Wie viele Zimmer brauchen wir denn?« fragte er.

»Bloß nicht zu viele«, sagte Mama, die sich seit langem in der Wohnung mit einem Mädchen behelfen mußte.

Papa saß am Schreibtisch und legte eine Patience. Er hatte noch den Malmantel an, mit dem er aus dem Atelier gekommen war, und an seinem Hosenbein klebte ein wenig Preußischblau. Er hatte Schwierigkeiten beim Durchzeichnen einer Birkengruppe in einem Abendhimmel und durfte sich eine Pause gönnen. Rein zufällig geriet er in das allgemeine Sinnen und Trachten.

»Hinter dem Haus muß ein Tisch stehen, auf dem man die Fische schuppen kann, die ich fange«, sagte er und schaute mit zusammengepreßten Lippen nach, wo die Pique-Zehn hingehörte.

Ich hatte die letzten fünf Minuten am Flügel herumgelungert, wie eben ein Backfisch lungert, der noch unfähig ist, schlicht und frei im Raum zu stehen. Nun warf ich mich in den großen Teppichsessel und flocht Zöpfchen in die Fransen. Das ganze Projekt interessierte mich recht wenig. Es war nicht anzunehmen, daß ausgerechnet in diesem geplanten Sommerhaus Willy Fritsch unser Nachbar würde oder daß mich dort jemand für Hollywood entdeckte. Der Ort des Bauvorhabens stand nämlich fest. Es war Seeham in Oberbayern.

Papa hatte dieses Dörfchen einst auf einem Ausflug mit seiner Malklasse von München aus entdeckt und war seinen Reizen von Stund an verfallen. Es lag am Ufer eines Sees in jenem Gebiet, das in den Wetterberichten als »am Alpenrand auch anders« eine Sondererwähnung erfährt. Dieses Ufer war flach, bestand aus abwechslungsreich geformten und gefärbten Steinen, und durch die Spiegelung des klaren Wassers sah man die bläulich behauchten Berge doppelt. Durchdrang man die zum Trocknen gespannten Fischernetze, die den Strand vom Landesinneren trennten und Seeham silbern verschleierten, so konnte man, einer Legende zufolge, zwanzig Stunden lang wandern, ohne je den Wald zu verlassen. Und was war das für ein Wald, teils lieblich, teils majestätisch, je nach dem Anpflanzungsjahr des bayerischen Forstverwaltungsamtes. Die Aussicht von dem Kirchturmhügel, der Seeham beherrschte, war zum Jauchzen schön, und man fühlte sofort das dringende Bedürfnis, sie mit anderen zu teilen. Führte man jedoch Leute dorthin, um ihnen diese Pracht zu zeigen, so nebelte sich das Gebirge ein, und man war gezwungen, mit einer weiten Armbewegung zu sagen: »Schade, was ihr dort nicht seht, das sind die Ostalpen!« An dieser Eigenheit Seehams hatte sich seit dem Jahre 1910 kaum etwas geändert.

Im übrigen war Seeham ein ganz gewöhnliches Dorf mit Spritzenhaus und Viehwaage, einem Bach mit Enten und Forellen, mit drei Dorftrotteln, zwei Kropfträgern und einer Schwäche für den Fremdenverkehr. Schon in den guten alten Zeiten vor meiner Geburt hatten die Eltern alljährlich samt Mädchen und Großmama eine Etage in einer jener Villen gemietet, die in so manchen Dörfern Oberbayerns herumstehen und deren Dächer in eine Unzahl sinnloser Türmchen und Erkerchen ausblühen. Bei dieser Sommergewohnheit war man geblieben. Die Fotoalben im Salon, deren Messingbeschläge die Tischplatten zerkratzten, wenn man sie besah, waren voller Strandbilder: die fröhlichen Eltern, Fische räuchernd, Schwemmholz zusammentragend, Bruder Leo in gestreifter Badehose und schließlich eines Tages sogar ich, heidnisch nackt, die Korkenzieherlocken hochgebunden, damit sie nicht in den See hingen, mißvergnügt gegen die Sonne in die Kamera blinzelnd. Das war nun eine Weile her. Ich hatte nur noch Erinnerungen an die wundervollen Steine, die ich sorgfältig abwusch und wieder ins Wasser legte.

Bruder Leo zeichnete noch immer an seinem Plan. Papa

schob die Patiencekarten zusammen und sah ihm über die Schulter.

»Das Lange dort, soll das eine Kegelbahn werden?«

»Das ist die Veranda«, sagte Leo.

»Wir werden ja hauptsächlich draußen essen«, sagte Mama entschieden. Essensgeruch war ihr stets zuwider, sie fand ihn spießig.

»Du kennst Oberbayern noch immer nicht genügend, scheint's«, sagte Papa sanft und schloß leise die Tür hinter sich.

»Die Hundehütte muß windgeschützt stehen, die könnte zum Beispiel innerhalb der Veranda in einer Ecke untergebracht werden«, schlug Mama vor.

Leo sah auf und grinste. Ich glaubte die Haut seiner Wangen knistern zu hören.

»Je nachdem, was wir investieren«, sagte er, »wird vielleicht das ganze Projekt nur eine Hundehütte. – Wir bauen sowieso aus Holz!«

»Natürlich«, bekräftigte Mama, »in Rußland baut man immer aus Holz, auch für den Winter.«

Ich entflocht die Sesselfransen und stand auf. »Holz?« fragte ich. »Da quellen doch immer die Türen und Fensterrahmen, und nachher geht nichts mehr auf und zu, oder?«

Bruder Leo sah mich mit jenem Ausdruck an, den man so oft in den Augen älterer Brüder findet. Er besagt, daß man als Kind nicht genügend verhauen worden ist, und schließt die Frage ein, ob vielleicht noch Zeit sei, dies nachzuholen.

Da meine Beiträge zur Diskussion nicht willkommen zu sein schienen, bat ich Mama um sechzig Pfennig, weil ich in die Vieruhrvorstellung im Capitol gehen wollte.

»Aber den Film hast du doch schon zweimal gesehen«, sagte Mama. »Das ist ja Unsinn. Du kommst überhaupt viel zuwenig an die Luft. Hol Inge ab, und geht in den Englischen Garten.«

Der Englische Garten war eine der üblichen Härten des Lebens, weil es dort außer der frischen Luft für einen Backfisch nicht das geringste Interessante gab. So blieb ich denn noch ein Weilchen und hörte weiter zu.

»Ein Keller wird zu teuer, ist ja auch unnötig. Soll man ein Bad vorsehen?«

»Ein Bad? Für die paar Wochen? Kinder – ihr habt ja den See vor der Tür.«

»Nun ja, aber doch wenigstens einen Kachelofen und Doppelfenster«, sagte Leo. »Womöglich heirate ich eines Tages, und von meinen sechs Kindern haben dann mindestens drei gleichzeitig Keuchhusten. Die brauchen Luftveränderung, und wenn es da gerade Winter ist ...«

Mama lachte. »Meinetwegen, sieh einen Kachelofen vor, es gibt ja auch mal kühle Sommer. Das Holz holen wir uns vom Strand, da liegt genug«, meinte sie optimistisch.

Leo schlug noch einen kleinen Vorratskeller vor, in den man von der Küche aus durch eine Klappe im Fußboden hinunterstieg, kaum größer als ein Schrank, aber gleichmäßig temperiert.

»Wozu denn?«

»Für die Äpfel!«

»Die sind doch erst im September reif, da sind wir doch längst wieder in der Stadt«, wandte ich ein.

»Man kann nie wissen«, sagte Bruder Leo und schraffierte die Fußbodenklappe in den Küchengrundriß hinein.

Dies wäre der Augenblick gewesen, in dem ich hätte ahnungsvoll erschauern müssen. In Wagneropern erklingt jeweils das passende Motiv, damit auch diejenigen erschauern können, die den Text nicht rechtzeitig verstanden haben. Im Leben ist das anders. Insbesondere bei mir. Ich erkenne mein Schicksal niemals, auch dann nicht, wenn es sozusagen schon mitten im Zimmer steht.

So verabschiedete ich mich denn mit einem Kuß von Mama, ahnungslos, daß meine Zukunft schon begonnen hatte, und kehrte zu meinen wichtigen Privatangelegenheiten zurück.

Die Privatangelegenheiten eines Backfisches sind ebenso albern wie unüberschaubar: ich stritt mich mit Freundinnen wegen nichts und wieder nichts, wartete atemlos auf Anrufe eines Tanzstundenjünglings, schrieb Aufsätze über Themen, von denen ich nichts verstand, zum Beispiel ›Alles hohe Leben quillt aus Opfern‹, trug eine Mickymaus am Mantelaufschlag und konnte von Mama nur mit Mühe zurückgehalten werden, mir bei Sally Marx in der Barer Straße einen Halbschleier zu kaufen, um meiner Baskenmütze etwas Dämonisches zu geben. Abwesenden Blickes streifte ich die Wahlplakate an den Litfaßsäulen, auf denen Stahlhelme und Hakenkreuze vorkamen, die mich nichts angingen, sondern höchstens die Erwachsenen.

Nachdem wir genügend Gründe für den Bau eines Sommerhauses beisammen hatten, brauchten wir nur noch einen Grund, auf dem es stehen sollte. Durch bäuerliche Freunde in Seeham fanden die Eltern einen. Sie kauften ihn sofort. Er lag außerhalb des Dorfes, was Leo zu der Bemerkung »Wir bauen einen Einödhof« veranlaßte. Mama stellte frohlockend fest, daß man auf einem so abgelegenen Anwesen nur die halbe Hundesteuer würde bezahlen müssen. In mäßiger Entfernung ging eine Lichtleitung daran vorüber. Nicht so jedoch eine Wasserleitung. Als Bruder Leo erfuhr, was es kosten würde, vom Dorf bis zu uns hinaus eine Wasserleitung zu legen, murrte er, er sei nicht Ferdinand von Lesseps, und erkundigte sich nach weiteren Möglichkeiten der Wasserversorgung. Es wurde beschlossen, dem Beispiel unseres einzigen Nachbarn zu folgen und einen Brunnen zu graben. Eine Handpumpe würde das Grundwasser in ein dreihundert Liter fassendes Wasserreservoir unter dem Dach des Hauses befördern.

Das Grundstück war billig, und erst Jahre später erfuhren wir, daß unser Kauf eine heimlich glimmende Fehde zwischen zwei Bauern wieder anfachte, weil jeder von ihnen ein Auge auf unser Stückchen Land geworfen hatte.

»Los! Worauf warten wir? Unser Geld wird höchstens weniger, nicht mehr«, eröffnete Bruder Leo eines Tages den Endkampf. »Der Zimmermeister in Seeham hat Bauholz liegen, das fünfundzwanzig Jahre gelagert hat, einfach ideal, das zieht sich bestimmt nicht mehr. Den Plan zeichne ich mit einem Schulfreund von mir, der Architekt ist. Ich überwache die Erdarbeiten selber und helfe mit. Wir könnten schon diesen Sommer die Ferien draußen verbringen!«

Wie gut ist es doch, wenn ein Bruder gerade keinen Beruf ausübt, weil auch in seinem Paß der verwaschene Begriff »Kaufmann« steht. So kann er zwischen gelegentlichen ausgedehnten Auslandsreisen in geschäftlichen Missionen in aller Ruhe Häuser bauen. Bruder Leo fuhr also hinaus nach Seeham, und wenn er wieder bei uns in München auftauchte, dann berichtete er vom Fortgang der Dinge in dürren Fachausdrücken, in die meine Phantasie nicht einhaken konnte. Undeutlich erinnere ich mich, ein kleines Pappmodell des Sommerhauses auf Papas Schreibtisch gesehen zu haben. Das Mädchen Emma krümmte sich beim Staubwischen zu ihm nieder und versuchte, in die winzige Veranda hineinzublicken.

»O mei! Liab!« sagte sie.

Das war ihr einziger Kommentar.

Die Eltern genossen den Bau auf ihre Weise. Es war das zweite Haus, das sie in ihrem Leben bauten. Sie hatten schon vor meiner Zeit einmal eines gehabt. Mit dem zweiten Haus schien es ähnlich zu sein wie mit dem zweiten Kuß: Man genoß ihn mehr, weil man nicht mehr so überrascht war und nicht mehr fürchtete, dabei etwas falsch zu machen. Sie unterhielten sich angeregt über die Vorteile von Einbauschränken, Balkonverschalungen und dergleichen, das heißt, Mama ließ die Begriffe genußreich auf der Zunge zergehen, und Papa behielt seine ironisch-amüsierte Distanz bei.

Diesmal bauten wir nach Maß. Ich meine das durchaus wörtlich. Ich mußte unzählige Male mit einem Stapel Handtücher in die Kniebeuge gehen, damit festgestellt werden konnte, wie tief ein bequemer Wäscheschrank sein darf. Das Mädchen Emma mußte eine imaginäre Essigflasche in die Höhe heben, damit das unwiderruflich oberste Fach des Küchenregals nicht wieder oberhalb ihrer Reichweite läge.

Wenn eine Familie wie die unsere sich chronisch in den falschen Ländern ansiedelt und bei politischen Wirren, Kriegen, Revolutionen das Geld immer wieder nicht rechtzeitig in der Schweiz deponiert, dann erleichtert das gewisse Entscheidungen beim Bau eines Sommerhauses sehr: Von zwei Möglichkeiten wählt man immer die billigere. Das spart Kopfzerbrechen.

Nicht, daß ich mich damals an solchen Erwägungen beteiligt hätte. Ich war, wie stets, damit beschäftigt, in jemanden verliebt zu sein, und das füllte mich neben dem Schulbesuch völlig aus. Die Objekte wechselten, mal war der Deutschlehrer dran, mal Gustav Fröhlich, mal ein Student, der gegenüber wohnte. Ich erfuhr beim Mittagessen bruchstückweise, daß sich die Arbeiterschaft von Seeham, wenn auch mit bayrischer Reserviertheit, so doch mit leuchtenden Augen auf das Bauvorhaben gestürzt hatte. Es herrschten gerade Arbeitslosigkeit und Wirtschaftskrise, und an günstig gelegenen elektrischen Masten klebten kleine Plakate mit der Aufforderung, doch bitte die Wirtschaft anzukurbeln. Nun denn, wir kurbelten.

Die kleine Kreisstadt mit ihren Baumaterialien- und Eisenlagern lag 11 km weit ab. Bruder Leo wurde zu einem geübten Sechstagefahrer, hart trainiert durch die Aufgabe, schwappendes, wedelndes und sperriges Gut auf seinem Rade fortzubewegen. In seiner Doppelrolle als Bauherr und Erdarbeiter verhinderte er das Schlimmste und hielt auch den bayrischen Handwerkerbrauch, zwischen Brotzeit und Brotzeit fieberhaft herumzustehen, weitgehend hintan.

Die freudig erwarteten Ferien waren unvermutet da, und wir machten uns auf den Weg nach Seeham. Zunächst nahmen wir nur das Allerwichtigste mit: die Teemaschine aus Moskau, auch

Samowar genannt, das Dienstmädchen Emma, ein Meßtischblatt ›Seehams nächste Umgebung‹, Angelzeug und eine Farbenmühle, eine wahre Höllenmaschine, mit der Papa sich seine Farben zum Malen an Ort und Stelle selber bereiten konnte.

Um den Einzug noch aufregender zu gestalten, überquerten wir den See per Dampfer. Dieser Dampfer war mit I. und II. Klasse und einem prachtvollen bärtigen Kapitän ausgestattet, der seine Befehle durch ein dünnes Messingrohr ins Schiffsinnere hinunterspuckte. In beiden Klassen zog es gleich stark, aber in dem neutralen Raum zwischen ihnen konnte derjenige, dem die Aussicht nicht genügte, sich einige bunte Postkarten von dem unglücklichen König Ludwig kaufen.

Der Himmel war blaßblau und viel höher als in München, die Berge zauberhaft. Ich ließ mir ihre Namen sagen und brachte sie sofort alle durcheinander. Etwa von der Mitte des Sees an rief man mir von allen Seiten zu: »Da! Da! Siehst du's? Am Ufer schaut es durch die Bäume! Nein, weiter links, das daneben mit dem hellen Dach!«

Ich sah nichts und sagte aus Höflichkeit: »Jaja.« Unser Gefährt legte unter imponierender Schaumentwicklung der Schaufelräder am Landungssteg an, und dort stand Bruder Leo, um uns zu empfangen, neben sich einen gewaltigen Schubkarren für das Gepäck.

Außerhalb des Dorfes, allein auf der Wiese hinter dem Bach und daher ganz leicht zu finden, lag neben einem mißförmigen Erdhaufen ein blondes Holzhäuschen mit riesengroßem Dach. Es war zweifellos viel zu klein, als daß wir alle hätten darin Platz finden können. Außerdem wimmelten noch viele Handwerker darin herum. Da man es von außen zur Zeit nicht besichtigen konnte, weil ständig Balken und Bretter vom Dach niederprasselten, wobei von oben der Ruf: »Öha!« ertönte, gingen wir gleich hinein.

Innen war es fast geräumig, wenn man es nicht mit unseren Zimmern in München verglich, die die Ausmaße von Radrennbahnen hatten. Es waren noch gar nicht alle Räume fertig, und wenn erst die vielen Klötzchen, Absägsel, Abschnitzel und Hobelspäne hinausgeschafft sein würden, war es bestimmt groß genug für die paar Sommerwochen. Wir wollten ja hauptsächlich am Strande leben. An Brennmaterial für den Herd, den das Mädchen Emma für gut und brauchbar fand, war vorläufig kein Mangel.

Der Korridor war sehr eng. Wenn wir uns alle gleichzeitig

dort die Mäntel auszogen, wurden immer einige die untersten Treppenstufen hinaufgedrängt. Unten war ein großes Wohnzimmer mit vier Riesenfenstern und einem leuchtend blauen Kachelofen von erstaunlicher Schönheit. Die vier großen Fenster waren der reine Vogelmord: Seehams gefiederte Sänger konnten sich nur schwer daran gewöhnen, daß diese über Eck stehenden Durchblicke auf Garten und Himmel Glas sein sollten, und stießen sich die Köpfe ein. Die Sitzbank im Bauernstil hatte Bruder Leo nach seinem Maß anfertigen lassen. Menschen von über 1,95 Meter saßen dort wie in Abrahams Schoß. Pygmäen hätten quer auf der Sitzfläche schlafen können. Auf der Veranda, die auch Tisch und Bank enthielt, war es wieder enger, aber durch das Ungeziefer abwechslungsreicher. Die vielen Bremsen und Pferdefliegen, hieß es, würden nicht so sehr von den schwitzenden Arbeitern angezogen als vielmehr vom Harzduft des frischen Holzes. In die Zimmer, unten zwei und die Küche, oben zwei und ein Kämmerlein, konnten sie aber nicht hinein, Leo hatte überall Fliegengitter vor die Fenster legen lassen. Es dauerte eine Weile, bis die Familie begriffen hatte, daß jeder Apfelbutzen und jeder Zigarettenstummel, den man hinauswarf, einem sofort wieder ins Gesicht flog.

Papa beschlagnahmte das Zimmer im oberen Stock, das nach Norden ging. Dort sei das beste Licht zum Malen.

Wir kehrten und schaufelten und hatten unser Häuschen schon am ersten Abend so weit hobelspanfrei, daß man die Betten an die hierfür vorgesehenen Stellen rücken konnte. Abends und morgens war die Familie damit beschäftigt, die verschiedenen Astlöcher und Maserungen in Gesichter, Profile, Tiere und Alraunen aufzuteilen.

Das ganze Haus sah aus wie eine helle Schachtel aus Holz, und zunächst wußte man nicht recht, wo man seine Kleider hinhängen sollte. Es kamen noch immer Handwerker, doch nahm ihre Wichtigkeit von Tag zu Tag ab, schließlich wurden nur noch Lehrbuben geschickt, die Läden anbrachten oder aus dem Dachfenster hängend etwas draußen annageln sollten, wobei Mama die kleineren unter ihnen ängstlich an der Lederhose festhielt.

An einigen Fenstergriffen war zu merken, daß die kleine Kreisstadt gegen Ende des Baues ausverkauft gewesen war: Mancher Riegel, der rechtsherum gehen sollte, ging nur linksherum und umgekehrt. Manches Rohr-Kniestück, das in entsprechender Krümmung, Biegung oder Stärke nicht mehr vorhanden gewesen war, wurde durch etwas ähnlich Gebogenes, Gekrümmtes ersetzt, und es kam innerhalb des häuslichen Röhrensystems zu barocken Schnörkeln. Mama konnte über derlei gelegentlich verdrießlich sein, Papa zog lachend an seiner Nase und meinte, Kniestück hin, Kniestück her, er sei froh, daß er keines malen müsse, das sei noch unangenehmer. In diesen Kleinigkeiten zeigte sich sofort, daß das Haus, von uns erbaut und bewohnt, uns in gewisser Weise ähnlich zu werden drohte. Es huldigte schrankenlosem Individualismus.

Gleich am ersten Tag wurden die einzelnen Familienmitglieder zum Dienst eingeteilt. Die Versorgung der Küche mit Fischen und das Heizen des Samowars mit Tannenzapfen war Papas Aufgabe, das Herbeischaffen der Tannenzapfen die meine. Mama holte die näher gelegenen Viktualien, die ferner gelegenen hatte ich mit dem Rad heimzutransportieren. Alles, was nicht zu deklinieren war oder technisches Können und Einfallsreichtum voraussetzte, fiel Bruder Leo zu. Jeder von uns mußte täglich fünf Minuten die Handpumpe bedienen. Bei jedem Schlag erzitterte ein Gewicht, das an einer Schnur vor der Wand hing, und senkte sich nur sehr allmählich. Wenn die Spitze des Gewichtes dort angelangt war, wo Leo mit Tintenstift ein Kreuz hingezeichnet hatte, war das Bassin droben voll. Dann funktionierten die eingebauten Waschtische und übrigen Wasserspülungen wie bei anderen Leuten. Dem Brunnen selbst, der mit einer schweren Steinplatte bedeckt in einer Grundstücksecke lag, wagte ich mich aus Respekt nicht zu nähern. Er schwieg und spendete Wasser. Ganz selten nur ließ er durch das Steigrohr der Pumpe ein kurzes Glucksen hören, es war, als ob Undine rülpste. Sonst pflegten wir keinerlei Beziehungen zu ihm bis zu dem Tage, an dem das Wasser plötzlich nicht mehr hinauf wollte. Aber das ist eine spätere Geschichte.

Das Mädchen Emma, ursprünglich zum Kochen eingeteilt, wurde mit so vielen anderen Arbeiten betraut, daß sie immer erst in die Küche stürzte, wenn es schon viel zu spät war, den Herd anzuheizen. Da sie in der Schule keine Chemie gelernt hatte, war sie der Meinung, man könne die verlorene Zeit durch größere Hitze wettmachen, und stopfte den Herd so voller zerbrochener Schindeln, Tannenzapfen und Holzabfälle, daß seine Platte ins Glühen kam. Um in der kleinen Küche am Leben zu bleiben, mußte sie dann natürlich die Tür, die ins Freie führte, öffnen, und dadurch kamen kolossal viele Fliegen und Bremsen herein. Es war wie in einem Stall. Mama machte die Tür dann wieder zu. Mit dem stummen Kampf um die Küchentür waren Mama und Emma die Mittagszeit über beschäftigt.

Hinter dieser Tür begann jener Teil unseres Anwesens, den Mama als »Hof« bezeichnete. Aus dieser Vokabel sprachen noch die weiten Räume ihrer Kindheit, Stallungen und Wirtschaftsgebäude. Bei uns bestand der Hof aus einem alten Tisch, der den Versuch machte, sich regengeschützt unter das vorhängende Dach zu schmiegen, aus den Betondeckeln der Abwassergruben, einem Stapel Schindeln zum Ausflicken des Daches und dem Eingang zum Schuppen, der unsere Räder enthielt. Der Schuppen ließ sich somit zur Not unter Stallungen einrechnen, denn die Fahrräder waren fast das Wichtigste für Seeham und nähere Umgebung.

Leo, Papa und ich trugen den Aushubhaufen ab und verteilten ihn hübsch auf dem Grundstück. Die Erde wurde davon nicht besser, es blieb saurer alter Torfboden. Im ersten Enthusiasmus des freigelassenen Städters wollte nun jeder etwas anpflanzen. Papa war für Stangenbohnen, der Rest der Familie schwankte zwischen Radieschen Marke Ostergruß und Maréchal-Niel-Rosen. Alle aber waren sich einig über eine Hecke. Wir brauchten eine hohe, dichte Hecke, hinter der wir beim Sonnenbaden schließlich auch einmal die rosa Hemdträger herunterstreifen durften. Die Landesbräuche waren in punkto Sittlichkeit nämlich sehr streng, und wir hatten die Eingeborenen lieb und wollten sie nicht kränken. Damals wäre es niemandem eingefallen, im Badeanzug ohne langen Mantel die fünzig Schritt von unserer Haustür zum Strand hinunterzugehen. Mir fiel es im ersten Sommer leider einmal ein, und gerüchteweise verlautete, daß die fünf Söhne unseres am See gelegenen Nachbarn im Anschluß an mein Vorüberwandeln beichten gehen mußten.

Dies mochte eine böswillige Verdrehung der Tatsachen sein, eine Hecke jedoch mußte heran. Leo und ich radelten in die Kreisstadt und kauften Ligusterstauden ein. Ein Pferdefuhrwerk, der Bote Seehams, der unter seiner Plane Öfen und Kunstdünger, Matratzen und lebende Hühner transportierte, kam später mit ihnen angezockelt. Die Stauden wurden im Schatten in die Erde geschlagen und sollten am nächsten Tag gepflanzt werden.

Am nächsten Tag regnete es. Mama, die grundsätzlich nur die gute Seite der Dinge sah, meinte, es sei nun so köstlich reine Luft, band entschlossen einen Schal um den Kopf und ging vor uns her ins Nachbardorf. Sie hatte gehört, dort gäbe es einen Wurf junger Wolfshunde. Wir stapften schweigend hinter ihr drein. Nach einer guten Stunde kamen wir zu einem Hof. Die Wolfshündin dort war sehr schön, die Kleinen undefinierbare Wollknäuel.

»Wer ist denn der Vater?« fragte Mama.

»Der Vater«, sagte die Bäuerin vorsichtig, »der ist auch ein recht braver Hund.«

Mama dankte ihr. Wir kehrten um, eine Stunde weit durch den Regen, unverrichteter Dinge. In Fragen der Rassereinheit war Mama nicht gewillt, Kompromisse zu schließen.

Zwei Tage darauf kauften wir einen wirklichen kleinen Schäferhund, so blond wie wir und das Haus. Er saß verloren mitten im Zimmer, kroch manchmal unter die Couch und machte prasselnd einen kleinen See. Er schien darüber selbst so unglücklich, daß er sehr lieb getröstet werden mußte. Seine Hütte kam an die windgeschützteste Stelle der Veranda, und er selbst kam auf Mamas Bettvorleger. Mama meinte, er sei noch zu klein, um allein zu schlafen. Er fand das auch und küßte ihr manchmal nachts dankbar die Hand, die über den Bettrand hinunterhing.

Eine Katze brauchten wir nicht zu kaufen, wir bekamen sie geschenkt. Sie war gelb-weiß getigert, was bei den Hiesigen als »rot« bezeichnet wird. Nun war alles blond, einschließlich des Dienstmädchens. Im Laufe der Jahre dunkelten wir nach – das Haus zuerst.

Das Einpflanzen der Ligusterstauden wurde durch das Vorhandensein der beiden Tiere sehr erschwert. Zwei Mitglieder der Familie fielen ständig aus, weil sie den Hund beziehungsweise die Katze auf dem Schoß halten mußten. Die beiden waren durch ihre Jugend überaus aufnahmebereit und nach längeren Inspektionstouren im und um das Haus an Nerven und Seele ganz herunter. Sie hatten nach all dem Herzklopfen, Erschrecken und vor Neugier Zittern den Schlaf dringend nötig, schliefen aber nur auf dem Schoß, bei einer Temperatur von 37,3 Grad Menschenwärme, denn sie vermißten ihre Geschwister im heugepolsterten Korb daheim.

Wer nicht mit dem Halten der Haustiere beschäftigt war, half Ligusterstauden einsetzen. Schön gleichmäßig sollten sie eingepflanzt werden, ringsherum um das, was man füglich als Garten bezeichnen durfte. Bruder Leo trat die Pflänzchen fest und betrachtete sie kritisch. Einige Leute hatten ihm gesagt, wir sollten sie tüchtig mit Jauche begießen, andere wieder, wir sollten sie nur ja nicht düngen, dann schössen sie so ins Holz. Wir lasen im Robinson Crusoe nach, bei dem sie ja so schnell wachsen, daß sie binnen kürzester Zeit zu regelrechten Palisaden werden. Über Düngung stand dort nichts, auch meinte Bruder Leo, es handele sich bestimmt um eine pazifische Abart des Äquatorial-Ligusters. Wir zählten an den Knöpfen ab und begossen die Ostseite der Hecke mit Jauche und die Westseite nicht. Heute sieht man keinen Unterschied mehr. Der Liguster wuchs sowohl im Osten als auch im Westen furchtbar langsam und krümmte sich, ängstlich seine Zweige ineinanderflechtend, vom Winde weg, der vom See gegen ihn anblies.

Obwohl Mama gegen Gemüseanbau stimmte, konnten wir es nicht lassen und legten ein »gemischtes Beet« an. Wir fanden es zu nett, mit dem Zeigefinger die warme, sommerliche Erde am Bauch zu kratzen und irgendwelche Körnchen in Rinnen zu streuen. Es war uns nicht so wichtig, ob und was dann kam. Manchmal jätete ein anderer es auch wieder aus. Die Rettiche, die Leo und ich anbauten, waren einmalig: dünne, verknorpelte, brennend scharfe Gebilde, die man mit viel Salz erst leuchtenden und dann tränenden Auges hinunterwürgte. Wir setzten auch zwei Spalierbirnen ans Haus. Sie trugen innerhalb der ersten 15 Jahre insgesamt 25 Birnen, und Leo rechnete aus, wieviel das in hundert Jahren ausmache. Papa sagte trocken, ihm mache das gar nichts aus, denn sie seien von Anfang an keine Williams Butterbirnen gewesen, sondern höchstens Maiers Mehlbirnen.

An geeigneten Tagen rissen Mama und Leo in den Wäldern und stillen, verschwiegenen Strandbuchten allerlei Gestrüpp aus, das Seehams klimatische Bedingungen von klein auf gewohnt war und daher auch innerhalb unseres Grund und Bodens gedeihen mußte: Weiden, Birken und einen Haselnußstrauch. Während Goldregen, Jasmin und Flieder aus unerfindlichen Gründen immer wieder eingingen, machte uns der Haselnußstrauch viel Freude, weil er so rasch buschig wurde. Schon bald konnte man sich dahinter in die Sonne legen und tief im Grase versteckt die Kommentare gelegentlich an Sommersonntagen Vorüberwandelnder anhören.

»Sengs dös Heisl da? A Ruß hat's baut! – Na, koa Ruß is er net. – Freili is er a Ruß, hod er ja selm g'sagt, daß er vo Moskau is. – Mei, kennst du denn den net? Der is ja oiwei schon herkemma. Scho vor'n Kriag. – So. A scheens Heisl, ganz aus Hoiz. Aber warm. Hoaßt's.«

Das Tännchen, von Bruder Leo irgendwo im Staatsforst entwendet, wuchs so langsam, daß einer den anderen beschuldigte, es hohl gesetzt zu haben. Am schnellsten wuchsen der Hund und die Katze, sie wurden zusammen groß. Der Hund, Ulf gerufen, holte sich die Katze zum Spielen und kaute sie liebevoll von vorne bis hinten durch, was sicherlich gut für ihre Verdauung war. Sie legte dabei die Vorderpfoten watschenbereit vor seine Ohren, und wenn er es zu schlimm trieb, wischte sie ihm ein paar. Er nahm sie auch ins Maul und trug sie herum. Als sie beide erwachsen waren, nutzte es ihr nichts mehr, daß er dabei den Kopf recht hoch trug, er trat ihr doch auf Schwanz und Hinterbeine, die am Boden schleiften. Dann gab es vorne an Mieze einen Ruck, und etwaige Augenzeugen riefen aus. »Jessas! Die Katz is hin!«

Kaum hatte sich das Leben im neuen Häuschen einigermaßen eingespielt, da taten Mama und ich ein übriges für die Einrichtung und suchten dazu die kleine Kreisstadt auf. Es war ein süßes Nest mit alten Häusern, vielen Wirtschaften, einer schönen Kirche und affektiert sprechenden Ladenfräuleins. Dort kauften wir freundlich gewürfelte Stöffchen, zu Ehren des Landes meist weiß-blau, für Kissenbezüge, Vorhänge vor Stellagen und Küchenfenster. Wir suchten uns auch auf Ratschläge befreundeter Bäuerinnen einen Weber, der uns Flickenteppiche webte. Die Dielen des Häuschens waren hell und schön. Die Flickenteppiche sollten verhindern, daß sich daran etwas änderte.

Kaum war das Haus fertig eingerichtet, praktisch, schön und nach unseren Maßen, da erinnerten sich viele Leute daran, daß sie uns so lange nicht gesehen hatten. Das Haus quoll über von Besuchern. Wer Gruppenaufnahmen vor den Verandastufen machte, bekam die Anwesenden nur noch mit Querformat auf den Film, und ich mußte fünfmal am Tag baden, weil man jeden Gast wieder an den Strand führen mußte. Ulf war recht angetan davon, er apportierte alles aus dem See, was man ihm hineinwarf, und roch bis zum Abend durchdringend nach nasser Wolle. Wenn man ausschließlich am Strande gelebt hätte, wäre es noch gegangen, aber man mußte in seinem eigenen Zimmer jeden Gürtel und jedes Taschentuch hübsch forträumen und die Blumenvase auf den Tintenfleck auf dem Tisch rücken, weil zu den unsinnigsten Tageszeiten Scharen von entzückten Besuchern das Häusel besichtigen wollten. Leute, die nur flüchtig oder gar nicht mit uns verwandt waren, kamen jodelnd mit

Rucksack den Feldweg vom Dorfe her und wollten bei uns übernachten. Das Mädchen Emma wurde von diesem Andrang ins Nachbarhaus gespült, wo sie eine Dachkammer bezog und die Tugend der fünf Söhne auf harte Proben stellte.

Wer nicht zum Übernachten kam, wollte zumindest Tee trinken. Nun bewährte sich der Samowar, der russische Gastlichkeit gewohnt war. Er hielt das Teewasser für etwa 12 Personen eine halbe Stunde lang kochend, und es konnten auch diejenigen noch gelabt werden, die sich beim Wettschwimmen verspätet hatten. Wer so geschickt kam, daß man ihm keinen Tee anzubieten brauchte, wollte sich wenigstens bei uns seine Badesachen anziehen. Die schütteren Weiden des Strandes gaben nicht genügend Sichtschutz. Freundlich stellte derjenige, der gerade die Honneurs des Hauses machte, sein Zimmer zum Umziehen zur Verfügung. Da der Schlosser sich Zeit damit ließ, die Schlüssel zu den Türen zu liefern, stieß man bei jeder Besichtigung auf Leute, die gerade den Badeanzug halb anhatten und »Hoppla!« riefen. Schon damals kamen uns in düsteren Augenblicken Zweifel, ob es nicht doch besser gewesen wäre, etwas weiter weg vom Ufer zu bauen.

Besichtigen aber wollten, wie schon gesagt, alle. Es war nach all der Unruhe und Mühe ja auch wohltuend und befriedigend, die Entzückensschreie über so viel Praktisches zu hören. Ich versäumte nie, blitzgeschwind die Kellerklappe im Küchenfußboden zu öffnen und gewandt die steile Hühnerleiter zu dem noch leeren Regal mit ebenso leeren Weckgläsern hinunterzuturnen.

Als mir die Klappe zum ersten Male auf den Kopf fiel, war gerade kein Gast da, der hätte zuschauen und lachen können. Die Familie umstand mich mitfühlend, und Mama meinte, wir sollten vielleicht doch einen Haken dort anbringen, wo die geöffnete Klappe sich an den Rahmen der Außentür lehnte. Wir vergaßen es dann aber wieder. Am nächsten Tag schloß sich mein rechtes Auge, ohne eigentlich weh zu tun, und seine Umgebung färbte sich blaugrün und violett. Papa sah es lange an und meinte, er wolle es doch einmal mit abstrakter Malerei versuchen.

Nein, die Gäste lachten nicht über die Kellerklappe. Sie lachten an einer ganz anderen Stelle, in einem kleinen, verschwiegenen Raum, in dem man sie alleine ließ. Dort hatte Leo Baumscheren, Bohrer, Sägen und Stemmeisen aufgehängt. Daß diese Werkzeuge dem Gast gerade dort zur Verfügung standen, gab unserem Hause eine weitere originelle Note.

Beim Herantreten an die einzelnen Fenster ertönte bei allen Gästen ein langgezogenes »Ah!«, besonders vom oberen Balkon, auf dem ich geläufig herzubeten pflegte: »Von links angefangen sieht man hier die ganze Gebirgskette, und zwar ...« Den meisten Menschen gefallen die Berge erst, wenn sie wissen, wie sie heißen. Von Papas Zimmer, das fast unbemerkt den Namen »Atelier« erworben hatte, oder von der Küchentüre aus hätte die Aussicht besonders Chinesen begeistert. Sie war von großer Ruhe und völlig leer. In der Ferne sah man eine Kiesgrube, das war alles. Diese Kiesgrube behielt auch derjenige im Auge, der Eierschnee schlagend an die frische Luft trat, weil das Mädchen Emma den Küchenherd wieder so geheizt hatte, als ob sie einen Ochsen braten wollte.

Es gab weibliche Gäste, die sich schelmisch für den Posten der Köchin vormerken ließen, falls dieser in unserem bezaubernden Häuschen einmal frei werden sollte. Das Mädchen Emma lächelte gequält und zerschlug eine Bremse auf ihrem schweißnassen Nacken. Mama, die immer etwas Tröstliches wußte, erwähnte, daß die Bremsen heute nur deswegen so besonders frech seien, weil ein Gewitter am Himmel stünde.

In dieser unserer ersten Saison gab es noch keine verläßliche Wettervorhersage. Wir haben nie wieder so viel vertrocknete geschmierte Brote essen und bei pfeifendem Regensturm so viele Seltersflaschen mit kaltem Tee am Ecktisch im Wohnzimmer zu uns nehmen müssen wie damals, wo man am Abend eine Tour vorbereitete, um dann anderntags zu Hause zu bleiben. Bei unseren Milchnachbarn gab es einen »Wetterpropheten« an der Wand, einen übertrieben herzigen Buam mit mißfarbenem Höschen, das sich bei nahendem Regen rot und bei schönem Wetter blau zu färben hatte. Dieser Wetterprophet ging jedoch stets nach, und seine Hose färbte sich erst, wenn es zu spät war. War das Regenwetter als Tatsache etabliert und hingenommen, so setzte die Familie sich willig zusammen, steckte drei Stück Torf und einige übriggebliebene Deckenleisten in den Kachelofen und machte es sich gemütlich. Wir fertigten uns auf der Rückseite eines Kartons vom Krämer – er trug das Bildnis Andreas Hofers, des bekannten Erfinders des Feigenkaffees – ein eigenes Mensch-ärgere-dich-nicht, sägten aus Sperrholz ganz verzwickte Puzzles aus und machten selber Silbenrätsel. Leos Rätsel waren am schwersten zu lösen. Einmal saß ich bis Mitternacht, weil ich die drei Worte:

Idol = Greta Garbo
Teil des Kopfes = Zahnplombe
verstärktes Nachttier = Doppeluhu

nicht herauskriegte.

Manche der Gäste, die sich für die schönen Stunden in unserem Hause revanchieren wollten, schenkten uns Blödsinniges. So bekamen wir beispielsweise derartige Mengen von Keramikschalen und Vasen, daß über dem obersten Regalfach noch ein unwiderruflich letztes oberstes angebracht werden mußte. Andere waren klug und voller Einfühlungsvermögen. Einer schenkte uns einen Band: ›Frag mich was‹, der uns über manchen Regentag hinweghalf, und ein anderer einen aufblasbaren Gummiseehund, den wir wegen seiner semitischen Nase »Ephraim« tauften. Er wurde zum Schlager. Niemand wollte mehr ohne ihn an den Strand. Wer sich mit Ephraim fotografieren ließ, war eines gelungenen Bildes fast sicher, und außerdem ersetzte er die Badeschuhe. Mancher, der bislang nur unter wildem Grimassenschneiden über die Ufersteine gewatet war, stützte sich nun auf den prallgefüllten Ephraim, bis das Wasser tief genug wurde, um zu schwimmen. Dagegen allerdings, daß man mit dem freien Arm auf den glitschigen, moosbedeckten Steinen rutschend nicht richtig ausbalancieren konnte, weil man ständig Bremsen auf sich zerklatschen mußte, half auch der Gummiseehund nichts.

An den Regentagen kam niemand zu Besuch, und nachmittags saßen Mama und ich im Wohnzimmer und zerschnitten alte Kleider und löcherige Bettücher zu Streifen, die wir aneinandernähten und zu Knäulen wickelten, damit Flickenteppiche daraus gewebt werden konnten. Es plauderte sich bei nichts traulicher über die Vergangenheit als beim Zerschneiden alter Textilien.

Gegen vier Uhr, wenn der Samowar hereingetragen wurde und einen herrlichen Holzkohlenduft verbreitete, pflegte Mama unweigerlich aus dem Westfenster zu blicken und festzustellen, daß es in der Wetterecke schon ganz hell sei. Sie würde sich nicht wundern, wenn morgen die Sonne schiene.

Wenn es sich zu neuem Wolkenbruch aufgeklärt hatte, kam Bruder Leo, um etwaige Langeweile zu verscheuchen, mit dem Ansinnen heraus, wir sollten alle Neugriechisch lernen oder Sanskrit. Sowas könne man immer brauchen. Sofort hatten alle kolossal viel zu tun und keine Minute übrig.

Irgendwann klärte es sich dann wirklich auf, und man konnte

über den kleinen Fußweg, der sich in einen Wassergraben verwandelt hatte, wieder an den See vorstoßen. Die Berge sahen aus wie frisch gewaschen, Wolkenschaum lief wie kochende Milch an ihren Flanken herab. Das Wasser des Sees war schmutziggrün und das Ufer viel schmaler geworden. Die kleine Mole, hinter der die Boote des Nachbarn Zuflucht suchten, war überflutet. Wir nahmen diese Phänomene wahr und dachten uns nichts dabei. Nachmittags machten wir den ersten Spaziergang, einen jener gewissen ländlichen Spaziergänge, bei denen man die wichtigsten Argumente des Gesprächs einander zurufen muß, weil die Partner gerade einige Pfützen überspringen oder sich den Lehm an Grasbüscheln von den Schuhen kratzen. Um nun außer dem Dreck an den Schuhen noch etwas Nützliches mit nach Hause zu bringen, kehrten wir in verschiedenen Höfen ein und kauften Eier. Es wurden erfreulich viele, und nun brauchten wir den großen, grauen Steinguttopf, der drunten im Keller stand, um sie einzulegen. Ich öffnete ahnungslos die Kellerklappe und wich mit einem Aufschrei zurück. Das Grundwasser stand unmittelbar unter dem Küchenfußboden. In ihm schwammen die leeren Weckgläser und die zerbrochenen Reste des großen Bowlengefäßes, das Leo mit dem Vermerk *Baden verboten!* versehen hatte. Der Steinguttopf war ohne Taucherausrüstung nicht herbeizuschaffen.

Wir machten aus einem Teil der Eier ein Omelett, in der richtigen Erkenntnis, daß wir jetzt Kraft nötig hätten. Dann sammelten wir alle Eimer, die das Haus enthielt, und machten uns ans Ausschöpfen. Es ging viel langsamer als in Schillers Glocke, wo der Eimer ja nur so fliegt, dafür aber hatten wir alle, außer dem Mädchen Emma, hinterher Ischias, Hexenschuß und Kreuzschmerzen. Krumm, aber stolz wischten wir mit einem Lappen, hierzulande Hadern genannt, die letzten feuchten Reste auf. Dann warfen wir die Scherben weg und stellten die heilgebliebenen Weckgläser wieder in das hölzerne Regal. Beim Abendessen erklärte uns Papa, daß die Höhe des Grundwasserspiegels mit der Höhe des Sees zusammenhinge und die Höhe des Sees mit der Wassermenge der Zuflüsse und die Wassermenge der Zuflüsse mit dem Regen, der am Alpenrand deswegen immerzu fiele, weil die Wolken nicht weiterkönnten. Wir hörten alle schweigend zu, weil wir so müde waren, und das Einschlafen abends im gemütlichen Bett schmeckte an dem Tag so gut wie ein Stück Torte.

Achtundvierzig Stunden später war wieder ziemlich viel Wasser im Keller, wenn auch diesmal nur bis zur drittuntersten Stufe. Wir ließen den Maurer kommen. Er schob den Hut vorne in die Stirne und kratzte sich vom Nackenhaar bis zum Scheitelbein und wieder zurück. Dann räusperte er sich und sagte, es müsse am Grundwasser liegen. Mama erwiderte kühl, das wüßten wir bereits. Da könne man nun nichts Rechtes machen, sagte der brave Mann, der vorgab, für die Fundamente dieses Hauses nicht allein verantwortlich zu sein, da könne man höchstens eine Vertiefung in den Zement des Kellerbodens ausheben, damit dort das Ausschöpfen leichter ginge. Wir sagten alle »aha«. In Bruder Leos Gesicht glaubte ich Vorbehalte zu erkennen.

Was geschehen konnte, geschah. Mama meinte, daß es eine wesentliche Verbesserung sei, das Ausschöpfen ginge jetzt bestimmt leichter. Wir probierten es. Es ging tatsächlich leichter. Man konnte sich jetzt mit der linken Hand an die Hühnerstiege klammern, und wenn man sich etwas nach rechts hängen ließ, so erreichte man, ohne ins Wasser zu treten, mit dem Eimer gerade das Loch, in dem sich die letzten Wasserreste sammelten. Ich rechnete mir aus, wieviel ich in einer Reihe von regnerischen Sommern an Gymnastikkursen und Sportgeräten sparen würde. Leo sprach es laut aus, daß er jetzt endlich wisse, warum der Grund so billig gewesen sei.

Die Weckgläser räumten wir gar nicht erst wieder hinunter, sondern ins oberste Fach des Speiseschrankes. Es lohnte ja auch kaum mehr. Es kam der gräßliche Tag, an dem Mama wohlwollend, aber bestimmt zu mir sagte: »Wie wäre es, wenn du dir noch einmal deine Schulbücher vornähmst, du hast, glaube ich, den ganzen Sommer über nicht hineingeschaut.« Es war sehr bitter, damit anzufangen, denn nun kamen die letzten und somit schönsten Tage der ganzen Ferien. Die Bremsen waren plötzlich weg. Sanft und seidengleich plätscherte der See an einen von Badenden leergefegten Strand. Mama und ich setzten uns hinter den Bretterzaun des Mädchenbades, hinter dem sich sonst die Schulklassen an- und auszogen, genossen die Sonne und die Stille, und ich las ihr eine Novelle von Keyserling vor. Ulf lag unter der Bank und kratzte sich ununterbrochen, obwohl wir ihn erst kürzlich in Tabaklauge gebadet hatten. Er ahnte nicht, daß ihm ein Umzug in die Stadt bevorstand.

Ich war im französischen Lehrbuch noch nicht über Kapitel 5 hinaus, da mußten wir die Saison schließen. Wir gewöhnten die Katze daran, in einem gepolsterten Deckelkorb zu schlafen, in dem wir sie transportieren wollten, motteten die Decken ein, leerten die Blumenkästen auf den Komposthaufen aus, zogen die Vorhänge zu, drehten das Wasser ab und brachten die Schlüssel zum Nachbarn. Mit Koffern und Tieren versammelten wir uns auf dem Landungssteg, als der Dampfer seine Rauchfahne zeigte, und nahmen herzlich, ja wehmütig Abschied von denjenigen Seehamern, die wir dort herumstehend antrafen. Ulf klemmte den Schwanz zwischen die Beine und versuchte, uns unter die Röcke zu kriechen, so sehr fürchtete er sich.

Dem Mädchen Emma, im Sonntagshut, auf dem seltene Vögel nisteten, war nicht anzumerken, ob es sich wieder auf Gasfeuerung und Wasser aus den städtischen Reservoiren freute. Papa beschattete die Augen und blickte mit unverhohlenem Bedauern über die hellblaue, sich kräuselnde Fläche des Sees hin. »Schade«, sagte er halblaut, »heute beißen sie bestimmt, vielleicht sogar ein Hecht.« Mama sah ihn von der Seite an und nahm sich vor, ihm einen besonders schönen, großen Angelschellfisch aus der Nordseehalle zu kaufen, sowie wir wieder in München waren.

Bruder Leo saß mit einem Kriminalroman von Sven Elvestadt in der Kajüte und hatte gegen den unvermeidlichen Zugwind den Kragen hochgeschlagen. Diesmal brauchte man mir nicht zu zeigen, wo das Dach unseres Hauses durch die Uferbäume schaute. Ich wandte kein Auge von der Stelle. Im Geiste sah ich schon, wie die Blätter der halbhohen Bäumchen und Büsche vom Herbstwind herumgestreut wurden, wie der Schnee fiel und das Dach sich über das Haus spreizte wie eine Glucke.

Dann wandte ich mich ab, mit der Nase in die Fahrtrichtung. Es hatte keinen Sinn, sagte ich mir, sich an so ein Feriendomizil allzusehr zu attachieren. Ich würde in meinem Leben wohl nicht viel Zeit dort verbringen. Sollte ich nicht für Hollywood entdeckt werden und auch der Prinz von Wales mich zufällig nicht heiraten, so gab es noch immer andere schwindelerregende Möglichkeiten. Wenn ich mir lange genug die Haare bürstete, bescheiden und liebenswürdig war und mir das dumme Nägelkauen abgewöhnte, dann, so hatte Mama durchblicken lassen, würde ich es weit bringen. Wie weit, hatte sie nicht gesagt. Ob die Villa an der Riviera, auf deren Marmorterrasse ich in meinen Träumen stand, wohl zu weit war?

Etwas schuldbewußt blickte ich über den See zurück zu den

Gestaden, die ich dann in meinem Rolls-Royce nebst Chauffeur gelegentlich kurz besuchen würde.

Das Ufer war nur noch ein dunkler Strich, dahinter türmten sich grüne Hügel, auf denen die Schatten ungeheurer Kumuluswolken lagen. Von dem Dorfe Seeham und unserem Hause war nichts mehr zu sehen.

II

Der Winter war trotz der ständigen Abhaltungen durch die Schule sehr abwechslungsreich. Ein Tanzstundenfest jagte das andere, und außerdem hatten wir in einigen Zimmern unserer viel zu großen Wohnung junge Amerikanerinnen aufgenommen. Wir sprachen zunächst vor ihnen laut und deutlich unser nachweislich gutes, dialektfreies Deutsch, damit sie es lernten. Das ließ bald nach. Nach etwa drei Monaten konnte ich gut Amerikanisch. Es war ein klein wenig seltsam, so viele ganz andere Leute bei Tisch zu haben, die so starke Parfüme benutzten und einen nach Sehenswürdigkeiten fragten, die man selber nicht kannte. Ich lernte München zeigen und profitierte eine Menge dabei. Die amerikanischen Mädel und Jungen, zwischen 19 und 21, was mir damals uralt vorkam, waren reizend. Wenn mich etwas an ihnen störte, dann nur das Herzklopfen, das ich bekam, wenn das Telefon klingelte, und dann war es nicht für mich, sondern für sie. Im Sommer würden wir sie einen nach dem anderen mit hinaus nach Seeham nehmen, ich freute mich schon sehr darauf.

Eines Tages kam ich heim, schleuderte die Schulmappe in mein Zimmer und raste den roten Kokosläufer entlang nach hinten, um mir im Bad die Hände zu waschen. Ich war ärgerlich, weil ich Mama nicht fand, der ich erzählen mußte, wie völlig ungerecht Fräulein Seeberger meine französische Arbeit benotet hatte. Meine Hände waren noch etwas feucht, als ich in den Salon ging, wo ich Stimmen hörte.

Papa und Mama saßen in nicht ganz gelöster Haltung in den Sesseln, als seien sie bei sich selbst zu Gast, und hatten sich augenscheinlich längere Zeit über Unangenehmes unterhalten. Papa allerdings hielt die Sache nun für genügend beredet. Ich merkte es an der Art, wie er aufstand und ins Atelier zurückkehrte. Mama drehte an ihrem Ring – wie gewöhnlich erschien kein dienstbarer Geist – und fragte mich, vorsichtig das Konditionalis als grammatikalische Form wählend: »Was würdest du sagen, wenn wir diese Wohnung aufgäben?«

»Aufgeben? Ja, warum denn, um Gottes willen?«

Ich liebte die Wohnung, den Klang ihrer Türen, den Geruch nach Parkett und Ölfarbe, den Korridor, in dem früher meine Schaukelringe gehangen hatten, ja sogar den kleinen eisernen Balkon, von dem aus man blinden Leierkastenmännern eingewickelte Zehnpfennigstücke zuwerfen konnte. Ich konnte mich an keine Zeit erinnern, in der wir nicht in dieser Wohnung gelebt hatten.

»Aber hier sind wir doch zu Hause«, sagte ich völlig töricht.

»Zu Hause«, sagte Mama zurückhaltend, »ist man immer da, wo die Eltern sind.« Sie fügte hinzu, daß es ja gar nicht so eile, ich solle erst mal zu Ostern die Schule fertigmachen. Wir würden die Wohnung sicherlich nicht vor 1. Juli loswerden.

Ich beruhigte mich zusehends. Am 1. Juli waren die großen Tanzstundenfeste vorüber, und bis dahin hatten die Eltern sicherlich eine andere ebenso schöne Wohnung gefunden. Doch nein, Mama sagte, ohne die Stimme zu heben, daß wir überhaupt aus München wegzögen. Ich hörte, ohne zu begreifen, daß es so etwas wie eine Devisensperre gäbe, die das Geld der Eltern nicht mehr nach Deutschland hereinließe.

Ich wußte nichts von Devisen. Eine Devise war für mich etwas, das ein Ritter auf sein Wappen schrieb. Mama ließ mir auch keine Zeit, darüber nachzudenken, wie das alles mit unserem Geld zusammenhängen könnte, sondern machte mich in begeistert munterem Ton darauf aufmerksam, wie amüsant es für mich sein würde, die Sommer in Seeham und die Winter mit den Eltern im Ausland zu verbringen. Alle meine Freundinnen würden mich beneiden.

»Und Ulf? Und Miezi?« fragte ich, »können die mit ins Ausland?«

Mama drehte den Ring ein letztes Mal, versicherte, daß sich schon jemand finden würde, der mit den beiden Tieren im Winter in Seeham das Haus hüte, und bat zum Essen.

War es die Gegenwart unserer Amerikaner, oder hatten die Erwachsenen geheime Methoden, ihre Probleme zu besprechen und zu lösen? Bei Tisch hörte sich alles ganz einfach an, besonders wenn man es ins Englische übersetzte. Ein Teil der Möbel würde beim Auflösen der Wohnung auf einen Speicher kommen, bis ich eines Tages heiratete. Ich errötete und versuchte, bescheiden an meiner Nase herunterzublicken. Daß ein solches Ereignis plötzlich in den Bereich des Möglichen rückte, war sehr aufregend. Der Rest der Möbel aber mußte nach Seeham hinaus. Es wurde sofort klar, daß das Häuschen für einen solchen unvorhergesehenen Fall viel zu klein war. Bruder Leo, der sich gedankenvoll ein viertes Mal vom Nachtisch nahm, schlug vor, einen großen Raum über Eck anzubauen, damit es doch nach etwas aussähe. In Anbetracht dessen, daß Seeham nun unsere einzige bleibende Statt werden würde, sollte dieser Raum aus Ziegeln gemauert werden.

»Aber dann sieht doch das Althaus aus wie die Scheune vom Neuhaus?« wandte ich ein.

Leo krauste verächtlich die Nase. »Phantasie hast du keine, wie? Er wird natürlich innen und außen mit Holz verschalt, damit er aussieht wie der Rest. Sonst noch Fragen?«

Es gab noch eine Menge Fragen, aber ich kümmerte mich nicht um ihre Beantwortung. Ich hatte die kommenden Wochen und Monate viel zu tun. Ich mußte bis zum Abschlußexamen meines Lyzeums noch alle die Kapitel Kirchengeschichte und Biologie nachlernen, bei denen ich geschlafen oder mir Romane ausgedacht hatte. Wenn ich nicht gerade büffelte, feierte ich Abschied von unseren Amerikanern und war etwas schockiert, daß Mama sie mit ehrlicher Erleichterung nach Connecticut und Massachusetts heimsegeln sah. Sosehr sie auch zur Familie gehört hatten, nun war sie froh, ihre Zimmer ausräumen und abschließen zu können.

Eines Tages kam dann der Möbelwagen und nahm die Sachen für den Speicher mit. Draußen auf der Straße, neben den weitgeöffneten Polstertüren des Möbelwagens, sahen unsere schönen Sachen seltsam verblichen und schäbig aus. Mich überkamen Zweifel, ob ich sie dem Prinzen von Wales noch in die Ehe mitbringen durfte. Mich überkamen an diesen Tagen überhaupt mancherlei Zweifel, so auch daran, ob es wirklich so amüsant in den fremden Städten sein würde, so viel amüsanter als in München, wo ich jede Trambahnlinie und die Anfangszeiten aller Kinos kannte. Gedankenvoll ging ich durch den Korridor, der nun ohne die großen Wäscheschränke geradezu unsinnig breit war. In der dunklen Ecke, in der früher meine Schaukelringe gehangen hatten, entdeckte ich oben an der Wand die Worte: »Der Leo ist ein Aff« in meiner ersten krakeligen Schrift. Jetzt wußte ich mit einem Male, warum ich in den letzten Tagen so saurer Stimmung war: meine Kindheit war zu Ende. Sie wurde soeben draußen in den Möbelwagen verpackt. Und auf diesen Augenblick hatte ich mich immer gefreut, zu dumm.

»Kommt der Flügel mit nach Seeham?« fragte ich, obwohl ich mir die Antwort hätte denken können.

»Mensch, du bist ja blöde«, meinte Bruder Leo, »in den Schuppen vielleicht? Der wird verkauft.«

Zu meinem Erstaunen fühlte ich, wie es mir heiß in die Augen stieg. Und dabei hatte ich mit solchem Widerwillen Schumanns Ersten Verlust und den Fröhlichen Landmann geübt. Aber ich sah mich wieder als Sechsjährige darunter sitzen, wenn Papa oder Leo spielten. Sie spielten immer auswendig und darum im Dunkeln, so lag das Licht, das von der Straßenlaterne durch die bodenlangen Vorhänge hereinfiel, in geheimnisvoll zitternden Flecken auf dem Parkett. Ich träumte wundervolle Dinge, während die Töne so nahe über mir dahinrauschten, und zwischendurch kratzte ich den Kopf des Leopardenfells, auf dem ich lag, an seiner pappdeckelharten Nase.

Worauf würden Papa und Leo in Zukunft spielen? Würden wir ein stummes Haus sein und nur noch Bücher lesen? Nun, dachte ich und schluckte mehrmals trocken, in den großen Städten der Welt konnte man ja in Konzerte gehen, und die Villa am Cap d'Antibes war auch nicht schlecht, die die Zukunft bringen würde.

Nach einer Woche der Ungemütlichkeit, des Packens und Kramens und Sichbehelfens, kam Bruder Leo, der vorausgefahren war, wieder nach München, um uns abzuholen. Sofort bemächtigte sich der ganzen Familie eine frohe Aufbruchsstimmung. Ich hörte gar nicht hin, was Leo mir da über einen weiteren kleinen Raum mit Betonfußboden als Notküche, Waschküche oder Bad erzählte. Vorstellen konnte ich ihn mir sowieso nicht, und ich war viel zu gespannt, was wir vorfinden würden. Die Spannung übertrug sich nicht auf die Eltern und das Mädchen Emma, wohl aber auf die Tiere. Ulf zerrte mit aller Kraft an der Leine in die falsche Richtung, Miezi miaute gedämpft aus ihrem Frühstückskorb hervor.

Als wir diesmal vom Landungssteg kamen und bei der alten Mühle um die Ecke bogen, waren wir von der neuen Himmelslinie des Hauses geradezu begeistert. Es hatte sich nicht eigentlich verändert, es war nur gereift und würdiger geworden. Über Eck, sozusagen in zwei Flügeln lag es da. Das Lindenstämmchen, das wir im vorigen Sommer aus Versehen in der Nähe des Haselnußstrauchs in die Erde gestopft und festgetreten hatten, war gut gediehen, es schmiegte sich an den neuen Ostgiebel und warf schon ein wenig Schatten. Und wie schön die beiden Stauden Phlox blühten! Sie dufteten wie der Sommer persönlich, nach Honig und Gras und nach den kleinen grünen Käfern, die einem in die Nase kriechen. Ulf rannte, die Schnauze am Boden, in wedelnder Wiedersehensfreude hin und her. Miezi war reservierter, sie zwinste abwehrend einige Male mit dem Schwanz und trollte sich dann in die Wiesen. In der ersten Verwirrung über das Landleben fraß sie falsche Mäuse und spie sie wieder, pedantisch nebeneinandergeordnet, auf Mamas Bettvorleger.

Wie niedrig die Zimmer doch waren, und wie sie nach Harz rochen! Da hingen auch noch die beiden alten Sommerkleider am Haken, die ich schon voriges Jahr hätte verschenken sollen!

Das Mädchen Emma nahm geruhsam die Küche wieder in Besitz und sagte: »Naa, naa, da bin i platt!«, als sie das richtige Suppensieb nicht gleich fand.

Leo führte uns feierlich in das große, neue, noch leere Zimmer. Er öffnete die Tür, und Mama, die als erste eintrat, sagte zuerst: »Ah!«, und dann biß sie sich fürchterlich auf die Zunge, weil sie die Stufe heruntergestolpert war. Aus unerfindlichen Gründen lag der neue Raum tiefer als der Rest des Hauses. Ehe Leo daher mit seinen Erklärungen begann, griff er in die Brusttasche nach dem Bleistift und malte an die Tür: *Achtung Stufe!*

Zu dem darüberliegenden Bodenraum, der alles aufnehmen sollte, was sich nicht deklinieren ließ, gelangte man nur über ein Laufbrett, das für gewöhnlich im Stiegenhaus an der Wand hochgeklappt wurde. Die Gäste der folgenden Sommer tasteten sich mit halbgeschlossenen Augen und abgespreizten Händen hinüber, als sei es eine Hängebrücke aus Lianen, wir aber trugen schon am nächsten Tag eichene Truhen mit Geschirr, die Bettkiste und den großen Schrank darüber, ohne daß das Brett auch nur ächzte.

Als der leere Möbelwagen den Feldweg zum Dorf zurückschwankte, war es mit der Stileinheit des oberbayerischen Sommerhauses für immer vorbei. Das eingelegte Kommödchen, das Mama nicht missen mochte, und der Mahagonischrank konnten zusehen, wie sie sich mit den rohen Fichtenholzhockern und den gewürfelten Leinenvorhängen vertrugen. Urgroßmamas Alabasteruhr unter ihrem Glassturz sah vor den Astlöchern der Bretterwände etwas befremdlich aus. Die Flickenteppiche, die der Weber aus unserer Textilvergangenheit gewebt hatte, paßten überall gut hinein und hatten nur den Nachteil, daß Mama sich zehnmal am Tage nach ihnen bücken mußte, um ihnen die Fransen geradezuschütteln.

Viele Sachen, für die noch kein Platz gefunden worden war, drückten sich schüchtern auf der Veranda herum. Vor das Mansardenfenster auf dem neuen Bodenraum – kurz Anbaubo genannt – kam die alte Küchenkommode mit den vielen Fächern als Reparaturwerkstätte und Basteltisch, den weder Mama noch ich jemals aufräumen durften, von dem Mädchen Emma ganz zu schweigen, und den alsbald eine Aura von Staub und Männlichkeit umgab.

Ein geistiges Haus in der Stadt zu machen, war soeben noch etwas Positives gewesen. Ein geistiges Sommerhaus zu sein, war ein schier unlösbares Problem. Wohin mit den Büchern und Kunstmappen, den Noten ohne den dazugehörigen Bechsteinflügel und der unerschöpflichen Flut von Bildern: solchen von berühmten Leuten, solchen von mittelberühmten, die Papa nahegestanden hatten, und denen, die Papa selbst gemalt hatte? Wir rissen die Verschalung der Wände auf, um zu sehen, ob sich nicht als Isolierung Bücherreihen verwenden ließen. Keinesfalls in die Wand sollte jedoch das Konversationslexikon, das auch in München stets griffbereit im Eßzimmer gestanden hatte. Zum Unterschied zu anderen Familien, in denen es bestenfalls der herangewachsenen Jugend dazu dient, sich Aufklärung über Unanständigkeiten darin zusammenzusuchen, gehörten bei uns diese zweiundzwanzig Bände so zum täglichen Leben wie der Schuhanzieher und der Brieföffner. Bruder Leo las nach Tisch darin mit dem gleichen Genuß wie in einem Kriminalroman, Papa untermauerte damit bei jeder Gelegenheit sein vielseitiges Wissen. Er haßte alles Ungefähre und stellte Irrtümer, die sich in sein außergewöhnlich gutes Gedächtnis einzuschleichen drohten, mit Behagen richtig: Jahreszahlen, chemische Formeln, politische, zoologische Belange.

»Kinder, das hat doch Zeit bis nachher«, pflegte Mama vorwurfsvoll zu sagen, wenn während des Essens einer von uns die Serviette auf den Tisch warf und ans Konversationslexikon stürzte, um nachzusehen, wie viele Kaiser mit dem Namen Maximilian es gegeben hatte oder bei welcher Gelegenheit die Beulenpest zum ersten Male ausbrach. Es war nicht anzunehmen, daß sich an dieser unserer Gewohnheit, die Quelle der Bildung aufzusuchen, im Sommerhäusl etwas ändern würde.

Wir probierten das Lexikon hierhin und dorthin, es war zu umfangreich. Als mir die Bände ›Hautgewebe bis Ionicus‹ und

›Rio bis Schönebeck‹ beim ratlosen Herumtragen zum zweiten Male heruntergefallen waren, griff Leo rigoros durch. Er räumte, Mamas schwache Proteste überhörend, ein ganzes Fach des Glasschrankes aus.

»Wozu«, fragte er, »brauchen wir alle diese Römer und Griechen und das ganze Zeug? Wir trinken hier draußen bestimmt nur Bier. Schau mal, wie schön der Meyer hier hingeht!«

Wohin jedoch mit den Gläsern? Wir lernten die sogenannten »Abseiten« schätzen, für die wir Bruder Leo noch nicht genügend gelobt hatten, jene mit Schnappschloßtüren versehenen abgeteilten Dachschrägen, durch die auch der letzte freie Raum ausgenutzt wurde. In ihnen verschwanden alle Koffer, die Kunstmappen und leeren Besteckkästen, der Bettisch und einige gerahmte Lithographien.

»So«, sagte Leo befriedigt und kroch rückwärts, mit zerstrubeltem Haar, aus der Abseite hervor, »und was haben wir jetzt noch alles?«

Verzweifelt wies ich die Treppe hinunter.

»Moment«, sagte er, schaute schlau und holte die Leiter vom Balkon, auf dem die Petunien in schönster Blüte sich in den Blumenkästen wiegten und die Vorübergehenden zu begeisterten Äußerungen verleiteten.

»O Gott«, rief ich, »doch nicht aufs Dach?«

Leo stieß mit der Leiter eine Klappe über sich auf. In dem dunklen, niedrigen Raum direkt unter der Dachpappe und den Schindeln konnte man zwar nicht aufrecht stehen, nicht einmal sitzen, wohl aber ein Vierteljahrhundert gutbürgerliches Zeitalter verstauen. Leo ging in den Liegestütz, und ich reichte ihm Glaslüster, bronzene Stehlampen, Waschgeschirre mit blauem Klatschmohn und Papas Farbenmühle, die sich als doch nicht so unmittelbar notwendig erwiesen hatte. Auf den Sprossen der Leiter stehend, ragte ich mit dem Kopf in eine andere Welt hinein. Es war dort sehr heiß, sehr staubig und roch nach warmem Holz und dem Torfmull, mit dem das Wasserreservoir umkleidet war. Durch eine Ritze in der südlichen Giebelwand hatte sich ein Völkchen Wespen eingeschlichen und ein hübsches, graues Nest gebaut. Wir schoben diejenigen Gegenstände, die wir die nächsten fünf bis zehn Jahre sicherlich nicht brauchen würden, vorsichtig bis kurz vor ihr Hoheitsgebiet und sausten dann die Leiter hinunter.

Nun war ein Bad im See fällig. Danach krochen wir erfrischt zwischen den Weidenbüschen herum und holten alles Reisig und alles Treibholz zu einem Riesenwiedereinzugsfreudenfeuer zusammen.

Ulf scharrte sich eine Grube im Kies des Strandes. Seine Ahnenreihe hatte ihm das Wissen weitergegeben, daß der Kies weiter unten kühler war. Doch danach legte er sich seufzend und befriedigt pustend einige Meter entfernt nieder. Vielleicht war unter seinen Ahnen ein Schäferhund, der ein bißchen blöd im Kopf war. Als das Feuer prasselnd aufloderte, war es fast ganz dunkel geworden, und die Flammen spiegelten sich im schwarzen Wasser. Dann plätscherten Ruderschläge, und ein Boot kam heran.

»Was brennt denn da?« fragte eine Stimme aus der Finsternis.

»Holz«, erwiderte Leo lakonisch.

»Ja, warum denn?« fragte es wieder.

Wir schwiegen verstimmt, und Papa sagte dem Hund ganz leise ins Ohr: »Putz sie weg, die Rindviecher!«, worauf Ulf sich mit wütendem Gekläff erhob. Kurz danach knallte es furchtbar im niedergebrannten Feuer.

»Was war denn das?« fragte Mama erschreckt.

Leo erwiderte träumerisch: »Das ist eine Schuhkremdose Marke Kavalier, die hier seit vorigem Juni liegt und jetzt endlich explodiert ist.«

Als das Feuer mit viel Kies erstickt worden war, saßen wir noch im Mondlicht vor dem Hause, erfüllt von Besitzerstolz über die neue, windgeschützte Ecke, die sich zwischen Altbau und Neubau gebildet hatte. Wir hatten eine Himbeersaftflasche und Gläser bei uns und füllten, damit auch die Reste in der Flasche sich lösen sollten, immer wieder Wasser hinein und schüttelten sie kräftig. Die letzte halbe Stunde tranken wir klares Wasser.

Am nächsten Morgen ging Leo, der Listenreiche, in den kleinen Waschraum und maß lange mit dem Zollstock darin herum. Dann verschwand er in Richtung Schlosser. Am Donnerstag schon kam ein Blechsarg den Feldweg heruntergewandelt, darunter zwei Paar Beine in grüngrauen Wadelstrümpfen, die zu Leo und dem Schlossersepp gehörten. Was da kam, war das Ei des Columbus: die Wanne nach Maß. Sie paßte genau zwischen Kamin und Außenwand, wenn man sie etwas klemmte. Wer die Knie ganz dicht unters Kinn zog, konnte ausgezeichnet darin baden. Das Gästebuch enthält einige Lageskizzen von Gästen, die bei uns warm gebadet haben. Schade, Picasso war nicht darunter. Dem hätte das Freude gemacht. Mama waren anfangs ein paar Bedenken anzumerken. Leo mißverstand sie und fand, wenn wir nicht zurechtkämen, könnten wir ja immer bei jenen Varietékünstlerinnen anfragen, die in einen Korb gesteckt und mit Säbeln durchbohrt würden, und uns dort Rat holen. Mama meinte aber eigentlich nur die Farbe des Blechs und wie bald es bei unserem kalkhaltigen Wasser noch unansehnlicher sein würde. Ein Heißwasserofen, der über der Wanne Platz hatte, wurde antiquarisch aufgetrieben. Er stammte wohl noch aus dem Haushalt des Bürgerkönigs Louis Philippe und speiste von Norden die Wanne mit heißem Wasser, ein gewöhnlicher Hahn speiste sie von Süden mit kaltem. Anders war es nicht zu machen. Der Wanne gegenüber hatte noch ein Wäscheschrank Platz. Zunächst räumte Mama ihre Sachen dorthin ein, weil sie in das große neue Zimmer zog. Es war nicht die einzige Veränderung.

Das Mädchen Emma hatte uns verlassen, und an ihrer Statt waltete eine ältere Person, Anna der Igel genannt. Sie war krumm wie eine Wurzel im Wald und sprach ständig vor sich hin, mit dem Wetter oder mit ihrem Hühnerauge. Zum zischenden Wasser auf dem Herd sagte sie: »Jaja, komm ja gleich!« Und die manchmal noch zappelnden Fische ermahnte sie beim Schuppen drohend: »No amal schwanzelst – no amal!«

Ja, Fische gab es viele, genauso viele wie im vorigen Jahr, manchmal nur Miezengröße, oft aber die Größe, die gebraten so gut zu Kartoffelsalat paßt. Gegen Abend kam Papa geruhsamen Schrittes barfuß vom See herauf, die Angeln in der Linken, in der Rechten ein Eimerchen, aus dem silberne Schwänze wedelten.

»Schön war's«, sagte er, und die Fältchen um seine Augen standen hell im sonnenverbrannten Gesicht. »Bis fünf Uhr kein Biß. Dann gleich sechse. Danach kam Ostwind auf, da bin ich heimgerudert.«

Ich erhob mich vom Jäten der Ligusterhecke, der wir für ihr braves Wachsen nun auch etwas zugute tun wollten, beide Fäuste ins schmerzende Kreuz gestemmt. Mama saß auf der Veranda mit einem Korb Flickwäsche und sah über ihre Brille hinweg.

»Sascha, um Himmels willen, schon wieder Fische!« rief sie, »wir hatten doch erst gestern und vorgestern welche!«

Miezi dagegen kam wie von ungefähr hinterm Haus hervor, umstrich zärtlich Papas bloße Beine und schnurrte schon auf Vorschuß.

Leo, der während seiner Schulzeit augenscheinlich nützlichere Dinge gelernt hatte als ich, mähte das viel zu hohe Gras des Gartens, das stellenweise von Ulf und stellenweise von uns niedergetreten war, und fluchte leise vor sich hin, wenn er mit der Spitze der geliehenen Sense in einen Maulwurfshügel fuhr. Die Maulwürfe konnten sich nicht daran gewöhnen, daß inmitten all der Wiesen nun plötzlich ein Stück nicht mehr Wiese sein sollte. Die Schnecken hatte ich im Verdacht, daß sie sich im Schatten der jungen Hecke bis zur Abendkühle ausschliefen, um dann, erfrischt und gestärkt, alles aufzufressen, was wir anbauten.

Außerdem gedieh das, was anderswo als Rasen bezeichnet wird, bei uns schon deswegen nicht, weil Ulf in Reichweite seiner Leine seine Geschäfte darauf verteilte. Die Leine aber mußte sein, und sie war mit einem großen Eisenring am Hundehaus befestigt. Wildernde Hunde wurden, sofern der Förster sie erwischte, auch in Seeham erschossen. Leider hatten wir einige Male beobachtet, wie unser Ulf in Richtung auf das Wäldchen enteilte, um sich dort ein Maulvoll Rehschlegel zu holen, und wenn Mama auch immer Gutes von Ulf redete und alles zum besten kehrte, so war sie ihrer Sache doch nicht ganz sicher.

Während des Einräumens hatte ich mir eisern vorgenommen, wenn dies vorüber sei, kein Glied mehr zu rühren und nur im Liegestuhl zu liegen. Und nun wußte ich nicht, wo ich zuerst hin sollte. Nicht nur, daß ich aus purer Lust und Wiedersehensfreude in die Dörfer der Umgebung radelte, ich fing auch an, das Meßtischblatt, das noch immer neben der Eckbank im Wohnzimmer lehnte, strategisch auszuwerten. Gestützt auf die Erfahrungen der Eltern, gelang es mir, die Wälder in Pilzplätze, Beerenplätze, Tannenzapfenplätze und bloße Aussichtsplätze aufzuteilen.

Jede Beere verlangt ihre eigene Technik. Nur ein Anfänger nimmt sein Pflückgefäß in die eine Hand und versucht mit der anderen, des Segens Herr zu werden. Ich lernte bald, daß das zum Beispiel bei Himbeeren zu nichts führt. Ich band mir einen alten, räudigen Ledergürtel um die Taille, an dem das Eimerchen hing, nahm die Ranken vorsichtig mit der Linken auf und molk mit der Rechten systematisch Stück für Stück ab. In den Himbeerdickichten war es bestimmt im ganzen Voralpengebiet am heißesten. Kein Windhauch kam jemals dorthin, und im hohen, dürren Waldgras wurden die Beeren am saftigsten und größten und hatten eine schöne Fingerhutform. Diejenigen Himbeeren, die man von weitem sieht, sind meist trockene, degenerierte Körnchen. Übrigens waren es gar nicht die Himbeeren, die einem bis zu den Shorts hinauf die Beine so jämmerlich zerkratzten, sondern die unsichtbar darunter lauernden Brombeerranken. Wenn die Dinger lang genug geworden waren, wurzelten sie wieder im Boden fest und bildeten dann eine Art Fangeisen, in denen man prächtig stolpern und die Ausbeute mehrstündiger harter Arbeit verschütten konnte.

Erdbeeren wiederum hatten ganz andere Gesetze. Bei ihnen tat man gut daran, gleich am Boden zu bleiben und dort weiterzukriechen. Setzte man sich hin, so war der Aktionsradius zu klein. Wenn ich dann nach schier endloser Zeit in mein Eimerchen blickte, war so wenig darin, daß ich lieber gleich alles in die hohle Hand schüttete und aufaß. Zu den besten Ergebnissen kam ich in der Hocke und beim Knien. Nirgends habe ich so unermüdlich bestimmte Ideenverbindungen wiedergekäut wie beim Erdbeerensuchen. Es muß an der einseitigen Durchblutung des hängenden Kopfes liegen, den man übrigens leicht angehoben tragen muß, denn wie soll man sonst die nächste Erdbeere schon sehen, während man die vorige pflückt?

Mama sah es sehr ungern, wenn ich allein in die Beeren fuhr; für sie waren die Wälder voller Lustmörder und dergleichen. Aber anders als allein war es nicht zu machen. Bruder Leo lehnte rundweg ab: er sei zu faul. Kinder konnte man zu dem Sport nicht mitnehmen. Sie hatten eine Gabe, die Beeren zu zerdrücken, so daß ihnen noch die nächste und übernächste zwischen den Fingern hängenblieb, und man mußte stets damit rechnen, daß sie sich mit einem Jubelruf gerade dort auf ihr frischgewaschenes Höschen niedersetzten, wo die Beeren am dichtesten standen. Hatten sie dann wirklich einmal den Boden ihres Topfes bedeckt, so schütteten sie den Inhalt aufschreiend über sich, weil eine Bremse sie gestochen hatte.

Den Hund Ulf nahm ich nur einmal mit; er riß mich auf dem Weg in den Wald beinahe vom Rad und war nachher samt dem Stämmchen, an das ich ihn gebunden hatte, durchgegangen.

Mit den Gästen war es auch so eine Sache. Junge Männer konnte man nicht mitnehmen, denn sie benutzten die stille Waldeinsamkeit dazu, einen zu küssen oder sonstwie albern zu werden. Alte Männer mitzunehmen hatte nun schon gar keinen praktischen Wert. Sie sagten nach etwa zehn Minuten: »Weißt du, das hier ist mir zu mühsam. Ich radele schon ganz langsam vor nach Hause.«

So blieb ich denn meist allein bei den ergiebigsten Stellen, und nach einer Weile merkte ich, daß es gar nicht die zu füllenden

Eimerchen waren, die mich dort hingezogen hatten. Die Beeren waren gleichsam nur der Anlaß, lange und geduldig an einer Stelle der Natur zu verweilen, die man sonst rasch wieder verlassen hätte, weil Mücken da waren oder weil man glaubte, sie nun schon zu kennen. Der Wald aber erschloß sich erst, wenn man verweilte, wenn die Sonne weiterwanderte und den Anblick der Kieferngruppe veränderte, sooft man aufblickte. Der warme Nadelboden roch so gut, die Wipfel hoch droben knarrten und wetzten, die Tauben gurrten, die man fast nie fliegen sah, und von fernher drang der Ton bimmelnder Kirchlein oder Kuhherden. Wenn ich mich nach stummem, eifrigem Pflücken ächzend aufrichtete und eine Bremse totpatschte, kam es vor, daß ein Rehbock erschreckt bellte und sich dann samt seinen Damen nicht allzu hastig davonmachte. Ich blieb länger, als ich ursprünglich vorgehabt hatte, und hätte gern ein Feld- oder vielmehr ein Waldtelefon gehabt, um Mama Bescheid zu sagen, daß mir noch immer nichts passiert sei. Doch solche mobile Nachrichtenmittel waren uns damals kein Begriff. Die Zeit schien so friedlich, obwohl erst neulich jemand im Radio eine Rede gehalten hatte, daß Deutschland jetzt die Wehrhoheit wiederhätte. Wir hatten die Rede abgestellt und weiter Kakao getrunken und Blaubeerkuchen gegessen.

Zu den tiefen Freuden im Walde kamen manchmal noch Überraschungen besonderer Art: die Begegnungen mit alten Beerenweiblein. Sie knieten auf ihrer Schürze und waren stumm und eifrig. Sie mit einem munteren Grüßgott oder einer Bemerkung über das Wetter zu überfallen wäre falsch gewesen. Sie wollten sich erst auf ihre verstohlene Art ein Bild von mir machen, ehe sie sich in ein Gespräch einließen. Nach etwa einer Viertelstunde emsigen Nebeneinanderpflückens kam es zur ersten Annäherung: »Sparsam gehns her heuer, sparsam.« »Bist du vo Egling?« »Soso, vo Seeham bist?« Pause. »Bist du grad in der Sommerfrischn da?« »Soso, dös Hoizheisl g'hört euch. – Soso. Dös kenn i scho.« Es blieb mir stets ein Rätsel, wie diese zu Fuß wandernden Wesen über Neubauten im fernen Seeham unterrichtet sein konnten. Nun kam es unter Umständen zu einem Gespräch über Land und Leute. Nie habe ich eine bösartige Bemerkung von so einem Waldweiblein gehört. Über ein Ehepaar, das in unserer Nähe ein Gasthaus führte und sich, Gerüchten zufolge, nahezu gegenseitig umbrachte, hieß es höchstens: »Ma sogt, sie hausen net guat!« Auch von einem Mädchen war einmal die Rede, das drei ledige Kinder von drei verschiedenen Vätern hatte. »Mei, ma sogt ja nix, ma is aa amal lustig g'wen«, sagte das gebückte faltige Wesen zwischen den Blaubeeren, »aber was z'viel is, is z'viel!« Es war der sanfteste Tadel, und ihr abgewandtes Murmeln ins Blaubeerkraut hinein gab ihm unpersönlich Gültiges. Manche Lebensweisheit war hierbei in possierliche Vokabeln gekleidet, die in kaum einem bayrischen Sprachführer standen, so daß ich mein konventionelles Schwabinger Volksschulbayrisch um Wesentliches bereichern konnte.

Verglichen mit Beerensuchen war Pilzesammeln etwas, was ein ungeübter Sommerfrischler erledigen konnte. Dabei traf man durchaus nicht nur Einheimische, sondern mitunter Leute, die man oberbayrisch anredete und die dann sächsisch antworteten. Es überwogen die Männer. Sie waren sachlich und ernsthaft bei der Arbeit und schnitten mit dem Taschenmesser die großen Schwämme durch, um zu sehen, ob sie innen wurmig waren. Ein Oberförster saß einmal lange neben mir, kerbte die Rinde seines viel zu dicken Butterbrotes – das Messer übertrug das Pilzaroma auf seinen schlichten Imbiß – und bot mir die Hälfte an. Von ihm lernte ich noch einige Pilzarten als ausgezeichnet kennen, die alle Leute stehenließen. Ihre Namen waren fürchterlich, zum Beispiel »violetter Rotzling«, aber das schadete dem Geschmack nicht.

Wir aßen von jeher viele Pilze, die im Volksmund als giftig galten, im Pilzbuch aber als »guter Speisepilz« deklariert waren. Die Menschheit trat sie grundsätzlich um oder riß sie aus, aber manchmal fand sich noch einer an absurder Stelle, etwa am Rande einer verlassenen Abfallgrube, mitten in einem durchlöcherten Blecheimer ohne Boden, oder unter einer Baumwurzel im Laub. Was auch immer wir heimbrachten, es unterlag zunächst Papas Zensur. War er einmal nicht völlig sicher, so wanderte das Exemplar sofort in den Abfalleimer. Wenn wir Gäste hatten, die außer Pfifferlingen alles mit einem mißtrauischen Blick betrachteten, dann wurden die Pilze zum Trocknen aufgeschnitten. Demjenigen unter uns, der gegen Mücken am unempfindlichsten war, wurde das Fliegengitter vor dem Fenster ausgehängt und die Pilzschnipsel darauf ausgebreitet. Geheimnisvollen Geräten zum Auffangen von Strahlen aus dem All gleichend, baumelten die Gitter vor dem Balkon. Der Gast reiste beruhigt und unvergiftet ab, und wir hatten im Herbst Kartoffelsuppen mit Pilzgeschmack.

Daß nicht nur die Rücken- und Nackenmuskulatur sich bei

diesen Waldsportarten stählte, sondern daß ich auch eine gute Radfahrerin wurde, ist klar. Erwähnenswerter wäre die Tatsache, daß ich mich von der Familie hinwegstahl und bei einem Fischerknecht rudern lernte. Das Wedeln und Gründeln mit den Rudern, das ich bei den Sommergästen beobachtete, stieß mich ab. Somit wurde das Rudern zum ersten Sport, dem ich mich freiwillig zuwandte. Als Kind war ich zum Schlittschuhlaufen geschickt worden und dieser Pflicht mit mürrischem Gesicht und kalten Füßen nachgekommen. Meine einzige Entschuldigung waren schwache Knöchel, die man mir mit vorsintflutlichen Riemen bandagierte. Sie überdauerten dann sämtliche Stürme, und wir konnten noch in Seeham eine Plaidrolle damit schnüren.

In dem Winter, bevor wir das Haus bauten, gab Mama mich im Tattersall ab, damit ich mich mit den Pferden bekannt machte. Sie waren alle sehr hoch vom Boden, erschreckten mich durch unvorhergesehenes Schnauben, und ich hing auf ihrem Rücken wie ein Sack Kartoffeln. Der Reitlehrer, der wahrscheinlich einen Haufen unmündiger Kinder zu ernähren hatte, versicherte Mama, ich säße brillant zu Pferde und wäre das geborene Reiterblut. Mama, die ausgezeichnet geritten war, errötete freudig und nahm ein Abonnement für mich. Vor der dritten Reitstunde – wir übten noch immer deutschen Trab – steckte ich mir heimlich Watte in die Reithosen. Ich bereute es bitter, denn nach zehn Minuten hatte ich das Gefühl, auf einem Holzscheit zu reiten, und mußte eine Pause einlegen. In der vierten Stunde fragte der Reitlehrer, ob ich Schenkelschluß hätte. Mir war es, als fragte er mich nach einem peinlichen Leiden. Ich bejahte beklommen. Der tückische Mensch knallte mit der Peitsche vor sich in den Sand der Reitbahn, das Pferd stieg und ich fiel.

Da war doch der Tennistrainer netter, er bildete sozusagen den unwiderruflich letzten Versuch von Mama, eine sportlich gestählte junge Dame aus mir zu machen. Es wäre mir vielleicht erspart geblieben, aber Onkel und Tante im Ausland hatten einen eigenen Tennisplatz, da war nichts zu machen. Der Trainer war Ausländer und konnte nur wenig Deutsch, dafür hatte er um so mehr Geduld.

»Legen Sie der Daumen ganz fest auf dem Hinterteil«, befahl er und drückte mir das Rackett richtig in die Hand. »Sehr gut«, sagte er stereotyp, wenn der Ball nicht gerade die Platzumgitterung verließ. »Stellen Sie nach vorne auf das ganze Plattfuß«, kommandierte er, und als mir wirklich einige Bälle gelangen, kam er nachher ans Netz und schüttelte mir schweißtriefend die Hand. Er war ein liebenswerter Mensch.

Das Rudern hingegen war für mich kein Sport, sondern eine Fortbewegungsart, zu der der See mit seiner glatten Weite und gläsernen Tiefe aufforderte. Ich ruderte auch die Gäste, denen ich etwas bieten wollte, weit auf den See hinaus, wobei es stets schwierig war, die älteren so weit zu bekommen, daß sie ihr Gewicht richtig auf der Ruderbank verteilten. Mit guten Schwimmern ruderte ich hinaus zu den »Steinen«, großen Felsbrocken, die inmitten des Sees dicht unter der Oberfläche lagen und um die herum man herrlich baden konnte. Mit meinem Schwimmen war kein Staat zu machen, aber für den kurzen Weg von einem Stein zum anderen langte es. Es war nicht ganz einfach, bei Wind und rauher Wasserfläche wieder ins Boot zu kommen. Wehe, es brachte einen jemand gerade dann zum Lachen, wenn man schon am Bootsrand aufgestemmt hing und das Bein über den Rand heben wollte. Die Hilfreichen, die einen dann gänzlich ins Boot zerrten, hatten noch nach vierzehn Tagen Gelegenheit, sich an der Farbenpracht der Blutergüsse an den Beinen zu weiden, die man sich dabei geholt hatte.

Diesmal rief kein Schulzwang uns von den Badefreuden ab, als sie am schönsten waren. Wir blieben noch den ganzen September. Es war das erstemal, daß ich den beginnenden Herbst in Seeham erlebte. In den Bauerngärtlein mit der spiegelnden Glaskugel flammten die Dahlien, früh lagen Nebel auf dem See, die den Sockel der Berge verschleierten; was oben herausschaute, glich japanischen Holzschnitten. Die Abenddämmerung kam mit sanften, pflaumenblauen Tönen, gegen die der bernsteinfarbene Dampf der Misthaufen einen schönen Kontrast gab. Tagsüber tönte vom Dorf her der summende Ton der Dreschmaschine, die bald in dem einen, bald in dem anderen Hof arbeitete, und an den Bäumen leuchteten die Äpfel, von denen Bruder Leo gesprochen hatte, als er den Plan zum Haus entwarf. In unserem kleinen Keller wurden keine eingelagert. Es war mittlerweile klar, wo die Eltern und ich den Winter jenseits der Devisentrennwand verbringen würden: in Paris. Und just um die Zeit sollte auch Bruder Leo wieder einmal hinaus in die Welt, um getreu der Berufsbezeichnung in seinem Paß für eine Firma riesenhafte Wälder aufzukaufen, die auf dem Balkan wuchsen. Er war prachtvoll geeignet für ein solches Geschäft, da er Papas Sprachbegabung geerbt hatte und in mehreren slawischen Idiomen schimpfen konnte. Anna der Igel hingegen wollte mit den beiden Tieren im Haus in Seeham bleiben und bei Gehalt und freier Wohnung als einzige Beschäftigung an schönen Tagen mit Ulf in den Wald gehen und Tannenzapfen sammeln. Der Balkon, vom weit vorspringenden Dach aufs oberbayrischste geschützt, nahm wahre Berge von Tannenzapfen auf, und so würde für die Teegelage um den Samowar in der nächsten Sommersaison gesorgt sein.

Die gelben Birken standen vor den dunklen Fichtenwäldern, als seien sie aus Messing; der erste Schnee fiel auf den Bergen, und wir waren noch immer nicht abgereist. Mit dem Ordnen, Stapeln, Einmotten und Wegräumen hatte Mama schon begonnen. An einem sonnigen Tag lüftete sie auf der Veranda ihre vielen Schachteln, und Bruder Leo untersuchte gleichzeitig, warum der an der Verandastrebe hochgezogene Heckenrosenstrauch eigentlich Mehltau hatte. Ob es damit zusammenhing, daß er unter dem vorspringenden Dach zuwenig Tau bekam?

Mama entnahm, wie alle Jahre, einer großen Schachtel ihre imposanten Straußenfederfächer, einen schwarzen und einen weißen, öffnete und schloß sie, duldete es, daß ich damit vor den Spiegel lief, und sagte in einem unnachahmlichen Gemisch von Mahnung und Verschmitztheit: »Such dir den richtigen Mann aus, dann kannst du sie tragen!«

Bruder Leo klopfte sich die Hände ab, besah seinen Daumen, der von Heckenrosendornen wimmelte, und meinte beiläufig: »Mann oder nicht – arbeiten muß sie lernen, arbeiten!«

Ich fand das brüderlich roh und außerdem ungerecht. Hatte ich nicht erst gestern den Abendbrottisch so reizend dekoriert, außerdem zwei Wappen entworfen und mit Wasserfarben angemalt und drei englische Schlager aus dem Gedächtnis niedergeschrieben, die ich am Radio gehört hatte? Ich zuckte die Achseln, fühlte mich unverstanden, ging an den Strand und setzte mich gegen die Holzwand des Mädchenbades. Ich blickte auf den See hinaus, auf dem nun kein Boot und kein Dampfer mehr kreuzten, und überlegte, ob der Weg in die Villa bei Nizza eventuell über Paris führen könnte. Ich versuchte mir vorzustellen, wie es in Paris aussah und welche Worte der Sohn des Präsidenten der Französischen Republik wählen würde, um mir sein Herz anzutragen. Im Ploetz für die Oberklassen stand es nämlich nicht.

Es war Oktober, als Leo abgereist war und auch wir endlich losfuhren. Das Taxi, in dem wir auf das Dorf zuschaukelten, schüttelte fürchterlich, denn die ersten Herbstregen hatten den Weg aufgeweicht. Auf der Veranda stand Anna der Igel, mit sich selber redend. Miezi, das distanzierte Tier, war auf den Feldern. Ulf aber ahnte, was da geschah, winselte und trat von einer Pfote auf die andere, als er uns nachsah.

Klein und bescheiden versanken das Dach, die Hügel und Seehams Kirchturm. Ich spürte ein zerrendes Gefühl in meinem Innern. Es ähnelte einer Blinddarmreizung, saß aber weiter oben. Ich stellte fest, daß ich das Haus unheimlich liebgewonnen hatte.

III

Manche Menschen lieben die Kontraste. Sie bestellen sich, wo sie können, Omelette surprise oder Vanilleeis mit heißer Schokoladensauce, und erst der Zahnarzt muß ihnen sagen, daß davon der Zahnschmelz springt, so wenig macht es ihnen aus.

Ich reagierte auf den Kontrast zwischen Seeham und Paris außerordentlich stark, aber nicht unbedingt positiv. Zuerst war ich erschlagen von der Größe der Stadt, alle Straßen führten immer nur in neue Stadtteile und niemals an ihr Ende. Man hätte vielleicht ein Ende erreicht, wenn man den ganzen Tag gefahren wäre. Ich stand in den Métro-Stationen, in dem seltsamen feuchtwarmen Brodem, der ihnen eigen ist, und starrte auf den dort ausgehängten Stadtplan, bis der Zug einfuhr und Mama mich mahnend am Arm ergriff. Ich hatte noch nie einen Stadtplan angeschaut, denn München war geographisch einigermaßen zu überblicken gewesen, und wo ungefähr der Isartorplatz lag, wußte ich aus dem Kopf.

Als ich erfaßt hatte, bei welcher Station man aussteigt, wenn man zum Louvre will, und welchen der beiden U-Bahn-Ausgänge man benutzen muß, um noch weitere zehn Minuten einzusparen, vergaß ich die Straßen und bemerkte nur noch die Bewohner. Was ich sah, schien mir bedeutend aufregender als etwa die Filme, vor deren Besuch Mama mich zurückhalten wollte. Hier war die Wirklichkeit, und zwar faustdick, Elend und Eleganz, Zärtlichkeiten auf offener Straße, Bettler, zähnefletschende Farbige, schöne Kinder, luxuriöse Geschäfte.

Als echter Backfisch sah ich in allem und jedem nur mich, meine Hoffnungen und Ängste, meine Wünsche und Sehnsüchte. Sie waren teils albern, teils von der Art, wie man sie Eltern nicht mitteilen kann. Verstockt und voll geheimen Freiheitsdranges trottete ich neben ihnen durch die Sehenswürdigkeiten.

Wir bewohnten zwei Zimmer mit Waschraum und Kochnische, und Mama versuchte, unser neues Domizil mit einigen heimatlichen Sofakissen und unserem chinesischen Teekännchen traulicher zu gestalten. Die Wohnung gehörte einer alten Belgierin, Madame Violet, Papa nannte sie Mutter Veilchen. Sie war blitzsauber, aber dafür lagen überall gestickte Deckchen, selbst über dem Gasherd und dem Badeofen. Im Trichter ihres vorsintflutlichen Grammophons steckten künstliche Blumen, und es gab keinen Quadratmeter Raum in ihrem Salon, auf dem nicht Nippes standen – darunter zweimal die Jungfrau von Orleans in voller Rüstung.

In der Landessprache machte ich zunächst keine rechten Fortschritte. Die Schaffner und Zeitungsausrufer verstand ich kaum, abends bei den Verwandten, die wir besuchten, hörte ich ausschließlich Russisch, und lesen tat ich deutsch. Ich las sogar sehr viel, und zwar ziemlich minderwertige Bücher. Nachts lag ich im Bett, die Arme hinterm Kopf verschränkt, horchte auf das ferne Löwengebrüll der Stadt, das mich nicht einschlafen ließ, und konnte es kaum erwarten, erwachsen zu sein und es an verruchtem Treiben den eleganten Heldinnen meiner Romane gleichzutun.

Tags war ich dann unausgeschlafen und renitent. Gegen meinen Zustand konstanter Schlechtgelauntheit, der sich gelegentlich in Tränenausbrüchen entlud, wußte Mama nur eines: frische Luft. Sehr frisch war die Luft nicht, dafür benzingetränkt. Mama bewegte mich an den Ufern der Seine und in den verschiedenen Parks, wie ein Pferd, das der Hafer sticht.

Auf die glücklichste Idee kam Papa. Er schlug vor, eine in der Erbmasse der Familie tief verwurzelte Neigung auszunutzen und mich auf die Kochakademie zu schicken. Französisch, so schloß er ganz richtig, lernte ich dabei sowieso.

Als wir die Adresse am Faubourg St. Honoré gefunden hatten – wir hatten uns sehr verspätet, weil die Auslagen der dortigen Geschäfte so wunderschön waren –, erschrak Mama über eine in lila Tönen geschminkte Dame, die im Vorraum an der Kasse saß. Sie trat rasch noch einmal auf die Straße, in der Meinung, sie hätte sich in der Tür geirrt und dies sei ein Etablissement zur Ausbildung von Freudenmädchen. Doch nein, im Schaufenster lag, schon etwas abgekühlt und erstarrt, ein Braten auf silberner

Platte, umgeben von elegant aufgeputzten Beilagen. Dies war ohne Zweifel die Académie de Cuisine du Cordon bleu.

Ich küßte Mama zum Abschied und wurde in ein Amphitheater geführt, wo ich mich bescheiden, ein neugekauftes Heft und einen Bleistift auf den Knien, in eine der hintersten Bänke setzte. Es herrschte andächtige Stille, von leisem Wasserbrodeln untermalt. Drei Männer in Weiß hantierten, grell beleuchtet, an einem langen Operationstisch. Der Chef – man erkannte ihn daran, daß seine Mütze am höchsten war – hob einen Hummer empor, der traurig mit den Fühlern zum Abschied winkte. »Mesdames, Mesdemoiselles, Messieurs«, sagte er feierlich, »wir kommen jetzt zu Hummer à la Thermidore. Sie« – er deutete in den Hörsaal – »und Sie wollen jetzt bitte zu mir aufs Podium treten.« Die Angeredeten, ein chinesischer Schiffskoch und eine junge Schweizerin, legten ihre Rezeptbücher weg, taten umfangreiche Schürzen um und begannen ein reizendes Hokuspokus mit rauchendem Öl und brennendem Kognak wie in der Physikstunde. Ich schrieb fieberhaft mit. Es war eigentlich nicht soviel anders als in der Schule, der ich eben erst entkommen war, nur daß man keine Unannehmlichkeiten bekam, wenn man seine Aufgaben nicht gemacht hatte. Es gab nämlich keine. Mittags war der Unterricht zu Ende. Mama holte mich ab, und in dem kleinen Restaurant, in dem wir zu Mittag aßen, mitten unter kalkbespritzten Arbeitern und eiligen Geschäftsleuten, fragte Papa mich nach allen Details aus.

Jeden Tag lernte ich mehrere neue Gerichte und konnte dabei meine Geschichtskenntnisse auffrischen, weil sie meist nach Generälen Napoleons oder nach Schlachten oder nach russischen Diplomaten benannt waren. Standen sie auf dem Feuer oder im Rohr, so wurden die Pausen mit Übungen an eßbaren Dekorationen ausgefüllt, die manchmal vom Fleck weg auf eine Hochzeit in der Nachbarschaft getragen wurden. Dies besorgte Marguerite, eine Schwarze, die auch Schalen und Abfälle wegräumte. Ich begegnete ihr zum ersten Male in dem verzwickten System halbdunkler Gänge zwischen Kartoffelkellern und Lagerräumen unter dem Hörsaal, und sie erschreckte mich durch wohlwollendes Zähnefletschen. Dort unten lagen auch die Privatkabinen mit Miniaturküchen, in denen reiche junge Bräute in Blitzkursen den letzten Schliff für die Ehe erhielten. Die Mamas saßen meist mit einem Buch auf den Knien dabei und notierten. Monsieur Paul, in hoher weißer Mütze, führte indessen der Braut bei den Fleischpastetchen die Hand.

Nach etwa zwei Wochen war es an mir, die Schürze anzuziehen und vor die Öffentlichkeit zu treten. Der Chef behandelte trotz der Internationalität seines Publikums jeden, der seine herrliche französische Muttersprache nicht beherrschte, wie einen armen Irren. Mir gab er ein Ei in die rechte Hand, deutete auf ein Gefäß und sagte mitleidig: »Dedans!« Hinein!

Auch wenn einer aus der Schülerschar, anstatt sich die großen Traditionen Frankreichs anzueignen, fragte, ob hier nicht eine Prise Curry zulässig sei, verzog sich sein Gesicht gequält. »Si vous voulez«, sagte er, wie zu einem eigensinnigen Kind, dem man seinen Willen läßt. Nur die Vorschläge eines schlichtgekleideten Herrn in der ersten Reihe verwarf er nicht, behandelte ihn vielmehr mit Ehrfurcht und Zartheit und richtete seine gelegentlichen Scherze nur an ihn. Ich hielt ihn lange für ein Direktionsmitglied, weil er einmal, als der Chef ans Telefon gerufen wurde, den Kursus aus dem Stegreif weiterführte. Erst spät erfuhr ich die Wahrheit: Dieser stille Junggeselle aus Neuilly nahm zum zwölften Male an dem Kochkursus teil, einfach zu seinem Vergnügen.

Die Wochen vergingen rasch, und plötzlich waren es Monate. Ich war immer weniger zu verblüffen und konnte schon einem Kalbskopf ins starre Auge blicken, ohne zurückzuweichen. Mein liniertes Heft füllte sich mit Rezepten von Ragouts, Baisertorten und Geflügelkroketts.

Als Mama festgestellt hatte, daß ich trotz meiner Blondheit durchaus nicht andauernd auf der Straße angesprochen wurde, durfte ich alleine nach Hause gehen. Wann auch immer ich zu Hause eintraf, Madame Violet schüttelte als Willkommen meist gerade ein Staubtuch aus und hatte das Haar in Papilloten.

»Bon jour, madame, comment allez-vous ce matin?« fragte ich höflich.

»Pas trop bien«, erwiderte sie, »j'ai les nerfs malades, moi.«

Ich stieg die enge Treppe hinauf und schloß die Tür des großen Zimmers hinter mir. Dann stimmte der Satz wieder, daß Zuhause da ist, wo die Eltern sind. Manchmal lag eine Postkarte da, mit steiler Schrift in lila Tinte, es war wohl auch ein Haar in der Feder gewesen, Anna der Igel schrieb aus dem fernen Seeham:

»Werthe Familie teile ihnen mit, daß wir alle gesund sind und hat das Hundsviech gestern einen Hasen derwischt. In Egling war eine Dult, wenns nicht der Geldbeidel wär hätte auch hingehn mögen. Das Sauerkraut ist nichts worden und stüngt wie pest freundliche Grüse.«

Ganz unvermutet war dann eines Tages der Kursus in der Kochakademie zu Ende. Ich erfuhr zu meinem Erstaunen, daß die Kastanientorte gestern meine Examensarbeit gewesen sei. Die Vorzimmerdame küßte mich, durchdringend nach Veilchen riechend, auf beide Wangen, nannte mich »chère petite« und überreichte mir ein imposantes Diplom auf meinen Namen. Es hatte einen reichverzierten Rand, auf dem Rebhühner und gebündelte Spargel in eine Girlande geflochten waren.

Bruder Leo schrieb aus Serbien, seine Holzeinkauferei sei etwas langweiliger als vorgesehen, die Wälder dafür aber um so größer. Er müsse doch noch ein paar Monate darangeben, während derer er sich ausschließlich von frischgeschlachtetem, gummiartigem Schweinefleisch und Paprika zu ernähren habe. Es sei im übrigen eine ausgezeichnete Idee gewesen, mich kochen lernen zu lassen, ich könne mir dann später notfalls immer als Hotelköchin mein Brot verdienen. Über diesen Passus schnaubte ich ein Lachen durch die Nase. Für mich legte er einen Zettel bei mit einem englischen Spruch. Er lautete:

»Geh in den Garten und sieh zu, ob du bei Regen und Sturm auf offenem Feuer eine Omelette soufflée zustande bringst, während ein Mann dich dauernd zu küssen versucht, und du wirst sehen, ob du wirklich kochen kannst.«

Madame Violet hatte viele Abneigungen: gegen Türenschlagen (wir schlossen die unseren immer ganz leise), gegen Amerikaner, gegen Hunde, gegen Patentmedizinen und leider auch gegen Papas Malerei. So nahm er denn seine Staffelei und seine Farben und zog in ein kleines Leerzimmerchen in einem benachbarten Stadtteil. Um dieses Ereignis zu feiern, gingen wir ins chinesische Restaurant und aßen einen der dort üblichen Salate aus Regenwürmern. Papa erwartete von mir, daß ich mit geschlossenen Augen anzugeben wüßte, aus was er zusammengesetzt sei, aber das konnte ich nicht.

Ich bekam in der Nacht fürchterliches Bauchweh, erschien grünbleich am Frühstückstisch, und Mama machte liebevoll besorgte, etwas ärgerliche Bemerkungen über die asiatische Küche.

Abends holten wir den Arzt. Es stellte sich heraus, daß mein Leiden mit der asiatischen Küche gar nichts zu tun hatte. Es war der Blinddarm.

Am nächsten Tag lag ich in einer Klinik und konnte völkerkundliche Studien treiben: Die Schwester war Armenierin, der Stationsarzt Grieche, der Chirurg, der mich operieren sollte,

Russe und das ganze Krankenhaus schweizerisch. Das Schweizerische daran beruhigte Mama irgendwie. Sie meinte, daß mir nicht ganz so viel französischer Schmutz in die offene Wunde fallen würde.

Ich hatte geglaubt, in einem ebenso feierlichen Amphitheater auseinandergenommen zu werden wie der selige Hummer zu Beginn meines Kochkurses, wurde aber enttäuscht. Der Operationssaal war ein ganz gewöhnlicher, heller Raum, und die Ärzte und Schwestern riefen so fröhlich: »Bon jour, mademoiselle, comment ça va?«, als ich zu Fuß in Begleitung der Schwester eintrat, daß ich mich mit übereinandergeschlagenen Beinen auf den Operationstisch setzte, als sollten wir miteinander flirten und Tee trinken.

In meinen beginnenden Chloroformschlummer rief die Narkoseschwester mir ein liebenswürdiges: »C'est ça, vous êtes bien sage ...« Ich hatte noch Zeit, daran zu denken, daß »sage« brav, artig, aber auch weise heißt, dann war ich weg.

Von der Stunde meines Erwachens an sprach ich viel besser Französisch als vorher. Meine Mitpatientin war eine kleine Chauffeursfrau aus Clichy, und sie tat Wesentliches für meine Fortschritte in der Landessprache. Vielleicht war ich auch in meinem isolierten und hilflosen Zustand aufnahmefähiger.

Die Eltern waren viel bei mir. Es gab keine geregelten Besuchszeiten, auch standen die Türen zu den Korridoren immer offen, und man war der Besichtigung durch entlangschlendernde Herren ausgesetzt.

Papa kam, als ich noch frisch vernäht und schwer umdrehbar war, und erzählte mir ernsten Gesichts, daß er meinen Blinddarm, den der Chirurg ihm in einem Glasbehälter ausgehändigt hatte, aus dem Fenster seines neuen Ateliers auf einen Bauplatz Ecke rue Gillmêre geworfen habe. »Damit du beim Jüngsten Gericht weißt, wo deine Sachen sind«, sagte er. Ich mußte schrecklich lachen und konnte es nicht, weil es so weh tat.

Als ich wieder aufstand, war es Frühling geworden. Die Platanenbäume mit den gesprenkelten Stämmen hatten dicke Knospen, und dort, wo die Straßen am Horizont anstießen, war der Himmel veilchenfarben. Das Grau der Häuser schimmerte wie Perlmutter. Hatte ich dieses leuchtende Grau vorher nie bemerkt, oder war es nicht dagewesen?

»Tja«, sagte Papa, an dessen Arm ich die Schritte vom Klinikeingang zum Taxi zurücklegte, »man muß sich eben manchmal den Blinddarm herausnehmen lassen, das erfrischt sehr.«

Der Taxichauffeur, ein bärenstarker Russe, trug mich die enge Treppe bei Mutter Veilchen empor. Ich war damit beschäftigt, mich so leicht wie möglich zu machen, und vergaß darüber, ihn zu fragen, ob auch er Flügeladjutant des Zaren gewesen sei, wie fast alle Pariser Taxichauffeure.

Die Zimmer waren, verglichen mit der Klinik, wirklich ein Zuhause. Auch sie schienen sich verschönt zu haben. Madames Kanarienvogel sang viel lauter, seit er in seinem Bauer draußen vor dem Fenster hängen durfte. In dem engen Höfchen schrien die Kater und trugen nachts ihre Machtkämpfe aus. Einmal warf ich früh um drei einen Pantoffel nach ihnen. Es nützte nichts! Am anderen Morgen mußte ich mehrere Conciergen ansprechen, um den Pantoffel wiederzukriegen.

»Ich meine«, sagte Mama eines Morgens beim Tee-Einschenken, »wir fahren in ungefähr vier Wochen heim.« – »Ja«, fand Papa, »das wäre gescheit.«

Die Erfahrung, die ich so oft in der Schulzeit gemacht hatte, bestätigte sich wieder einmal: Wenn erst alles leicht geworden ist, dann ist es auch schon zu Ende. Es war geradezu gemütlich geworden in Paris, nun man draußen vor den Cafés sitzen konnte und alles Schöne gut genug kannte, um gelegentlich einem Lieblingsbild im Louvre eine kurze Stippvisite zu machen.

Die Boulevardbäume hatten sich begrünt und warfen abends bewegliche Schatten auf das Trottoir, man wurde von einigen Ladenbesitzern, bei denen auch Mutter Veilchen einkaufte, höflich gegrüßt, wenn man vorüberging. Es roch auch nicht mehr ausschließlich nach Benzin, weil die Waren der Blumenfrauen rings um die Madeleine so stark dagegen andufteten.

Mitte Mai verpackten wir das chinesische Teekännchen zwischen die Sofakissen, damit es nicht zerbrach, gaben unsere großen Koffer auf, verschnürten Papas Staffelei und verabschiedeten uns von Madame Violet. Sie war über Gebühr gerührt, hatte sich sonntäglich frisiert und küßte uns alle, sogar Papa. Von ihren Segenswünschen begleitet, verließen wir die Stadt.

»Wenn man sehr viel Geld hätte«, sagte ich träumerisch, während der Zug vom Gare du Nord durch die fürchterlichen Hinterhöfe fuhr, »sollte man jedes Jahr einmal nach Paris reisen.«

»Ja«, sagte Mama.

Sie unterdrückte sichtlich die Bemerkung, daß man dazu den richtigen Mann heiraten müsse, aber ich hörte sie doch heraus. Nun, in Paris war er nicht gewesen, der Märchenprinz, sonst hätte ich ihn wenigstens einmal von weitem gesehen. Ich war sicher, daß ich ihn sofort erkannt hätte.

Es war sehr merkwürdig, in München nur umzusteigen, anstatt wie früher ein Taxi zu nehmen und in die Elisabethstraße zu fahren, aber das Schmerzliche dieser Tatsache kam uns im Reisetrubel nicht so sehr zu Bewußtsein.

In Oberbayern hatte die Heuernte noch nicht begonnen. In den Mulden der Berghänge, die nach Norden schauten, lag sogar noch Schnee. Der Himmel, ein ungeheurer Himmel, war klar und offen. Keine Brandmauern mit der Aufschrift Crème Eclipse oder Savon Cadum verstellten mehr die Ferne. Die von Menschenhand gemachten Dinge waren wieder klein und unscheinbar. In den Wiesen rings um unser Haus schäumten die Blüten der wilden Möhre, der Margeriten und des Schierlings.

Unsere Bäume hatten einen gehörigen Schuß in die Höhe und Breite getan. Von weitem sah das Grundstück ganz grün und buschig aus, und das Gartentor öffnete und schloß sich mit vertrautem Laut.

Anna dem Igel war inzwischen samt einigen ausgefallenen Zähnen jede Deutlichkeit der Aussprache abhanden gekommen, so daß Papa auf ihre Begrüßungstirade mit einem liebenswürdigen: »Ja, glaub's schon« – so ungefähr – antwortete. Ulf jaulte und hüpfte vor Wiedersehensfreude. Es war ein wahres Wunder, daß er sich bei dem Gewedel nicht mehrfach den Schwanz an den Möbeln des Wohnzimmers brach. Noch am nächsten Morgen stand er leuchtenden Auges überall im Wege und wurde auf die Pfoten getreten.

Das Haus selber sah trotz des Igels Pflege verschlafen und unordentlich aus: Tausende von Spinnen hatten sich unter dem überhängenden Holzdach eingerichtet, und in ihren Netzen verfingen sich die seltsamen Blütenflocken, die die Weide fallen ließ. Ich ging den Wattegebilden und Spinnweben mit einem Besen zu Leibe, aber es gab keinen, der lang genug gewesen wäre.

Dicht und undurchsichtig, wenn auch noch nicht allzu hoch präsentierte sich unsere mit so vielen Hoffnungen gesetzte Hecke. Auch die Vögel nahmen sie schon ernst und bauten ihre Nester hinein. Am zutraulichsten war ein Neuntöterpaar, kleine Gentleman-Verbrecher mit schwarzer Augenmaske, die uns mit ihren aufgespießten Vorräten von Hummel bis Spitzmaus die größten Überraschungen bereiteten.

Die Nachbarin mit den vielen Söhnen war froh, daß nun

wieder mehr Milch und mehr menschlicher Kontakt nötig seien, und fragte mich, ob man von Paris aus übers Meer fahren müsse, um nach Seeham zu kommen.

Morgens weckte uns der Kuckuck, der in Oberbayern erst im Juni verstummt. Wenn ich mich früh um sechs Uhr in meinem Dachkämmerlein wohlig zur Wand unter der Schräge drehte, um wieder einzuschlafen, vernahm ich das langsam an- und abschwellende: »Wüst, öh, Wüst – öh, Sakkrament, Sakkrament ...« eines Bauern, den seine Ochsen auf dem benachbarten Acker zur Verzweiflung trieben. Einen Traktor, der ein so naturfeindliches Geknatter von sich gibt, hatte damals noch kaum einer. Am Bach blühte, eine weiße Kugel, die die Landschaft beherrschte, der Faulbaum, und er tat uns leid, weil er für seinen schönen Duft einen so häßlichen Namen hatte.

Wenige Menschen kamen den Weg entlang, vielleicht einmal ein Versicherungsvertreter oder Hausierer. Hinter unserer Küchentür verhielt er den Schritt, wies in die Weite der Felder bis zur Kiesgrube und fragte, wer dort wohne. Wir erwiderten stets mit dem gleichen innigen Genuß: »Dort? Dort wohnt niemand mehr!«

Solange die Pariser Farbeindrücke noch in mir nachzitterten, empfand ich die Gesichter der Dorfbewohner als recht fahl und mußte manchmal erschreckt die Luft zwischen die Zähne ziehen, wenn ich sah, wie sie ihren unschuldigen Kindern zu einem bonbonrosa Jäckchen ein karmesinfarbenes Röckchen anzogen und ihnen dann, als sei es nicht der Greuel genug, ein kirschrotes Lackledertäschchen umhängten. Die Frauen kehrten nicht mehr in ihren schönen alten Trachten von der Kirche zurück, sondern radelten mit Hut und Schleier, Fuchspelz und Regenschirm an uns vorüber. Man war glücklich, wenn erst wieder Montag war und sie in ihren malerisch verblaßten, mit frischen Flicken besetzten Dirndlkleidern auf den Feldern arbeiteten. Zu Hause blieben nur die ganz Alten und hüteten die Kinderwagen und die angepflockten Schafe. In den Dorfkirchen summten die Fliegen über den letzten, verwelkten Fliedersträußen vor dem Altar. Durch das helle Fenster hinter dem Kopf des heiligen Leonhard sah man einen abgeblühten Apfelzweig, der vielversprechend angesetzt hatte. Draußen grüßten mich die Schulkinder, weil das Schulfräulein sie gelehrt hatte, jeden Erwachsenen zu grüßen, und schmetterten ihr Grüß Gott so unvermutet in meine tiefen Gedanken, daß ich mich in die Zunge biß.

Im Juli sagten sich die ersten Besucher an. Sie schrieben eine

Postkarte, etwa des Inhalts: »Freue mich schon schrecklich, Euch von Paris erzählen zu hören, komme dann am Mittwoch gegen Mittag mit einem Dampfer. Wenn keiner geht, nehme ich den Autobus von der Bahnstation.« Mama, die gerne gewußt hätte, ob sie mittags einige Arme Ritter mehr backen lassen sollte oder ob erst zum Tee ein Kuchen nötig sein würde, schickte mich in solchen Fällen mit Papier und Bleistift zum Landungssteg, um die Ankunftszeiten der in Frage kommenden Autobusse und Dampfer herauszuschreiben. Der Dampferfahrplan war mit vier Reißzwecken an das altersgraue Holz des Bootsschuppens genagelt und so schwer zu entziffern wie eine assyrische Keilschrift. Der Dampfer kam, mit Ausnahmen an Feiertagen und an Samstagen vor Feiertagen, bei schönem Wetter nur zwischen 15. Mai und 1. September und außerdem noch nach Bedarf. Wenn man sich durch Pfeile, Fußnoten und Daten hindurchgewunden hatte, ging man zum Fischer und klopfte dort an. Den Fischervater konnte man fragen, der wußte es nämlich. Er mußte bei jedem Anlegemanöver mit seinem Sohn hinaus auf den Steg und das Laufbrett halten, während der bärtige Kapitän dumpf durch das Messingrohr in den Maschinenraum hinunterraunte.

Beim Autobus war es einfacher. Man ersah aus dem Fahrplan klar und deutlich, daß der Autobus zwar zu den Dampfern pünktlich in Seeham eintraf, in der kleinen Kreisstadt jedoch die Bahnstation stets einige Minuten vor Eintreffen der großen D-Züge verließ. Die Einheimischen führten diesen Umstand auf eine alte Tradition zurück, die schon aus den Tagen des Prinzregenten Luitpold datierte: die jeweils älteste Insassin des Altweiberspitals durfte den Sommerfahrplan machen.

Lagen nach mühsamen Vorstudien endlich die möglichen Ankunftszeiten unseres Gastes offen zutage und wartete Anna der Igel mit den langsam erstarrenden Armen Rittern in der Küche, während wir im Wohnzimmer von Fenster zu Fenster liefen, dann kam der Gast erst nachmittags um fünf Uhr aus einer gänzlich unerwarteten Richtung. Er habe, so sagte er, das Fahrrad genommen, weil so herrliches Wetter sei. In der Hochsaison stand eigentlich immer einer von uns am Landungssteg Posten.

Bei diesen Gelegenheiten fiel mir allmählich auf, daß sich selbst bei uns auf dem Dorf etwas von der angebrochenen neuen Zeit spüren ließ. Drüben, jenseits des Sees, wurde die Autobahn gebaut, man hörte darüber allerlei Wunderdinge, und zwar sowohl positive wie negative. Statt der früher vereinzelt schlendernden Sommerfrischler und der wenigen Kinder, die Schnürchen und Wurm neben den dicken bemoosten Holzpfeilern ins Wasser hängten, stand nun oft schon, ehe die Rauchfahne auf dem aluminiumfarbenen See sich näherte, eine dicht gepackte, einheitlich wirkende Menschenmenge auf dem Landungssteg, die nicht wich noch wankte und geschlossen über das Laufbrett auf den Dampfer quoll.

»Dös san die Kraft durch Freude«, sagten die Fischersleute geringschätzig. Gegen Ende der Saison waren sie, deren Haus dem Sammelpunkt der Volksgenossen am nächsten lag, gezwungen, bei der Gemeinde um die Erstellung eines öffentlichen Aborts nachzusuchen, weil bei ihnen die Klinke nicht mehr kalt wurde.

Etwa um diese Zeit wurden Mama und ich auf einem Spaziergang in bis dato einsamer Waldgegend von einer Gruppe Wanderer angesprochen. Die Männer marschierten in Hemdsärmeln und hatten an den Hosenträgern eine sinnige Vorrichtung, um den Hut daran aufzuhängen.

»Ach, entschuldigen Sie«, sagte ein Mann auf sächsisch, »wo sind denn die anderen?«

»Welche anderen?« fragte Mama ebenso kühl wie erstaunt.

Es war unsere erste Begegnung mit dem Massenmenschen. Etwa vierzehn Tage später drangen Gruppen lärmender Volksgenossen in unseren Garten ein und ließen sich vor dem Haus fotografieren. Mama hatte für das Kompliment, das hierin lag, keinerlei Sinn und schaute entsetzt vom Balkon, während einige Männer, deren Stöcke von oben bis unten mit Stocknägeln aus Deutschlands schönsten Gauen bedeckt waren, in unseren Liegestühlen Platz nahmen. »Kommen Sie doch runter, und stellen Sie sich dazu«, schlug einer freundlich vor, »das wäre doch nett.«

Neben dem Milchhol-Gartentörchen hatte Bruder Leo im ersten Herbst einen Fahnenmast gesetzt, und an ihm flatterte, wenn wir Gäste erwarteten oder ein Familienfest feierten, aus purer Lebensfreude eine bayerische Fahne. Sie diente als Symbol unserer Liebe zu diesem Land der Berge, der Weißwürste und gemütlich blickenden Löwen. Nun mußten wir den Brauch aufgeben. Es durfte nicht mehr jeder eine Fahne hissen, wann er wollte, außerdem mußte es eine mit Hakenkreuz sein. Da meinte Mama, es sei vielleicht besser, wir zerschnitten die hübsche bayerische Fahne, säumten sie säuberlich und verwendeten sie als Gartendecke. Diese heitere Decke mit dem Rautenmuster hatte unerwartete Folgen.

Eines Nachmittags um fünf näherten sich zwei nette Bauernmädel im Sonntagsgewand resoluten Schrittes unserer Veranda.

»Wir möchten ein Bier«, sagte die eine.

»Das hab ich nicht«, sagte ich fassungslos.

»Dann halt eine Limonad«, lenkte das Dirndl ein.

Der zweiten schienen Bedenken zu kommen, sie zupfte die andere am Ärmel.

»Ist das hier nicht das Café?« fragte die erste.

»Nein«, sagte ich abwehrend, »das Café liegt drei Minuten weiter oben im Dorf.«

Die beiden entschuldigten sich und gingen davon.

Ein andermal lag der Fauxpas nicht bei den Besuchern, sondern bei uns. Ein Auto fuhr vor, und ihm entstieg ein Mann mit einem Waschkorb, aus dem weiße Spitzen quollen. Mama erhob sich verschlafen von der Couch im Wohnzimmer – es war drei Uhr nachmittags –, schaute zum Fenster hinaus und legte ihr Plaid ordentlich zusammen.

»Jetzt kommen die frechen Textilvertreter schon per Auto, es ist wirklich unglaublich. Kind, geh bitte hinaus und sage, daß wir nichts brauchen.«

Ich kam nur bis zur Mitte der Veranda und der Mitte des ersten Satzes. Der Ankömmling war ein Freund, den wir jahrelang nicht gesehen hatten und der uns seine drei Wochen alte Tochter zur Ansicht brachte.

Alle Besucher aber erzählten viel von der angebrochenen neuen Zeit, und wir waren gezwungen, uns zum erstenmal im Leben mit jenem Mann zu beschäftigen, der ein so häßliches Bärtchen trug und nun Deutschland regierte. In Paris hatte man uns häufig nach seinen wahren Absichten gefragt, und beschämt hatten wir gestehen müssen, daß wir darüber nichts wüßten. Unsere Rückkehr nach Seeham änderte daran natürlich auch nichts. Angesichts der weiten, schimmernden Wasserfläche und der Himmelsglocke darüber war es schwer vorstellbar, daß irgendwelche politische Einstellungen große Bedeutung haben könnten.

Höflich interessiert hörten sich die Eltern die hitzigen Meinungen der Besucher an, die unweigerlich mit dem Satz schlossen: »Ihr habt ja keine Ahnung! Ihr wart zu lange im Ausland!« oder aber auch mit: »Kinder! Seid froh, euch geht der ganze Rummel nichts an. Ihr habt doch einen fremden Paß!«

Ja, wir hatten einen fremden Paß. Seit zwei Jahren hatte ich sogar mein eigenes Paßbüchlein, und mein Foto klebte nicht mehr nur in dem von Mama. Wir waren niederländische Staatsangehörige, und das war, weil keiner von uns auch nur ein Wort Holländisch konnte oder jemals einen Fuß nach Holland gesetzt hatte, recht schwer zu begreifen. Besonders schwer für mich als Kind. In der Volksschule am Elisabethplatz hatte man mich gefragt:

»Was isn? War dei Vatta net in Kriag?«

»Nein.«

»Nacha is er a Desertör!«

Ich eilte nach Hause und fragte Papa aufgeregt und dem Weinen nahe, ob er Deserteur sei. Nein, erwiderte er gelassen, er sei holländischer Untertan.

»Wieso? Ich denke, du und Großpapa und Urgroßpapa und alle waren immer in Rußland?«

Ja, die Geschichte war kompliziert, und sie lag weit zurück. Unser Urahn war Bürgermeister am Rhein gewesen. Er war ein großer Verehrer Napoleons und taufte seinen Ältesten auf diesen Namen. Eines Tages, eine ziemliche Weile nach der Schlacht von Waterloo muß es gewesen sein, kam ein Mann zu ihm in die Amtsstube, räusperte sich und teilte ihm mit, er habe jetzt bei den Preußen Militärdienst zu leisten – die Rheinlande seien preußisch geworden. Urgroßväterchen hielt von den Preußen nichts, auch war er ein großer, kräftiger Mann und jähzornig. Er öffnete das Fenster – die Amtsstube lag parterre –, nahm den Hiobsboten unter kurzer Zitierung unfrommer Sprüche um die Taille und warf ihn in den Garten. Er wartete nicht ab, ob aus diesem Fenstersturz abermals ein Dreißigjähriger Krieg entstehen würde, sondern entwich bei Nacht und Nebel über die Grenze nach Holland. Ein Gerücht will wissen, daß er so glatt hinüberkam, weil ihm ein Wilddieb hinüberhalf, gegen den er einmal großzügig verfahren war. In Holland blieb er genau lange genug, um holländischer Untertan zu werden. Dann ließ er Frau und Kinder nachkommen und machte sich auf zum fernen Rußland. Dank seiner Tüchtigkeit als gelernter Tuchweber wurde er dort bald reich. Auch sein Sohn taufte seinen Erstgeborenen auf den Namen Napoleon. Die niederländische Staatsangehörigkeit behielt er bei und nach ihm die Enkel und Urenkel, auch die in München, Oberbayern.

Bruder Leo brauchte seinen Paß fast nie zu zeigen, wenn er eine Grenze zum zweiten Male überschritt. Die Grenzbeamten stießen sich bei seinem Anblick in die Seite und sagten, das sei schon wieder der, der zwei Meter lange Mensch, der Napoleon hieße, Holländer sei und in München wohne.

Mich hatte meine Staatsangehörigkeit bisher viel Zeit gekostet. Fragte mich jemand bei einem Essen: »Verzeihen Sie, gnädiges Fräulein, wie kommt es, daß Sie Niederländerin sind, wo doch Ihr Vater Russe ist ...«, so dauerte das Herbeten unserer verworrenen Familiengeschichte stets von der Suppe bis zum Braten mit Beilagen. Dabei hatte ich noch Glück, solange ich nicht auf einen ahnungslosen Enthusiasten stieß, der mich als einen »echt holländischen Typ« bezeichnete oder mich gar auf holländisch anredete. In einem solchen Fall antwortete ich stets bayrisch.

Ich war keineswegs blind dafür, daß dieser fremde Paß mich bisher vor vielem bewahrt hatte, und bekam später Gelegenheit festzustellen, vor was allem er mich noch bewahren sollte. Zunächst jedoch sah ich ihn als eine Entschuldigung dafür an, daß ich mich so wenig um die deutsche Politik gekümmert hatte. Nun aber schien es an der Zeit, diese nur scheinbare Distanz zu überbrücken und mir einige Informationen bei den Einheimischen zu holen.

Ich wandte mich mit meinen Fragen zunächst an diejenigen Seehamer, die ich lange genug kannte. Sie waren sehr vorsichtig.

»Dös mehrere von dem Hitler-Sach is a rechter Krampf«, ließ sich der alte Probstenbauer vernehmen. Dann schloß er den Mund, als wolle er ihn nie wieder öffnen, kramte ein gewürfeltes Sacktuch heraus und schnaubte seine Bedenken mit Getöse hinein.

Die jugendlichen und weiblichen Bewohner des Dorfes schienen unbefangener und positiver zu urteilen. In Berchtesgaden würde viel gebaut, ja, und das Torfmoor bei Tettenmoos würde trockengelegt, das sei »bärig« und gäbe vielen Leuten Arbeit.

Daß »Nazi« plötzlich etwas anderes sein sollte als die Koseform von Ignaz, ging uns ebensowenig ein wie die Vorsilbe »Reichs-« und »NS-« vor vielen Bezeichnungen, die bisher ganz schlicht dahergekommen waren. Wir machten einen Sport aus diesem neuen Deutsch, und Papa sprach nun von »NS-Pilzsammlern« oder einem »Reichssuppenhuhn«.

Anna der Igel, die in ihrem Individualismus so gut zu uns und dem Hause paßte, kam schüttelnd vor Lachen ins Wohnzimmer und versuchte auszusagen, draußen sei ein Mann, der wolle wissen, was wir am Sonntag gegessen hätten.

Seufzend ging Mama hinaus, um dieses offensichtliche Mißverständnis aufzuklären. Papa und ich schauten gespannt durchs Fenster und sahen Mama etwas verdutzt nach ihrem Portemonnaie greifen und dann etwas in eine Liste eintragen. Es handelte sich um die erste Eintopf-Sonntag-Spende. Ihr folgten noch viele, und wir gewöhnten uns daran.

Gewöhnen mußten wir uns auch an andere, näherliegendere Dinge. Die Flitterwochen zwischen dem Haus und uns waren vorüber. Es ließ sich nicht leugnen, daß es gewisse Unarten hatte. Für den eigensinnig tickenden Holzwurm auf dem Clo konnte das Haus nichts. Warum aber ergoß sich bei jedem Regen dort, wo die Regenrinnen des Alt- und Neubaues zusammenstießen, ein kleiner Wasserfall auf die Verandastufen? Papa sagte, man solle diese Dusche nur ja nicht abstellen, denn gerade an der Stelle stünden immer die scheidenden Besucher so lange und holten mit einem »Was ich noch sagen wollte ...« zu einem Epilog aus. Die ordentliche Mama aber schickte mich aus dem Mansardenfenster aufs Dach, wobei sie mich am Rock festhielt und »Kind, fall bloß nicht runter« sagte.

Siehe da, es lag nicht nur an den Rinnen selbst, sondern auch an den vielen welken Weidenblättern, die sich in den Rinnen zum Verfaulen bereitmachten. Ich stieß mit dem Rechenstiel nach ihnen, und danach wurde es etwas besser mit dem Wasserfall.

Das Knarren der Treppe hingegen war nicht abzustellen. Wenn Papa gelegentlich mitten in der Nacht aus dem Atelier herunterschlich, um die Formel für Salpetersäure oder Beschlüsse des Konzils zu Konstanz im Lexikon nachzuschlagen, dann wachte Mama auf und konnte lange nicht wieder einschlafen.

Daß das neue Zimmer aus Ziegeln gebaut war und etwas tiefer lag, erwies sich als Nachteil. Von einem »gemütlichen, stabilen, warmen Raum« konnte gar keine Rede sein. Der Rest des Hauses war viel wärmer. Der Inhalt von Mamas Kommoden bekam einen stockigen Geruch, und das Zimmer behielt etwas Kelleriges und Unfrohes.

»Wenn wir das Große Los gewinnen«, schrieb Leo aus Serbien auf unsere brieflichen Klagen, »dann reißen wir den Boden heraus und legen Heraklit drunter. Im übrigen komme ich im August, um mich von dem eingetretenen Edelmurks selbst zu überzeugen.«

Die hintere Küchentür hatte eine Art, einem mit der Klinke heimtückisch den Daumen zu klemmen, die ich noch bei keinem anderen Hause gefunden hatte, und außerdem ließ sie den von Nordwesten heranpeitschenden Regen freudig ein. Unter der Tür pflegten sich kleine Rinnsale zu bilden und durch die Klappe in den an sich schon feuchten Keller zu tropfen. Wir hätten damals mit der Aufzucht von Lurchen und Aquarienzubehör unsere Revenuen wesentlich verbessern können.

Statt dessen entschlossen wir uns, ein Vordach vor die Küche legen zu lassen, das nicht nur den Regen bis zu einem gewissen Grade abhalten, sondern Mamas stolzem Ausdruck »Hof« nachträglich Berechtigung verleihen sollte. Das Vordach wurde angebracht, und beim ersten Regen lief die ganze Familie begeistert trockenen Fußes zum Schuppen und zurück. Die Küche hatte sich sehr verdunkelt, selbst das Fensterchen des Speiseschrankes lag jetzt trocken und damit finster, aber man konnte ja Licht anzünden, wenn man den Suppenwürfel ganz rechts hinten suchte. Bei heftigerem Regen jedoch, vor allem bei jenen Güssen, wie ein italienisches Tief sie uns mit Regelmäßigkeit bescherte, sammelte sich der Regen auf dem Vordach und wartete, bis jemand die Küchentür öffnete. Dort, wo das Vordach ans Haus stieß, schien sich trotz des vorausberechneten Neigungswinkels eine Schleuse zu bilden, durch die einem dann gleich größere Wassermengen in den Halskragen fluteten.

Dienstag, den 5. August, telegrafierte mein Bruder Leo: *Donnerstag abend Grießpudding.* Wir bezogen sein Bett und legten ihm zwei neue Kriminalromane auf den Nachttisch.

Donnerstag mittag wurde es so dunkel, daß man den Weltuntergang nahe glaubte. Am Schreibtisch in meinem Dachkämmerlein konnte ich nur noch bei künstlichem Licht lesen. Ulf seufzte auf der Veranda, setzte sich mit zurückgelegten Ohren auf dem Fußabstreifer zurecht und blickte in den Garten hinaus.

Papa rief mich in die obere Mansarde und zeigte nach Westen. »Siehst du die blaue Wurst mit dem hellen Rand da am Himmel?« fragte er und zeichnete sie nach. »Das ist Hagel.«

»Was soll ich mit den Tomaten hinterm Haus machen?«

»Tomatenpüree«, sagte Papa ahnungsvoll. In diesem Augenblick wurde es ganz still, nur auf der anderen Seite des Sees begann ein helles Klirren. Im Nu verwandelten sich die ruhigen, freundlichen Uferbäume in zerraufte alte Schachteln mit Federboa und Riesenhut. Papierknäuel und Heubüschel tanzten und sprangen über die Wiesen auf uns zu. Eines von den Papierknäueln war die Miezi, die in Riesensätzen machte, daß sie heimkam. Dann trafen die ersten Sturmböen das Haus. Der See wurde lehmgelb und warf drohende Brecher auf. Die Bäume bogen sich, und hie und da flog ein gewaltiger Ast an uns vorüber, dem ich nicht hätte allein im Dunkeln begegnen mögen. Dann übertönte der Hagel auf unserem Schindeldach alles andere. Brüllend verständigten wir uns darüber, daß die kleine Birke am Wege wie ein Streichholz abgeknickt sei, und zwar genau dort, wo der Draht befestigt war, der sie stützen sollte. Als der Himmel aufhörte, mit Steinen zu werfen, war es draußen weiß, als hätte es geschneit. Das Haus zitterte noch immer und war von einem seltsamen Dröhnen erfüllt, das von oben zu kommen schien. Anna der Igel trat ein und teilte uns mit, daß sie es für ein Erdbeben hielte. Sie war noch schwerer zu verstehen als sonst, weil sie beim Sprechen ständig tief einatmete. Das Dröhnen nahm zu und wurde etwas unheimlich. Ich lief die Treppe hinauf, Ulf in großen Sätzen hinter mir. Er und ich legten den Kopf schief, einmal so und einmal anders, und fanden heraus, daß das Dröhnen von Papas Farbmühle auf dem obersten Boden herrührte, die ins Rütteln geraten war, weil der Sturm auf raffinierte Weise die elektrische Lichtleitung zwischen dem Nachbardach und dem Lichtmast auf unserem Giebel in Schwingungen versetzte. Anna der Igel winkte kichernd und murmelnd ab, als wir sie aufklärten.

Der Sturm hatte die Hagelkörner ans Haus geweht, die Wegränder waren damit aufgefüllt, der Garten voller Reisig, die Veranda schwamm, für den Kiesweg zum Gartentor hätte man Stelzen gebraucht. Hinter dem Haus standen bleistiftdünne, zerwirkte Stengelchen dort, wo unsere hoffnungsvolle Tomatenplantage sich ausgebreitet hatte.

Als eine Stunde später ein Taxi vor dem Gartentor hielt, brach die Abendsonne durch und strahlte Bruder Leo rosig an, der lachend seine Koffer durch den nassen Garten ins Haus trug. »Hier ist es ja schön zugegangen, warum konntet ihr damit denn nicht warten?« war seine Begrüßung. Zu mir sagte er: »Laß dich anschauen, ob der Schnee der Lastermetropole auf deiner Stirn bleicht. Na, es geht ja. Du bist ein ziemliches Vollweib geworden, wie ich sehe. Vielleicht heiratet dich doch einmal einer. Kannst du jetzt kochen? Back mal sofort eine Nußtorte. Wieviel Uhr haben wir denn?«

Ich nahm diese Aufforderung viel zu ernst, schob am nächsten Tag Anna den Igel aus seinem geheiligten Reich und verwandelte die Küche in ein Schlachtfeld. Erst als ich blasige und schief sitzen gebliebene Biskuittortenböden aus dem Rohr zog, als der Weinbrandverschnitt nicht brennen wollte und sich die Praliné-Füllung ohne Mörser auf der Marmorplatte des Küchentisches absolut nicht bearbeiten ließ, kam ich zu der Erkenntnis, daß die Kochbedingungen der »Académie du Cordon bleu« und die in einem Sommerhaus zweierlei sind.

Leo sah sich mein Treiben eine Weile an. Dann griff er ein. »Das ist Blödsinn, was du da machst«, sagte er, »versuch es lieber mal mit einem Kartoffelauflauf zum Abendessen.«

Der Abend kam. Mama stieß den Vorlegelöffel mit der bei ihr obligatorischen Bemerkung: »Na, das sieht ja köstlich aus« in die Auflaufform und teilte aus. Nach dem ersten Bissen ließ sie die Gabel sinken.

»Aber Kinder, der ist ja kalt«, rief sie erstaunt aus, »hab ich denn so gepustet?«

»Wann ist denn der Auflauf ins Rohr gekommen?« wollte Papa wissen.

»Um sechs Uhr, vor einer Stunde«, sagte ich nachdrücklich.

Bruder Leo grinste von einem Ohr bis zum anderen. »Und wann hast du das Herdfeuer wirklich in Schwung gekriegt?« fragte er leise.

Ich errötete und antwortete nicht. Auch mir war klargeworden, daß zwischen der Küche und mir noch nicht die nötige Vertrautheit herrschte.

»Das kommt alles mit der Zeit«, tröstete Mama.

»Es kommt gar nichts mit der Zeit, wenn sie nicht richtig anfängt zu lernen«, erklärte Leo und nahm mich am nächsten Tag mit sich hinters Haus. »Kannst du überhaupt Holz spalten und Späne machen?« fragte er. »Komm mal her, ich bring es dir bei. Also den Klotz hier nimmst du – nein, den nicht, der hat zu viele Äste, also den hier nimmst du, hältst ihn solange mit der linken Hand, mit der rechten schwingst du das Beil, so ... Bist du eigentlich in der Krankenkasse? So, das war schon ganz gut, nur Mut. Nein, gegens Schienbein darfst du dir das Zeug nicht fallen lassen, da tut es ja so weh!«

Ich war willig und fleißig und lernte. Anna murmelte und gab hohe, schrille Lachtöne von sich. Beim Milchholen jedoch sprach sie mit den Nachbarn in anerkennendem Kauderwelsch über die jungen Herrschaften. Nach wie vor lehnte sie es ab, den Tisch zu decken, murrte: »Mit dem G'schepper da hab i's net«, womit sie unser Erbsilber meinte, und so verblieb die höhere Töchterpflicht des Tischdeckens mir. Da ich aber nach den Radtouren, dem Dichten von Reklameversen und der Beteiligung an Preisausschreiben immer noch Zeit übrig hatte, so wollte ich Bruder Leo doch zeigen, was ich gelernt hatte. Erneut machte ich mich an die Fabrikation hausgemachter Pralinen. Mein Ausstoß an angebrannten, verzuckerten, überkrusteten Aluminiumgeschirren war groß. Leo wollte als erwachsener Mann nun auch nicht zurückstehen, und nachdem er es zunächst mit unfruchtbarer Kritik an meinen Bemühungen versucht hatte (»Was soll das sein? Ein Birchermüsli? Das sieht ja aus wie für zehn Pfennig Gespienes!«), warf er sich aufs Brotbacken. Er ließ sich beim Schlosser, der ihn stets schon von weitem mit hochgerissenem Kinn grüßte, zwei überdimensionale Kastenformen bauen, räumte Anna den Igel und mich aus der Küche und begann auf dem Tisch ein großes Teiggemansche. Im Kneten war er besser als ich, das mußte ich ihm lassen, da er bei seiner ungewöhnlichen Länge von höher oben herunterwuchten konnte. Wir drehten Weizenkörner durch die Kaffeemühle, um den echten Grahambrot-Effekt zu erzielen. Er wurde so echt, daß Mama sich eine Plombe daran ausbiß. Papa fand, das bißchen Kaffeearoma, das von der Mühle her noch am Brot haftete, mache die Sache recht interessant. Die Teige mußten leider immer lange gehen, und wir mit ihnen, hin und her, vom Schatten in die Sonne, von der Fensterbank auf den Ofen, immer dorthin, wo es am wärmsten war.

Leo sagte später, es sei wegen meiner verzuckerten Töpfe gewesen, daß Anna der Igel, Unverständliches murmelnd, endlich kündigte. Ich schob es auf Leos Brotgemansche, und Mama meinte versöhnlich, der einsame Winter mit den beiden Tieren sei eben doch zuviel für sie gewesen. Papas einzige Reaktion war die Frage, wie lange es noch bis zum Ersten sei. Anna habe stets ausgesehen wie ein Misthaufen, in dem der Blitz gewühlt habe. Wir sahen uns über die Suppenlöffel hin erstaunt an, hatten wir doch nicht geahnt, wie sehr Papas Malerauge von Anna dem Igel beleidigt worden war.

Etwas schuldbewußt ging ich nach Tisch in die Küche und bat sie, mir doch einige ihrer Rezepte zu vermachen. Sie entnahm der kleinen Porzellandose mit der Aufschrift Sago einen abgekauten Bleistiftstummel und schrieb mit steiler gotischer Schrift einige Rezepte voller Orthographiefehler in die freigelassenen Seiten von Großmamas Kochbuch. Zwar vergaß sie nicht, *Gutes Gelingen!* und *Guten Appetit!* darunterzusetzen, aber ich empfand ihre Rezepte dennoch als irreführend. Sie gelangen nie. Dann notierte Bruder Leo das Ergebnis seiner Versuchsreihen im Brotbacken auf die nächsten Seiten, verglich seine Angaben mit denen früherer Jahrhunderte, schnaubte verächtlich durch die Nase, als er auf Ungenauigkeiten wie »für 20 Heller Hefe« stieß und mahnte mich zur Korrektheit.

Mein Ehrgeiz, die französische Rezeptsammlung durch bayrische Spezialitäten zu erweitern, führte mich zur alten Hubermutter die herrliche Dampfnudeln machte. Lange Zeit stand ich neben ihr und sah sie mit unnachahmlicher Leichtigkeit der Bewegung die bemehlten Teigkügelchen auf einem Brett drehen, so daß sie hoch und glatt wurden.

»Wieviel Mehl nimmst du denn, Mutter?« fragte ich ehrfürchtig.

»Mei, zwei Schaufeln scho.«

Die Auskunft war ungenau, aber ich mußte sie hinnehmen. »Und danach tust du sie in den großen Hafen da. Wieviel Milch muß denn da hinein?«

»Mei, da derfst scho hübsch oane nehma.«

In Litern oder gar, wie meine chemisch vorgebildeten Männer es wünschten, in Dezilitern war dies »hübsch oane« nicht zu übersetzen.

»Butter tust keine hin?« fragte ich.

»Doch, doch, a Butter muaß scho hi'.«

»Wieviel nimmst denn da?«

»Mei, dös kimmt drauf oo«, meinte sie, und ihre Hände vollführten über den Dampfnudeln so zarte Bewegungen, daß ein Chirurg sie hätte beneiden können. Ich übersprang nun einige Punkte in der Prozedur, aber es wurde immer schwieriger.

»Net z'nah ans Feuer hi'«, schärfte sie mir ein, »zerscht müssens surmsen und danach säuseln.«

Ich ging nach Hause, seufzte tief, knüllte an den Teigkügelchen herum, sperrte sie in den größten Topf, den ich hatte, ließ sie erst surmsen und dann säuseln und bat unter Herzklopfen zu Tisch. Die eine Hälfte der Dampfnudeln klebte eigensinnig am Deckel und wurde mit ihm in die Höhe gerissen. Der im Topf verbliebene Rest ließ sich nur sehr schwer noch zierlich servieren.

»Sie riechen jedenfalls köstlich«, sagte Mama. Sie schmeckten selbst Papa, der sich ein zweites Mal geben ließ und bemerkte, wenn ich mich nicht in letzter Minute draufgesetzt hätte, wären es recht gute Nudeln.

Bei den viel entfernteren Nachbarn, dem Hof jenseits der

Wiesen vor dem Dorf, konnte ich nichts Neues profitieren. Dort führte eine alte Frau ihrem älteren Bruder die Küche und erklärte mir, bei ihr gäbe es jeden Tag Knödel in der Suppe. Ich staunte, daß sie so viel Fleisch kaufen konnte, denn ihr Bruder ging in einem von Papas ältesten Röcken aufs Feld. Doch nein, die Suppen bestanden gar nicht aus Fleischbrühe, sondern aus Wasser mit etwas Maggi und recht viel Schnittlauch. Ihre Knödel waren prachtvoll und enthielten eine Menge Eier. Das Geheimnis ihres Rezepts lag somit im Hühnerstall. Das hätte ich zu Hause nicht erzählen dürfen, denn Bruder Leo fand sofort, eine Geflügelfarm sei spielend leicht zwischen Schuppen und Anbau unterzubringen. Gottlob standen mir die Eltern bei. Mama und Papa fanden wie aus einem Munde, daß das Huhn ihnen nächst der malayischen Puffotter das unsympathischste Tier sei, es stänke, sei laut und geistig zurückgeblieben. In meiner Freude und Erleichterung fuhr ich weit über Land und kaufte Eier, wo ich nur konnte.

In diesem Jahr trugen die Johannisbeerbüsche zum ersten Male reichlich, und ich hatte mich dort in einer weiteren Pflücktechnik zu üben. Ich lieh mir den Melkschemel von der Nachbarin, dessen Hinterbeine jedoch sofort im Boden versanken. Er warf mich ab wie ein bockiger Esel, und von da an kniete ich. Das ging ganz gut, solange nicht zu viele Ameisen unter der Kniescheibe zerdrückt wurden. Mama sollte ihres Herzens wegen nicht so lange in der Sonne bleiben, die Männer pflückten zu viele Stengelchen, Blättchen und Hölzchen mit. Ulf blieb bei mir und assistierte mir dadurch, daß er seine Schnauze ganz tief in die Maulwurfshügel um die Johannisbeerbüsche steckte und dumpf hineinpustete.

Eines Tages kam Leo die Treppe herunter und sagte freudig grinsend zu mir: »Sag's der Mama nicht, aber ich weiß jetzt, warum die Gäste heuer immer nur so kurz bleiben: Weil du Giftweizen gestreut hast und sich die Mäuse in ihrer Agonie immer genau in den Fehlboden über dem Gästebett zurückziehen, um dort das Zeitliche zu segnen. Und dazu diese Hitze!«

Ich eilte mit ihm an den Ort des Schreckens, stellte mich auf die Zehenspitzen und hielt die Nase an die Dachschräge, um den Ort möglichst genau zu bestimmen. Zu machen war nichts. Wir konnten die Bretterverschalung nicht aufreißen, höchstens die Balkontür ins Freie.

»Es sind mindestens vier verschiedene, Vater Maus, Mutter Maus und zwei Kinder«, sagte Leo, und ich opferte insgeheim eine halbe Flasche Yardley-Lavendel, um den Ruf des Hauses wiederherzustellen.

Die letzten, ganz süßen Johannisbeeren, die, aus denen man den besten Saft, aber kein Gelee mehr einkochen kann, hingen noch an ein, zwei Sträuchern, da kamen Freunde der Eltern zu Gast. Als sie wieder abreisten, nahmen sie mich in ihrem Auto mit in ihre kleine, altmodische Residenzstadt, in der sie ein Haus inmitten von Gärten bewohnten, ein seltsames Mittelding zwischen Villa und Mietshaus. Ich sollte nur einige Wochen bleiben, dann wurden es doch zwei Monate. Der Nennonkel und die Nenntante, ein älteres Ehepaar voller Güte und bürgerlicher Würde, wollten mir etwas bieten, das weder Paris noch die Elisabethstraße in München mir geboten hatten, und erschlossen mir eine neue Welt: die Oper. Alle paar Tage saß ich im seidenen Kleid mit goldenen Sandalen auf dem Abonnementsplatz neben den Verwandten in dem schönen Barocktheater und sah von Freischütz bis Bohème alles, was zu einem normalen Repertoire gehört. – In meinen begeisterten Briefen nach Hause ließ ich verlauten, daß ich nun zum erstenmal den Flügel und das Klavierspiel von Papa und Leo nicht mehr vermisse, daß die Konservenmusik aus dem Radio doch nichts sei und daß ich plane, im kommenden Winter meine musikalischen Kenntnisse zu vertiefen und in Richtung aufs Moderne zu erweitern. Papa hatte zwar schon kundgetan, daß Paris diesmal nicht in Frage komme, weil man dort für ihn so schwer ein Atelier bekäme, es gäbe eben zu viele Maler dort – aber schließlich war ja Paris nicht die einzige europäische Hauptstadt außerhalb der Devisentrennwand, und eine Oper hatte jede.

Auf diese Pläne erwiderte Mama in ihrem Antwortbrief nur kurz: »Das findet sich dann alles.« Da das Vorplanen für eine ungewisse Zukunft eine der unschuldigen Drogen war, mit denen sie gewöhnlich den grauen Alltag versüßte, war ich ein bißchen erstaunt, vergaß es dann aber.

Als ich heimkam, war es Herbst. In den tausend Spinnweben rings um das Haus hing der Tau so dicht, daß sie gesponnenem Zucker glichen. Die glühend farbigen Dahlien in den Gärten der Seehamer ließen die Köpfe hängen, als hätten sie keine rechte Lust mehr, und in unserem Regenfaß verursachten herbstliche Winde fast so etwas wie Wellenschlag. In den Obstbäumen der Nachbarin leuchteten Äpfel und Birnen viel heller als das müde, grüne Laub.

Anna der Igel war fort. Es kam eine Bauerntochter, die mit

mehr Wucht als nötig die Teppiche klopfte und derartige Mengen Brotsuppe kochte, daß der ganze Speiseschrank damit vollstand.

Papa hatte viele schöne Bilder gemalt: duftige Porträts der Landschaft um den See, der braunen, stillen Torfmoore mit den Birken, die ihn an Rußland erinnerten und den Blick auf die Berge. Ihm allerdings gefiel ein Bild am besten, das mißlungen war und das er abgekratzt hatte. Die geheimnisvollen, bläulichen Umrisse, die nun übriggeblieben waren, schienen ihm so interessant, daß er den Satz aufstellte: »Wißt ihr, man sollte überhaupt nicht mehr malen, sondern nur noch kratzen!«

Es war zunächst noch nicht von unserer Abreise zum Winter die Rede. Ich schlug einmal beim Tee, während ich den Messinghahn des Samowars bediente, Mailand vor, weil ich mir von der Mailänder Scala die besten Opern versprach, aber niemand ging auf meinen Vorschlag ein. Irgend etwas schien mir hier nicht zu stimmen, und Bruder Leo verlor denn auch keine Zeit, um mich ins Bild zu setzen. Er wählte dazu den Augenblick, in dem er Wasser ins Reservoir hinaufpumpte und ich auf dem Küchenhocker stand und nach einem Glas Preiselbeeren suchte, das unbedingt noch irgendwo im obersten Fach des Schrankes stehen mußte. Ich konnte kaum stehen, denn die Miezi umstrich zärtlich meine Beine, in der Meinung, ich suchte nach Hackfleisch für sie. Aber ich war wegen der Mäusevorkommnisse etwas verstimmt über sie und beachtete sie nicht. Das Glas Preiselbeeren wollte sich nicht finden lassen.

»Wenn das neue Mädchen kommt, muß der ganze Speiseschrank mal herausgeräumt und saubergemacht werden«, sagte ich und äugte in eine Tüte Pfefferminztee.

»Es kommt kein neues Mädchen«, sagte Bruder Leo und bewegte sacht den Pumpenschwengel hin und her. Das Bleigewicht an der Küchenwand bewegte sich unmerklich. »Das bißchen, was hier zu tun ist, kannst du ja machen. Du bist ja jetzt völlig ausgewachsen. Für ein Mädchen reicht das Geld nicht mehr, verstehst du. Nun reg dich mal nicht auf, sonst merkt es die Mama, und du weißt genau, daß sie viel herzkränker ist, als sie tut. Ihr bleibt wahrscheinlich sowieso so lange wie möglich hier, und wenn die Eltern dann wieder ins Ausland fahren, dann bleib in Deutschland, und schau dich um, daß du hier irgendwo was lernst, damit du was verdienen kannst. Oder hast du gedacht, daß du dein Leben lang Prinzessin auf der Erbse spielen kannst, wie?«

Ich stieg vom Hocker und setzte mich bequem hin. Mir war schwindlig, viel schwindliger als damals, als Mama mir eröffnete, daß wir unsere Münchner Wohnung aufgeben müßten. Verdienen, ich? Eine Stellung annehmen? Wieso hatte mir niemand etwas davon gesagt, daß es uns nicht gutging? Dann hätte ich mir doch die goldenen Abendsandalen nicht mehr gekauft! Immerhin war es eine große Erleichterung, daß Bruder Leo es war, der mich so sachlich und kurzerhand aufklärte. Mama verstand sich schlecht auf Unverbrämtes, und Papa ...? Papa haßte Aussprachen, Entscheidungen, Resümees und dergleichen und hätte mir höchstens ein Gedicht von Morgenstern zitiert.

Ich saß völlig entspannt und hatte beide Arme auf dem Schoß liegen. Miezi nahm die Gelegenheit wahr, auf mir herumzusteigen und mich schnurrend mit ihren Barthaaren ins Gesicht zu stechen. Bruder Leo sah sich nicht um und pumpte stetig und gelassen weiter. Man hörte es kaum, während es bei Anna dem Igel immer so geklungen hatte, als wolle sie den Schwengel abreißen.

Es hatte keinen Sinn, es zu leugnen: Genau das, was Leo so rüde als Prinzessin auf der Erbse bezeichnet hatte, war die Rolle, die mir auf den Leib geschnitten schien. Ich sah meine Zukunft plötzlich in so neuem Licht, daß die Küche sich vor meinen Augen zu verändern schien, als hätte ich sie noch nie gesehen. Es war ein Unterschied, ob man sich in Fortsetzung einer geheiligten Familientradition ein wenig ums Kochen und Backen kümmerte oder ob man alles ganz allein machen mußte. »Das Abspülen auch?« fragte ich kläglich.

Leo ruckte prüfend am Bleigewicht und zog ein wenig den Kopf ein, um unter der Treppe hervorzukommen. »Ja, freilich, das Abspülen auch. Nun sitz nicht so verdattert da«, sagte er mit einem tröstenden Puff. »Was du noch nicht kannst, lernst du ja sofort. Ich habe eine elektrische Pumpe für euch bestellt, damit das Wassergefrett aufhört. In zwei Wochen muß ich wieder auf den Balkan, Wälder kaufen, bis dahin muß sie installiert sein. Weswegen schaust du so entsetzt? Wegen der Stellung? Mensch, sei doch nicht so dämlich, wo du sowieso drei Sprachen kannst – mit Bayrisch sogar vier, und in der Schule Stenographie gelernt hast! Und solange du noch hier bist und kochst, vergiß nicht, daß an die russische Kohlsuppe kurz vor dem Servieren ein bißchen saurer Rahm muß, und gib Obacht beim Probieren, daß du dich nicht bekleckerst. Bei dir steht nämlich, im Unterschied zu mir, das Vorderdeck etwas ab!«

Ich mußte lachen, meine Mundwinkel zitterten dabei, aber das sah man nicht.

Leo radelte zufrieden zum Wirt um einige Flaschen Bier. Er fand den Anlaß zu einem Fest hinlänglich gegeben.

Noch ehe er zurück war, hatte ich mich entschlossen, dafür zu sorgen, daß auch die Teppichklopfbäuerin nur noch einmal wöchentlich käme. Mein Ehrgeiz war geweckt.

Mama wollte natürlich nicht zurückstehen und tat begeistert mit, soweit ihr Herzleiden dies erlaubte. Als geborener Perfektionist stürzte ich mit allem, was in die Küche gehörte, zu ihr ins Wohnzimmer:

»Mama, probier doch hier mal mit der Gabel, glaubst du, daß diese Spaghetti jetzt weich genug sind? Im Cordon bleu habe ich nie auf die Kochzeiten aufgepaßt, und bei dir im alten Kochbuch von Großmama steht nichts darüber.«

»Kind, ich muß dir offen sagen, ich weiß es selber nicht. Mach ganz wie du willst!«

Von Mama gab es im geschnitzten Kasten rechts unten im Schreibtisch ein Foto mit Hängezopf und neckischem Latzschürzchen in einem Schweizer Pensionat. Die jungen Damen trugen darauf Kochlöffel in der Hand. Mama gestand mir, daß man dort für vierzig Personen gekocht hätte, da waren die Mengen natürlich anders, und außerdem hätte sie immer nur Petersilie gewiegt, das hätte ihr am meisten Spaß gemacht.

Ich hatte keine Lust, noch einmal die Runde bei den in Zahlenangaben so ungenauen Bäuerinnen der Seehamer Nachbarschaft zu machen, und lernte die Kochzeiten, den Blick starr auf den alten Küchenwecker geheftet, durch Experiment-Reihen, die einem Chemiker Ehre gemacht hätten. Kalte Kartoffelaufläufe kamen nicht mehr vor. Wohl aber riß ich einmal einen Auflauf aus dem Rohr und wollte ihn Mama zeigen. Dabei stolperte ich über die Wohnzimmerschwelle, fiel der Länge nach hin, die feuerfeste Form zerbrach am Boden, und der Auflauf rutschte, noch immer aufgelaufen und geordnet, bis ganz hinten unter die Couch. Bruder Leo bückte sich und sah zwischen seinen riesigen Knien hindurch. »Klar ist der fertig«, meinte er sachlich, »sonst behielte er ja die Form nicht.«

Selbst der Hund Ulf war mit meiner Kochkunst zufrieden. Er wedelte anders, wenn er mich sah, und ließ freudig lachend die Zunge aus dem Maul hängen, wenn er mich einen Topf ergreifen sah. Ich ärgerte mich nur immer über die Art, wie er an seinen Napf heranging, leuchtenden Auges hineinschaute und dann die Schnauze bis zu den Ohren in die Brühe tauchte, so daß Reis und Gemüse zu beiden Seiten heruntertroffen. Mit dem größten Knochen im Maul trottete er auf die Wiese des Nachbarn, wo er sich gemütlich zurechtlegte, um ihn zu bekauen. Alle paar Tage mußte ich eine Razzia nach abgenagten Beinlingen veranstalten, sonst wäre beim Mähen die Sense des Nachbarn stumpf geworden und eine unserer Seehamer Beziehungen hätte sich getrübt.

Da wir den Giftweizen wegwarfen und zu den alten, ehrlichen Mausefallen zurückkehrten, mußte ich sogar lernen, sie zu spannen und aufzustellen. Bruder Leo hatte viel zu grinsen über die Art, wie ich die Augen zukniff und den Arm weit von mir streckte, weil ich ihr Zuschlagen fürchtete. Wir konnten sie jedoch fast nicht so schnell laden, wie sie gebraucht wurden. Es schienen sich vor dem herannahenden Winter ganze Völkerstämme von Mäusen in unsere gemütlichen, warmen Fehlböden zu flüchten. Nachts war es lebhaft im Hause, der Kies flog, es quietschte und trippelte. Mama, die von uns allen den leichtesten Schlaf hatte, sagte morgens beim Kaffeetrinken, nichts sei so unzutreffend wie der Ausdruck »leise wie eine Maus«.

Anfang Oktober kam der elektrische Motor. Als er zum ersten Male angestellt wurde, umstanden wir ihn alle und hörten sein Getöse bewundernd an. Selbst der Monteur bewahrte achtungsvolles Schweigen. Leo zeigte mir, wo man abstellte und wo an, und daß ich nie vergessen dürfe, die Schraube vom Steigrohr aufzumachen, und sagte dann, ich sparte ab sofort so viel Arbeit, daß ich mich nach ein wenig Heimarbeit umsehen solle.

Mama meinte, der Motor sei wirklich eine große Verbesserung, und ob wir jetzt nicht den Handschwengel abnehmen lassen könnten. Der sei doch nicht mehr nötig und es sähe dann viel schöner aus. Nein, der bliebe dran. »Ja, wozu denn?« fragte Mama. »Man kann nie wissen«, sagte Bruder Leo. Dann packte er seine Koffer, steckte ein kleines serbisches Wörterbuch in seine äußere Paletottasche und reiste ab.

Doch auch wir blieben nicht bis Weihnachten. Als ich anfing, den Kachelofen zweimal täglich zu heizen, als mir der in der Serviette gekochte Kloß auf Anhieb gelang und ich die Rosenbeete vor dem Haus mit dicken Tannenzweigen bedeckt hatte, wurde durch einige ankommende Briefe klar, daß die Eltern den Winter in Brüssel verbringen würden. Sosehr ich es eben noch bedauert hatte, diese Stadt nicht kennenzulernen, diesmal ließen Brüssels Reize mich kühl. Ich hatte eine andere Hauptstadt in petto: Berlin. Als Startpunkt für eine berufliche Laufbahn schien Berlin am geeignetsten wegen der vielen Tanten und Verwandten, die sich meiner dort mit Rat und Tat annehmen würden. Papa stellte mir frei, dort die Dolmetscherschule, die Berlitz-School, die Rackow-Schule oder das Lette-Haus zu besuchen und mir die Stadt zu erobern – Mama, die wohl gelegentlich bemerkte, wohin mir das Herz fiel, gab ihrer Stimme in allen Dingen, die Berlin betrafen, einen optimistischen Ton, der etwa drei Töne höher lag als ihre gewöhnliche Sprechstimme. Es klang fast wie: »Cherubino, auf zum Siege, auf zu hohem Waffenruhm ...« Für die schlaflosen Stunden zwischen drei und fünf Uhr früh, die sie auf den Mäuselärm schob, blieben ihr Sorgen genug um meine Gesundheit und Tugend im Berliner Klima, von denen sie nicht sprach. Um so ausführlicher sprach sie vom Wert regelmäßiger Spaziergänge, vom Wert guter Manieren und selbstbewußten Auftretens. Sie schien der Meinung, daß ich, wenn ich mir den Scheitel immer bis ganz hinten durchzog und mit allen Leuten freundlich war, die Reichshauptstadt bald genug zu meinen Füßen haben würde. Nur das alte, karierte Schulkleid, das noch aus der Elisabethstraße stammte, das solle ich in Seeham lassen, das sei nicht mehr gut genug, sagte sie.

Um das Haus machte sie sich keine Sorgen. Es fand sich eine Dame, die eine mietfreie Wohnung suchte und als Gegenleistung versprach, Miezi Milch zu geben, Ulf spazierenzuführen und beide zu hüten wie ihren Augapfel. Erst viel später erwies sich, daß sie Ulf bei Kälte auf der Veranda anband und zum Kaffeeklatsch ging, so daß sein Heulen im halben Dorf zu hören war, daß Miezi ihr bald entlief und nie wieder auftauchte und daß sie einen schweren Gegenstand, mit Wahrscheinlichkeit ein Beil, von oben in die porzellanene Klosettschüssel fallen ließ und behauptete, die sei schon immer kaputt gewesen.

Die letzten drei Tage genossen wir stillvergnügt. Papa zwickte mich, im Hinblick auf meine nun bald einsetzende verfrühte Mündigkeit, schon vor dem Kaffeeingießen ermunternd in den Arm, ja manchmal sogar während des Eingießens, was die Tasse in Gefahr brachte. Der Garten sah still und stumm aus, als atmeten die Pflanzen nur noch leicht. Die Kronen der Bäumchen und Johannisbeerbüsche zeigten schon klar und deutlich die Konstruktionszeichnungen ihrer Äste, ohne daß viel Laub unten lag. Am Morgen unserer Abreise war das Gras im Schatten der Hecke blaugrau bereift.

In der Stadt war dann alles schon kahl, ja das braune Laub schon vom städtischen Reinigungsdienst hinweggeräumt. Bis München waren die Eltern und ich gemeinsam gereist. Wieder sprach keiner es aus, wie absurd es doch eigentlich sei, sich jetzt in die Welt zu zerstreuen, anstatt einfach die Trambahn Nummer 17 zu nehmen und in die Elisabethstraße heimzukehren. Da wir im Abschiednehmen alle keine Helden waren, verbrachten wir die letzten schmerzlichen fünf Minuten im Hauptbahnhof damit, uns Witze zu erzählen. Die Pointe fiel just in dem Augenblick, als der Zug der Eltern aus der Halle glitt.

Als ich den Arm vom Winken wieder sinken ließ, war ich erwachsen. Vielleicht behielt mein geheimes Vorgefühl recht, vielleicht führte der Weg in die Villa an der Riviera tatsächlich über Berlin. Nun, jedenfalls war ich jetzt selbständig und auf eigenen Füßen. Niemand und nichts hinderte mich, mir jetzt zum Beispiel endlich Vicky Baums ›stud. chem. Helene Willfuer‹ zu kaufen, ein Buch, das irgendwie unanständig sein sollte und das ich bisher nicht hatte lesen dürfen. Es mochte sich als Reiselektüre eignen. Federnden Schrittes näherte ich mich dem Bücherkarren auf Bahnsteig 2 und mußte erfahren, daß es sich bei der Autorin um eine Jüdin handele und das Buch nicht zu haben sei. Flüchtig kreuzten einige Bemerkungen des Probstenvaters, Austragsbauer zu Seeham, durch meine Gedanken, aber auch Mamas Mahnung: »Und noch etwas, Kind, behalte deine Meinungen immer hübsch für dich. Dies ist dein Gastland, und über seine Politik hast du nichts zu befinden.«

Ich bemühte mich noch, ein nichtssagendes »Soso« zu murmeln, während ich mich vom Bücherkarren wegwandte, da rief der Mann mit der roten Mütze: »Zum D-Zug nach Berlin bitte einsteigen und Türen schließen!«

IV

»Nummer fünf. Sie wollten doch nach Nummer fünf, Frolleinchen?« vergewisserte sich der Chauffeur, ehe er die Taxameteruhr abstellte. Erst als seine roten Schlußlichter um die Ecke verschwunden waren, merkte ich, daß der Name der Familie, bei der eine Tante mich eingemietet hatte, auf den Wohnungsschildern nicht vorkam.

Ich klingelte beim Portier. Überraschend tief unten schaute er aus einem Glasfenster. Ich fand es unfreundlich, so von oben herab mit ihm zu sprechen. Verlassen und ausgestoßen wie ich war, wollte ich möglichst nett zu allen Berlinern sein. Ich ging vor der Glasscheibe in die Hocke und erfuhr, daß ich mich zwar auf Nummer fünf, aber nicht in der Jenaerstraße, sondern in der Lynarstraße befände. Der Portier tröstete mich, es sei gar nicht weit, und betete eine Menge Straßennamen herunter, die mir nichts sagten. Ich nahm meine Koffer und trat in die feuchte, windige Nacht hinaus. Die Schatten kahler Zweige tanzten vor mir her auf den hellerleuchteten Trottoiren. Hier und da wurde ein Hund ausgeführt. Alles war ganz fremd und neu. Ich ahnte, daß dieser kleine Gang ein Omen war, wenn auch kein unbedingt schlechtes. Es würde wohl nicht alles so ablaufen, wie Mama und ich es in Seeham geplant hatten.

Dennoch ging die nächsten Tage alles bewundernswert glatt. Meine möblierte Wirtin war reizend und half mir geduldig, alle Adressen in meinem ledernen Büchlein auf dem Stadtplan zu suchen. Sie gab mir Auskunft nach bestem Gewissen. Wo die jeweiligen Hausnummern lagen, wußte sie auch nicht, und so gewöhnte ich mich daran, von der U-Bahn- oder Stadtbahnstation aus noch einen etwa halbstündigen Fußmarsch einzurechnen, ehe eine unbekannte Tür sich öffnete und ich den freudigen Ausruf einer Tante vernahm: »Ja, das Isabellchen – und so groß geworden! Ja, wie geht's denn zu Hause? Was machst denn du in Berlin?«

Berlin, eben noch eine Anhäufung von Straßennamen, begann ein Gesicht zu bekommen und teilte sich in Gegenden auf, in denen Verwandte und Freunde lebten. Ich fuhr halbe Tage lang, U-Bahn, Stadtbahn, Elektrische und Omnibus. Überallhin war es weit – zum Zahnarzt und zur Schneiderin, zu Onkel Felix, ins Museum und ins Kaufhaus des Westens. Erst verstand ich gar nicht, wann die Berliner eigentlich zu ihrem Privatleben kamen bei diesen Entfernungen. Dann lernte ich, daß sie einen Teil davon in den öffentlichen Verkehrsmitteln absolvierten. Sie lasen. Auch ich lernte beim Fahren lesen: auf einem Bein stehend, an einer Strippe hängend, ja sogar beim Hineindrängeln in einen U-Bahnwaggon. Zeitungen kamen wegen ihres Formates nicht in Frage, man deckte den Nachbarn das Gesichtsfeld zu. Ich las sie sowieso nie gern. Bücher jeder Art aber eigneten sich prächtig. Ich holte viel nach, und meine Bildungslücken schlossen sich. Bald verloren meine Augen auch die Zeile nicht mehr, wenn einen Moment das Licht aussetzte, und wenn beim

Auftauchen aus dem U-Bahnschacht am Nollendorfplatz blendende Helligkeit in den Wagen strömte, blinzelte ich kaum noch.

Ich hatte viel zu fahren und nach ein paar Wochen sogar viel zu tun. Jedenfalls schien es mir so. Ich lernte Handelskorrespondenz in zwei Sprachen, frischte in einem Kursus meine Stenographiekenntnisse auf, rückte eine gemietete Schreibmaschine vors Fenster meines möblierten Zimmers, und als der erste Schnee fiel, tippte ich schon mit geschlossenen Augen sechzehnmal hintereinander fehlerfrei *Wurzel Kursverlust Wurzel Kursverlust.* In der verbleibenden Zeit, wenn ich nicht gerade ein Viertel Aufschnitt oder ein Gurgelmittel kaufen mußte, kritzelte ich Postkarten an Mama. »Schreib öfters eine Postkarte, das ist mir lieber als seltene, lange Briefe«, hatte sie gesagt. – Ich suchte mir beim Schreibwarenmann an der Ecke die spitzeste Feder aus und bekam mit ganz kleiner Schrift mehr auf eine gewöhnliche Postkarte als andere auf dreiseitige Briefe. Das Auslandsporto war verhältnismäßig hoch, und ich brauchte sowieso viel zuviel Geld. Mama kaufte sich eine stärkere Brille.

Onkel, Tanten, Freunde und Cousinen waren rührend und riefen von Zeit zu Zeit bei der möblierten Wirtin an, wie es mir denn ginge. Wenn es auch sehr angenehm war, stets zu wissen, wo man am Sonntagmittag zu Kalbsbraten und wo man am Nachmittag zu Napfkuchen und Kaffee willkommen war, so brachten mich doch die vielen mir zuteil werdenden Ratschläge etwas in Verwirrung.

»Du solltest bei deinen Sprachkenntnissen in eins der neuen Ämter gehen, die schießen ja jetzt wie Pilze aus der Erde«, hieß es.

»Sieh dich doch mal bei der Automobilindustrie um – da werden Sekretärinnen gebraucht wie Sand am Meer, die vergrößern ja alle, das hat mit der Rüstung zu tun, und du verdienst dich dumm und lahm.«

»Wo du so leicht auffaßt, solltest du in eines der großen wissenschaftlichen Institute gehen. Die schieben dort eine sehr ruhige Kugel, wenn sie auch nicht soviel zahlen wie die Industrie.«

»Ein Mädchen, das so aussieht wie du, mein liebes Kind, sollte überhaupt nicht in einem Büro versauern. Warum versuchst du es nicht als Stewardeß bei der Lufthansa?« meinte ein liebenswürdiger Onkel.

Das gefährlichste Gift jedoch träufelte eine alte Dame in

meine Seele, die sich von mir mit amüsiertem Gesicht eine Stunde lang über Seehams Land und Leute berichten ließ, dann die Brille abnahm, das Etui laut zuklappte und sprach: »Ich verstehe nicht, warum du dich mit diesem stenotypistischen Kram abgibst – du gehörst natürlich auf die Bühne!«

Sie ahnte nicht, die Gute, daß sie ein Feuer anblies, das schon seit der Elisabethstraße in München in mir schwelte. Nach gedankenvollen Tagen suchte ich die Adresse einer Dame auf, die mir empfohlen worden war. Sie war eine berühmte Schauspiellehrerin. In ihrer Wohnung, kaum daß ich den Hut abgenommen hatte, kniete ich auf dem Teppich nieder und sprach die Lucile aus ›Dantons Tod‹. Ich kann die Szene heute noch.

Die Schauspiellehrerin war eine vernünftige Frau. Sie sagte mir etwas, das man mir im Schoße der Familie niemals gesagt hatte. »Talent haben Sie, das steht außer Zweifel. Sie haben sogar recht viel. Aber wissen Sie auch, daß Talent nur etwa zwanzig Prozent von dem ausmacht, was Sie für diese Karriere brauchen?« Sie zählte mir nun das eine oder andere aus den übrigen achtzig Prozent auf, es waren lauter Dinge, die ich zweifellos nicht konnte und auch nicht wollte – und entließ mich mit den Worten: »Eilen Sie sich! Wenn Sie zu Gründgens wollen, haben Sie nur noch ein Jahr Zeit, danach nimmt er Sie nicht mehr!«

Mit nach innen gekehrtem Blick setzte ich mich auf eine Bank am Laubenheimer Platz in Wilmersdorf und prüfte mich. War es möglich, daß dies ein Fingerzeig des Schicksals sein sollte – ein Wegweiser zur Villa am Cap d'Antibes? Wie stand es mit der Chance, jene Blumen, die im sauren Seehamer Torfboden so gar nicht gedeihen wollten, aus Treibhäusern direkt auf die Bühne geliefert zu bekommen? Im Geiste sah ich mich in Shakespeares ›Was ihr wollt‹ auf der Bühne des Schauspielhauses am Gendarmenmarkt. Wie mir das Pagenkostüm der Viola stehen würde! »Was ist dies Land?« – »Illyrien, Fräulein!« Mit einem Ruck kam ich zu mir. Ach nein, es war nicht Illyrien. Es war der Laubenheimer Platz. Ich würde es nicht schaffen und beschloß seufzend, die Finger davon zu lassen. Es mußte noch andere Wege an die Riviera geben.

Ich stand auf, grüßte in der Erleichterung meines Herzens einen höflich erstaunten Schutzmann, der nicht ahnte, welche Karriere gerade neben ihm zu Ende gegangen war, und trat in die nächste Telefonzelle. Ehe es mir leid tun oder mich meine Schüchternheit wieder übermannen konnte, rief ich einen wohlgesonnenen Freund an, dessen Telefonnummer dick unterstrichen im kleinen Lederbüchlein verzeichnet stand. Er arbeitete in irgendeinem der neuen Seiten- oder Nebenministerien mit der Vorsilbe »Reichs-«, denen ich jetzt überall begegnete.

Nach kurzen Zwischenspielen mit eifrigen Stimmen, die alle »Ich verbinde weiter ...« sagten, meldete sich der Freund und freute sich, daß ich in Berlin sei. Ich hatte ihn zehn Jahre nicht gesehen, und so fiel es mir leichter, ihm einen kurzen, telefonischen Lebenslauf zu geben.

»Mein gutes Kind«, sagte er, »nach dem, was Sie mir da aufzählen, wird es höchste Zeit, daß Sie aufhören zu lernen und anfangen zu arbeiten. Kommen Sie mal am Montagnachmittag gegen fünf in mein Büro. Ich spreche inzwischen mit der Personalabteilung über Sie.«

Mama hatte immer gefunden, daß das Auflegen von Rouge bei einem so jungen Mädchen etwas völlig Unmögliches sei. Ebenso unmöglich aber war meine angeborene grünliche Blässe. Sie war mit ein Grund, warum man mich nur auf Aquarellen wiedergeben konnte. Nun aber ging es um eine Existenzgrundlage und nicht um Wasserfarben oder Ölfarben. Keine Firma hätte es verantwortet, mich anzustellen, sie mußte ja damit rechnen, daß ich binnen Jahresfrist in eine Lungenheilstätte übersiedeln würde. Ich kaufte daher bei der Friseuse an der Ecke, die mir beim Aussuchen des passenden Tones half, eine Dose Rouge, entnahm meinem Koffer einen Fuchspelz, um meine zitternden Knie damit zu bedecken, wenn ich vor dem Chef saß, und stülpte einen Hut auf, den ich für schick hielt. Ich sah darin aus wie die heilige Genoveva, wenn sie versucht, wie eine Barfrau zu wirken. Dann fuhr ich wieder einmal eine halbe Stunde lang Untergrundbahn.

Ich war sehr aufgeregt in den langen Gängen des Neben- oder Seitenministeriums, erschrak vor jedem Büroboten und betrat den imponierenden Raum des Personalchefs mit dem Gefühl, gekochte Bandnudeln in beiden Jackettaschen zu haben. Wider Erwarten bekam ich trotzdem die Stellung, wenn auch nur auf Probe, und trat sie am übernächsten Tag bereits an.

Zuerst hatte man keinen richtigen Platz für mich, und ich schrieb auf einem zu niedrigen Stuhl, auf den das Telefonbuch gelegt wurde. Der Bürobetrieb, zugleich einschüchternd und unheimlich komisch, erinnerte ein bißchen an eine neue Schule: man nahm alles zu wichtig, schwärmte für die Lehrer und platzte vor Stolz, dazuzugehören. Ich füllte Klammerstäbe in die Klammermaschine, lernte Telefonnummern auswendig, las die Akten aufmerksam durch, anstatt sie schlicht und sachlich nach dem Datum abzulegen, verwickelte mich in die Schnüre zweier Telefonapparate, die ich gleichzeitig zu bedienen versuchte, weil sie gerade beide läuteten, und wagte ein Butterbrot nicht zu essen, weil ich den Stempel »Streng vertraulich!« auf dem Einwickelpapier zu sehen meinte. Dem Panzerschrank, der nichts wahrhaft Bedeutendes enthielt, näherte ich mich mit achtungsvollem Schweigen, vermutete in jedem Mann, der mir auf dem Nachhauseweg nachstieg, einen Agenten, der mir Staatsgeheimnisse zu entreißen trachtete, und schrieb noch im Traum die Wendungen meines neuen Bürodeutschs: »... und bitten wir Sie, bei den Firmen nachzufassen, ob Tendenz vorhanden ist ...«

In nahezu allem, womit ich mich nun täglich beschäftigte, schien mir das Schicksal des Reiches oder zumindest des deutschen Außenhandels beschlossen, und in den Sitzungssälen und Vorhallen meines Amtes sah das verbissene Gesicht des Mannes mit dem häßlichen Bärtchen von der Wand.

Aus Brüssel gratulierte mir Mama begeistert und mahnte mich, mir täglich vor Augen zu halten, welches Glück ich gehabt hätte. Eine kurze Klippe gab es noch: meinen holländischen Paß. Ängstlich saß ich auf der Stuhlkante, als mich das Personalbüro noch einmal kommen ließ und sich von mir die lange Geschichte von Urgroßpapa, Napoleon und dem holländischen Wilddieb erzählen ließ. Ich brauchte noch ein besonderes Arbeitspapier, um dessentwillen ich nach Seeham an unseren guten Gemeindeschreiber telegraphieren mußte, aber ich durfte bleiben – nicht mehr auf Probe, sondern im Ernst: Sekretärin unter Sekretärinnen.

Diese waren übrigens reizend zu mir, teils weil und teils obwohl ich die Jüngste war. Sie zeigten mir, wie man alles richtig macht, und gleich danach, wie man das repariert, was man falsch gemacht hat, welche Leute auf den Korridoren man mit »Heil Hitler!« grüßen mußte und bei welchen »Guten Morgen« genügte, und wann man in Ruhe Privatgespräche per Telefon führen konnte, ohne übel aufzufallen.

Wenn der Ruf erscholl: »Fräulein Soundso, ich möchte bitte etwas diktieren«, sprangen sie blitzartig auf, ergriffen den Stenoblock und erröteten tief, einige aus Schreck, andere aus Schüchternheit und die meisten aus Liebe. Von dieser Seuche, dem sogenannten Chefkomplex, wurde ich sofort angesteckt.

Warum nur hatte ich mir meine Vorgesetzten als Billardköpfe mit abstehenden Ohren vorgestellt? Sie waren, zum mindesten diejenigen unserer kleinen Abteilung, schön, wohlerzogen und liebenswürdig, und die Macht, die sie über uns hatten, ging noch ein gutes Stück über die des Deutschlehrers im Münchner Lyzeum hinaus. Ich liebte sie alle, einzeln, nacheinander und durcheinander, ohne daß sie etwas davon merkten, und fiel unter dem Ansturm meines Herzklopfens fast in Ohnmacht, wenn ich neben ihnen am Schreibtisch stand und darauf wartete, daß sie in der Unterschriftenmappe ihre Krickelkrakel unter die von mir getippten Briefe setzten.

Zu allem Überfluß begegnete man ihnen auch noch auf Einladungen, weil es, wie einer von ihnen sich ausdrückte, »auf der Welt sowieso nur fünfhundert Leute gab und die sich untereinander kannten«. Schon damals in der Elisabethstraße war mir nie klar gewesen, ob ich meinem angebeteten Deutschlehrer privat die Hand geben durfte, wenn ich ihn auf der Straße traf. Noch viel weniger wußte ich, ob ich mich beim Tanz an den Schlips eines Mannes schmiegen durfte, der mir in weniger als acht Stunden einen Brief an Rheinmetall-Borsig diktieren würde. Nun, es ging ausgezeichnet, weil am nächsten Morgen im Büro tatsächlich nur von Geschäftlichem die Rede war.

Der Empfang des ersten, so glühend herbeigesehnten Gehaltes war eine herbe Enttäuschung. In der Tüte war ein langer Papierstreifen, und auf ihm waren so viele Sonderabgaben verzeichnet, daß die Endsumme verschwindend klein war. Immerhin, es war eigenes Geld, und ich brauchte nicht, wie früher zu Hause, verstaubte Flaschen vom Küchenbalkon in die Geschäfte zurückzutragen oder alte Bücher zum Antiquar, um mein Taschengeld etwas aufzubessern.

Mama schrieb, sie höre aus Seeham nichts, und nannte in ihrer Aufgebrachtheit die Haus- und Hundbetreuung eine dumme Person. Mir riet sie, mich immer warm zu halten, bescheiden und höflich zu sein und den Scheitel richtig bis hinten durchzuziehen, dann säße das Haar gleich viel besser. – Was man zu erwidern hatte, wenn die Stirn eines Halbgottes hinter seinem Schreibtisch sich entfurchte und er fragte: »Meine Frau ist verreist, was haben Sie heute abend vor?«, schrieb sie nicht.

Es ließ sich nicht leugnen, mit den Anstandsregeln von zu Hause kam man in Berlin nicht durch. Wie dumm stand ich da, wenn ich, spät abends vor meiner Haustür abgesetzt, freundlich vermahnt wurde: »Na also, Sie Küken, hab ich Sie gefressen?«

Wie dumm auch, wenn ich eines Morgens erbleichend vernahm, Herr Dr. Dingsda sei krank geworden, ich hätte mich in ein Taxi zu werfen und sein Diktat aufzunehmen, es sei sehr wichtig, daß der große Sitzungsbericht morgen hinausginge. Unvermutet fand ich mich in der Wohnung eines Herrn, mit dem ich nicht einmal entfernt verwandt war, ja, mehr noch, ich saß an seinem Bett, und er sagte: »Liebes Kind, suchen Sie mir mal ein Aspirin, es muß irgendwo im Badezimmer liegen.« Ich neigte mich mit rotglühenden Ohren über den Stenoblock und versuchte, nicht darauf zu achten, in welchen Farben der Pyjama des fremden Herrn gestreift war. Als ich nachher feststellen mußte, daß auch noch das Dienstmädchen ausgegangen war, glichen meine Gefühle denen des Reiters übern Bodensee.

Dies und manches andere berichtete ich getreulich an die Eltern. Mit Postkarten kam ich nicht mehr aus, die Briefe wurden lang und länger, denn jede neue Person des täglichen Dramas mußte eingeführt und genau beschrieben werden, ja, ich nannte sogar das Getränk, das ich mit einem der Herren, die mir zu diktieren hatten, auf dem Kurfürstendamm trank, mit Namen.

Sollte Mama sich über meinen neuen Lebenswandel aufgeregt haben, so ließ sie es mich im Antwortbrief jedenfalls nicht merken. Papa aber griff zur Feder, was eine Seltenheit war, und schrieb an den Rand: »Es geht nicht, daß du Cherry-Brandy und Sherry verwechselst. Das eine kommt von Kirsche, wie dir bekannt sein dürfte, und ist ein Schnaps, das andere ist eine Verballhornung von Jerez (de la Frontera) und somit ein Süßwein. Kuß Papa. P.S. Hörst *Du* etwas aus Seeham?«

Die Forsythien in den Vorgärten Wilmersdorfs blühten auf und wieder ab, man packte die Fausthandschuhe weg, die Bäume wurden grün, die Luft lau, die Chefs kamen montags früh braungebrannt ins Büro. Das sachlich-freundliche Berlin bekam eine neue Melodie. Heimweh und Fernweh waren darin. Selbst der ferne Autolärm schien davon zu sprechen, daß das Glück dort war, wo man selber gerade nicht hinkam. Die herrliche Freiheit und Selbständigkeit waren plötzlich schwer zu ertragen. Wie hatte ich mich immer darauf gefreut, halbe Tage wegbleiben zu dürfen, ohne zu Hause anrufen und Bescheid sagen zu müssen, stundenlang im Bad liegenzubleiben, ohne daß jemand rief: »Kind, nun aber raus!«, und abends nach dem Kino noch irgendwohin zu gehen und eine Tasse Schokolade zu trinken. Das alles hatte ich nun. Aber man mußte auch in ein möbliertes Zimmer pünktlich zurückkehren, weil man sonst bis in die Nacht Strümpfe waschen und Briefe schreiben konnte, im zu langen heißen Bad riskierte man Herztriller und Schnupfen, und die Cafés nach dem Kino waren rauchig, laut und von unangenehmen Leuten bevölkert, die einen anstarrten.

Ob ich Heimweh hatte? Die Kolleginnen sagten, das seien nur die üblichen Frühlingsgefühle und die kämen von dem künstlichen Licht, bei dem wir einen Großteil des Tages arbeiteten. Sie schleppten mich mittags zehn Minuten in den nahen Tiergarten, damit ich die Rhododendren blühen sähe, empfahlen mir, tief zu atmen und meine Augen fest auf das Blattgrün zu heften. Doch bald darauf erging aus einem der Säle, an deren Wänden überdimensionale Adler ihre kraftgeschwollenen Klauen an ein Hakenkreuz klammerten, der Befehl, die Schreibkräfte hätten über Mittag das Haus nicht zu verlassen. Ich nahm daran eigentlich die häßliche Bezeichnung »Schreibkraft« am meisten übel.

Wenn die Sonne aus den stillen Höfen verschwand, auf die nichts mündete als anonyme Bürofenster und in denen wunderbarerweise trotzdem Amseln sangen, mußte die letzte beziehungsweise die jüngste Sekretärin alle Fenster schließen. Die Jüngste war immer ich. Der Gesang der Amseln, von all dem Stein überlaut zurückgeworfen, zerriß mir das Herz. Fünf Minuten lang stand ich völlig verloren hinter dem Glas, zu nichts und niemandem gehörig, und schluckte an meinen Tränen, die ja, wie ich mir vorsagte, gänzlich grundlos waren.

Diese Erscheinung, so klärten mich die Kolleginnen auf, sei die sogenannte Büroschlußwehmut und es gäbe ein Mittel dagegen: sich sooft wie möglich direkt nach Dienstschluß mit jemandem zu verabreden und mit ihm essen zu gehen.

Dieser Ratschlag war gut, aber er eignete sich nur für Menschen mit eiserner Gesundheit und ausgewogenem seelischen Gleichgewicht. Ich war nicht dickfellig genug, und es fiel mir schrecklich schwer, die Leute wieder loszuwerden, die mich über den Abend hinweggetröstet hatten. Das nächtliche Berlin jedoch war sehr reizvoll, vor allem die Lokale, nach deren Besuch ich mein Kleid für einen Tag auf dem Küchenbalkon meiner Wirtin an die Luft hängen mußte, weil es so verräuchert war. Auch die Art, wie der Funkturm sein Licht suchend nach mir durch die Straßen drehte, mich nach jedem Barbesuch wiederfand und fragte, ob ich auch brav gewesen sei, war rührend. Aber ich hätte viel mehr Schlaf nötig gehabt. In meiner Übermüdung fiel ich von einer Erkältung in die andere. Ich gewöhnte mir an, alle Medikamente, die zwischen meinem morgendlichen Aufbruch ins Büro und der Heimkehr durch die nachtstille, ausgestorbene Stadt nötig werden konnten, in meiner Handtasche bei mir zu tragen: Aspirin, Lutschtabletten gegen Halsweh, Kopfschmerzmittel und Kola Dallmann. Hinter der Puderdose und den Hausschlüsseln stak noch etwas, eine krumme kleine Wurzel aus dem Himbeerwald bei Seeham. Gegen Heimweh und Unrast half sie nichts, aber wenn ich sie hervorzog und ansah, fiel mir wieder ein, wie ich wirklich war. Ich wußte es oft nicht mehr, weil mir so viele Leute einredeten, ich sei so, wie ich mich in ihren Augen spiegelte.

Ja, der Sommer war schwer zu ertragen. Die anderen Mädchen schienen nichts dabei zu finden. Sie sprachen vom Urlaub und blickten verbissen optimistisch in eine ungewisse Zukunft. Nun, was sie konnten, würde ich auch können. Ich kaufte mir eine Dose Biomalz und bekämpfte die Augenblicke nackter Panik beim Bürofensterschließen, in denen ich fürchtete, sie in zwanzig Jahren noch immer so schließen zu müssen und dabei auszusehen wie Fräulein Otte von der Registratur, die bereits anderthalb Stühle zum Sitzen brauchte und ihren Ledigenunmut an ihrer Umwelt ausließ.

Irgendein Jammerton muß in einem meiner Briefe an Bruder Leo aufgeklungen sein, denn seine Antwort lautete: »Was heißt hier, du hättest dankbar zu sein und somit pausenlos vergnügt? Diese Tugendübungen sind Blödsinn! Juhu macht der Mensch nur selten und in großen Abständen, und dazwischen muß man halt sehen, wie man weiterkommt!«

Er hatte recht, noch immer gab es Stimmungshöhepunkte, in denen ich die Welt umarmen wollte, U-Bahnschaffnern zulächelte und fremde Jungdackel ansprach, dazwischen aber weite Zeiträume, wo ich mit dem Gedanken spielte, mich zwischen Wittenbergplatz und Krummer Lanke vor die U-Bahn zu werfen. Meine Arbeit im Büro konnte auch jemand anders tun, ich war nicht unersetzlich. In die brillante Zukunft meiner Träume schien bei allem Fleiß kein Weg zu führen, und in die Geborgenheit der Elisabethstraße gab es kein Zurück.

Damals war in Berlin die Theorie weit verbreitet, daß einem jungen Mädchen aus gutem Hause, das augenscheinlich nicht recht glücklich war, nur eines fehlen könne: ein Abenteuer. Männer unter Dreißig machten mir auf diesem Gebiet direkte und detaillierte Vorschläge. Männer über Dreißig, zumeist verheiratet, dachten zwar dasselbe, mieden aber die direkte Attacke. Sie ließen Musik für sich sprechen und schickten mir die zu unseren geführten Gesprächen passenden Inselbändchen ins Büro. Diese Gespräche drehten sich um das, was man in meinem Alter für das weitaus Interessanteste hielt: um mich selber!

Nun wäre endlich Gelegenheit gewesen, mit dem verruchten Treiben der Heldinnen von Vicky Baum anzufangen – aber von nahem besehen lag mir auch diese Rolle nur theoretisch. Entweder war ich wirklich so tugendhaft, wie die jungen Männer es mir im Zorne vorwarfen, oder aber der Urgroßvater hatte damals die Vitalität für mehrere Generationen verbraucht und für mich war nicht mehr genug übrig.

Die Tante, die damals so dafür gewesen war, daß ich zur Bühne ging, tröstete mich, ohne es zu wissen. »Ach«, sagte sie, »du hast wohl gedacht, Alleinsein sei leicht, wie?« und sah mich über den oberen Rand ihrer Brille aufmerksam an. »Vielleicht ist es gerade das, was du in Berlin lernen sollst!«

Es traf sich günstig, daß nun endlich der Urlaub herannahte, denn ich mußte während eines Konzertes in der Philharmonie bemerken, daß Tränen meinen Augen entflossen und tickend auf das Programm fielen. Ich war, wie die Portiersfrau sagte, »total mit die Nerven fertig«. Laut Reichs- oder NS-Arbeitsordnung standen mir zehn Arbeitstage im Jahr Urlaub zu. Ein freundlicher Arzt bestätigte mir jedoch nach kurzer Untersuchung, daß ich einen verlängerten, wenn auch unbezahlten Urlaub nötig hätte. Gerade weil die Arbeit für das tausendjährige Reich als so ehrend erachtet wurde, brauchte man für jedes Aus-der-Reihe-Tanzen ein gestempeltes Papier. Den Stempel vergab das Amt, das Seiten- oder Nebenministerium, das ich inzwischen, bösen Beispielen folgend, als »Saftladen«, »Ausschank« oder »Knochenmühle« zu betiteln mir angewöhnt hatte.

Als ich dem Obersten meiner diktierenden Halbgötter zitternd mein Attest reichte, warf er nur einen flüchtigen Blick darauf, faltete es zusammen und murmelte: »Schwindel am Morgen, Schwindel am Abend, alles Schwindel. Gehen Sie mit Gott. Wo sind Sie denn zu Hause?«

Ich zögerte einen Augenblick lang mit der Antwort, bis mir klarwurde, daß ich nur noch ein Zuhause hatte: das Sommerhaus in Seeham, den Notbehelf, den Sommerfrischenersatz. Mein Lächeln geriet breit und breiter, schließlich brachte ich hervor, daß ich in Bayern wohne, an einem See.

Am letzten Arbeitstag ergriff ich bei Dienstschluß meine

Handtasche und schoß aus dem Portal wie ein Dackel, den man von der Leine läßt. Telefonisch verabschiedete ich mich von einigen Tanten, die so liebenswürdig waren, mir zu sagen, ich hätte mich ja soweit ganz tapfer durchgebissen und meine Eltern würden mit mir zufrieden sein, dann stürzte ich zum Anhalter Bahnhof.

Was bedeuteten Bindehautkatarrh und Halsentzündung, wenn man nach einem Jahr die Himmelslinie der heimatlichen Berge auftauchen sah! Ich kurbelte das D-Zug-Fenster herunter und stand, zum Mißfallen der Mitreisenden, das letzte Stück der Fahrt medusengleich mit sturmgepeitschtem Haar im Luftzug. Nach Berlin hatte ich reisen müssen, um mir klarzuwerden, wie sehr ich an Bayern hing. Wohin liefen die schneeweißen Wege, die ich vom Zug aus sah? Ein Leben würde nicht ausreichen, sich an ihnen von Dorf zu Dorf entlangzutasten. Zu dumm, daß man zwischendurch Geld verdienen mußte. An einem weiten, offenen Himmel stürmten barockgeformte Wolken wie ein Engelzug dahin, ihre wandernden Schatten ließen die Hänge und Almen auf den Bergen erlöschen und wieder aufleuchten. Der Blechtopf von Dampfer war zum Umarmen lieb, der bärtige Kapitän desgleichen. Die bunten Postkarten des schönen Königs Ludwig standen noch immer im drehbaren Ständer mitten im Schiff. Daneben waren leider Konterfeis von dem Mann mit dem wenig ansprechenden Bärtchen zu sehen: mit Wolfshund, sich zu Kindern neigend, einen Blumenstrauß in Empfang nehmend.

Die Familie bildete mit dem Hund eine blonde Gruppe auf dem Landungssteg. Noch nie waren die Anlegemanöver so langsam vor sich gegangen. Ulf roch voller Vorfreude wedelnd an jedem Aussteigenden. Einzig die Rücksicht auf Mama, die in Bayerns Folklore nie ganz heimisch werden konnte, hinderte mich daran, einen saftigen Jodler auszustoßen. Bruder Leo, schon etwa vier Wochen vor mir in Seeham eingetroffen, war so sonnenverbrannt, daß seine Stirn an Schinken erinnerte, aber es stand ihm gut.

»Servus«, sagte er zur Begrüßung, »das hast du gut gemacht, daß du Urlaub hast, wenn ich auch gerade da bin. Im übrigen: Ich gratuliere nachträglich. Wann kriegst du eigentlich Gehaltserhöhung? Ich habe dir ja immer gesagt, richte dich nicht nach den Malzkaffeereklamen, nicht der Gehalt macht's, sondern das Gehalt. Gib mir mal deinen Koffer!«

Mama fand, ich sei zu dünn geworden, ich solle mir doch

künftig in der Kantine immer noch ein Stück Kuchen nachbestellen und jetzt einmal ein paar Wochen tüchtig essen und schlafen. Sie konnte sich kaum verständlich machen, weil Ulf so jaulte und hopste und mir das Gesicht zu lecken versuchte. Papa griff ihn ganz kurz am Halsband, so daß der Landungssteg nun auch für andere Leute wieder passierbar wurde, und meinte, das mit dem Schlafen könne man auch übertreiben, ich solle lieber mit ihm den neuen Steinpilzplatz erforschen, der sei fabelhaft. Sie hätten neulich mit Leo einen Rucksack gebraucht, um die Ernte einzubringen.

Die Ligusterhecke war stark gewachsen: man konnte kaum mehr erkennen, ob es die Huber-Wally oder die Wagner-Lisi war, die da an uns vorüber aufs Feld ging. Ein hölzerner Rechen schwebte den Weg entlang, das war alles. Das Haus war ein wenig ergraut, im Westen sogar verwaschen, wo der Regen dagegenschlug.

Bruder Leo sagte gleich, das hätte er auch bemerkt. Ob ich ein Paar alte Shorts hätte? Ja, wozu denn? Weil sie meist hinterher weggeschmissen werden müßten, wenn man darin ein Haus mit Karbolineum angestrichen hätte. Das nämlich sei es, was da nottäte. Bei der Regentonne warteten schon zwei große Blechkanister.

In der Küche wirkte ein schweißtriefendes Wesen, das nur zum Kochen und Abspülen kam und dann auf einen fernen Hof heimradelte. Ulf, der wußte, daß er von dort Knochen mitgebracht bekam, riß sie bei ihrem Kommen jedesmal vor Zärtlichkeit fast vom Rad.

Mein Dachkämmerlein hatte an Aussicht verloren, an Gemütlichkeit jedoch gewonnen. Die Weide war so hoch geworden, daß ihre silbrigen Federwedel meine Welt dort etwas begrenzten. Bei Westwind, und gar bei Sturm sägte ihr Wipfel an der Dachschräge, und das Haus erklang wie eine Geige.

Wie still es nachts hier war! Ich hatte es ganz vergessen. Bläulich vom Tau lag das Gras, mondlichtübergossen, die Luft schwirrte vom Zirpen der Grillen, man konnte meinen, die Sterne gäben diesen Ton von sich, so fern und sphärenhaft war er.

Noch für andere Naturerscheinungen hatte Berlin mir neue Augen und Ohren geschenkt: für Seehams Bevölkerung. Früher hatte ich sie als selbstverständlich hingenommen und kaum beachtet. Diesmal ging ich daran, manche in meiner frühesten Kindheit geschlossene Bekanntschaft zu erneuern und zu vertiefen.

Wenn ich den Vormittag über an der heißen Hauswand mit dem Teerpinsel tätig gewesen war, hatte ich keine Lust, nachmittags nochmals den Herd anzuheizen. Ich trug daher die Apfelkuchen, nach denen es die Familie und mich gelüstete, zum Bäcker zum Ausbacken. Das Warten dort war etwas eintönig. In der sauber aufgeräumten Backstube mit den großen Knetbottichen gab es als Lektüre nur eine leicht angesengte Seite aus dem Altöttinger Kirchenboten. Ich lernte die Hitze des Backofens richtig einschätzen und entwich, um mich in einem der umliegenden Höfe mit einem Gruß auf der Hausbank niederzulassen.

Wenn ich Glück hatte, saßen dort ein oder zwei der Seehamer Originale und verkürzten mir die Backzeit des Apfelkuchens. Ich stellte fest, daß eine gewisse Reserviertheit, die sich trotz des landesüblichen »Du« zwischen den Dorfbewohnern und einer Städterin wie mir noch gehalten hatte, zu schwinden begann.

Der alte Jackel zum Beispiel, der aussah wie Sankt Josef Nährvater, nur daß er statt der Lilien eine kurze Pfeife mit Troddelchen in der Hand hielt, lehnte sich auf seiner Bank weit vor, spuckte zwischen seine Knie und warf mir von der Seite einen verschmitzt zutraulichen Blick zu, der besagte, daß er sich zwar noch erinnern könne, mich im Kinderwagen liegen gesehen zu haben, daß ich aber seiner Meinung nach inzwischen zum Weibe erwacht sei.

»So. Aaa amal wieder do?« fragte er.

Wenn er wollte, konnte er von alten Zeiten erzählen, als Seeham noch ein verträumtes Fischerdorf gewesen war, dessen einzige Verbindung zur Welt in einer zweimal wöchentlich zur Stadt zockelnden Postchaise bestand, deren Kutscher schlief. Etwa in diesen Jahren hatte der Jackel sich ein Hochrad gekauft und war schon bei der ersten Fahrt damit in hohem Bogen in einen Staketenzaun gefallen. Er verlor keine weitere Zeit mit dem Möbel, wuchtete es im Schweiße seines Angesichts empor und warf es ins Moor, in dem es versank.

Dieser jähzornige Apostel war zugleich ein sinnlicher Genießer. »Dö kloana Schnapsstamperl heutzutag«, rügte er, »die san nix. Dazumal hat ma an Schnaps aus'm Schüsserl trunken, da is er so schön weit daherkemma!«

Als der Jackel etwa siebzig war, starb sein Sohn. Um das Zimmer vermieten zu können, zog er mit seiner Schwiegertochter ins große Doppelbett. Er war sehr aufs Geld aus, der Jackel. Die Seehamer konnten nie genug darüber lachen, mit was für einem Trumm von einem Buben die Schwiegertochter nach der angemessenen Zeit niederkam. Offiziell wurde nie bekannt, in welchem Verwandtschaftsverhältnis da wer zu wem stand.

Da war doch der Hubervater anders, obwohl auch eine Legendengestalt. Er erzählte niemals etwas, er sprach überhaupt kein unnötiges Wort. Als einmal einer seiner Söhne mit Schüttelfrost und Erbrechen vom Felde heimgetragen wurde und in seiner Kammer lag, stampfte er wuchtig die Treppe hinauf, öffnete knallend die Tür und rief hinein: »Stirbst?« – »Na, no net«, gab der Bub zähneklappernd Auskunft. Der Alte wuchtete die Stiege wieder hinunter. Ein Doktor wurde nicht geholt.

Es gab auch gar keinen Doktor in Seeham. Wenn jemand vom Heuboden fiel oder mit dem Gesicht in die Mistgabel, so kam der Bader, der am Sonntag vor der Kirche die Bauern rasierte. Meist machte er das Unglück erst wirklich voll, nähte Ohren und Nasen an den falschen Stellen wieder an und benutzte ungeeignete Salben. Die herrliche Natur der Seehamer aber hielt alledem stand. Erst als der Bader zu den ewigen Haarschneidern eingegangen war, kam ein Arzt ins Dorf und mit ihm neue Sitten. Er war dagegen, daß die Bäuerinnen ihre zehn bis zwölf Kinder immer auf der schwarzen Stallschürze zur Welt brachten, und äußerte tadelnd, das sei nicht steril. Ein Gerücht will wissen, daß die Bäuerinnen von Stund an schwerere Entbindungen hatten. Die gewohnte schwarze Stallschürze fehlte ihnen.

Ein Original war auch der Schmied, der seine Frau dafür verprügelte, daß sie immer wieder guter Hoffnung war. Um in Übung zu bleiben, prügelte er auch seine vielen Kinder. Abends mit dem Anbruch der Dämmerung ging er schlafen, und früh um zwei Uhr stand er wieder auf. Kein Feuer konnte ausbrechen und keine Rauferei im Wirtshaus, keine Kuh kalben, niemand sterben, ohne daß der Schmied als erster zur Stelle gewesen wäre. Als die Technisierung Seehams schon weiter fortgeschritten war, überschlug er sich einmal mit dem Motorrad in der Nähe eines Hauses, dessen Blechdach gerade von seinen Söhnen repariert wurde. Es geschah ihm nichts, und er war auch nicht gekränkt, als seine wackeren Buben sich vor Lachen die Schenkel schlugen und erklärten: »Mei, dös war bärig, wie's den Alten g'schmissen hat!«

Als der Pfarrer einem jungen Seehamer ins Gewissen redete, er möge doch das Mädchen heiraten, das von ihm in anderen Umständen sei, erwiderte er entschlossen: »Herr Pfarrer, da wart' i no a bissei. Wenn nacha 's Kind stirbt, nacha bin i der

Ausg'schmierte.« Das Kind starb nicht, die Ehe kam zustande und wurde nach Seehamer Begriffen eine ausgesprochen glückliche Union. Die Wirtin teilte mir mit, die zwei hausten sehr gut miteinander, er hole sich sogar an Feierabenden sein Bier selber. Sie schien darin einen Ausgleich für das Geschirrabspülen amerikanischer Ehemänner zu sehen.

Dem Simmerl vom Lenzen ging, als er barfuß zwei Ochsen vor einem Kiesfuhrwerk antrieb, ein Rad über den Fuß. Es war während meines Urlaubs, und ich hatte somit Gelegenheit, ihm dazu zu kondolieren. Er saß friedlich vorm Haus, den Fuß im Verband.

»Hat's recht weh 'tan?«

»Naa, net recht. An guatn Kaffee hat mir d' Mutter kocht.«

Ich bin überzeugt, daß das Rad des Kiesfuhrwerkes eher einer Reparatur bedurfte als der Lenzen-Simmerl.

Kraft und Unkompliziertheit waren es, die die Bewohner Seehams auszeichneten. Böswillige behaupteten, es seien kurz nach den Kreuzzügen an unserem Ufer Verbrecher angesiedelt worden. Wenn es auch im Kriege und kurz danach Momente gegeben hat, wo ich mich fragte, ob nicht doch etwas Wahres an dieser Vermutung sei, so hat es doch die Seehamer in meinen Augen niemals präjudiziert.

Und was für prachtvolle Frauen sie hatten! Bei ihrem Anblick hätten sich Maler wie Leibl vor Entzücken in den Daumen gebissen und nach der Palette gegriffen: von der Arbeit gekrümmte Wesen mit ausdrucksvoll verrunzelten Händen, voller Humor und Weisheit, die nur eine einzige Erholung kannten – das Wallfahren. Früh um vier Uhr standen sie auf und pilgerten barfuß über Land. Nur die alte Weishamerin ging in Stiefeln, denn die waren ihr unbequem und es sollte ja ein Opfer gebracht werden, damit die Gnadenmutter auch zuhörte, um was man sie bat.

Ganz nah bei der Bäckerei lag das quadratische Gärtchen, in dem die Huberin, sofern sie nicht im Stall war, ihre Rosen aufband. Ihre Tochter hatte keinen Vater zu ihrem Kind, einem reizenden, wohlerzogenen Mädelchen. Einmal kamen wir darüber ins Gespräch: »Du hältst 's streng, die deinige«, sagte ich anerkennend. »Mei, i muß scho«, gab sie ruhig zur Antwort. »Koan Vater hat's net.« Ich erinnerte mich, daß er früher alle Sonntage gekommen war und seine Tochter auf dem Knie gehalten hatte, und zeigte Erstaunen. »Er kimmt nimmer«, sagte die Huber-Lony, ohne ihren Gesichtsausdruck zu verändern. »Er verehrt an' andere. I leg ihm nix in' Weg.«

Ihr Schicksal war erfüllt. Es war sinnlos, weitere Worte zu machen. In der Sommerglut dufteten Petersilie, Sellerie und Kerbel im Gärtchen so stark, daß es war, als stünde man in einem warmen Suppenbad. Ich lehnte die Arme auf das Drahtgitter und sah der Huberin zu, wie sie sich bückte und aufrichtete. Die Rosen, der Zaun und die in und aus der Stalltür schießenden Schwalben spiegelten sich in der goldenen Glaskugel auf dem Stock, eine winzige kleine Welt auf goldenem Grund, wie ein mittelalterliches Altarbildchen.

Allzu lange konnte ich mich nicht aufhalten, denn nun eilte es mit dem Apfelkuchen. Oft mußte ich die braungewordenen Ränder dem Hund Ulf abtreten. Meine sportliche Ausbildung ermöglichte es mir, mit dem noch heißen Kuchenblech über eine Wiese voller Maulwurfshügel zu radeln. Zu Hause empfing mich die Familie mit anfeuernden Rufen, einer bereitgestellten Tortenplatte und angebrühtem Tee.

Was man liebt, will man genauer kennen. Auf meine Frage nach den Zusammenhängen zwischen den einzelnen Seehamer Höfen hielt mir Papa einen Einführungsvortrag über die Drei-Einigkeit der Seehamer Namen: den Hofnamen, den Schreibnamen und den Rufnamen.

»Also paß auf: Der Albert, den kennst du doch, den mit dem Kropf? Siehst du, der schreibt sich Helminger, und der Hof heißt ›Beim Brandstätter‹. Deshalb darfst du ihn zwar mit Albert und Du, aber auch mit Herr Helminger und Sie, nicht aber etwa mit Herr Brandstätter anreden. Anders ist es zum Beispiel beim Bertl, der schreibt sich Pabst, und nennen tut man ihn den Kressen.«

Ich atmete tief aus, lernte dann alles Nötige mit Eifer. War es nicht ein Glück, daß es dann bei dem Gelernten blieb und nicht auch noch die Söhne der Seehamer anders hießen wie beim englischen Adel?

Zu meiner liebsten Seehamerin, meiner Nachbarin, aber ging ich erst, wenn die Sonne sank und ihre Stallarbeit vorüber war. Dann saß sie auf der Hausbank, blickte in ihren Obstanger und hatte die alten, hornigen Füße in einem hölzernen Wasserschaff stehen. Ich setzte mich neben sie, und sie sprach davon, daß das Wetter wohl noch länger so anhalten würde, und wie wohl einem so ein Fußbad tat, kalt im Sommer und heiß im Winter. Andere Zerstreuungen hatte sie nie gekannt, sie war nie im Theater, nie im Kino gewesen, und das einzige Buch, das sie gelesen hatte, war ihr Katechismus, den sie als Kind, mit dem

Öllämpchen hinterm Ofen sitzend, auswendig lernte. Für einhundertzwanzig Mark, zwei Paar Strümpfe und zwei Hemden hatte sie ein Jahr lang als Stallmagd arbeiten müssen. Später hatte sie dann den Nachbarn geheiratet, der auf dem verblichenen Brautbild an der Wand einen so schneidig aufgezwirbelten Schnurrbart trug. Ernst und voller Unbehagen lehnte die Braut in ihrem geschnitzten Photographenstuhl, damals noch so etwas wie hold zu nennen. Seitdem hatte sie zehn Kinder und unzählige Ernten hinter sich gebracht: das Heu, das glühendheiße Korn, die Streu in den feuchten Schilfwiesen am See, wo es einem die Füße zerschnitt. Ihre stillsten Augenblicke hatte sie gehabt, wenn sie beim Melken die Stirn im fleckigen Kopftuch an die Flanke einer Kuh hatte lehnen dürfen. Am Sonntag trug sie noch immer die Jacke mit den aufgesteppten schwarzen Litzen und dem Schößchen, das noch aus der Vorweltkriegszeit stammte. Von neumodischem Wesen hielt sie wenig. Da wollte nun heute jeder ein Motorrad, und zu Weihnachten mußten es teure Geschenke sein und ein Christbaum. Früher hatte der Vater, wenn Jahrmarkt gewesen war, jedem Kind eine Semmel und eine Wurst mitgebracht, und zu Weihnachten gab es ein gekochtes Rindfleisch auf einem weißen Tuch und vielleicht eine neue Schürze. Ein Christbaum, o mei, wo hätte man ihn denn auch hinstellen sollen mit neun Kindern in der Stube? Krank war sie niemals, nur einmal war es ihr schlecht geworden, in einem Autobus aufs Amtsgericht in die kleine Kreisstadt, und sie hätte sich womöglich erbrechen müssen, wenn eine hilfreiche Mitreisende ihr nicht geraten hätte, ihren Schlüsselbund um den Hals zu hängen: dies probate Mittel half sofort gegen die Übelkeit.

Ich konnte nicht genug von damals hören und fragte sie vieles. Eine Frage aber hatte auch sie.

»Du wennst jetzt wieder auffi fahrst in dös Berlin und redst mit di Leit, verstegn die di?«

Ich errötete vor Freude. Mir war nie bestätigt worden, daß ich gut Bayrisch sprach, wenn man von der flotten Verständigung mit Beerenweiblein absah.

Selbst ein Urlaub, der durch milden Schwindel unbezahlt verlängert wurde, ist viel zu kurz, wenn man ein großes Programm hat. Der Regen strich einige Punkte, war aber sonst sehr gemütlich. Draußen im Garten rieselte es still und silbern auf die Bäume, die die Augen niedergeschlagen hielten. Die Regenrinne planschte ins Regenfaß, verschluckte sich manchmal, wenn ein

Windstoß dazwischenfuhr, und rauschte dann wieder, als sei nichts geschehen. Bruder Leo und ich legten die alten Puzzles, die nach aromatischem Holz und muffigem Schrank rochen, auf dem Wohnzimmertisch und protestierten zeternd, wenn endlich der Tisch gedeckt werden mußte.

Von meinen vielen Plänen bis zur Abreise blieben nur die unerläßlichsten übrig: Eine Rudertour mit Picknick auf einer fremden Landzunge, bei dem Papa die Fische am offenen Feuer briet – sie schmeckten nicht besonders gut, weil ich vorher mit dem Badeschuh in das Papier mit dem Salz getreten war –, eine große Radtour ins Gebirge – während man seine rauchenden Bremsen abkühlen läßt, hat man einen ganz besonderen Genuß an der Landschaft – und einmal Walderdbeeren mit Schlagsahne für die Familie. Die Walderdbeeren suchte ich allein, und wir aßen sie zu fünft. Umgekehrt wäre es natürlich viel lohnender gewesen.

Alle, die an den Erdbeeren mitgegessen hatten, halfen mir Koffer packen. Dadurch blieb vieles in Seeham liegen. Der geflochtene Strohhut aber wurde zur Erinnerung an den Sommer noch obenauf in den Koffer gequetscht. Dabei brach die Krempe ab, und als ich ihn in Berlin auspackte, war er nur noch als Dekoration für eventuellen Budenzauber zu verwenden.

Nur einen einzigen Abschiedsbesuch machte ich, bei einem Freunde meiner Kindheit, einem Nennonkel und hohen geistlichen Würdenträger, der sich abseits von Seeham einen Ruhesitz gebaut hatte. Unsere Bekanntschaft datierte noch aus der Zeit, in der ich mit Kinderfrau, gestärktem Kleide und langen Korkenzieherlocken im Englischen Garten in München spazierenging. Er war so liebenswürdig oder so weise, die Veränderungen zu übersehen, die seither mit mir vorgegangen waren. In kniffligen Glaubensfragen wandte ich mich stets an ihn, als die mir höchste bekannte Instanz. So wollte ich einmal wissen, ob die Nonnen im Kloster statt eines verschlungenen Monogramms die verschlungenen Buchstaben Jesu, Heiland, Seligmacher auf dem Überschlaglaken eingestickt hätten. Er war keineswegs schockiert. Tausend Lachfältchen spielten um seine gütigen Augen, als er sagte: »Kind, das weiß ich nicht. So nah bin ich nicht hingekommen!«

Als ich mich nun bedrückt verabschiedete, um in Berlin wieder um meine Existenz zu kämpfen, die hier unten zwischen den grüngoldenen Wiesen so leicht und selbstverständlich schien, sagte er zu mir: »Weißt, Kind, es ist schade, daß du nicht katholisch bist und beichten kannst. Ich mein, du sündigst dich dann droben gleich wieder leichter.« – »Ach, Onkel«, sagte ich ehrlich, »ich hab droben niemand so Rechten zum Sündigen. Da wart ich lieber auf den Märchenprinzen.«

Wir standen an seinem langen Dahlienbeet. Die großen Blumenköpfe schwankten im starken Westwind, der See jenseits der Wiese warf Schaumkämme auf, die Berge waren sehr fern und dunkelblau mit scharfen Rändern. »Soso, auf den Märchenprinzen«, sagte der geistliche Herr gedankenvoll und besah sich die Knospen der Dahlie »Monarch of the East«, »ein Märchenprinz kommt selten. Aber ausgeschlossen ist es natürlich nicht.«

Bruder Leo reiste ein Stück mit mir. Im Gang des Zuges und vor Lauschern sicher, sprachen wir von Ereignissen politischer und kulturschändlicher Art, die ich in Berlin zwar aus größerer Nähe miterlebte als andere, deshalb aber weder besser verstand noch verzeihlicher fand. Leo sah starr in die vorübersausende Landschaft hinaus. Er sagte nicht wie Mama, daß ich über die Politik unseres Gastlandes nichts zu befinden hätte, sondern brummte kurz: »Verfluchter Saustall das alles! Schau nur, daß du nicht mit deinem losen Mundwerk irgendwo in die Mühle gerätst. Du verstehst mich schon.«

Ich verstand ihn gut. Wir sahen beide so schwarz für die Zukunft unseres Gastlandes, daß die Fahrt geradezu düster verlaufen wäre, wenn nicht Leo an einer Station das Gelüst auf ein Paar heiße Wiener verspürt hätte. Der Zug glitt schon langsam aus der Halle, da stand er immer noch am Büfett. »Leo!« schrie ich aus dem Fenster, »der Zug fährt ab!« Leo sah sich um, schwang sich auf das Trittbrett hinter einen Herrn, der ebenfalls zu spät daran war, und rettete sich und ihm das Leben dadurch, daß er den Herrn vermittels seines Würstchenpapptellers energisch in den Waggon hinaufschob. Der Senf klebte nachher an der Hose des Herrn, und wir wagten nicht, ihn darauf aufmerksam zu machen. Als Bruder Leo mit seinem Koffer ausgestiegen war und dem Zuge nachwinkte, fiel mir zum ersten Male auf, daß er nicht nur zwei Köpfe größer als der Durchschnitt der Bahnsteigbesucher war, sondern auch sowohl Papa wie Mama lächerlich ähnlich.

Wie anders doch Berlin roch und klang! Und wie vertraut es einem geworden war seit der ersten Ankunft. »Der Montag!« »Der Montag!« raunte der Zeitungsmann am U-Bahn-Ausgang. »Die neuesten Sportnachrichten.« In meinem möblierten Zimmer lagen die Zettel der Wirtin: Ich möge die Nummer soundso anrufen. Auch Nummer Soundso hätte nach mir gefragt. Ich nahm den Hut ab und lächelte. Auch dies war anders als das erstemal. Es würde schon werden.

Als ich wieder ins Büro fuhr, hatte ich noch immer ein klein wenig Karbolineum in den Handrillen. Es ließ sich selbst mit Bimsstein nur schwer entfernen.

Vor dem ersten Diktat blickte wohl der eine oder andere Chef aus den Akten auf und fragte zerstreut: »Haben Sie sich gut erholt? Sie wohnen, glaube ich, an einem oberbayerischen See? Da muß es jetzt schön sein.«

V

Wer lernt schon aus seinen Fehlern? Die wenigsten. Kaum in Berlin, fing ich wieder an, mein Licht an beiden Enden zugleich anzuzünden. Tags rannte ich im Sturmschritt mit dem Stenoblock zwischen den Chefs hin und her, die ruhig auch einmal fünf Minuten hätten warten können, ohne daß der deutsche Außenhandel zusammengebrochen wäre, und nachts saß ich in Konzerten, Theatern und Bars, anstatt früh ins Bett zu gehen. Seltsamerweise mahnte mich nun niemand mehr daran, auf meine Gesundheit zu achten. Selbst die Tanten meinten lachend, der Schlaf vor Mitternacht sei nicht so sehr der gesündeste als vielmehr der kürzeste. Ich solle meine Jugend nur genießen, man könne nie wissen. Politisch sähe es ja weiß Gott nicht gut aus.

Eine neue, unruhige, ja hektische Note war in den Alltag gekommen. Das Wort Krieg wurde vermieden, aber es lag wohl allen auf der Zunge. Als der Mann mit dem häßlichen Bärtchen sich mit Chamberlain traf und alles noch einmal gut vorübergegangen war, atmete jedermann so erleichtert auf, daß die Deckenlampen ins Schwingen gerieten. Man konnte sich wieder schrankenlosem Lebensgenuß hingeben. Für mich galt das wochentags ab halb sechs und die ganzen Sonntage. Leider gaben ausgerechnet jetzt die Wirte ihre Wohnung auf, und ich mußte mir in meinen freien Stunden ein anderes Zimmer suchen. Ich lernte dabei viele neue Berliner kennen, von Portiersfrauen, die mir ihre von Waschlauge feuchte Hand reichten und »Schulze, angenehm« dazu sagten, bis hinauf zu Regierungsrätinnen a. D., die mich hochmütig musterten und meinten, Damen nähmen sie nicht, die wüschen so oft. Ich blickte schuldbewußt auf meine Strümpfe und ging.

Nur eine kurze Gastrolle gab ich in einem sogenannten intellektuellen Hause. Dabei lernte ich erkennen, daß Intellektuelle überall sehr reizvoll sind, als Zimmervermieter jedoch nicht. In meinem neuen Quartier wurde gebildhauert. Das von mir bezahlte Zimmer bildete eine Art Gratismuseum mißratener Porträtbüsten. Wenn ich nachts aufwachte, streiften die Scheinwerfer vorüberfahrender Autos die weißen Gesichter mit den toten Augen, die mein Lager umstanden, als läge ich schon auf dem Friedhof. Die eine Tochter schlief tags und arbeitete nachts, wobei sie entweder das Radio brüllen ließ oder selber brüllte, da sie Rollen memorierte, in denen viel Mord und Totschlag vorzukommen schien. Eines aber war der ganzen Familie gemeinsam: Sie wuschen nie die Wäsche. Alles, was schmutzig war, wanderte in die Badewanne. Ich habe den Tag, an dem die Wäsche des Hauses aufgebraucht war, nicht mehr erlebt, weil ich schon nach fünf Wochen auszog.

Ich zog in eine sogenannte höhere Preislage. Sie war schön, aber sie machte es notwendig, daß ich mehr Geld verdiente. Schweren Herzens vertauschte ich das trauliche Nebenministerium und die entzückenden Chefs mit einem Industriepalast, in dem die schon einmal erwähnten Billardkugelköpfe mir zu diktieren hatten. Mama und Papa, die sich bei Verwandten in Schweden aufhielten, gratulierten mir, jeder auf seine Art, freudig bewegt. Papa fügte die Skizze eines von ihm entworfenen Räucherofens für die Fische des Vättern-Sees bei. Bruder Leo aber schrieb aus seinen Balkanwäldern: »Schreib in der neuen Stellung von Anfang an alles nur mit Gänsekiel. Das geht viel schwerer, und Du kannst daraufhin gleich ein viel höheres Gehalt verlangen!«

Auch ohne Gänsekiel schien mir mein neues Gehalt zunächst recht hoch. Doch meine Ausgaben holten es schnell wieder ein. Nebenbei versuchte ich für eine Schwedenreise zu den Eltern zu sparen, das ging sehr schwer.

»Mensch, Sie sind ja wahnsinnig, irgend etwas auf die hohe Kante zu legen«, sagten die Kolleginnen, »kaufen Sie sich sofort drei Wintermäntel und zehn Paar Schuhe!« – »Aber die kommen ja aus der Mode, ehe ich sie tragen kann«, meinte ich, versprach dann, es bei nächster Gelegenheit zu tun, fürchtete mich aber vor dem Gewühl in den Läden – es war Sommerschlußverkauf – und ließ es wieder sein. Lieber stellte ich mich bei Bote & Bock ans Ende einer Schlange, die auf Theaterkarten wartete, um Karajan die Pinien von Rom dirigieren zu hören oder Gründgens' rote Absätze in Emilia Galotti zu bewundern.

Der Strudel der täglichen Kleinigkeiten verschlang die Zeit: schon wieder war Mittwoch, schon wieder Sonntag, schon wieder mußte ich das U-Bahn-Abonnement erneuern und mich beim Friseur anmelden.

Plötzlich, aus heiterem Himmel, wurde eine Verdunkelungsübung angesetzt. Nach dem ersten Schrecken versicherte mir jeder, daß dies kein alarmierendes Zeichen sei. Verdunkelungsübungen seien diesen Sommer in ganz Europa die große Mode. Die Schlagzeilen der Zeitungen waren demgegenüber ohne tiefes Ein- und Ausatmen gar nicht mehr zu verdauen. »Unverantwortliche Kriegstreibereien der Westmächte«, hieß es da, oder »Der Führer warnt zum allerletzten Male«. Nun, die Politik machten andere. Vielleicht ging es noch einmal gut, so wie im vorigen Oktober. – Früher, als ich noch mit langer Zipfelmütze auf meinem Schlitten hockte und nicht bremsen konnte, hatte ich mit dem gleichen Gefühl im Magen gehofft, daß drunten Erwachsene stehen und meinen Schlitten aufhalten würden.

Die finstere, riesige Stadt war, wenn man von der Vorstellung, in einen Abgrund zu rodeln, loskam, sehr reizvoll. Belustigt ging ich durch die pechschwarzen Straßen, zählte Querstraßen, um zu wissen, wo ich war, verabredete mich mit Freunden, um Versteck im Dunkeln auf dem Kurfürstendamm zu spielen, und öffnete Ladentüren, deren Schilder nicht mehr zu erkennen waren. Mein Gedächtnis trog, der Milchladen war doch weiter oben, dies war das Korsettgeschäft! Die Leuchtplaketten an den Mantelaufschlägen der Passanten glimmten nur schwach: Wilmersdorf war von fahlen Glühwürmchen bevölkert. Die Autos sahen aus, als hätten sie eine Augenkrankheit. Ein paar Stunden lang machte es Spaß, dann vergaß ich die Spielregeln und lüftete meine Zimmer, ohne das Licht auszuknipsen. Keine fünf Minuten später wurde meine Wirtin durch das Auftreten einer Gruppe energisch blickender SS-Männer beunruhigt, die an der Tür klingelten und forderten, daß besser verdunkelt würde.

Die letzte Seite der Illustrierten war voller Witze über Leute, die weder Badewanne noch Ausguß mehr benutzen konnten, weil sie tausend Rollen weißen Zwirn gehamstert hatten. Daher genierte man sich, mehr als ein Paar Strümpfe zu kaufen. Wenn die Lage ernst wurde, konnte man sich ja immer noch schnell das Nötigste besorgen.

Dann war plötzlich ein unbekannter Mann an der Wohnungstür, den ich noch nie gesehen hatte, der Blockwart. Sein Titel rief mir unangenehme Assoziationen an den Strafvollzug des späten Mittelalters wach, wo man die Leute in den Block schloß. Er aber sah ganz harmlos aus und trug einen Stoß buntes Papier in der Hand. Ob sich an der Zahl der Wohnungsinhaber etwas geändert habe, fragte er und begann die bunten Papiere zu zählen. Es waren die neuen Lebensmittelkarten. Obwohl ich wußte, daß ich nun mitgefangen und mitgehangen war und die zwingende Folgerichtigkeit dieser Tatsache erkannte, machte ich noch einen feigen Versuch, mich hinter Urgroßväterchens Paß zu verkriechen. »Ich glaube«, stammelte ich, »ich brauche so etwas nicht. Ich bin Ausländerin.« Der Blockwart befeuchtete den Daumen und zählte mir meine Portion zu. »Det hat nischt zu sagen, Frollein«, sagte er gelassen. »Essen müssen wir alle.«

So war es denn zu spät für den Zwanzigpfundeimer Honig, den ich immer hatte kaufen wollen. Und gerade jetzt gingen auch meine braunen Halbschuhe kaputt. Ohne Bezugsschein gab es plötzlich nur noch Sandalen. Einige Freundinnen, denen es ähnlich ging, trösteten sich und mich damit, daß dieser Zustand nicht lange anhalten könne. Vielleicht käme es nicht zum Schlimmsten, und wenn doch, so könne ein Krieg mit diesen modernen Waffen ja höchstens ein halbes Jahr dauern. So lange hielten unsere Schuhe bestimmt noch.

An einem Augustvormittag stand ich mit einem Freund auf dem Berliner Funkturm und sah auf die Ostwestachse und die vielen angefangenen Prachtbauten, die herrlichen Sportstadien und Plätze nieder. Das Herz war uns so eng und klein wie eine Haselnuß. Strahlender Sonnenschein erleuchtete die Straßen bis in alle Winkel. Sympathische, humorvoll tapfere Leute wimmelten stecknadelgroß darin herum. Es war unfaßbar, daß sie plötzlich gefährdet und bedroht sein sollten. Der Freund lehnte sich auf das eiserne Geländer. »Ich kann nicht glauben, daß der Mann das alles aufs Spiel setzt«, sagte er. Wir wußten beide, wer und was gemeint war.

Am Montag rief mich im Büro ein Vetter an, der von Paris kam und nach Schweden heimwollte. Ob ich ihm etwas für meine Eltern mitzugeben hätte? Ich fuhr auf den Stettiner Bahnhof, wo noch viele, viele Schweden fröhlich und laut abreisten. Der Vetter zog mich in eine Ecke voller Gepäckkarren. »Mußt du unbedingt hierbleiben?« fragte er. »Heut nacht wären wir draußen.« Ich schüttelte den Kopf. »Ich kann nicht weg«, sagte ich beklommen. »Ich muß meine Arbeit weitermachen.« Der Vetter wühlte in der Tasche seines Mantels und zog ein Pariser Omnibusbillett heraus. »Hier«, sagte er, und drückte es mir in die Hand, »wenn die Franzosen Berlin erobern, kannst du gleich darauf fahren.«

Als der Zug aus der Halle glitt, blieben außer mir nur wenige Personen und viele Gepäckträger auf dem leeren, staubigen Bahnsteig zurück. Ich schluckte mehrmals trocken und wies das Bild von den Ratten, die das sinkende Schiff verlassen, weit von mir. Noch immer war Hoffnung.

Wenige Tage später saß die Belegschaft meines Industriepalastes am hellen Vormittag im großen Sitzungssaal untätig zusammen, und ein Lautsprecher verkündete nach vieler Marschmusik, daß seit heute morgen in Polen zurückgeschossen würde. Ich hätte gerne geweint, es kitzelte mich schon fürchterlich in der Nase. Es gelang mir jedoch, genauso nichtssagend in den Schoß zu schauen wie meine Kollegen. Nach dem allgemeinen Sieg-Heil wurde mir auf der Treppe schlecht. Ich mußte stehenbleiben und mich am Geländer festhalten. Auf fragende Blicke deutete ich an, ich hätte mir den Knöchel angeschlagen.

Als sich alles verlaufen hatte, stieg ich die Treppe hinauf anstatt hinunter und trat vom obersten Stockwerk aus auf den Dachgarten. Ich sah die Taubenschwärme die rußigen Kamine und blechbeschlagenen Dächer umkreisen, in der Sonne aufleuchten und sich wieder niederlassen und redete mir unaufhörlich zu, mich doch zusammenzunehmen. Was sollten denn diejenigen sagen, die nun wieder ihre Männer, Söhne und Brüder würden opfern müssen? Als ich den Tauben lange genug zugeschaut hatte, war ich auch überzeugt, daß den deutschen Städten nichts passieren konnte. Die Flak war ja jetzt so fabelhaft.

Ich hatte mich wieder völlig in der Gewalt, als der Betriebsblockwart nach mir schickte und wissen wollte, ob er mich, die neutrale Ausländerin, eigentlich zum Luftschutz einteilen könne. »Nein, natürlich nicht«, sagte ich höflich und verhältnismäßig heiter, »das wäre doch viel zu gefährlich. Ich könnte ja dem Feind Lichtsignale geben.«

Der Blockwart rückte an seiner Brille und fragte, wie ich das meine. Dann sagte er, daß es vielleicht wirklich nicht ginge. So entrann ich glücklich dem Felde der Ehre, dem Gemeinschaftserlebnis und den Ziehharmonikapritschen im Betriebswachenraum.

Keine Stunde später waren – woher nur? – über allen Schreibtischen Landkarten an der Wand, und einige übereifrige Sekretärinnen begannen Stecknadeln hineinzustecken. Da kein Mensch daran dachte, etwas zu diktieren, ging ich auf die Toilette, schloß mich ein und las Hölderlin.

Auf dem Nachhauseweg um fünf Uhr sahen alle Leute aus wie immer, keiner machte ein verbissenes, keiner ein begeistertes Gesicht. Zu Hause lag ein Telegramm von Mama aus Schweden, Papa und sie seien auf der Heimreise nach Seeham begriffen, ich solle mir keinerlei Sorgen machen. Ich war nicht einen Augenblick erstaunt, daß sie nicht droben blieben. Sie konnten es aus dem gleichen Grunde nicht, der mich in Berlin gehalten hatte. Das, was Mama in so distanzierter Weise als unser Gastland bezeichnet hatte, war unsere Heimat, mit der wir standen und fielen, ganz gleich, was wir einem Blockwart darüber mitteilten. Das bürgerliche Beharrungsvermögen, die Anhänglichkeit an die gewohnte Stehlampe und den gewohnten Winterpaletot, die einen zu Beginn eines fürchterlichen Krieges an weittragenden Entschlüssen hindern, erscheinen einem erst viel später unerklärlich.

Von Stund an schoben sich die Ereignisse kaleidoskopartig ineinander. Zuerst dachte ich: Wenn das nur gutgeht. Nach einer Weile dachte ich: Es wird schon gutgehen. Und nach etwa einem Jahr dachte ich sogar: Na also, es ist ja ganz gut gegangen. Fast alles lief weiter, erstaunlich unverändert, nur in der Philharmonie weinten außer mir jetzt noch andere Leute. Aber das waren Kleinigkeiten. Vor den großen Dingen, die schon damals durchaus keine Kleinigkeit mehr waren, schloß ich die Augen, so gut ich konnte. Die Maschinerie, in die hineinzugeraten mich Bruder Leo so ernst gewarnt hatte, war gefährlicher und tückischer denn je, da nun jede unvorsichtige Äußerung als Hochverrat ausgelegt werden konnte.

Als in Holland einmarschiert wurde, machte ich einen Tag lang ein dummes Gesicht, aber keiner unter den Kollegen wußte die Geschichte vom Urgroßvater und dem Wilddieb – so unterblieben jegliche Kommentare. Vom 10. Mai ab mußte ich jeden Mittwoch um halb fünf Uhr nachmittags zum Polizeirevier meines Stadtteils gehen und mich handschriftlich in ein Buch eintragen, als sei ich ein prominenter Besuch. Man schien der Ansicht, dies sei eine sichere Methode, die Machenschaften einer Holländerin im Auge zu behalten. Nur einmal fragte ich den Beamten scherzend, ob ich nicht in der dazwischenliegenden Woche vielleicht etwas anstellen könne. Der Wachhabende biß noch einmal ins Wurstbrot, blinzelte freundlich und sagte mit vollem Munde, das glaube er nicht, und wenn, so ginge es ihn nichts an.

Der Krieg ging einfach immer weiter. Es sah auch nicht so aus, als ob er bald aufhören würde, obgleich man bei den Fanfaren zur Sondermeldung jedesmal nur aus diesem Grunde hoffnungsfroh die Ohren spitzte. Viele Bekannte wurden eingezogen, wenn auch nicht alle in Uniform. Manche verließen nur den Industriepalast und bezogen einen Schreibtisch in einem Amt. Unser Konzern war sehr besorgt um uns, und wir bekamen vor der Mahlzeit eine Vitaminpille neben den Suppenteller gelegt, damit nicht zu viele krank wurden und die Heimatfront stark blieb. An das Leben mit Bezugsscheinen, Spinnstoffsammlungen, Lebensmittelkarten, Sonderzuteilungen hatte man sich gewöhnt. Kein Mensch lachte mehr, wenn einer einem erklärte: »Ab sofort können Sie Fleisch auch rechts auf die Wurstwaren kaufen!« oder »Ich schenke Ihnen einen Nähmittelpunkt, der nächste Woche aufgerufen wird!«

Als man schon dachte, die scheußlichen Papiertüten voller Sand aus den Treppenhäusern entfernen zu können, setzten die ersten Alarme ein. Das Geheul widerlicher, ungeheurer Harpyien, die auf den nächtlichen Dächern saßen, drang einem in den Traum, und verschlafen, wie man war, fand man seine Wäsche nicht gleich. Man war kalt und verschreckt, und es machte überhaupt keinen Spaß, im Luftschutzkeller festzustellen, daß Fräulein Müller aus dem dritten Stock, wie man an ihren Lokkenwicklern sah, eben doch kein naturgewelltes Haar hatte. Das Tempo des Aufstehens jedoch ließ sich trainieren. Es war wichtig, unter den ersten fünf Schutzsuchenden im Keller zu sein, denn die Stühle, die drunten standen, waren nicht die besten. Ihre durchlöcherten, geflochtenen Sitze hatte man nach mehrstündigem Alarm als Muster auf dem verlängerten Rücken. Am nächsten Morgen litt man an Gliederschwere, Frösteln und verschwollenen Augen, einer Krankheit, die die Berliner mit ihrem bezaubernden Witz als »Kellerstaupe« bezeichneten. Nirgends war auch nur ein Dachziegel heruntergefallen, und man nahm sich eisern vor, das nächste Mal den Alarm zu verschlafen. Aber konnte es nicht gerade dann ernst werden? Auch beim Friseur unter der Trockenhaube, in der Badewanne und bei großen

Menschenansammlungen wurde man das beklommene Gefühl nicht los, die Harpyien auf den Dächern könnten gerade jetzt losbrüllen.

Bald gab es in der Kantine unseres Industriepalastes am Morgen nur noch schwarzen Ersatzkaffee und einige seltsame kuchenartige Gebäcke, in die man höchstens mit Senf noch etwas Leben hätte bringen können. Dennoch war es immer noch bequemer, im Büro zu frühstücken, wo nach Alarmen die Chefs, weit draußen wohnend und ohne ihre stillgelegten Wagen zu benutzen, sehr spät eintrafen, als zu Hause eine halbe Stunde früher aufzustehen und den immer kostbarer werdenden Schlaf zu opfern. Die meisten der Kolleginnen machten es genauso. Einmal holte ich ein Tablett voller Tassen in der Kantine, und dabei fiel mir in dem sauber aufgeräumten Eßsaal eine Wandtafel ins Auge, auf der mit Kreide stand: »Achtung Freizeitgestaltung! Donnerstag nachmittag wieder Kursus in Kisuaheli (für Fortgeschrittene).«

Ich hatte schon immer etwas gegen Freizeitgestaltung, da die Vorsilbe frei für mich nicht viel hinter sich duldet. Daß mein weitblickender Industriekonzern schon daran dachte, die afrikanischen Filialen in den dann wieder errungenen Kolonien nach dem Endsieg mit geeigneten Leuten zu besetzen, machte einen tiefen Eindruck auf mich. Ich fing an zu lachen, der Kaffee schwappte aus den Tassen, und die Tränen liefen mir aus den Augen. Aus dem Glasschalter der Essensausgabe kam ein Kopf und fragte mitleidig: »Mensch, kuck mal die, die lacht schon vor Schwäche. Wie lange ham Se denn nu keinen Urlaub mehr jehabt?«

»Fahren Sie mal los«, sagten die Kolleginnen, und eine kleine Verkniffene setzte hinzu: »Sie brauchen doch, wie ich höre, den Quatsch hier gar nicht mitzumachen. Warum tun Sie's eigentlich?«

Ich hätte es ihr erklären können, aber nicht mit zwei Worten, sondern mit zweihundert, und dafür war ich zu müde. Ich packte meine Siebensachen und fuhr los. Es war gut, daß mein Koffer noch eines jener stabilen, gediegenen Gebilde war, mit denen die Eltern früher von München nach Rußland und wieder zurück gereist waren – er blieb mein einziger Sitz während der Fahrt.

An dem Deutschland rechts und links der Eisenbahngleise war nichts Kriegerisches zu bemerken. Einige Frauen trugen Eisenbahneruniform, und auf allen Bahnhöfen standen Schilder, daß Räder für den Sieg rollen müßten. Sonst war wenig verändert. Auf der Station, an der Bruder Leo damals die Würstchen gekauft hatte, war das gläserne Provianthäuschen geschlossen. Im Fenster lehnte ein Pappdeckel: Nur Schaupackungen. Es war schade, daß Leo und ich diesmal nicht zusammentreffen würden. Er konnte manche Situationen so treffend charakterisieren. Er hätte auch den richtigen Ausdruck für das Stadium gewußt, in dem der Krieg sich nun befand. Er hatte die fernen Wälder des Balkans mit denen des Warthegaus vertauscht, wo man auch Holz kaufen mußte. »Ich bin«, hatte er geschrieben, »genauso im Warte-Gau wie alle anderen Leute, die hier darauf warten, daß sich etwas ändert.«

In Seeham war auf den ersten Blick tiefster Frieden. Ein leerer, offener Himmel ohne Drohungen wölbte sich gläsern von den Feldern bis zu den Bergen. Nichts Kriegswichtiges war zu sehen. Die Dampfer allerdings verkehrten nicht mehr. Ich mußte von der kleinen Kreisstadt aus den Autobus nehmen. – Das Haus hatte die grünen, buschigen Schultern hochgezogen. Eine der beiden seinerzeit aus Versehen gewachsenen Linden hatte sogar gefällt werden müssen, weil sie der anderen in die Quere kam und ihr die Figur zu verderben drohte. Der Rasen, den das geliebte Hundsvieh Ulf verunstaltet hatte, war einigermaßen dicht. Die mit Karbolineum gestrichenen Wände sahen warm und traulich aus, ja, sie waren es sogar. Ich vernahm tief befriedigt, daß die Eltern darin dem Winter gut hatten standhalten können. Selbst der Kassierer für das elektrische Licht und der Postbote hatten sich über die Temperaturen darin respektvoll geäußert. Einige Urlauber, die im Osten noch andere Holzhäuser gesehen und schätzengelernt hatten, erzählten davon daheim in Seeham. Die Seehamer revidierten ihr Urteil.

Manches andere Urteil jedoch, das der gesunde Menschenverstand ihnen eingab, revidierten sie nicht. Jeder Ersatzstoff hieß bei ihnen schlicht und fest »G'lump«, und die »entrahmte Frischmilch« wurde hier ihres hochtönenden Namens entkleidet. Auch im Anzeiger der kleinen Kreisstadt stand zwar, wie an so vielen Stellen: »Das deutsche Volk weiß, worum es geht«, aber bei den Seehamern war das gottlob nicht so sicher.

Obwohl alles bewirtschaftet war, ließ mir die Nachbarin in Ansehung meines vorgeschobenen Postens in der Reichshauptstadt für die Dauer meines Urlaubs täglich ein Viertel Vollmilch zukommen. Ich ging in der Dämmerung zu ihr hinüber, das Krüglein unter einem Küchentuch oder innerhalb eines Lederbeutels, falls mir der gestrenge Herr Milchwart begegnen sollte. Das Haus blinzelte aus honiggelben Augen gemütlich hinter mir her. Es erinnerte mich mitunter schmerzlich an die Katze, die wir nicht mehr hatten, und auch an den Hund Ulf, der bei seinen neuen Besitzern so bissig geworden sein sollte. Ich konnte ihn nur zu gut verstehen.

Sorgfältig wischte die Nachbarin mit der Schürze um das gefüllte Krüglein und reichte es mir, als wären wir eine Illustration von Ludwig Richter. »Du kunntst es brauchen«, sagte sie mit einem Blick auf meine Magerkeit, »an di wachst glei gar nix hin!«

Im Herrgottswinkel staken hinter dem Kruzifix neben den etwas verstaubten geweihten Palmzweigen die Feldpostbriefe, karge Episteln von schreibungewohnter Hand. Jeder Hof Seehams hatte ein, zwei Buben draußen. Die Nachbarin ganze vier. Unbekannte Punkte des Globus, in der bayerischen Aussprache zerquetscht und unkenntlich gemacht, waren nun Orte, an denen die Gedanken den Schorschl und den Sepp zu suchen hatten – und manchmal vielleicht schon sein Grab.

Knechte waren kaum zu kriegen. Die alten Bauern, die schon im Austraghäusl gesessen hatten, rackerten sich wieder selber ab. Der alte Lenzenvater war schon so krumm, als hätte jemand ihm »Rumpf beugt« befohlen, aber die Mistgabel regierte er dennoch ausgezeichnet. Die Buttermaschinen waren abgeholt oder versiegelt worden. Man half sich, so gut es ging. Und es ging recht gut – die Großmütter nämlich verstanden noch die alte Art des Butterausrührens und brauchten die Maschinen nicht.

Fehlten auch die Männer in der Landwirtschaft, an Männern schlechthin war kein Mangel: eine Flakeinheit hatte sich in Seeham niedergelassen und schoß fleißig auf einen Luftsack, den ein Flugzeug über dem See hin und her zog. Die Lisi, die Resi und die Wally hatten somit doch jemanden, der ihnen hie und da ein munteres Wort zurief und wohl auch abends am Ufer mit ihnen spazierenging. Das Gebell der Flakkanonen war, je nach Windrichtung, mehr oder weniger erträglich. Die Fische im See wurden ganz verstört und laichten kaum mehr. Papa wußte zu berichten, daß sie auch nicht mehr an die Angel gingen. Sie schienen ans andere Ufer verzogen zu sein.

Einmal während meiner Ferien wurde der Luftsack abgeschossen, während ich an einem sonnigen Hang in Ufernähe nach Erdbeeren suchte. Ich radelte so schnell ich konnte dorthin, wo ich den herabgefallenen Luftsack vermutete, und meine nautischen Berechnungen von Wind und Strömung trogen nicht. Die Hälfte des Zieles trieb nach einer Weile ins flache, schilfige Wasser, wo ich auf einem angeschwemmten Brett saß und wartend an einem Halm kaute. Es war recht schwer, das aufgeschwemmte Gebilde ohne Schere zu zerlegen. Der poröse Stoff, ein Teil weiß, ein Teil rot, wurde zu Hause mit Freude begrüßt. »Ja – jeder seine eigene Spinnstoffsammlung«, sagte Papa und zupfte amüsiert an seiner Nase. Durch den roten Teil des Luftsackes preßten wir später Obstsäfte, den weißen Teil hängten wir als Scheibengardinen an die Küchentür.

Ganz selten einmal hörte man in der Ferne, entschärft, fast musikalisch, das Heulen der Sirenen. Ein Eisenbahnknotenpunkt, winzig am Fuße der Berge, gab Alarm. Anstatt sich, wie in der Stadt, zu verkriechen, eilte man ans Ufer, um sich am Anblick des riesigen, leeren Himmels zu weiden und langsam zu beruhigen. Keine der peinigenden Vorstellungen von den Steinen, in die die Wände der Mietshäuser zerfallen, von der Beschaffenheit der Dachkonstruktionen, die über einem zusammenbrechen konnten, überfiel einen hier. Das Auge schweifte weit und frei – dann kehrte ich in meinen Liegestuhl zurück und las. Meinem derzeitigen Seelenzustand am angemessensten war ›Heidi‹ von Johanna Spyri.

Während ich meist schlief und in der Sonne döste, hatte Mama während meines ganzen Urlaubs eine unruhige Zeit. Sie dachte Tag und Nacht darüber nach, mit welchem Trick sie mich zu Hause behalten könne. Das ungemütliche Berlin deuchte ihr ein ausgesprochen ungesunder Aufenthaltsort für mich, und ihr Gemüt wurde zwischen Tugend und Vorsicht hin und her gerissen. Es wäre vielleicht möglich gewesen, Mamas Herzleiden mit ärztlichen Attesten zu untermauern und mich in Seeham unabkömmlich zu machen, da mein Industriepalast ja keine scharfen Waffen herstellte und ich nicht vereidigt war. Aber ich wollte unbedingt nach Berlin zurück. Eine seltsame Unruhe, die stärker war als alle Vernunftgründe, zog micht fort. Zu meinem Erstaunen war es diesmal Papa, der mir beistand und meinte, ich gehöre an meinen Arbeitsplatz. Er holte Büchmanns Zitatenlexikon und wies Mama nach, daß auch der Mameluck Mut zeige. Mama lachte nur schwach und drehte an ihrem Ring.

Da der gute alte Autobus noch immer nicht zu den Zeiten ging, wo man ihn brauchte, fuhr unser Viehhändler mich zur Bahn. Er hatte sowieso in der kleinen Kreisstadt zu tun. Hinten im Wagen stand ein Kalb, dem sichtlich nicht wohler war als mir. Der Viehhändler, einer der vielen Menschen, die mich seinerzeit noch hatten im Kinderwagen liegen sehen, streifte mein tränennasses, aber entschlossenes Gesicht mit einem Seitenblick, reichte mir meinen Koffer herunter und sagte freundlichbarsch: »So, jetzt hätt' mer's. Daß fei nix passiert drob'n, gell!« Das war der Abschied der Heimat.

VI

Das Unangenehme an der Tugend ist, daß einen niemand dafür lobt. Keiner meiner Berliner legte mir etwa mit anerkennenden Worten die Hand auf die Schulter. Es hieß vielmehr: »Bei Ihnen piept es wohl? – Kommt freiwillig wieder!«

Ein Zimmer fand ich diesmal nicht gleich, aber das war nicht so schlimm. Freunde enthoben mich aller Sorgen, indem sie mich fürs erste in ihr leerstehendes Häuschen einluden. Sie mußten verreisen. Ich erhielt liebevolle letzte Weisungen. Wenn es brennen sollte, möge ich ruhig meine Handtasche nehmen und weggehen, das Häuschen sei aus Holz und sowieso nicht zu löschen. Darüber war ich froh, denn ich fürchtete, mich mit Minimaxapparaten und Feuerpatschen dumm anzustellen. Auch einen Keller gab es nicht. Falls ich nervös wurde, konnte ich ja in den Vorraum der Zentralheizung hinunterflüchten. Dort war es warm und gemütlich, man hörte deutlich, wo es knallte und wo nicht, und man blieb von den Gesprächen anderer Hausgenossen verschont. Gerade der Zwang, sich Berichte über Frau Rattkes Fehlgeburt anzuhören, hatte frühere Alarme so peinigend gemacht.

Damit ich keine Zeit hatte zu verweichlichen, begannen die Alarme schon in der ersten Nacht. Ich blieb im Bett, und wenn die Drohung allzu nahe kam, sagte ich mir Morgenstern auf. Die Entwarnung verschlief ich stets. Der Portier meines Industriepalastes sagte als Morgengruß: »Na, das war ja jestern wieder n' Ding. Ick hab bald nich mehr jewußt, auf welchen Schinken ick mir balangsieren soll.«

Obgleich es mir leid tat, mein liebenswertes Zwischendomizil eines Tages verlassen zu müssen, kaufte ich mir doch heroisch jeden Samstag die Morgenpost und sah die Anzeigen für möblierte Zimmer durch. Aber es war plötzlich nicht mehr so wichtig, wann und wo ich ein Zimmer fand, ja nicht einmal mehr, ob meine Karriere sich auf die Riviera zu bewegte oder ob ich schön, berühmt oder beliebt wurde – es handelte sich nur noch darum, am Leben zu bleiben. Bei den Alarmen passierte zwar noch nichts Ernstliches, aber die ständige Bedrohung erreichte doch, daß man die Welt anders wahrnahm als bisher. Man schien sogar so wichtige Dinge wie das Leben erst dann richtig zu schätzen, wenn ein anderer sie einem wegnehmen wollte.

Das Hetzen und die vielen Verabredungen ließen nach. Kleine nebensächliche Dinge bedeuteten mehr als in normalen Zeiten: durstig sein und trinken, müde sein und schlafen dürfen, eine Melodie, die sich unvermutet einstellte, und der Geschmack der reifen Pflaumen, die ich mir morgens in die Tasche gesteckt hatte.

Waren denn die Bäume, die Berlins Straßen säumten, jeden Oktober so schön kupfern und golden gewesen? Wenn sich ein Wind erhob, ließen ihre Blätter die Ästchen los und schwebten sanft aufs Pflaster nieder. Es war einen Augenblick lang, als stünde man auf dem Grunde einer Flasche Danziger Goldwassers.

An diesen Blätterregen aus den Baumkronen dachte ich nachts, wenn das Häusermeer sich schwarz und angstvoll duckte und ein Scheinwerferkreuz einen einzigen silbernen Punkt am Himmel beleuchtete: ein feindliches Flugzeug. Ich stand in der Tür des hölzernen Häuschens, im Schlafrock, und hörte die Kanonen bellen. Ich hätte nie gedacht, daß ein Baum etwas Tröstliches sein könnte. Das Flugzeug schien unverwundbar, die Kanonen aber schossen scharf, man merkte es an den Krümelchen, die wieder herunterfielen und durch die Büsche des Vorgartens zischten.

Ausgerechnet um diese Zeit, als man den ganzen Tag über gähnte wie ein Karpfen auf dem Sande und morgens die größten und imposantesten Flaksplitter sammelte, um sie dereinst den Enkeln zu zeigen, erschien – ohne daß ich vorher im geringsten ahnungsvoll erschauert wäre – der Märchenprinz auf der Bildfläche.

Ich hatte mir das immer so schön vorgestellt: Ich bin in Gesellschaft, ich habe mein bestes Kleid an, im Kerzenlicht tritt ein Mann auf mich zu, bei dessen Anblick mein Herz stehenbleibt – sein Auge leuchtet auf, er ergreift meine Hand ...

Es kam ganz anders. Am Gartentor klingelte es, und ich

rannte zur Tür, um den Drücker zu betätigen. Ich hatte nicht mein schönstes Kleid an, sondern eine Küchenschürze, weil ich den Treppenläufer ausbürstete. Den Gartenweg entlang schritt ein Mann auf mich zu, in einem dunkelblauen Ulster. Er war etwa 1,83 groß. Höflich zog er den Hut und sagte: »Guten Tag! Unsere Freunde haben mich gebeten, hier mal nachzusehen, ob alles in Ordnung ist. Kommen Sie mit der Heizung zurecht?«

Er sah verblüffend gut aus, hatte wundervolle Augen, aus denen er etwas kühl auf die Welt blickte, wie alle Menschen, die nicht wollen, daß man zu rasch intim mit ihnen wird, und seine Manschetten hatten die richtige Länge. Trotzdem konnte mein Herz nicht stehenbleiben, denn ich kannte ihn schon. Auf einer der rauchigen, überfüllten Cocktailparties hatte er mit mir getanzt und mir keinen übermäßigen Eindruck gemacht. Seitdem war über ein Jahr vergangen, und erst heute fiel mir auf, daß er einen kleinen Leberfleck neben der Nase hatte, genau an der gleichen Stelle wie Papa und Bruder Leo. Darüber war ich einen Augenblick verwirrt, gab dann die nötigen Auskünfte und bat ihn herein.

Von da an kam er öfters. Er stocherte in der Heizung, trank mit mir Kaffee und half mir, das Laub im Garten der gemeinsamen Freunde zusammenzuharken, das sich von sattem Gold rasch zu fahlem Packpapierbraun verfärbte. Morgens war es schon recht kalt, und das Ende der Straßen lag in hellblauem Nebel. Gelegentlich holte er mich auch zum Kino ab. Wir unterhielten uns sehr interessant, manchmal vergaß ich sogar zu gähnen, obwohl ich die vorige Nacht wieder mal kaum geschlafen hatte. Wenn ich schon mitten in der Beschreibung meines Lieblingsbuches oder im Zitieren eines englischen Gedichtes war, hielt ich inne und brach mit einem albernen »Das interessiert Sie sicher nicht, oder?« ab. Er saß dann meist ganz still in seinem Sessel, rauchte und betrachtete mich so aufmerksam, als sollte er aus dem Gedächtnis später mein Porträt zeichnen. Dann erhob er sich, verabschiedete sich wohlerzogen und ging.

Sein Privatleben war mir unbekannt. Sein dienstliches auch. Ich wußte nur, daß er an einen Schreibtisch in ein Amt eingezogen worden war. Er sprach niemals davon. Um so mehr sprach er von der deutschen und ausländischen Literatur.

Er schickte mir weder Inselbücher noch Blumen. Er machte mir auch nicht den Hof wie jene Leute, die mich nach Dienstschluß abholten und in Lokale führten, wohl aber äußerte er gelegentlich die Meinung, daß wir viele gemeinsame Interessen hätten. Mir war das gar nicht so aufgefallen. Ich freute mich zwar immer, wenn er kam, aber ich behandelte ihn wie einen großen sanften Bernhardinerhund, dem man die Hand in die Schnauze stecken kann, ohne daß er beißt. Darin hatte ich unrecht: er biß. Ja, er hatte sogar schon lange angebissen, ehe ich das geringste merkte.

Endlich fand ich ein Zimmer. Es gehörte einer sehr frommen Witwe in einer Parterrewohnung in der Nähe des Hohenzollernplatzes. Sie ließ mich gleich wissen, daß sie bei Alarm niemals in den Keller ginge und das auch von ihren Untermietern nicht verlange. Erstens stünden wir alle in Gottes Hand und zweitens brannten sicherlich die oberen Stockwerke zuerst ab, so daß wir immer noch in Ruhe aus dem Fenster steigen konnten. Es schien ein wundervolles Quartier zu sein, dennoch hieß es wieder, sich an neue Läden, neue Straßen und neue Autobuslinien zu gewöhnen. Diesmal ging ich recht zuversichtlich an den neuen Lebensabschnitt heran.

Wie neu er werden sollte, ahnte ich nicht. Mir wurde der Ernst der Lage erst klar, als einige Tage vor meinem Umzug der Märchenprinz in die Küche des kleinen Häuschens trat. Ich stand am Herd und kochte die vielen Zwetschgen ein, die nachts von den Bäumen gefallen waren und die man unmöglich bis zur Heimkehr der Freunde verfaulen lassen konnte. Ich rührte in dem Mus, und er blieb an der Tür stehen, in Hut und Mantel, weil er eilig zu einer Verabredung mußte. Ohne die Klinke loszulassen, fragte er, ob ich ihn für zu alt hielte.

»Zu alt wofür?« fragte ich zerstreut und verbrannte mich scheußlich an dem spritzenden Zwetschgenmus, das noch nicht die nötige Dicke hatte.

»Zu alt für Sie«, sagte er.

»Wieso, wegen der zwölf Jahre Unterschied?« fragte ich leichthin, und mein Schicksal war besiegelt. Es war das letzte Mal in diesem Leben, daß er mich Sie genannt hatte. Er ließ die Klinke los, zog mich samt Küchenschürze in die Arme und fragte, ob ich mich entschließen könne, für immer bei ihm zu bleiben. Er roch nach Holzrauch und Geranienblüten, und ich hatte gerade noch Zeit, den Zwetschgenlöffel aus der Hand zu legen, ehe ich ihn wiederküßte.

Ich habe eben kein Talent, große Augenblicke wahrzunehmen. Schon als Backfisch fiel mir das einmal auf, als ich mit einem jungen Mann in einer Laube saß und nichts sehnlicher hoffte, als daß er wegginge. In die Laube war ich nämlich nur getreten, um mit einer Sicherheitsnadel etwas festzustecken, das gerissen war. Ich konnte ihm das nicht so rundheraus sagen und wurde immer bedrückter und schweigsamer. Der junge Mann hielt daher seine Chance für gekommen und erklärte sich, worauf ich nichts zu erwidern wußte als »O Gott!«.

War nun auch dieser Höhepunkt meines Lebens anders als geplant abgelaufen, so hätte wenigstens eine Zeit folgen müssen, während ich mit selig-blödem Gesicht mit dem Märchenprinzen Hand in Hand im Café Kranzler saß. Statt dessen entspann sich ein aufreibender Kampf zwischen ihm und mir. Nach der ersten Betäubung war ich zu mir gekommen und gewissenhaft genug, ihn eindringlich vor mir zu warnen. Ich erzählte ihm, wie leicht ich mich erkälte, daß ich im Kino weine und daß ich keine Knopflöcher in Leintücher machen kann. Aufgeregt und wortreich suchte ich ihn davon zu überzeugen, daß ich nicht zu ihm paßte, daß er eine sportliche Lebensgefährtin brauchte, zäh und entschlossen, mutig und mit braunen Augen. Anstatt zuzuhören, küßte er mich.

Ganz nebenbei hatte ich auch Schwierigkeiten mit seinem preußisch-prinzlichen Vornamen. Er enthielt eine solche Häufung von Räusperlauten, daß ich es im Hinblick auf meine Neigung zu Rachenkatarrhen ablehnte, ihn damit anzureden. Da er in meiner Wertschätzung von Tag zu Tag, ja von Stunde zu Stunde stieg, schien mir ein Name aus dem Personal der himmlischen Heerscharen für ihn nur angemessen. Ich taufte ihn Michael. Er ließ es sich gefallen. Ein Mann in seinem Gemütszustand widerspricht nicht.

Acht Nächte hintereinander kam kein Alarm. Man verabschiedete sich abends mit dem Gruß: »Also dann, Bo-Lo-Na!« (Bombenlose Nacht), schlief tief und erholte sich. Die unvergleichlich frechen Berliner sagten bereits: »Was is'n mit die Engländer? Die komm' ja jar nich mehr. Es wird doch nischt passiert sein?«

Dann aber knallte und bellte es wieder von abends elf Uhr bis früh um vier. Es gab Schäden im Norden Berlins, die von den Gerüchten maßlos übertrieben wurden. Am Abend des nächsten Tages rief Mama an.

»Ist alles in Ordnung, Kind?« fragte sie mit kleiner, ferner Stimme. Ich fühlte mich ertappt. Mama hatte immer eine sehr feine Antenne gehabt. Der Angriff war nur ein Vorwand für ihren Anruf; sie hatte damals sogar meine Halsentzündung am anderen Ende Deutschlands gewittert.

»Ach, wegen des Alarms«, fragte ich forsch, »den haben wir in Wilmersdorf kaum bemerkt.« Dann stockte ich, sah ein, daß ich Michaels Namen unmöglich so ohne Vorbereitungen durch den Draht jagen konnte, und sagte rasch: »Ich schreibe euch heute abend einen langen Brief.«

Aber dann schob ich es doch wieder auf. Ich war noch nicht an dem Punkt, mir das Leben an Michaels Seite vorstellen zu können, bis der Tod uns schied. Dafür mischten sich nun alle diejenigen Leute in mein Dilemma, die es sich ebensowenig vorstellen konnten. Es wäre sicherlich leichter gewesen, einen tollen Blödsinn anzustellen, den niemand merkte, als etwas Vernünftiges, das sich vor aller Augen vollzog. Wieder hagelte es Ratschläge, so wie damals, als ich eine Stellung suchte.

»Der Mann sieht mir zu gut aus«, sagte die Napfkuchentante, die Michael kannte, »das ist verdächtig. Solche haben meist Weibergeschichten.«

»Ich verstehe nicht, wieso du auch nur eine Sekunde lang zögerst«, hieß es anderswo. »Der hat ein Herz von Gold. Siehst du denn nicht, wie alle grimmigen Fleischerhunde immer an ihm hochsteigen und ihm das Gesicht lecken? Das Tier hat mehr Instinkt als der Mensch.«

»Um Gottes willen«, sagte der Onkel, der so gern Patience legte, »der Mann ist ja geschieden, er hat eine Vergangenheit, und du bist noch so jung. So etwas geht niemals gut.«

Die alte Dame, die mir seinerzeit zur Bühne geraten hatte, äugte über ihre Brille und meinte resolut: »Laß dir keinen Blödsinn einreden, mein liebes Kind. Eine Vergangenheit hat jeder Mann, nur kennt man sie meistens nicht.«

Ich fühlte mich hin und her gerissen, mußte nachts Pulver schlucken und nahm acht Pfund ab. Wie gerne wäre ich nach Seeham entwichen, um mir diese Frage einmal in Ruhe zu überlegen, ohne andauernd durch Telefonanrufe verwirrt zu werden, in denen jemand mir mitteilte, daß er mich liebe.

Doch es ging leider nicht. Die Züge waren gesteckt voll mit Uniformen und Hamsterern. Schon schob man, weil Eingänge und Korridore verstopft waren, alte Damen an den Beinen durchs Fenster ins Abteil und stahl ihnen dabei die Schuhe. Der Krieg, der so festgefahren schien, war plötzlich sehr total geworden.

Einen ganzen Sonntagvormittag lang bemühte ich mich, den in Michael Umgetauften in einem Brief an die Eltern so genau zu beschreiben, wie es nur möglich war. Wo beginnen bei einem so ungeheuren Stoff? Es klang im übrigen derartig nach einer Heiratsanzeige, daß ich mich nur wundern konnte, daß ich mich noch nicht mit ihm hatte nottrauen lassen. Ich zerriß den Brief und begann einen neuen, in dem ich mich bemühte, die Gründe für meine Widerstände darzulegen. Auch er wanderte in den Papierkorb. Schließlich schrieb ich ein paar hastige Zeilen, in denen ich versehentlich sowohl Michaels richtigen als auch den von mir erfundenen Vornamen benutzte. Mama, die ihre Brille nicht immer gleich finden konnte, glaubte voller Schrecken, ich hätte mich mit zwei Personen zugleich verlobt.

Ihre Antwort war gefaßt und begütigend. Sie kannte aus ihrer Mädchenzeit die Sorte Pferde, denen man die Höhe des Hindernisses nicht zeigen darf, da sie sonst ins Gebiß schäumen und steigen. Papa schrieb an den Rand: »Das Photo im Format sechs mal sechs, das Deinem Schreiben beilag, ist als durchaus ungenügend zu betrachten. Ich erkenne darauf einen auseinandergenommenen Radioapparat, zwei Hände, wovon die eine einen Siegelring trägt, und eine nicht uninteressante männliche Nase. Geh hin und laß deinen Michael von jemand aufnehmen, der etwas von Photographie versteht. Kuß Papa.«

Auf der Heimfahrt von der Philharmonie, wo Furtwängler eine herrliche Matthäuspassion dirigiert hatte, erwischte Michael und mich ein Alarm im U-Bahnhof Heidelberger Platz. Die Schaffner wachten streng darüber, daß alle Fahrgäste den Zug verließen. »Klar doch«, sagte ein Mitreisender bissig, »wenn was passiert, müßt ihr sonst unsere Reste mit 'm Suppenlöffel aus 'm Waggon kratzen.«

Die ersten anderthalb Stunden gingen wir auf dem zugigen Perron auf und ab, dann wurde ich zu müde dazu. Michael setzte sich auf eine der Bänke, und ich richtete mich auf seinem Schoß ein, wo ich, von seinem um mich geschlagenen Mantel gewärmt, ausgezeichnet schlief. Als ich aufwachte, war zwar noch immer Alarm, aber mein Verstand hatte endlich mein Herz eingeholt. Heiser und mir die Augen reibend, sagte ich: »Weißt du, wir heiraten im August, da ist es schön warm in Seeham. Sind dir die Beine eingeschlafen?«

»Ja, vielleicht ein bißchen«, erwiderte Michael höflich. »Schade, jetzt habe ich den Ring nicht da.«

Übrigens war ich vollständig ahnungslos, welche Falle mir das Schicksal stellte. Michael drückte mir eines Tages einen schwarzen Klemmhefter voller Manuskripte in die Hand: Ich solle das mal lesen, an meinem Urteil läge ihm viel. Als ich gar erfuhr, daß er eigentlich Schriftsteller sei, sagte ich strahlend: »Wie interessant!« In meinen Ohren ertönte nicht einmal das Rauschen, mit dem die Villa am Cap d'Antibes endgültig in den Wellen versank. Selbst Mama, die sonst so streng darüber wachte, daß ich nicht zu leicht bekleidet in den Wind ging und keine Steigung hinaufradelte, erkannte diesmal die Gefahr nicht. Vielleicht war sie froh, daß dieser freie Beruf wenigstens nicht mit Ölfarbe ausgeübt wurde.

Endlich drang mein Prinz nach Oberbayern durch. Ich ahnte, daß er entweder auf dem Trittbrett oder auf den Lokomotivpuffern gereist war. Papa nahm den Autobus, um ihm bis zur kleinen Kreisstadt entgegenzufahren. Auf dem Bahnsteig kamen sie vorsichtig aufeinander zu und erkannten sich sofort. Papa, der selbst nicht klein von Wuchs ist, erhob seine Augen zu dem Kopf, den Michael ehrfürchtig entblößte, und sagte halblaut: »Aha, dinarischer Einschlag.« Dann reichte er ihm die Hand und sagte: »Ich bin der Papa.«

Von Mamas Reaktionen ist verhältnismäßig wenig bekannt. Als Michael – er konnte nur gute vierundzwanzig Stunden bleiben – ihr bei seiner Abreise die Hand küßte, schenkte sie ihm einen Ring, der aus ihrer Familie stammte. Er kam sich vor wie ein Ritter, der ein Lehen erhält. Es ist anzunehmen, wenn auch nicht erwiesen, daß sie sofort danach den weißen und den schwarzen Straußenfederfächer gelüftet und neu mit Mottenpulver eingestreut hat, damit sie in Ordnung wären, wenn ich dereinst zur Verleihung des Nobelpreises für Literatur mit Michael nach Schweden führe.

Während ich mich in Berlin damit beschäftigte, Kosenamen für den Mann zu erfinden, den ich bis zur goldenen Hochzeit voraussichtlich am häufigsten würde anreden müssen, war man in Seeham nicht müßig. Einige Bauerntöchter stickten nach Mamas Anweisung mein Monogramm in alle jene Handtücher, die noch heil waren. Neue kaufen konnte man nur in höchst beschränktem Umfang. Der Hochreiter-Julie vertraute Mama die beiden Steppdecken aus der Elisabethstraße und die reinleinenen Überzüge dazu an, ließ sie Knöpfe annähen und Knopflöcher machen. Die Julie aber mußte wohl zwischendurch öfters in den Stall oder auf den Heuboden – es paßte später nichts aufeinander. Fünfzehn Jahre lang verfluchte ich ihren Namen bei jedem Bettwäschewechsel.

Bruder Leo schrieb, es sei im Zuge der Aktion »Kampf dem Verderb« wirklich zu begrüßen, daß ich einer vernünftigen Verwendung zugeführt würde, fand anerkennende Worte für Michaels Mut, es mit mir aufzunehmen, und zitierte das bekannte: »Drum prüfe, wer sich ewig bindet, ob er auch eine Wohnung findet.«

Hier nun gab es die ersten wirklichen Überraschungen. Dem erstaunten Michael wurde der Bescheid, die meisten der zur Verfügung stehenden Wohnungen in Berlin stünden deshalb nicht zur Verfügung, weil sie für Ausgebombte bereitgehalten werden müßten und die Häuser andererseits nach dem Endsieg zur Verbreiterung der Prachtstraßen sowieso abgerissen würden. Michael hielt diese Auskunft für eine Erfindung des Kabaretts der Komiker, mußte sich aber eines anderen belehren lassen.

Als wir endlich eine Wohnung in Aussicht hatten, die in einem uns ungewohnten, altmodischen Stadtteil lag und die nur unterzumieten war, begannen meine Kämpfe, aus der Front der Arbeitenden auszubrechen. Heiraten, das konnte jeder, und die meisten taten es auch, aber aufhören zu arbeiten, das war etwas anderes. Ich war enttäuscht und zornig, daß mein holländischer Paß mir plötzlich diese Schwierigkeit nicht mehr aus dem Wege räumen konnte, und dachte keine Sekunde daran, daß ich binnen kürzester Zeit sowieso einen deutschen Paß haben würde.

Diese Kämpfe fanden eine charmante Unterbrechung in der Begegnung mit jener Familie, in deren Stammbaum ich dereinst als Ahnfrau auftreten würde. Es war eine stattliche Schar, die ich da ins Herz schloß, und sie hatten sofort alle darin Platz. In der Wärme ihrer spontanen Zuneigung ging ich auf wie die gefalteten japanischen Papierblumen, die man in ein Glas Wasser wirft. Als ich bräutlich scheu aus dem Auto stieg, das mich von der Bahnstation zum Gutshause gefahren hatte, und die ersten Treppenstufen erklomm, sagte eine meiner künftigen Schwägerinnen, die droben Posto gefaßt hatte: »Wir haben uns hier aufgestellt, damit du gleich alles auf einmal hinter dir hast!«

Es wurden entzückende Tage. Ich vergaß schon nach der ersten Mahlzeit, mich gerade zu halten und nur zu sprechen, wenn ich gefragt wurde. Mein Haar bürstete ich allerdings abends länger als sonst. Michael, der sich blähte, als hätte er mich erfunden, verkleidete sich mit grünen Joppen und hohen Stiefeln, um mit mir Waldspaziergänge zu machen. Es gab Gutshof und Tiere, Nichten und Neffen, die man auf Erbmasse und Ähnlichkeit prüfen mußte, Teestunden in Biedermeiermöbeln und Gruppenaufnahmen. Ja, man zeigte mir sogar das gewisse silberne Kinderbesteck mit Schieber, mit dem schon Michael gegessen hatte und über das ich tiefer errötete als über den gewagtesten Witz in Berlin, wo man bekanntlich die jungen Mädchen aus der Provinz mit jedem Mittel abzuhärten sucht. Am Abend kam einer der neuen Schwäger und berichtete freudig, er habe einen Überläufer geschossen. »Fein!« sagte ich anerkennend. Ich erfuhr erst viel später, daß es sich nicht um einen Rehbock aus dem Nachbarwald, sondern um ein jüngeres Wildschwein handelte.

Der Krieg entschwand fast gänzlich aus meinem Bewußtsein. Die Alarme hatten aufgehört. Der Mann mit dem Bärtchen verkündete, vor Erregung fast kreischend, daß er nunmehr in Rußland einmarschiere. Alle Leute hofften, daß es damit auch so schnell ginge wie mit Polen und Frankreich.

Die Kette, die mich an meinen Arbeitsplatz band, war endlich durchgefeilt. Meine letzten Berliner Wochen schmolzen zusammen. Ich trug alle alten Flaschen in die Geschäfte zurück, auch die Milchflasche, mit der ich immer die Magermilch geholt hatte, und kündigte bei der frommen Frau März. Sie hatte wohl düstere Lebenserfahrungen hinter sich, denn sie entließ mich mit den Worten: »Jeheirat' is schnell. Aber dann ...«

Unumgänglich waren die Besuche bei den Verwandten, die es über meine Zukunftsaussichten zu beruhigen galt. Während Michael mit mir das Treppenhaus erstieg oder im Lift aufwärts schwebte, raunte ich ihm die nötigen Einzelheiten zu: »Also, Onkel Willy ist der zweite Mann von der Cousine von Mama. Das Bild auf dem Flügel ist sein verstorbener Sohn aus erster Ehe.«

Meist bekamen wir Südwein und etwas angestaubte Plätzchen. Überall aber trat ein Effekt ein, der mich an des Onkels Bemerkung über die Fleischerhunde denken ließ: Nach anfänglicher Befangenheit schlossen alle Verwandten Michael geradezu hitzig ins Herz. Ich war vergessen und mir selbst überlassen und betrachtete einstweilen die Topfpflanzen.

Die Verwandten berichteten ausnahmslos nach Seeham, und so erhielt Mama die ersten objektiven Berichte über die Person ihres künftigen Schwiegersohnes. Eine Tante schrieb: »Meine Liebe, ich habe zwar nicht die Absicht, Deine Tochter herabzusetzen, die ja gewiß das Beste verdient, aber ich muß schon sagen, sie hat phantastisches Glück gehabt.« Dieser Passus befriedigte Mama tief.

Als ich meine heimatlichen Fluren wiedersah, war es Sommer.

Die Flak ballerte noch immer nach ihrem Luftsack, auch der Ausbilderstab war noch der gleiche, aber die Männlein, denen man das Zielen beibrachte, wechselten häufig. In einigen Höfen Seehams gab es ledige Flak-Kinder, aber ihr Prozentsatz war gering. Die wackeren Mannen hatten vor ihrer Baracke ein Kleinstdenkmal aus Seehamer Urgestein aufgestellt. Der Adler, der sich darauf an das Hakenkreuz klammerte, sah ebenso mißmutig aus wie sie.

Diesmal mußte ich beim Radeln oft scharf und quietschend bremsen, weil sich mir Dorfbewohner mit Zeichen lebhaften Interesses näherten: Sie heischten Auskunft über Michaels Nam und Art.

Das Wiedersehen mit der Nachbarin war schmerzlich: Zwei ihrer Buben waren gefallen. Der Krieg sollte sie noch zwei weitere kosten, aber das wußte sie gottlob nicht. Es waren großartige Buben gewesen, stets vergnügt und fleißig. Kein Wort des Vorwurfs gegen die Regierung kam aus ihrem Munde, aber Tränen liefen ihr in die alten, faltigen Mundwinkel. »O mei, was werd nur dös no all's wer'n«, klagte sie, »man möcht den Toten neidig sein!« Dennoch warf sie den Kühen auf die Minute pünktlich das Futter vor und setzte zum aberhundertsten Male mit einem malerischen Schwung ihrer altmodischen Röcke den Brunnenschwengel vor der Tür in Bewegung.

Der Krämer, der nur noch Schaupackungen im Fenster hatte, fragte mich mit professionellem Bedauern in der Stimme, ob ich denn jetzt für ganz nach Berlin zöge. Ich kaufte bei ihm ein Doppelheft für zwanzig Pfennige, verzierte es auf der ersten Seite mit einer schönen schraffierten Brezel und trug von Seite 1 bis 28 alle Rezepte ein, die mir von Großmama, Mama, Anna dem Igel und der Huberbäurin die besten dünkten. Ich mußte diese Tätigkeit oft unterbrechen, denn mir fiel andauernd etwas ein, das einen neuen Brief nach Berlin rechtfertigte, obwohl der letzte am selben Vormittag abgegangen war. Der Postbote, der Michael zu betreuen hatte, wurde fast wahnsinnig von den immer wechselnden Abkürzungen der Vor- und Zweitnamen, die ich auf die Kuverts setzte.

Der Wald war so schön wie immer – schon die übernächste Generation von Waldtauben gurrte in den Wipfeln. Bei stundenlangem Beerensuchen wiederkäute ich wie eine glückliche Kuh alles, was mir in Berlin begegnet war, ja, ich modelte sogar um, was er gesagt hatte, als ich das gesagt hatte, nachdem er dies gesagt hatte, wie das bei einseitiger Durchblutung gewisser Gehirnpartien vorkommt. Die Beeren waren reif und dufteten herrlich. Jede von ihnen war wichtig und bedeutungsvoll als Teil von etwas Einzukochendem, das uns über den ersten gemeinsamen Kriegswinter helfen sollte.

Papa malte an einem großen, für unsere neue Wohnung bestimmten Bild. Es zeigte die mir vertraute Bergkulisse jenseits des Sees im ersten Morgenlicht eines Sommertages, der heiß zu werden versprach. Die hellen, durchsichtigen Wolken, die wie Rauch aus den Gipfeln aufgestiegen schienen, würde die Sonne bald aufgefressen haben. Das Bild hatte den Duft und die Weite Bayerns und war, wie alle Landschaftsporträts, die Papa malte, ohne den gewissen »fremden Zug«, den die Angehörigen eines Porträtierten stets zu monieren wissen.

»Man möchte gleich Bergstiefel kaufen, wenn man es so ansieht«, sagte ich.

»Oder hinausrudern aufs Wasser«, meinte Papa und wischte etwas Krapplack in sein Taschentuch. »Du könntest mir übrigens ein paar Koppen als Köderfische fangen. Ich will es doch noch einmal versuchen heute nachmittag. Aber vergiß nicht in deiner bräutlichen Verwirrung Wasser ins Eimerchen zu füllen, sonst verrecken sie nämlich.«

Als Papas Boot so weit abgelegt hatte, daß es sich in dem metallisch glitzernden Sonnenstreif aufzulösen schien, ging ich zur Gemeinde, um mein Aufgebot zu bestellen.

Der Gemeindeschreiber und ich begrüßten einander laut und herzlich. Seit Jahren hatte er uns manchen Formelkram durch einen Federstrich erleichtert. Es war sogar vorgekommen, daß er Papa eine neue Angelkarte mit den Worten ausstellte: »Aa was, die da droben können mi ... ich schreib Staatsangehörigkeit Deutsches Reich. Zwegn dem werd der Herr Papa aa net mehra Fisch fanga.« Bei der Angelegenheit jedoch, die lebenslänglich dauern sollte, prüfte auch er alles äußerst genau.

An diesem Tage war ihm schlecht. Selbst sein sonst so reines Amtsdeutsch litt darunter. »Geboren, ja dös hab i scho. Mei, wissen S', so schlecht is mer's scho lang nimmer g'wesen. Gestern sag i zu meiner Frau, der Ochsenschwanz, sag i, der is nix. Gib'n her, sagt mei Frau, i trag'n z'ruck. Naa, naa, sog i, so schlimm is' aa wieder net. Und jetzt is' mer's so schlecht drauf wor'n. Also jetzt die Daten von Ihrn Herrn Breitigam. An Mag'nbitter hob i scho g'nomma, aber er hat nix g'holfen. Und wo mei Frau no sagt, sie tragt den Ochsenschwanz z'ruck. Naa, sag i, i iß ihn scho, sag i. So so. In Petersburg is er geboren.

Eahna Breitigam. Dös is weit. – I moan allweil, a Natron kunnt aa net schod'n.«

Große Schweißtropfen standen auf seiner Stirn, als er das Aufgebot draußen vor der Gemeindekanzlei in den vergitterten Kasten hängte. Nur einige Reißzwecken rechts und links trennten Michael und mich von den behördlich geregelten Zeiten, in denen der Stier für die Kühe zu sprechen war, der Fundanzeige für einen rotweiß gestreiften Badeanzug und der Androhung der nächsten Stallkontrolle, falls jemand seine Milch schwarz verkaufe. Als wir einige Zeit zusammen in dem Kasten gehangen hatten, bekam das Papier schwärzliche Streifen vom Regen. Ehehindernisse waren keine bekannt geworden.

Hochzeitshindernisse allerdings gab es genug. Ich hatte noch gar keine Übung im Heiraten und glaubte, der nächste Schritt sei das Bestellen des Myrtenkranzes. Papa meinte gelassen, die Myrte sei nicht so wichtig, aber der Lichtschalter im Klo funktioniere nicht, und wenn nun am Polterabend ...

»Sascha, ich bitte dich ...!« rief Mama und drehte an ihrem Ring. Wir saßen alle im Wohnzimmer und überlegten. Die beiden Gasthäuser Seehams mit ihrem Bierdunst und ihren knallend zufallenden Türen schienen uns nicht geeignet, um eine Hochzeitsfeier darin abzuhalten, schon wegen der Schwiegereltern, die mit Bayern nicht so vertraut waren wie wir und vielleicht erschraken, wenn sie im dunklen Korridor auf einen Betrunkenen traten.

Als wir ein Hotel in der kleinen Kreisstadt ausfindig gemacht hatten, in dem nachweislich gut gekocht wurde und das einen hübschen kleinen Saal besaß, teilten uns die für die Fahrt zur Kirche bestellten Taxis mit, sie bekämen nur noch Treibstoff für kriegswichtige Zwecke. Da sich die evangelische Kirche ebenfalls in der kleinen Kreisstadt befand, entfiel somit die kirchliche Trauung. Papa radelte hinein, um den von einem befreundeten Oberförster gespendeten Rehschlegel wieder abzuholen. Mama rief ihm nach, er möge den bereits abgelieferten Zucker für die Eisbombe nicht vergessen. Dann nahm sie zwanzig Tropfen Baldrian auf ein halbes Glas Wasser und versuchte, sich und uns davon zu überzeugen, daß man sehr wohl in einem hölzernen Sommerhaus seine einzige Tochter verheiraten könne.

Glücklicherweise kam nun gerade Bruder Leo an. Ich versprach mir viel von seiner Gegenwart. Er grinste wie eine Zahnpastareklame. »Du mit deinen Vernunftheiraten«, sagte er zärtlich herablassend, knuffte mich in den Rücken und griff dann nach dem Zollstock, um wie einst an den Wänden herumzumessen.

»Wenn wir hier einen langen Tisch aufstellen wollen, müssen wir die ganze untere Etage ausräumen. Festtafel und so geht also nicht.«

Papa wurde außerordentlich vergnügt, weil er nun wahrscheinlich weder einen Smoking anziehen noch eine Rede würde halten müssen. Ich war wütend, weil die Feierlichkeit und das weiße Kleid wohl wegfallen würden.

Leo hatte den Zollstock noch nicht wieder in der Gesäßtasche, da kamen einige Seehamer und richteten aus, die für meine Brautjungfern bestellten Zimmer in den diversen Bauernhöfen seien für Bombenflüchtlinge requiriert. Wir telegrafierten den Brautjungfern ab.

»Es ist ganz einfach«, sagte Bruder Leo. »Wir räumen den Anbau aus und machen dort ein kaltes Büfett. Los, halt mir mal die Leiter! Ich muß auf dem obersten Boden nachsehen, ob die Mäuse das türkische Rauchtischchen schon aufgefressen haben, das wäre jetzt nicht übel.«

Unter den zur Hochzeit anreisenden Personen war nächst Michael wohl die Kochfrau als die wichtigste zu betrachten. Sie spürte das und nahm sofort das Doppelte ihres Gewichts an. Die Fischmayonnaise, ein Geheimrezept des Hauses, wollte ich ihr nicht anvertrauen. Die machte ich selber. Die Fische waren, wie so oft, nicht tot, sondern nur betäubt. Als sie in den Fischkessel sollten, fanden sie es dort zu heiß, warfen den Deckel in die Küche und sprangen auf dem Fußboden herum, wobei sie das ganze Wasser verspritzten: eine Unverschämtheit, weil sie schließlich schon ausgenommen waren. Die Kochfrau schlug die Hände überm Kopf zusammen, weil das so unheimlich viel Glück bedeute, oder auch Unglück, sie wußte es nicht genau.

Als ich gerade alle zehn Finger voller klebriger Gräten hatte, wurde von der Gemeindekanzlei heruntergeschickt: die Trauung könne nicht zur festgesetzten Zeit am Samstagvormittag stattfinden, sondern infolge besonderer Bestimmungen nur noch am Freitagabend gegen halb sechs. Nun waren die Schwiegereltern schon aus Bad Gastein abgereist und unterwegs zu unserem Polterabend. Mama steigerte ihre Dosis von zwanzig auf vierzig Tropfen Baldrian. Michael, telegrafisch von der Wendung der Dinge verständigt, kabelte aus Berlin: *Wirst du mir je verzeihen, daß ich dich heirate stop.*

Papa, der eine bestimmte Sorte Manschettenknöpfe schon seit gestern suchte, fing an zu lachen und verließ die erneut mit ernsten Gesichtern zusammentretende Familienberatung mit dem Spruch: »Mit dem Kranze, mit dem Schleier, macht man meist ein groß' Geseier ...«

Es blieb nichts anderes übrig, als den Polterabend kurzerhand zur Hochzeitsfeier avancieren zu lassen. Einige alte Weiber schüttelten den Kopf. Wie sollte eine Ehe ausfallen, die an einem Freitagabend begonnen wurde?

Als Michael ankam, wurde er von Bruder Leo in Empfang genommen. »Grüß dich, da bist du ja. Bitte hilf mir eben mal, an der nördlichen Dachrinne ist ein Krampen locker«, sagte er mit einem warmen Händedruck. Michael legte seine städtischen Überkleider ab, und die beiden Schwäger begaben sich aufs Dach. Sie hatten die gleichen Bewegungen, das gleiche Tempo, die gleiche praktische Begabung. Es war, als seien sie Brüder. Als ich vom Rosenbeet aus zu ihnen hinaufstarrte, kam das Dirndl vom Gärtner und brachte einen Strauß. »Dös g'hört für die Hochzeiterin«, lispelte sie. Ich kam ruckartig zu mir, lief ins Haus und kümmerte mich um meine Garderobe.

Es war strahlendes Wetter, der See lebhaft bewegt, als die Schwiegereltern dem Wagen entstiegen, um fünf Minuten später mit ihren Gegenschwiegern wieder einzusteigen. Hätte eine von beiden Parteien noch etwas gegen die Verbindung einzuwenden gehabt, so wäre es dafür reichlich spät gewesen.

Die Wagen, die wir für die kurze Strecke innerhalb Seehams doch noch aufgetrieben hatten, waren nicht einmal blumengeschmückt. Dennoch blickten die Seehamer ihnen nach, die Kühe ließen den Unterkiefer einen Augenblick lang links oder rechts regungslos herausragen, die Hunde hoben die Nase in die Luft, die Gänse senkten den Kopf wie zum Angriff und schnatterten einige kurze Bemerkungen: Das Dorf gab seinen Segen.

Der Bürgermeister, ein prachtvoller Mann mit Händen wie Boxhandschuhe, traute uns. Er schien angesichts des Volksauflaufs von Zugereisten geziemend ergriffen. Wir erfuhren hinterher, daß er beständig fürchtete, meinen Schwiegervater mit dem für bayerische Zungen so schweren Wort »Exzellenz« anreden zu müssen. Nach den einleitenden Zeremonien hängte er sich eine seidene Banderole um und befahl Michael und mir, einander die Hände zu reichen. Als es ihm genügend schien, sagte er: »So, jetzt dürft's auslassen.«

Ich heftete während des feierlichen Vorganges mein Auge

starr auf zwei an der Wand hängende Plakate. Das eine stellte das frierende Bettelkind von Zumbusch dar, durch dessen zerrissene Höschen der Wind pfeift, ein entsetzliches Omen für die Ehe mit einem freien Schriftsteller – und das andere rief mir mahnend entgegen: *Achtet auf den Kartoffelkäfer!* Ich nahm mir vor, Michael zu lieben und zu ehren und auf den Kartoffelkäfer zu achten, solange Atem in mir war.

Den Trauring bekam ich trotz mehrfacher vorheriger Proben nicht an den Finger und bat den neben mir stehenden Gemeindeschreiber (er hatte die Folgen des Ochsenschwanzes glänzend überwunden) mit leiser Stimme um etwas Seife. Der brave Mann lief spornstreichs davon und ließ dabei die Tür zu jenem Kabinett offen, in dem in Privatwohnungen sowie meist auch bei Behörden Seife zu finden ist. Ich mußte mir meinen Brautstrauß vors Gesicht halten, um nicht loszulachen. Es war ein starres, weißes Gärtnereiprodukt aus Gladiolen und Nelken, das sich auf einem Kindersarg recht gut ausgenommen hätte.

Da es mir nicht gelungen war, in diesem großen Augenblick schleierumwallt unter dem Gedröhn der Glocken zu meinem Gebieter aufzublicken, beschloß ich im stillen sofort, den Pomp bei der Silberhochzeit nachzuholen.

Die Stimmung auf der Heimfahrt war brillant, besonders als wir auf dem Feldweg zu unserem Haus nicht an einem Jauchefuhrwerk vorbeikonnten, da der Kutscher taub war.

Nach einigem Sekttrinken auf dem von Bruder Leo frisch gemähten Rasen – die paar Maulwurfshügel waren sorgfältig auseinandergeharkt worden –, nach den obligaten Gruppen- und Einzelaufnahmen, der Verlesung der Telegramme auf gewöhnlichen und auf Schmuckformularen und einem zwanglosen Durcheinander im Anbau war der Tag zu Ende und der Segen der Eltern fällig. Es entstand eine ergriffene, erwartungsvolle Stille. Papa räusperte sich und sprach:

»Alles war ganz ausgezeichnet. Nur die Hühnersülze hätte noch einen Schuß Essig vertragen können.«

Am nächsten Vormittag reisten zuerst die Schwiegereltern ab, dann die Gäste und dann wir. Uns folgten auf dem Fuße alle diejenigen Möbel, die das Einlagern in München gut überstanden hatten. Was alt und schäbig war oder schien, aber angesichts der Kriegslage doch noch nicht verheizt werden sollte, wurde unter Stemmen, Drücken und Ächzen auf dem geduldigen Anbauboden untergebracht. Nur wenige Reste blieben im Möbellager in München stehen und fielen wenige Monate später den Bomben anheim, so daß wir uns über ihre Verwendung keine Gedanken mehr zu machen brauchten.

Im obersten Schubfach der Mahagoni-Kommode, von der Bruder Leo gesagt hatte: »Schade, daß du die mitgegiftet kriegst, die paßt so schön hier an die Wand«, lagen die vier auf Bezugsschein erworbenen Leintücher, die jedem jungen Haushalt zustanden. Mama war mit ihrer Zahl und Qualität nicht zufrieden und gab mir die besten aus ihrem Vorrat auch noch mit. Das erwies sich als taktischer Fehler, denn anderthalb Jahre später waren wir wieder da, minus Möbel und Leintücher, aber plus einem Sohn, genannt Dicki, der Winston Churchill ähnlich sah.

So wie die Dinge lagen, mußten wir uns zu dritt in die noch in Seeham verbliebenen Bettücher knüllen, und von denen waren die meisten geflickt und einige in der Mitte dünn.

VII

Jung verheiratet zu sein erwies sich als eine sehr aufregende und zeitraubende Beschäftigung. Ich war eine leidlich besonnene Braut gewesen, entwickelte mich aber zu einer kopflosen Flitterwöchnerin. Ein Zuviel an Liebe wirkt sich auf die Haushaltsführung nachteilig aus. Vielleicht auch war die Wohnung, in die die Möbel aus der Elisabethstraße sich zwanglos einfügten, zu groß, so daß ich nicht mit ihr fertig wurde. Sicher ist, daß wir bei ihrer Einrichtung nicht nach der althergebrachten Reihenfolge verfuhren. Die Vorhänge hingen noch nicht, da verbrachten wir eine Nacht auf dem Teppich neben der halb ausgepackten Bücherkiste, um Thomas Manns ›Königliche Hoheit‹ miteinander zu lesen. Michael war ein so begeisterter Zuhörer, daß die Bücherkiste auch am nächsten Tag nicht fertig ausgepackt wurde. Morgens mußte ich dann natürlich noch einmal schlafen gehen, wenn Michael in sein vom Krieg beschertes Amt abgezogen war. Der stark zusammengeschrumpfte Vormittag reichte nur noch dazu aus, um die Milch und die Süßwaren auf Abschnitt A 17 abzuholen und in der Geschirrkiste nach den Vasen zu suchen, damit die uns in die neue Wohnung gespendeten Blumen endlich aus dem Putzeimer herauskamen. Kochen mußte ich schließlich auch, denn Michael benutzte sein Fahrrad dazu, um mittags heimzukommen. Wenn er mit dem Hinterrad die Etagentür hinter sich ins Schloß schob, war ich immer schon in fliegender Eile, und da ich dann das Wiegemesser für Petersilie fallen ließ, um ihn gründlich und zärtlich zu begrüßen, wurde es noch später.

Nachmittags hätte ich ja vielleicht endlich fertig auspacken und die silbernen Leuchter putzen sollen, aber da kam ich unmöglich dazu, denn alle, die mir während meiner Bürojahre Liebes und Leides erwiesen hatten, mußten eingeladen werden, und so hatte ich beständig Teegäste.

Die Wohnung war gut geheizt, vielleicht bekamen wir in unserem Hochparterre mehr Wärme ab als die über uns Wohnenden. Heißes Wasser aber gab es selten, und wenn der Hahn im Bad wirklich einmal welches spendete, stürzten Michael und ich jubelnd gleichzeitig in die Wanne, glücklich, daß der Seehamer Standesbeamte uns dazu die Erlaubnis erteilt hatte. Für zwei Bäder hätte das Wasser nicht gereicht.

Auch die Abfalltonnen im Hof wurden fast nie mehr geleert. Ich gewöhnte mir an, unseren Müll in eine Zeitung einzuwikkeln und neben der Tonne aufs Pflaster zu legen. Von den anderen Hausbewohnern sah ich niemanden. Sie bildeten eine ungewohnte Geräuschkulisse in den Vormittagsstunden, in denen ich früher im Büro gewesen war. Auch meine Einkaufstunden waren andere geworden, und so begegnete ich zum ersten Male den armen Wesen mit dem aufgenähten gelben Stern. Sie warfen Punkt vier Uhr einen ängstlichen Blick auf die Uhr und verschwanden wie Schatten, um nicht womöglich angepöbelt zu werden. Beim Lebensmittelhändler vis-à-vis ließ eine Frau dabei ein Päckchen liegen, das sie schon bezahlt hatte. Es war »deutscher Kaviar, markenfrei«, eine brandsalzige, pechähnliche Masse, aber als Abwechslung und Kalorienträger von hohem Wert. Ich ergriff das Päckchen und stürzte ihr nach, ohne sie wiederzufinden. Die Feinkostfrau und ich waren ganz traurig. »Nee, wissen Se«, sagte die Feinkostfrau, »als ob's nich schlimm jenuch wäre, daß se Jüdin is. Nu det ooch noch. Hoffentlich holt se's morjen.«

Ich hatte gehofft, Schätze an überflüssiger Zeit zur Verfügung zu haben, nun ich keine Diktate mehr aufzunehmen hatte, aber sie wurde mir durch die Unterteilungen der Woche in ganz kleine Münze umgewechselt. Montag: nach Quark fragen, Dienstag: Reparaturannahme beim Schuster, Mittwoch: Kekse für alle, die mit dem Buchstaben N anfingen, Donnerstag traf vielleicht im Seifenladen braune Schuhcreme ein. »Die geht jetzt reißend ab«, sagte die Seifenfrau, »die und die weiße. Die Leute pflegen ihre Böden damit, wat wolln Se machen!« Und Freitag hoffte ich auf Fisch in dem Geschäft in Wilmersdorf, wo ich noch von meiner Sekretärinnenzeit her eingetragen war. Ich mußte über eine Stunde Stadtbahn fahren, um diesen vorehelichen Fisch zu holen.

Ab Sonnabendmittag durfte nichts mehr stattfinden, was mit dem Haushalt zu tun hatte. Die Stunden mit Michael waren zu kostbar. Wir hatten viele ohneeinander verbrachte Jahre nachzuholen und wußten nicht, wie viele wir würden zusammen verbringen dürfen. Der Krieg erinnerte einen täglich daran, daß alles Vergängliche nur ein Gleichnis sei, auch wenn man es gar nicht wissen wollte. Die Ämter, die über so manchen noch ihre Flügel gebreitet hatten, leerten sich zugunsten der Front. Nachts im Bett fing man an zu frieren, weil einem die armen Soldaten in Rußland einfielen. Die Pelzsammlung war schon recht, aber Einsichtigen kamen berechtigte Zweifel, wann, wo und in welcher Gestalt Frau Piesekes alter Umhängfuchs einen Soldaten wärmen sollte. Schon mußte man die ersten Kondolenzbriefe schreiben, und wenn in der Anzeige das berühmte »in stolzer Trauer« gestanden hatte, dann war es so schwer, den rechten Ton zu finden.

Wenn nachts die Sirenen gingen – es kam selten vor –, verschlief ich sie. Im Unterbewußtsein war ich wohl der Meinung, Michael würde sich dieser Sache annehmen, wie er mir auch sonst jeden Stein aus dem Wege räumte. Schreckte ich wirklich einmal auf, so fand ich ihn an seinem Schreibtisch, wo er an einer Novelle arbeitete. Ich packte mir die Füße warm in ein Plaid ein und bastelte mit an der Novelle herum, bis die Entwarnung kam.

Zu Michaels erstem Ehegeburtstag telegrafierte Mama aus Seeham nicht nur Glückwünsche, sondern auch ein Rezept für einen gekochten Pudding ohne Ei. Wie immer, wenn Nachricht von ihr gekommen war, durchfuhr es mich, daß ich meinen neuen Beruf so schlecht ausfüllte. Meine Einteilung schien nicht gut zu sein.

Ich suchte im untersten Fach von Michaels Regal zwischen den Persischen Miniaturen und dem Untergang des Abendlandes nach Mamas altem Hausarbeitsbuch. »Kind, nimm's meinetwegen mit«, hatte sie in Seeham gesagt, »ich glaube nicht, daß etwas Brauchbares drinsteht.« Am Bücherregal lehnend, in Kopftuch und Schürze, durchblätterte ich den etwas stockig riechenden Ganzlederband mit Goldschnitt. Aha, da war es: *Zimmerreinigen.* Mit fester Hand hatte Mama die Reihenfolge eingetragen, die man ihr beibrachte. Marmorfiguren zuhängen oder hinaustragen. Portieren ausbürsten. Fein, beides hatte ich nicht. Unter drittens stand: Bohnern lassen. Lassen? Schön, da ließ ich es eben. Ich nahm dafür die Küche feucht auf und staubte überall ein wenig ab. Nur mit den riesenhaften Fenstern kam ich nicht zurecht. Es war kein Gedanke daran, daß ich sie hätte putzen können, sie belegten sich mit einer rußigen Schmiere aus Berlins tausend Schloten und erblindeten. Als ich den Tag nahen sah, an dem ich das Feinkostgeschäft gegenüber nur mehr aus der Erinnerung würde lokalisieren können, begab ich mich auf die Suche nach einem professionellen Fensterputzer. Ich war stark verstimmt, als ich feststellte, daß alle Angehörigen dieses Gewerbes längst an der Front standen. Ja, ich regte mich regelrecht auf und war den Tränen nahe. Schon das hätte mich stutzig machen sollen, noch mehr aber meine tiefe Abneigung gegen den Abfalleimer in der Küche, der mir schrecklich zu stinken schien, obwohl ich ihn täglich leerte. Mit mir war offensichtlich etwas nicht in Ordnung.

Wenige Tage später stellte Michael sein Fahrrad in den Korridor und näherte sich mir mit jenem optimistischen Funkeln in den Augen, das ich in unserer kurzen Ehe als Vorboten unangenehmer Eröffnungen kennengelernt hatte. Ich kam ihm zuvor.

»Ich habe dir etwas mitzuteilen«, sagte ich rasch.

»Ich dir auch«, erwiderte er.

Wir setzten uns aufs Sofa und klammerten uns aneinander, als seien wir in der Gondel eines davonfliegenden Fesselballons. Michael eröffnete mir, daß ich mir um einen Fensterputzer überhaupt keine Sorgen mehr zu machen brauche. Infolge neuerer Bestimmungen für die Untervermietung von Leerwohnungen müßten wir sowieso in acht Wochen die Wohnung räumen.

Es wird niemanden wundern, daß ich nun meine Mitteilung, die in bürgerlichen Kreisen als das Süße Geheimnis bezeichnet wird, mit den Worten »Teufel auch, und ausgerechnet jetzt ...« begann.

Dessenungeachtet zeigte Michael sich geziemend ergriffen, und ich kam mir sofort wertvoller vor als eine Vase aus der Ming-Dynastie. Er stürzte in seine Bastelecke und machte als erstes einen Deckel für den stinkenden Abfalleimer. Dann stieg er in seinen Frack und öffnete eine Flasche roten Champagner aus den Beständen meines Schwiegervaters. Das mit dem Frack war eine vorzügliche Idee, denn er sah hinreißend darin aus, und es war das einzige Mal, daß ich ihn so gekleidet sah. Wenige Monate später war der Frack nebst aller anderen Gesellschaftskleidung ein Häufchen Asche. Der Champagner wirkte auf mich weniger gut, denn mir wurde gottsjämmerlich schlecht davon.

Familien, in denen ein Kind erwartet wird, zerfallen in zwei Kategorien. Bei den einen wird der jungen Mutter schon neun Monate vor dem großen Ereignis eine Fußbank untergeschoben, wobei sie innig auf ihre gefalteten Hände niederzublicken hat. Bei den anderen richtet sich der Zeitpunkt der Klinikfahrt danach, ob sie während der Wehen noch auf einem Bein stehen kann. Aus Seeham verlautete, daß die überängstliche Mama bereits für den Fall meines Besuches ein Geländer im Treppenhaus habe anbringen lassen, damit der Enkel so vieler tapferer Ahnen nicht vorzeitig Schaden nähme. Ferner, daß Papa täglich hart trainiere, aufrecht sitzend im Lehnstuhl einzuschlafen. Großväter hätten das zu können.

Ich hatte das Glück, aus meiner vorsichtigen Familie in eine andere geraten zu sein, die mich genauso liebhatte, aber von zünftigem Sportsgeist erfüllt war. Meine bezaubernden Schwägerinnen traten nun zum ersten Male voll auf den Plan. Schon in den ersten Monaten riefen sie an, um sich nach meinem Ergehen zu erkundigen. »Ach, du bist schon bei Sodbrennen, himmlisch!« sagten sie, bündelten die nötigen winzigen Wäschestücke, deren sie genügend hatten, und gaben sie per Post an mich auf. Auch rieten sie mir, falls die viele Milch, die ich vom Dritten Reich zugeteilt bekam, mir nicht schmecke, einen Schuß Kognak hineinzutun und ab sofort in allen Apotheken Berlins auf meine amtlichen Bescheinigungen reinen Alkohol für die Wochenpflege zu hamstern. Es ließen sich köstliche Kräuterschnäpse damit ansetzen. Gelegentlich kamen sie auch nach Berlin, um Besorgungen zu machen, und brachten mir ihre sanften, großäugigen Kinder, die mit einem kleinen Pappkoffer inmitten meines Teppichs niederfielen und ernsthaft spielten, bis sie wieder abgeholt wurden. Es war sehr beruhigend, Rasse und Schädelbau dieser Kleinen zu studieren. »Versehen« kann man sich bekanntlich nur einmal: bei der Wahl des Vaters.

Bald aber konnten wir keine Besuche mehr empfangen, mußten die eben erst ausgepackte Bücherkiste wieder einpacken, wobei es wiederum nicht ohne Vorlesenächte abging, die Bilder in die Vorhänge wickeln und der Wohnung Lebewohl sagen.

Als wir sie abschlossen, ahnten wir nicht, daß sie wenige Monate später samt den darüberliegenden vier Stockwerken restlos abbrennen und dabei die ganze Straße mit in den Untergang reißen würde.

In einem letzten Versuch, allen Gewalten zum Trotz zusammenzubleiben, suchten wir noch eine Weile eine andere Wohnung, fanden keine und zogen in eine Pension mit gesprungenen Waschbecken und Elfenreigen überm Doppelbett.

Als ich anfing auszusehen wie Luftmarschall Göring, nur ohne die Orden, entschloß ich mich schweren Herzens, Michael sich selbst zu überlassen. Ich zog hinaus zu den Schwiegereltern zwischen Kornfelder und Kiefernwälder und lebte dort ein beschauliches Leben. Als fremde Diplomaten zu Besuch kamen, wollte ich diskret auf dem Zimmer essen, meine Schwiegermutter aber holte mich wieder vor, küßte mich und raunte mir zu: »Das sind die Türken, die werden begeistert sein!« Tatsächlich gingen bei meinem Anblick die Wogen der guten Wünsche hoch, und selbst Allah wurde bemüht, damit es ein Sohn werden möge.

Wo ich konnte, machte ich mich nützlich. Ich pflückte die Johannisbeeren, die gerade reif waren, und kochte Unmengen roter Grütze daraus. Nur schwer war ich zu überzeugen, daß die scheußlichen Bauchschmerzen eines Mittwochs Ende Juli nicht so sehr mit diesen roten Grützen als vielmehr mit Dickis Geburtstag zusammenhingen.

In der freudigen Aufbruchstimmung eines Nanga-Parbat-Besteigers ließ ich mich von Schwager und Schwägerin in die Klinik des Landkreises fahren, wo ich zwar ohne rechten Appetit Mittag aß, den Tee aber immerhin schon in Gesellschaft von Dicki trank, einer possierlichen Karikatur seines Vaters, der verdrießlich blinzelte, weil es auf der Welt so hell war.

Ich konnte nun den in Familienzeitschriften so farbig geschilderten Augenblick kaum erwarten, wo ich vom Bett aus dem jungen Vater seinen Erstgeborenen entgegenhalten würde. Leider fiel es den Ärzten ein, mich noch einmal in den Operationssaal zu holen und in eine tiefe Narkose zu versetzen, aus der ich nur schwer und ungern wieder erwachte. Lange Zeit wußte ich nicht, wer ich war, geschweige denn, wo ich war. Als das seltsame Meeresrauschen sich wieder in das Knattern gestärkter Schwesternschürzen zu verwandeln begann, sagte eine Stimme von der Tür halblaut: »Es ist ein junger Mann draußen mit einem Koffer, darf man ihn hereinlassen?« Da ich keine Ahnung hatte, daß die jubelnde Familie Michael telefonisch in die kleine Provinzstadt zitiert hatte, dachte ich lange und angestrengt darüber nach, was ein junger Mann mit einem Koffer bedeuten könnte, und sagte schließlich: »Ich kaufe nichts!« Alles lachte, sogar der funkelnagelneue Dicki. Mit dem schicksalsträchtigen großen Augenblick war es wieder mal nichts.

Schicksalsträchtiger wurde es schon, als Michael wenige Tage später mit der Einberufung in der Hand auf meinem Bettrand saß. Er erklärte mir wortreich, der Krieg könne sowieso nicht mehr lange dauern. Die Möbel stünden gut beim Spediteur in Berlin. Ich solle, wenn ich erst wieder auf sei, die nötigste Wäsche und meine Wintersachen von dort abholen. Man könne schließlich nie wissen. Ich weinte, Dicki bekam saure Milch und schrie uns die Ohren voll, die Schwestern eilten besorgt umher. Zu machen war nichts, wir lebten in einer großen Zeit und hätten uns gerne mit einer kleineren begnügt.

Michael packte seine Sachen und siedelte in eine Kaserne über, in der er mit sechzig Mann den Schlafsaal teilte. Die Schwiegereltern kamen mit einem großen Wagen in die Klinik gefahren, luden Dicki und mich hinein, trockneten meine Tränen und bereiteten mir fern der Bomben ein märchenhaftes Wochenlager mit Kinderschwester und Frühstück im Bett. Dicki kam in einen von vielen Enkeln vorerprobten Wagen hinters Haus, von wo aus er die Welt der Wolken und des Lichts durch einen Mückenschleier nachdenklich in sich aufnahm. Sein erstes Lächeln schenkte er nicht mir, sondern einem französischen Kriegsgefangenen, der auf dem Gut arbeitete, und der ukrainischen Köchin, einer verschleppten Person. Diese versöhnliche, völkerverbindende Geste wurde ihm in Anbetracht seines zarten Alters hoch angerechnet.

Von Liebe umgeben und behandelt wie die Prinzessin auf der Erbse, hätte ich restlos glücklich sein sollen. Ich war es nicht. Ich wollte nur eines: zu Michael zurück. Wenn ich sein Foto stehen sah, zwickte es mich schon in Nase und Augen. Kurz, ich benahm mich ebenso dämlich wie die Heldinnen der Gartenlaubenromane. Der kleine Wanst, der da soff und gedieh, war mir nicht übermäßig interessant, und in allem, was ihn betraf, entwickelte ich eine neue Sachlichkeit. Während ich früher heftig errötet war, wenn sich ein männlicher Blick in die Nähe meines Ausschnittes verirrt hatte, ließ ich jetzt zutiefst aufgeknöpft und den Knaben an der Brust, den Postboten vor mich treten, um eine Einschreibsendung gegenzuzeichnen. Was dienstlich benutzt wurde, war in meinen Augen nicht mehr pikant. Auch der Postbote sah gar nicht hin.

Gelegentlich kam Michael auf einen Urlaub, der so kurz war, daß man die Augen fast nicht von der Uhr wenden konnte. Er sah in der Uniform aus wie ein Operettenprinz und roch schlecht nach fremden Kasernen. Da er beinahe noch vor der Begrüßung in die Badewanne stieg, wir aber mit Erzählen nicht so lange warten konnten, so lagerte ich mich neben die Wanne auf den Frotteevorleger, und wir bildeten inmitten des immer grausamer werdenden Krieges eine Gruppe von schöner orientalischer Lässigkeit.

In wie vielen Badezimmern Deutschlands mag sich um diese Zeit etwa folgende Unterhaltung abgespielt haben: »Meinst du, daß der Krieg bald aus ist?« – »Ja – ich weiß auch nicht. Es kann ja auch ganz plötzlich schnell gehen.« – »Meinst du, daß du noch hinausmußt?« – »Ich denke, ja.« – »Und wohin?« – »Das weiß man erst ganz kurz vorher.«

Damit behielt Michael unbedingt recht. Von einem Tag auf den anderen mußten wir Dicki taufen, weil das Feld der Ehre nicht länger auf Michael verzichten konnte. Die Schwiegereltern machten uns das Fest so reizend wie nur irgend möglich. Wir begingen den Fehler, Dicki viele schöne und klangvolle Namen zu geben, bei denen er ebensowenig gerufen werden würde wie seine Väter und Vorväter. Während der Zeremonie war er ruhig und erstaunt, weil ich ihm den Schnuller in Sekt getaucht hatte, nur als dicht neben ihm der schartige Kriegerbaß seines Vaters in ein frommes Lied ausbrach, begann er zu klagen. Ich saß in einem rotseidenen Sessel, die Füße gekreuzt, wie in den ›Buddenbrooks‹, und blickte schräg nach unten auf Michaels unförmige Soldatenstiefel, eine Fußbekleidung, die zu dem eleganten Michael paßte wie die Faust aufs Auge.

Aus Seeham hatte keiner zur Feier zu uns stoßen können. Michael meldete ein Telefongespräch an, um sich wenigstens mündlich zu verabschieden. Es lief vierundzwanzig Stunden lang, und ich sah im Geiste Mama angstbeflügelt immer wieder zum Gasthaus eilen, wo der einzige Seehamer Telefonapparat an einer bekritzelten Korridorwand neben den Bierfässern angebracht war. Schließlich ließen wir das Gespräch streichen, denn Michael mußte fort. Ich fand es nett und barmherzig von seiner Truppe, ihn zu solch blödsinnig früher Zeit zu bestellen. Morgens um halb fünf Uhr ist man so verfroren und verschlafen, daß man den Abschied wie unter Lokalanästhesie empfindet.

Die Johannisbeeren waren abgeerntet, es gab keine roten Grützen mehr zu kochen. Der Haushalt der Schwiegereltern lief wie auf Kugellagern. Ich hatte wenig zu tun. Der Endsieg schien ferner denn je. Mir schien plötzlich, ich könne ihn nur in meinem heimatlichen Oberbayern abwarten und dabei für die Eltern kochen. Mama hatte in punkto Suppen so wenig Phantasie.

Schwiegermama und ich suchten in der Kofferkammer eine große Leinentasche mit festem Boden, stopften eine kleine Matratze hinein und ließen Dicki darin probeschlafen. Mit diesem in doppeltem Sinne gewichtigen Gepäckstück, einem wasserdichten Beutel für gebrauchte Windeln, allen Koffern und einer hilfreichen Cousine, die mich durch die verdunkelten, schwer angeschlagenen Bahnhöfe Berlins schleuste, begab ich mich auf den Weg. Ich richtete ein Stoßgebet an Sankt Expeditus, der mich noch nie im Stich gelassen hatte, wahrscheinlich weil ich ihn nur in entscheidenden Augenblicken bemühe. Dieser goldige Heilige, auf dessen nachgedunkelter Tafel in einer alten bayerischen Kirche die Worte stehen: »Sanct Expeditus, sonderbahrer Patron für allerley Geschäfften und Reysen« erwies sich nicht so sehr als sonderbarer, vielmehr als wunderbarer Patron; – er brachte uns unverbombt, heil und ohne Bagageverlust bis Nürnberg. Dort lief sich der Wagen heiß, qualmte, und wir mußten schnell hinaus. In der Eile stopfte ich Dicki mit dem Gesicht nach unten in die Leinentasche, aus der er dann auf dem unwirtlich kalten Bahnsteig gedämpft hervorheulte, während ein neuer Wagen eingeschoben wurde.

Nach diesem Zwischenspiel – wir waren billig weggekommen – erreichten wir am nächsten Tag die kleine Kreisstadt, wo die Eltern mich in unterschiedlichen Graden der Besorgnis empfingen.

»So, so – da ist er ja«, sagte Papa, nahm den einen Henkel der Leinentasche und schaute sich den Inhalt an. »Er ist nicht übel. Die Oberlippe ist etwas lang.«

»Sascha, komm jetzt, das Kind wird müde und hungrig sein«, mahnte Mama.

Zu Hause angekommen, entnahm ich schon vor dem Gartentor den Sohn seinem Behälter und zeigte ihm im Triumph sein künftiges Domizil. Die Wohnung in der Elisabethstraße war dahin, die Berliner Wohnung von den Verhältnissen besiegt – nichts war uns geblieben als diese Festung aus Brettern, die zu verteidigen ich mich entschlossen fühlte. Hier würden wir die noch fälligen Reste des tausendjährigen Reiches überdauern und Michael erwarten.

Dicki, der wie seine ganze Familie eine Abneigung gegen große Momente hat, schrie abwehrend, und Mama brachte ihn unter zärtlichen Schmatz- und Locktönen ins Haus. Zwei der fichtenen Hocker von der Veranda waren zusammengeschoben worden, darauf stand der alte Waschkorb mit einem überzogenen Strohsack darin. Nach längerem Überlegen hatten die Eltern diese Lagerstatt in das Zimmer hinter dem Wohnzimmer an den Kamin gestellt, weil dort ein Rohr vom Herd hindurchlief und eine gewisse Wärme ausstrahlte. Es war somit außer dem gemeinsamen Wohnraum, der von Windeln freibleiben mußte, der relativ geeignetste Raum, um ein Kind großzuziehen.

Wir alle wurden Anhänger der Relativitätstheorie. Die Windeln wurden relativ trocken auf der Stange über dem Küchenherd, vorausgesetzt, daß man diesen Tag und Nacht heizte. Der Waschtisch in dem nun zum Kinderzimmer verwandelten Raum war relativ geräumig, Dicki badete gern darin und riß listigerweise den Stöpsel an der Kette heraus, ehe ich mit Abseifen fertig war.

Auf einen Kinderwagen, der auch in der kleinen Kreisstadt nicht mehr zu bekommen gewesen wäre, verzichteten wir. Papa stellte den Satz auf, daß die oberbayrische Luft zwischen Birke und Haselstrauch die gleiche sei wie die auf der Dorfstraße und daß die Kinder durch das betäubende Geschüttel des Fahrens nur verblödeten. Dicki bekam ein Kopfkissen als Plumeau und wurde mit seinem Waschkorb auf zwei weitere Fichtenholzhocker in den Windschutz der Veranda gestellt. Es war doch gut, daß Bruder Leo damals so reichlich Fichtenholzhocker hatte anfertigen lassen, in der Meinung, daß wir in Seeham ohne städtische Stühle würden auskommen müssen.

Während das Kind draußen schlief, schrieb ich an meinem täglichen Feldpostbrief. Diese numerierten Episteln und die ebenso numerierten Antworten, die in bunter Reihenfolge einliefen, standen seltsam luftleer im Raum. Ich schrieb, wie gut es uns gehe, welche Geräusche Dicki machte, wenn er Brei bekam, und welche Bücher ich las. Michael berichtete interessant über Land und Leute. Er verlor nie ein Wort darüber, daß die Leute aus purer Bosheit auf ihn schossen. Der Grundton meiner Briefe war ein ausgedehntes »Weißt du noch ...« Ich begoß das Blumenbeet unserer wenigen gemeinsamen Erinnerungen und grub auch all das um, was vor meiner Zeit gelegen hatte. Michael sprach ausschließlich von der Zukunft. »Wenn erst dieser Krieg vorüber ist, dann müssen wir unbedingt ...« war sein Refrain.

Draußen wurde es von Tag zu Tag kühler. Die Bäume standen so still, als hätte jemand zu ihnen energisch Pscht! gesagt, und morgens hing der Nebel lange in den Zweigen. Der Bach murmelte lauter als früher, wo die Grillen und Frösche ihn niedergeredet hatten. Alle Sommergeräusche waren verstummt. Hie und da kam einer der Dorfbewohner zu uns heraus, scharrte mit den Füßen auf der Matte und klopfte an der schon geöffneten Zimmertür. Die ersten Reden und Gegenreden drehten sich darum, wie warm es doch in einem Holzhaus sein könne. Dann wurde das Kind begutachtet. »Der is scho recht«, lautete das Urteil, »nur dünne Füaß hat er halt no, so dünne Füaß.« In Bayern beginnen die Füße dort, wo die Beine angewachsen sind. An Dicki wurden nur rein rhetorische Fragen gerichtet, wie: »Ja, wo bist denn du, du Schlawiner?« oder: »Ja, wem schaust denn du gleich? Deiner Mama?«

Sonst kam niemand. Wir hätten nun ein gesellschaftliches Treiben mit den wenigen in Seeham gestrandeten Gebildeten und Halbgebildeten anfangen können, aber Papa meinte vorsichtig: »Wann sie kommen, das weiß man, aber wann sie wieder gehen, das weiß man nicht.« So blieben wir lieber unter uns. Wir bereuten es niemals. Das Landleben war auch keineswegs langweilig, es war ein beständiger Kampf mit vielen kleinen Siegen und ein paar Niederlagen, die man voll sportlichen Eifers zu vermeiden trachtete. Ein Haken war jedoch dabei. Ich war vollständig falsch ausgerüstet. Ich besaß Handtaschen, Hüte, Puderdosen und goldene Abendsandalen, für die sich nicht einmal ein paar Eier eintauschen ließen, aber keine Skistiefel, keine Filzschuhe und keinen Anorak. Auch waren meine sämtlichen, für mollig zentralgeheizte Räume angeschafften Kleider zu dünn.

Mama zertrennte einige alte Pullover, und ich wickelte die Wolle auf. Die Flusen kamen uns beiden in die Nase, und lebhaft niesend besprachen wir unsere Garderobenfragen. Unsere Kleiderkarten gaben nichts mehr her.

»Was wir bräuchten«, sagte Mama, »wären warme Winterdirndl. Ich habe gehört, daß man so etwas aus alten Herrenanzügen machen kann. Wie wäre es mit Papas Frack und Smoking?«

»Tja«, sagte ich, ließ das Wollknäuel sinken und dachte an Michaels Frack, der nun unter den Trümmern lag. Es widerstrebte mir, dem Moloch noch weitere Fräcke zu opfern. Dann aber fiel mir alles andere ein, das rings um uns vorging, und all das, was uns noch bevorstand, wenn nicht ein Wunder geschah. »Du hast ganz recht«, sagte ich entschlossen. Mama sah mir genau in die Augen, wie ein Schütze nach der Scheibe, und sagte, ohne zu lächeln: »So ein Frack ist ja dann eines Tages schnell wieder gemacht.«

Daran merkte ich, daß wir dasselbe dachten. Für dieses Haus war die Ära der Fräcke vorbei.

Die Dorfschneiderin, die seinerzeit die unpassenden Knopflöcher gemacht hatte, nähte die Dirndl tadellos. Als Futter für die Oberteile verwendete sie die Seide von dem Kleid, in dem Mama so oft gemalt worden war.

»Die Ärmel nicht zu lang«, sagte ich bei der Anprobe, »sonst hat man immer Teig und Asche an den Manschetten.«

Vorne auf dem Bauch mußte man den Stoff stückeln, die Hosen der Männer sind ja viel zu eng, aber das schadete nichts, darüber kam eine bunte Schürze. Hierzu eigneten sich die geblümten Vorhänge aus dem Gästezimmer sehr gut. Mama, die stets viel persönlichen Mut besaß, zerrte tüchtig daran. Nein, sie waren noch kein bißchen morsch, man konnte sie bestimmt noch verwenden.

Diesem Zug nach unten war der ganze Haushalt unterworfen. Die schönen, gestreiften Damast-Bettbezüge von Großmama bekamen seltsame Löcher und dünne Stellen in der Anordnung der bekanntesten Sternbilder. Sie wurden zertrennt und verwandelten sich, neu gesäumt, in Gesichtshandtücher. Die früheren Handtücher waren schleierdünn geworden, wurden zusammengelegt, versteppt und dienten als Küchentücher. Die Küchentücher wiederum verwandelten sich in Spüllumpen, und die ehemaligen Spüllumpen wurden in einen alten Samtvorhang gewickelt und zwischen die Doppelfenster gestopft, damit es weniger zog. Nur von der Spitze der Textilhierarchie kam nichts Neues mehr nach.

Etwa Mitte Dezember streifte ich coram publico den linken Strumpf herunter und beklagte mich bei Mama, ich hätte Aussatz oder Beulenpest, besonders da an der kleinen Zehe. Mama warf einen Blick darauf und sagte, das sei ganz einfach Frost. Sie gab mir eine Salbe, auf die hin es noch etwas schlimmer wurde. In mir erhob sich der Verdacht, daß unsere zeitgemäße Art, alte

Wollstrümpfe aufzutragen, an allem schuld sei. Mama schnitt nämlich die Fußteile der Strümpfe, die nicht mehr zu stopfen und schon zweimal vergeblich mit schlechterem Material angesetzt waren, einfach ab und machte einen Steg aus Gummiband daran, wie bei Skihosen oder altmodischen Herrengamaschen. Darüber kamen die Wollsocken, die wir aus im Hause noch vorhandenen Stopfwollresten gestrickt hatten, dann die zu dünnen städtischen Schuhe und dazu die nassen Straßen Seehams und die scharfe Luft. Es konnte nicht gutgehen.

Als ich zum Kalender trat, stand dort gedruckt: Wintersanfang! Alles Bisherige fiel noch unter die Kategorie Herbst. Hätte ich Humor, so wäre dies Gelegenheit zu einem herzlichen Lachen gewesen. Draußen klang das Gartentor. Es kam eine Frau in brauner Uniform, grüßte mit erhobenem Arm und sagte, sie sei die NS-Gemeindeschwester. Ich hatte mir eingebildet, auf einem Dorf wie Seeham bedürfe man einer solchen nicht. Ich ließ sie erst einmal auf dem Korridor stehen. Mama, die stets großzügig und ritterlich dachte, raunte mir, während sie Dickis getrocknete Strampelhosen vom Kachelofen einsammelte, ins Ohr, die Frau könne schließlich nichts dafür. Wofür, wurde gar nicht erst erörtert. Ich bat sie herein, blieb jedoch kühl, litt es, daß sie Dicki mit ihrem Wollhandschuh ins Gesicht faßte und ihn als Garanten der Zukunft bezeichnete. Als sie ging, ließ sie ein Fläschchen Vigantol für ihn da. Da nirgends auf dem Etikett die Vorsilbe NS zu sehen war, gab ich ihm täglich einige Tropfen.

Nach der braunen Frau kamen wochenlang nur die Krähen, die Häher, ein Buntspecht und ein Hase. Der Hase schien eine schwere Neurose zu haben. Pünktlich zur Mittagszeit hoppelte er in den Garten und raste dann wie ein Narr innerhalb der beschneiten Hecke auf und ab. Vielleicht übte er Kurzstreckenlauf.

Draußen wurde es still und immer stiller. Manchmal fuhr ich mir mit dem Finger ins Ohr, um zu fühlen, ob ich etwa Watte darin hätte. Die Weiden am Seeufer bedeckten sich mit Rauhreif und entwickelten eine ungeahnte Schönheit. Der Nebel deckte die Umrisse der Berge zu und ließ hie und da einen sonnenbestrahlten Gipfel erkennen oder umrahmte einen einzelnen bereiften Zweig und eine auffliegende Wildente, wie auf einem japanischen Farbholzschnitt. An klaren Sonntagvormittagen waren plötzlich unbekannte Glocken zu hören, so nah, als stünden ihre Kirchtürme dicht hinterm Wald. Vielleicht wollten sie sich in Erinnerung bringen, damit man in Gedanken noch einmal die einsamen Landstraßen entlang zu ihnen hintastete, ehe der Schnee sie begrub.

Zunächst fiel er in kleineren Portionen. Papa und ich kehrten ihn von den Gartenwegen weg, wobei wir den Kies gut und reichlich auf den Rasen hinüberwarfen. Wenn zum Schneefall noch Sturm gekommen war, nahm ich morgens einen Rechen und schüttelte der armen Ligusterhecke die Schneelast ab, unter der sie fast zu Boden ging. Sie richtete sich dankbar auf, und ich ging patschnaß in mein Dachkämmerlein und zog mich bis aufs Hemd um.

Als der Schnee so hoch geworden war, daß man mit dem Besen nicht mehr durchkam und eine alte morsche Schaufel aus Holz vor sich herschieben mußte, um zum Gartentor vorzustoßen, merkten wir, daß im Holzstoß hinterm Haus ein Hermelin wohnte. Mein erster Gedanke war eine Mütze für Dicki, aber dann überlegte ich es mir anders. Das Fell war zu klein, und das Hermelin machte so nett Männchen, wobei es sich aufbäumte wie eine bepelzte kleine Schlange und mich intensiv und ein wenig verächtlich musterte.

Nach dem Schnee kam die Kälte. Der bitterliche Geruch des Weltalls senkte sich auf uns nieder, und beim Einholen hatte man das Gefühl, als wüchse einem etwas Zottiges in der Nase. Die Bauern sagten, wenn jetzt nicht bald ein Wind käme, dann wäre es gefehlt. Ich verstand sie nicht.

Vom See war so wenig zu merken, als sei er gar nicht mehr da, und eines Morgens war er es auch nicht mehr: eine einzige stumpfgraue Eisfläche, so weit das Auge reichte. Hoch oben am aschigen Himmel tummelten sich Entenschwärme, die nicht mehr zu Wasser konnten. Es klang, als würden kleine Glöckchen geschüttelt. In der offenen Stelle bei der Bachmündung hinter der Mühle drängten sich Wasservögel der verschiedensten Gattungen. Sie vertrugen sich auf dem engen Platz nicht besser und nicht schlechter als die Bombenflüchtlinge und Evakuierten mit den Einheimischen in Seeham.

»Jetzt«, sagte die Schmiedin, die mit in die Schürze gewickelten Armen am Ufer stand und über das Eis hinsah, »jetzt ham mer Ostern um an Monat spater.«

Ich ging in die Küche und suchte in der Brottrommel nach Resten, die ich den Vögeln bringen konnte, ohne den Kalorienhaushalt meiner Familie zu gefährden. Nicht ohne Bitterkeit dachte ich an die Briefe meiner Freunde aus Berlin, in denen stets der Passus abgewandelt wurde: »Wie gut hast du es doch, in einem oberbayrischen Dorf zu wohnen, wo Milch und Honig fließen.«

Nun, was in Seeham floß, war nur entrahmte Frischmilch, jener Stoff, der beim Verschütten auf dem Mantel keine Flecken hinterließ. Wir hatten bei den Bauern, was die Nahrungsbeschaffung anbelangte, ein viel größeres Handicap als andere. Uns gegenüber, die wir schon viele Jahre zu ihren Mitbürgern gehörten und noch ebenso lange gehören würden, wollten sie ihr Gesicht nicht verlieren. Es verursachte ihnen weniger seelische Beklemmungen, wenn überhaupt welche, einem durchreisenden Hamsterer, den sie nie wiedersahen, für ein Ei eine Reichsmark abzunehmen, als mir zu einem nur wenig erhöhten Preis eins zu überlassen. Sie hatten die Arbeit und die Last mit dem Federvieh und wandelten den Spruch, »Genießen wir den Krieg, denn der Friede wird fürchterlich«, auf ihre Weise ab. Das einzige, worin wir den Städtern überlegen waren, blieben die Kartoffeln, in Bayern auch Erdäpfel oder Grundbirnen genannt.

In benachbarten Ortschaften gelang es mir manchmal, gestickte reinleinene Kaffeedecken oder Waschgeschirre aus Großmamas Zeiten, die noch in der Elisabethstraße gestanden hatten, in Eßbares zu verwandeln. Die Seehamer hätten sie nicht genommen. »Ma ko si doch net anschau'n lassen«, hätten sie gesagt und erst nach einer halben Minute hinzugefügt, daß sie sowieso nichts hätten, weil das Schwein vorzeitig verschieden und die Hühner an einer »Sucht« reihenweise eingegangen seien.

Bald aber wurde der Winter so gewalttätig, daß ich alle Kraft darauf konzentrieren mußte, ihm standzuhalten, und die Nahrungssorgen fast vergaß. Wir fanden in der alten Küchenkiste auf dem Boden einen flachen Achatstein von Großmama mit herausnehmbarem Griff. Wer am meisten fror, legte ihn ins Rohr des Kachelofens, schlug ihn danach in eine Decke und setzte sich darauf. Über Mittag wurde er frisch gewärmt, und dann hüllte ich ihn in eines der zusammengesteppten Küchentücher und schob ihn mir vorne in den Rock. Schon die Griechen wußten, daß hinter dem Nabel die Seele sitzt und daß sich von dieser Stelle aus der ganze Mensch erwärmen läßt.

Ich lernte, daß Westwind bei null Grad schlimmer war als zwanzig Grad Frost und Windstille. In letzterem Fall war fast mit Sicherheit auf Sonne zu rechnen, die ab neun Uhr früh durch die großen Fenster des Wohnzimmers hindurch bis zur hinteren Wand schien und eine Treibhauswärme erzeugte. Kalt blieb nur eines: meine Füße. Den ganzen Februar über bedauerte ich allabendlich, daß Nachtmützen aus der Mode gekommen waren, und zog mich zum Schlafengehen ebenso lustlos und sorgfältig an wie als Kind, wo ich zwecks sportlicher Ertüchtigung hatte Schlittschuhlaufen gehen müssen. Jetzt allerdings handelte es sich darum, nachts mehrmals in die Küche zu kriechen, um ein Stück Torf in den Herd nachzulegen, damit das Rohr im Kinderzimmer warm blieb. Es war, als lägen wir mit Old Shatterhand am Lagerfeuer. Wie Dicki gedeihen konnte, der sich allnächtlich der Decken entledigte und mit einem klatschnassen Strampelsack bedeckt dem Morgen entgegenschlummerte, blieb mir ein Rätsel.

Seeham begann, sich in zwei Kategorien zu teilen: Bei den einen floß das Wasser noch, lief aber nach unten nicht mehr weg, weil die Gullis eingefroren waren, die anderen mußten das Wasser vom Brunnen holen, aber die Abflüsse funktionierten noch. Die Mißvergnügteren waren die von der ersten Kategorie. Es deprimiert sehr, so in Kontakt mit den eigenen Abfallprodukten zu bleiben. Wir konnten ein Lied davon singen. Unser Wasserreservoir oben auf dem Boden hielt durch. Der viele Torfmull, der Bruder Leos Atemwege verstopft hatte, als die Arbeiter ihn als Isoliermaterial verwendeten, hatte sich gelohnt.

Dennoch schien es mir oft, als bliebe nicht nur das Wasser in den Abflüssen, sondern auch die Zeit stehen. Der Holzvorrat im Schuppen belehrte mich eines Besseren: Er nahm rapide ab. In meiner Angst fing ich an, Holz zu sparen. Der Kachelofen wurde noch warm, das Zimmer nicht mehr. Papa erfand einen neuen Tanzschritt, den sogenannten Ofenhupf. Kein Choreograph hätte ihn verwendet, aber er bereicherte das Familienleben ungemein. Papa trat als erster an den Kachelofen, hielt sich an seinem oberen Rand fest, Mama ergriff Papas Joppe, die er fast nie mehr ablegte, ich ergriff Mamas Wolljacke, in die wir Ärmel aus ertauschter Schafwolle gestrickt hatten, und wir hüpften zugleich, rhythmisch und so lange, bis uns warm war. Da wir dazu noch alle lachen mußten, geschah wirklich etwas Positives für unseren Blutkreislauf. Dicki war von dieser Übung noch ausgeschlossen und beteiligte sich erst zwei Jahre später daran. Vorläufig saß er krähend in einem geliehenen Kinderstühlchen, das wir auf einen der noch immer zahlreichen Fichtenholzhocker montiert hatten. Wir hatten ihn damit auf einer

Höhe, in der es wärmer war und er selber strategisch leichter zu regieren.

Die Isolierkraft des kleinen Fensterladens vor dem Fliegengitter des Speiseschrankes hatte ich überschätzt. Die Eier sprangen samt und sonders, die Butter wurde so hart, daß man sie hätte als Waffe benutzen können. Völlig neuartige Haushaltsfragen tauchten auf, die kein stockig riechendes Ganzlederbuch beantwortete: Wohin sollte ich einen Block gefrorene Magermilch legen, um ihn mit dem Beil zu zerhacken? Der Hackklotz im Schuppen war zu schmutzig, und der Marmortisch in der Küche sprang bestimmt. Wenn das zum Abspülen eingeweichte Geschirr in der Spülschüssel zusammengefroren war: wie taute man es am schnellsten auf, ohne daß die untersten Teller dabei sprangen? Auf dem Kachelofen war niemals Platz, dort trocknete, wärmte und zerging so vieles. Die gleiche Küche, die es im Sommer an Hitze mit der Geständniskammer deutscher Raubritterburgen aufnahm, war nun, wenn ich nicht gerade den Herd heizte, eine Art luftiger Veranda, in der ich die Kartoffeln in gekrümmter Haltung, mit hochgezogenen Schultern und von einem Fuß auf den anderen tretend, schälte.

Weil ich nur ein Mädchenlyzeum besucht habe, weiß ich nie, ob es Epiktet oder Aristoteles oder keiner von beiden war, der das mit dem »Alles fließt« gefunden hat. Jedenfalls gingen auch diese kältesten Monate vorbei. Eines Tages sagte Mama nach der Suppe: »Kinder, wer von euch hat denn nochmal im Kachelofen nachgelegt? Ich hatte ihn doch schon zugemacht?«

Papa knöpfte seine Joppe auf und fühlte gedankenverloren nach, wie viele Jacken und Westen er darunter trüge. Das Wunder war geschehen: Es war wärmer draußen.

Das Haus trat nun in ein neues Stadium: Es knirschte nicht mehr so sehr von dem vielen Viehsalz, das wir bei unseren Auftauversuchen verwendet hatten, sondern von der Asche, die wir auf die tags tauenden und nachts wieder frierenden Treppenstufen und Pfützen vor dem Haus streuten. Papa rutschte leicht aus. Ich betätigte auch nicht mehr so sehr meine Nase als vielmehr mein Ohr. Überall da, wo ich hoffte, Wasser plätschern zu hören, blieb noch lange alles totenstill, dafür rieselte es an manchen Stellen, wo es gar nicht sollte, zum Beispiel in der Wand oder im Zwischenboden. Lange Wasserzungen krochen unter der Scheuerleiste hervor. So brachten sich Rohre in Erinnerung, an die wir seit dem Hausbau nicht mehr gedacht hatten.

Hinter dem Küchenausgang sackte der Schnee in sich zusammen. Mit dem Schlitten kam man nicht mehr durch. Mit dem Wagen aber auch noch nicht. Die Abfalltonne wurde schwer und schwerer, weil man sie nicht abtransportieren konnte. Vieles, was fest war, wurde zur Unzeit wieder flüssig, so zum Beispiel die Flasche mit Holzbeize, Farbe: dunkle Eiche, die sich aus dem Bastelschrank des Anbaubodens hervor ergoß.

Am Seeufer erhob sich ein Knistern und Krachen, jaulende Sprünge liefen durchs Eis bis in unsichtbare Fernen, es rumpelte und sauste, als kämen D-Züge vorbei. Oft lief ich im hellsten Sonnenschein ans Ufer und rieb mir die Augen, als sei ich blind: Wo waren die Hexen, die da in Windeseile Schlittschuh liefen und ganz dicht, keine zehn Meter vor mir eine Pirouette drehten?

Und dann kam der Sturm. Er zerschlug die Eisdecke und türmte die Schollen, die unangenehm an gewisse Vorkommnisse während der Reichskristallwoche in Berlin erinnerten, zu klingelnden Scherbenhaufen. Von den Glasbergen, die sich jeden Morgen ein klein wenig höher auf den Kies geschoben hatten und fast die Türen der Bootshütten eindrückten, ging eine erfrischende Kühle aus, als hätte jemand in unserem Rücken einen Frigidaire geöffnet. Als in München schon in allen Vorgärten die Krokusse blühten, staken wir in Seeham noch zwischen tauenden Schneeresten und schmutzigen Maulwurfshügeln.

Der Frühling kam langsam und zäh, der Schnee auf den Bergen schmolz sehr zögernd, und doch sah es aus, als sei schon jemand mit einer Teppichbürste den Bergen über die blaue, behaarte Waldbrust gefahren. Als der Bach vom Schmelzwasser gurgelte und sich verschluckte und die ersten totgeglaubten Fliegen hinter dem Geschirrschrank hervorkrochen, kam Bruder Leo. Es war wundervoll, ihn wiederzusehen, und er hängte auch gleich die Doppeltür vor der Veranda aus und verstaute sie. Er kniff Dicki und begrüßte ihn mit »Grüß dich, Bursch, verwahrloster!«, was Dicki als die Zärtlichkeit wertete, als die es gemeint war, und ihm krähend entgegenstrebte.

»Na, und du«, wandte er sich an mich, »zeig mal deine Hände. Sämtliche Nägel abgebrochen, was? – Ich hab's ja gesagt, du wirst – wenn du erst mal keine Dame mehr bist – ganz brauchbar!«

Mama hörte das nicht unbedingt gerne und versuchte, dem Gespräch eine heitere Wendung zu geben. »Nun, sie hat eben einmal einen Winter auf dem Lande kennengelernt. Wer weiß, wo sie nächsten Winter ist. Der Krieg kann ja nun wirklich nicht mehr lange dauern. Was meinst du, Leo?«

Bruder Leo zog es vor, nichts zu meinen. Er machte mit mir die Runde um das Haus und ließ sich dessen Nücken und Tükken aufzählen, ohne ungeduldig zu werden. Dann setzten wir uns zu Tisch.

»Hat der Birnbaum am Anbau eigentlich gut getragen?« wollte er wissen.

»Keine Spur«, sagte Papa.

»Was, keine Spur?« fragte Bruder Leo in berechtigter Empörung. Er ließ den Löffel in die Tomatensuppe sinken, knüllte seine Serviette neben dem Teller zusammen, entschuldigte sich und stand auf. Trotz Mamas lachender Proteste war der Baum in zehn Minuten abgesägt, dicht über der Wurzel. Leo klopfte sich die Hände ab und sagte: »Den Stumpen kannst du dann ausgraben, wenn du mal wieder eine Stinkwut auf deinen obersten Kriegsherrn hast. Der Pickel lehnt im Schuppen hinten links, die Kräfte hast du selber.«

Da nun wieder einmal für kurze Zeit das männliche Element in unserem Haus überwog, brachen meine Neigungen zu männlichen Dingen wie Wirtschaftsplanung, Vereinfachung, Rationalisierung usw. wieder durch. Ich machte den Versuch, den Knaben Dicki mittels selbstangelegter Zeittabellen zur Sauberkeit zu erziehen. Zugleich mit dem Töpfchen ergriff ich stets Bleistift und Papier und warf einen Blick auf die Uhr. So hoffte ich, mit der Zeit etwas seltener Windeln und Hosen im See spülen zu müssen. Leider war Dicki keine Maschine, in die man oben in geregelten Abständen etwas hineingoß, das in ebensolchen Abständen unten wieder herauskam. Bei Regen reagierte er anders als bei Dürre, nach einem langen Weinen anders als an vergnügten Tagen, ja sogar der Barometerstand schien etwas auszumachen.

Windeln sparte ich keine, aber ich verbrauchte viel Papier und Nerven. Als ich mit meinen Zeittabellen das ganze Haus verrückt gemacht hatte, telegraphierte ich an meine erfahrene Schwägerin: *Wann werden Jungen sauber?* Das Antwortkabel lautete: *Um den Hals herum nicht vor dem zwölften Jahr!* Bruder Leo grinste und suchte mich mit dem Hinweis zu trösten, daß die Samojedinnen sich all das, was ich aus den Windeln spülte, auch noch den Rücken entlanglaufen lassen müßten, weil sie das Kind die ersten drei Jahre nicht abschnallten.

Als Leo Abschied nahm, saß Dicki wieder ernsthaft im Kinderzimmer auf dem Hohlmaß und beschäftigte sich, gegen die Bodenkühle in Mamas ehemals elegantes Reiseplaid gehüllt, mit einem alten Papierkorb voller Bauklötze, Garnrollen und ausgebrannter Taschenlampen. Er amüsierte sich gut und saß eine volle Stunde, ohne das zu erledigen, was von ihm erwartet wurde.

»Bleib nur ruhig und atme tief durch«, sagte Bruder Leo, »bis zum Abitur hat er es bestimmt begriffen.«

Das Frühjahr ging hin, der Sommer kam. Er war regnerisch wie schon so oft. Schlechtgelaunt zeigten die Berge von Zeit zu Zeit ein halbes Gesicht und behielten einen Schal aus Regenwolken um den Hals. Bayern schien nur deshalb die Landesfarben Weiß-Blau zu haben, weil man sie am Himmel dort so selten sah. Daß mir das in München nie aufgefallen war!

Eines Nachts weckten mich Schritte auf dem Gartenkies. Es wollte doch um Gottes willen niemand an meine spärlichen Torfvorräte? Es war Michael auf Kurzurlaub. Er kam zu Fuß durch die Finsternis von der kleinen Kreisstadt, in der eine kriegswichtige Lokomotive ihn abgesetzt hatte, und troff von Regen. Ich umschlang ihn, feuchtete mir meinen Pyjama an seiner nassen Uniform gründlich durch und fragte wie immer: »Ist der Krieg aus?«

»Noch nicht«, erwiderte er, »aber bald.«

Dann erst machte ich Licht und zog ihn herein. Er war sehr mager geworden und sah erschreckend edel aus. Natürlich hatte ich nur einen Rest Kartoffelsalat im Hause, meine Weißbrotmarken waren aufgebraucht, und ich hätte dringend zum Friseur gemußt. Es war jedesmal das gleiche.

Nur im darauffolgenden Sommer gelang es mir einmal, rechtzeitig unterrichtet, Vorbereitungen zu treffen. Ich rannte vom Barometer zum Kleiderschrank und wieder zurück, stellte Blumen in alle Vasen und schrubbte den Wohnzimmerboden, der seit Jahren mit keinem Bohnerwachs mehr in Berührung gekommen war. Durch das Schrubben wurde er nicht besser, er glich dem Fleischhackbrett eines mittelalterlichen Gasthauses.

Als alles, aber auch alles getan war, zog ich Dicki seine besten Sachen an, wobei ich über seinen weißblonden Kopf hinweg den Dorfweg entlangspähte. Noch nie war ein Weg so leer gewesen. Es kam die Dämmerung und dann die Nacht. Michael kam nicht.

Am nächsten Tag legte ich mich nach Tisch auf die Couch, enttäuscht und ermattet. Ich hatte nachts kaum geschlafen, immer nur auf Schritte gehorcht. Sie erklangen dann um halb drei Uhr nachmittags, zu einer völlig unmöglichen Zeit, in der kein Omnibus ankam und auch kein Zug in der kleinen Kreisstadt. Ich sprang auf, verwickelte mich in die Decke und stürzte Michael in des Wortes ureigenster Bedeutung entgegen. Die Nase blutete, und meine ersten Worte nach Monaten des Hoffens und Harrens waren: »Himmel, leih mir mal dein Taschentuch!«

Wir hatten uns für die wenigen Tage den Anbau eingerichtet, um Ehepaar mit Doppelzimmer spielen zu können. Alles war vorgekocht und gut organisiert. Dennoch wurde man seines Lebens keinen Augenblick froh. Irgendwo lief eine Taxameteruhr, die einem die Minuten zuzählte. Man hörte sie nachts, oder wenn man tags die Augen schloß. Es war unglaublich schwer, schweigend miteinander im Garten zu sitzen und nichts zu tun, wirklich und wahrhaftig nichts, einander nicht zu liebkosen, nicht von der Zukunft zu sprechen, keine strategischen Zeichnungen in den Kies zu kratzen und keine Musik zu hören. Und doch waren das die einzigen Momente, in denen die Taxameteruhr leiser tickte.

Natürlich machten wir außerdem Radtouren und lasen Bücher miteinander. Der Zeitdruck ließ beides etwas hektisch werden. Da außerdem die dünnen Kleider viel hübscher waren als die alten, verwaschenen Pullover und der Sommer so kühl, kamen Überanstrengung und Unterkühlung zusammen: Alles Trennungsweh versank in einem gewaltigen Schnupfen. »Gute Besserung« war Michaels Abschiedsgruß. Mit tränenden Augen und laufender Nase stand ich auf der Veranda hinter den Blumenkästen, die mittlerweile dringend eines Anstrichs bedurft hätten, und sah Michael nach. Schon jetzt fiel mir ein, was ich alles zu fragen vergessen hatte. Dicki, auf Papas Schultern sitzend, winkte mit beiden pummeligen Pfoten, nahm seinen neuerworbenen Wortschatz zusammen und rief, ehe Michael hinter der Linde am Bach verschwand, freudig bewegt: »Papi! Geh weg!«

VIII

Dickis zweiter Geburtstag war ein schöner Tag, der sehr früh morgens begann. Flamingorosa Federwolken standen im Osten wie eine über den Bergen zerrupfte Riesenchrysantheme, als ich zu dem schon begeistert in seinem Bett hopsenden Geburtstagskind hineinging. Dicki war bereits vor Tau und Tag fleißig gewesen und hatte das Bettgestell und sich selber reichlich mit Borvaseline bestrichen. Warm und zärtlich umhalste er mich und schwatzte wie ein Star. Als ich ihn sauber hatte und in die Küche trat, um seine Schwarzmehltorte mit Apfelmus zu füllen und mit Marmelade zu verzieren, miaute es draußen kläglich. Ein kleiner schwarz-weißer Kater bat um Einlaß. Er war pudelnaß und schien ohne Erfolg ertränkt worden zu sein. Ein Geburtstagsgeschenk vom lieben Gott? Ich trocknete ihn ab, sperrte ihn in Großmamas alten Picknickkorb vom obersten Boden und setzte ihn auf Dickis Gabentisch.

In meiner Kamera befand sich noch ein unwiderruflich letzter Film. Der Kaufmann hatte keine mehr, und es bestand keine Aussicht auf weitere. Damit Michael auf den Fotos auch die Details möglichst deutlich erkennen sollte, trugen Mama und ich den Geburtstagstisch vor die Veranda in die helle Sonne. Wir gruppierten die Schwarzmehltorte, den handgroßen Baukasten und das mit altem Inlettstoff bezogene Eichhörnchen auf dem Tischtuch und bauten Dicki in seinem hohen Kinderstuhl dahinter auf. Er saß kaum, da hob er mit wichtiger Miene beide Pfoten. »Bub-bub-bub!« sagte er und horchte.

Es war nicht zu leugnen, in nördlicher Richtung donnerte es, die Erde bebte. Die Ärmsten, die es an einem so schönen Morgen wieder auf den Kopf bekamen.

»Dicki, nun sitz doch still«, rief ich, »sieh mal, hier kommt gleich das Vögelchen!« Ich hatte noch die Augen im Sucher, da klappte das Gartentor. Es kam kein Vögelchen, sondern Bruder Leo. Er grinste breit und trug in seiner Rechten einen Koffer, in der Linken ein Bündel dünner Stangen. Erst als wir ihn umarmten, stellten wir fest, daß er durchdringend nach Rauch roch, vollständig unrasiert war und daß seine Augen zu tief im Kopfe lagen.

»Leo, ich bitte dich«, rief Mama und ließ Dicki, der der neuen Katze nachstrebte, zu Boden gleiten, »ich habe mir solche Sorgen um dich gemacht! Warst du bei dem schweren Angriff in München?«

»Welchen meinst du«, fragte Leo munter, »einer davon dauert nämlich noch an. Ich bin durch einen Zufall schon dort heraus und heil hier.«

Er ergriff Mamas schöne Hand, die des Gemüseputzens wegen keine Ringe mehr trug, und führte sie leicht über die Oberfläche des Vulkanfiberkoffers. Der knisterte, war grau bestaubt, und der Griff war angesengt.

»In dem Koffer ist das Zeug, das ich in München untergestellt hatte«, gab Leo Auskunft.

»Und wozu sind die Stangen?«

Bruder Leo setzte den Hut ab, holte sich ein Glas Wasser, atmete nach dem Trinken tief aus und erklärte, die Stangen seien für die Tabakplantage, die er jetzt im Garten anzulegen gedächte. Bei uns sei doch wohl eine Hausknechtsstelle frei? Er bitte, ihn bei dieser Ausschreibung zu berücksichtigen. »Du, reichsdeutsche Mutter«, rief er mir zu, »wo kriege ich garantiert reinen Hühnermist her, den brauch ich, wenn auf diesem bescheidenen Boden eine Tabakplantage gedeihen soll ...«

Wir küßten ihn, griffen auf einige Nährmittelmarken der nächsten Woche vor, um ihm einen Willkommenspudding zu kochen, und bezogen sein Bett für den Rest des Krieges. Damit ist nicht gesagt, daß wir die Laken nicht von Zeit zu Zeit gewaschen hätten.

Was das Waschen anbelangt, so war es damals bereits ebenso zum Problem geworden wie manches andere. Man fing an, in alten Büchern nachzuschlagen, und raunte sich hinter der Hand Geheimrezepte zu. So etwa sollten Leintücher, die man mit Holzasche wusch, ganz schön weiß werden, wenn auch ein dunkleres Weiß, ein Marine-Weiß sozusagen. Für Strümpfe und Charmeuseunterwäsche dagegen, so hieß es, sei Efeulauge das beste. Mama und ich blickten einander bang an. Sollte man den Efeu vorher auskochen und dann das Wasser verwenden, oder sollte man Efeu und Strümpfe zugleich einweichen? Was immer man verwendete, und sei es nur das Wasser aus der Regentonne, es war besser als die einmal monatlich zugeteilte Einheitsseife Marke R. I. F., deren beschwörende Buchstaben nur eines bedeuteten: das *Ruhe in Frieden* für unsere Abflußröhren. Eine nach der anderen setzte sich zur Ruhe, und obwohl der Schmied, herbeigerufen, den Hut nach vorne schob und sich am Hinterkopf kratzte, wobei er äußerte, bei uns sei infolge des Wasserreservoirs vielleicht der Druck nicht groß genug – wir blieben dabei, daß die R. I. F.-Seife an allem schuld sei. Schließlich, als alles Auspumpen mit dem Gummisauger nichts nutzte, grub Leo zusammen mit einem kräftigen Seehamer Mitbürger die Abflußröhre zur Versitzgrube auf.

Wir staunten! Da hatte doch die Weide, die droben am Dach ihre Krone im Winde wiegte, als wüßte sie nichts davon, ihre zarten Haarwurzeln in die Ritzen zwischen den einzelnen Tonröhren gesenkt. Sie waren im schattigen, feuchten Klima unserer Zahnputzwässer prachtvoll gediehen und bildeten nun halbmeterlange verfilzte Verhaue, die die Röhren nahezu ausfüllten. Die wirren Knäuel wurden entfernt, und Mama und ich drehten mit dem begeisterten Gefühl eines Menschen, der wieder frei durchatmen kann, in der Küche den Wasserhahn auf.

»Es läuft ab, es läuft ab«, riefen wir den Männern zu, die gebückt über dem Graben lauschten. Dicki patschte bereits fröhlich verdreckt darin herum. In der Freude unseres Herzens ließen wir immer weiter Wasser laufen und ergötzten uns an den saugenden Wirbeln, die sich im Küchenausguß bildeten.

Jede zu lange ausgedehnte Wollust muß man büßen. Plötzlich war das Wasser zu Ende, und wir konnten kein neues ins Reservoir hinaufpumpen, weil der Strom für den Motor fehlte. Der elektrische Strom wurde täglich zu den verschiedensten Zeiten abgeschaltet, nach einem Fahrplan, der noch schwerer zu überblicken war als seinerzeit der des Dampfers. Wir ließen die Pumpe angeschaltet, und sie brummte los, wann es ihr und dem Elektrizitätswerk gefiel. Zugleich begann im Wohnzimmer das Radio zu blöken, aus dem man nicht mehr viel Gutes hörte. Der tückische Feind, der uns den Krieg aufgezwungen hatte, litt augenscheinlich sehr an seinen Folgen, und es blieb ein Rätsel, wie er es fertigbrachte, uns weiter so fröhlich zu bombardieren. Stellenweise schien er sogar ins Land gedrungen zu sein, und ein Minister forderte uns auf, uns in die heilige deutsche Muttererde einzukrallen und ihn dadurch zum Stehen zu zwingen.

»Als ob ich etwas anderes täte, als mich in die heilige deutsche Muttererde einzukrallen«, knurrte Leo von seinem Karottenbeet. Er war nun schon eine Weile hauptberuflich Gärtner und darin unermüdlich. Das Doppelfenster aus dem Klo hatte er ausgehängt. Es sei dort völlig überflüssig, beschloß er, und benutzte es als Deckel für ein Warmbeet neben dem Fliederbusch. Der saure Torfboden, der nicht einmal hatte ein Rasen werden wollen, gab nur ungern die Ernährungsbasis für eine fünfköpfige Familie ab. Leo hatte sich einige Schriften über Einteilung und Pflege des Gemüsegartens gekauft. Sie waren im übrigen das einzige, was die Buchhandlung in der Kreisstadt außer Broschüren über die Gefahren der Fettleibigkeit noch führte.

Ob nun infolge der fachmännischen Broschüren oder infolge Leos unermüdlicher Liebedienereien vor unserem Stück Erde: der Tabak ging auf und wurde hoch und grün. Über seine weitere Behandlung bin ich nicht berufen, Bindendes auszusagen. Die alten Blechdosen mit Tabakblättern, die in jedem Ofenrohr standen und mit geheimnisvollen Lösungen besprengt wurden, bildeten jahrelang das einzige Spielzeug und Gesprächsthema der Männer. Sie zogen mit den frischen, den getrockneten, den halb fermentierten, ganz fermentierten, stinkenden und nicht stinkenden, warmen und kalten Päckchen im Hause umher, schnitten sie in einer eigens angeschafften Tabakschneidemaschine, und schließlich rauchten sie sie auch. Es dauerte kein halbes Jahr, da hatte Papa einen Magenkatarrh. Leo war jünger und hielt länger durch.

Er schonte sich nicht, wenn es um den Garten ging. Um korrekt zu sein: Er schonte auch seine Schwester nicht. Streit bekamen wir nur dann, wenn wir uns nicht einig werden konnten, ob es Sandflöhe oder Maulwurfsgrillen gewesen seien, die die kümmerlichen Reste unserer Buschbohnenplantage aufgefressen hatten. Die Säckchen, die wir für die trockenen Bohnen aus meinen rosa Batisthemden der Pariser Zeit genäht hatten, blieben leer.

Der Krieg war gänzlich total geworden. Man merkte es auch bei uns. Wenn wir mit unseren Haushaltsscheinen und einem Leiterwagen am jenseitigen Ende des Dorfes beim Kohlenschuppen ankamen, gab es nur noch schwarzen Staub in Säcken und dazu einen gedruckten Handzettel, wonach man aus diesem Staub unter Zuhilfenahme von ein wenig Wasser selbst Briketts formen solle. Diese, so hieß es, trockneten in wenigen Tagen.

»Ja, aber wo denn?« rief Mama, und echte Verzweiflung schwang in ihrer Stimme, »wo um Gottes willen sollen wir die denn trocknen und vor allem formen?«

»Aber Mama, das ist doch ganz klar«, sagte Leo, und seine Augen funkelten fröhlich, »auf dem roten Bucharateppich natürlich. Wozu heben wir den eigentlich immer noch auf?«

Mama wedelte ihn mit einem stark gestopften Küchentuch lachend aus der Küche, und wir füllten später den Kohlenstaub partieweise in eine alte Blechdose mit der Aufschrift *Allerhand Feines*. Von dort heizten wir ihn vorsichtig mit dem Eßlöffel in die Kachelöfen, wenn ein Holzfeuer darin brannte.

Das war es. Holz brauchte man vor allem. Zunächst taten wir das Nächstliegende, wir gingen von Hof zu Hof und boten Geld und gute Worte für Holz. Selbstverständlich betraten wir nur solche Höfe, an deren Südwand sich schätzungsweise 15

Ster pulvertrockenes, jahrealtes Holz bis zum Dach stapelte. Unter diesen wiederum kamen nur solche in die engere Wahl, mit deren Bewohnern wir intim waren oder zu sein glaubten und die über ausgedehnte eigene Waldungen verfügten.

Es scheint fast unnötig zu erwähnen, daß unsere Bittgänge ergebnislos verliefen. Bruder Leo hatte den Wert des Geldes überschätzt, ich den Wert der guten Worte und die Eltern, die uns ausgeschickt hatten, den Wert dreißigjähriger Beziehungen.

Wie man mich von Kind an gelehrt hatte, suchte ich die Schuld bei uns. Es war natürlich unverzeihlich töricht von uns, daß wir uns stets mit Künstlern, Musikern und gebildeten Menschen verheiratet und befreundet hatten. Erst neulich hatte Leo mich mit hochgezogenen Augenbrauen gefragt, wann endlich ich ein Gspusi mit einem Fleischermeister anfinge.

Während ich vor dem Ofen kauerte und die feuchten Tannenzapfen hineinschob, die zusammen mit dem gelegentlich explodierenden Kohlenstaub für Abwechslung innerhalb des Kachelofens sorgten, überlegte ich, ob es wohl schon zu spät im Dritten Reich sei, um nun noch ein gesellschaftliches Treiben mit Kohlenhändlern und Molkereibesitzern anzufangen. Wie würde es nächsten Winter werden, selbst wenn – schwindelerregender Gedanke – der größte Krieg aller Zeiten zu Ende sein sollte? Kürzlich hatte mich eine Bäuerin, deren Frömmigkeit nur noch von ihrer Dummheit übertroffen wurde, im Dunkeln angesprochen. Sie hatte vergeblich versucht, in unserem Seehamer Kramladen einen Stoff zum Schürzenausbessern zu bekommen. »Du«, tuschelte sie, »du bist doch so vui im Ausland g'wen. Jetzt sag amal – wenn nacher da Hitler geht, gibt's nacher an Baumwollstoff?«

Ach nein, es stand zu befürchten, daß des Lebens Überfluß in Form von weißem Zwirn, Nägeln, Strickwolle, Zucker und Buchenholz nicht gleich hinter dem Endsieg herrollen würde. Bruder Leos Wunschtraum, dem er abends hinter seinem fürchterlichen Glimmstengel gerne nachhing, lautete vielmehr: »Es sollte halt ein Lastwagen uns auf der Landstraße überholen und nicht merken, daß er ein riesiges Paket verliert.«

»Und was soll denn drin sein, lauter Fett?«

»Unsinn, 10000 Päckchen Süßstoff. Für alles andere laß mich nur sorgen!«

Einstweilen mußten wir uns also etwas anderes ausdenken. Als wir lange genug nachgedacht hatten, gingen Leo und ich zum Fischer und liehen uns den großen Kahn aus. Darin ruderten wir über den See ans andere Ufer, dorthin, wo der Fluß das Treibholz anschwemmte. Die Fahrt war sehr weit, und man konnte manchen Gedanken in seinem Kopf hin und her wälzen, auch den, ob nicht die Tausende, die meine Erziehung gekostet hatte, an den falschen Stellen vertan worden waren. Was nützte es mir, daß ich verschiedene Höflichkeitsfloskeln für den Schluß eines spanischen Geschäftsbriefes wußte, seitenweise Victor Hugo aufsagen konnte und wußte, wie man den Marquis von Cholmondeley ausspricht? Was nützte es zu wissen, wie man das rechte Knie hinter das linke schmiegt, damit es beim Hofknicks keinen Ruck gibt? Ich war jetzt froh, wenn ich das rechte Knie an die richtige Stelle schmiegte, sobald mir der Leiterwagen im feuchten Waldboden steckenblieb.

Es war noch ein Glück, daß ich rudern konnte. Ich tat es zäh und entschlossen, so daß mir nach einer kleinen Ewigkeit ein karges Lob meines Bruders zuteil wurde. Er hatte seine Not, den flachen, breiten Kahn auf dem Kurs zu halten.

Dort, wo das Wasser trübe wurde, wo Sandinseln und Gestrüppballen und manchmal das aufgeblähte, undefinierbare Innere einer geschlachteten Kuh auftauchten, zogen wir die Ruder ein und erhoben uns im Boot. Wir verschwendeten keinen Blick auf die urweltliche Schönheit dieses Schlammdeltas, aus dem Reiher aufstiegen. Angestrengt äugend entdeckten wir Hölzer, Bretter und Balken, die schwärzlich und furchterregend aus dem lehmigen Wasser ragten, wie das Monstrum von Loch Ness. Dann aber begannen die Raffgier und die Entdeckerfreude in uns aufzulodern. Wir stiegen aus, schoben und treidelten, fischten und wateten und halfen einander mit: »Hauruck, nein, das war nichts – nochmal Hauruck!«

Bruder Leo, in aufgekrempelter, zerlumpter Hose, die Mütze mit dem Schirm nach hinten im Genick, sah so aus, daß man ihm nicht hätte im Dunkeln begegnen mögen. Er zerrte, stemmte und drückte grimmig und sachlich. Auf dem Ufer fanden wir mancherlei, das der rasche Fluß hoch droben in den Bergen mitgenommen hatte: hölzerne Spieleisenbahnwagen für Dicki, Abortdeckel und Holzschuhe aus Tirol, ja halbe Badehütten von einem fremden Strand. Leo warf manches wieder ins Wasser, mit dem ich mich lange gequält hatte.

»Mensch, laß das doch, du brichst dir ja das Kreuz«, sagte er väterlich und nahm mir einen fetten Balken ab, den ich ins Boot zu wuchten suchte.

»Wenn der zersägt ist – und gespalten –«, keuchte ich, »können wir mit dem Holz bestimmt alle einmal warm baden.«

»Ja, aber nur, wenn wir alle in dieselbe Wanne steigen. Das Brett da drüben laß liegen, das ist total morsch, daraus kannst du keine Geigen mehr bauen!«

Manchmal mußte ich ihn von weither zu Hilfe rufen, wenn ich einen Stamm schon über den Bootsrand hatte und dann merkte, daß ich, bis zu den Hüften im Wasser stehend, den Wurzelballen mit unserem alten Fuchsschwanz nicht abkriegte.

Als das Boot so voll war, daß man nur noch mit dem Schuhlöffel in das Holzgewirr hineinschlüpfen konnte, kam die Heimfahrt. Es ging jetzt nicht nur schwerer, sondern dauerte auch länger, wie das bei den herrschenden Naturgesetzen nun einmal so ist. Der beklemmten Lage wegen konnten wir keine anderen Muskeln einsetzen als die Armmuskeln. Bald schien es uns, als ruderten wir mit Eßlöffeln. Zum Glück hatte ich in den letzten Jahren durch Apfelmus-Passieren und Hefeteigschlagen einen ganz netten Bizeps entwickelt, der mich nun nicht im Stich ließ. Als das heimatliche Gestade auftauchte, hatte ich das Gefühl, gleich nach dem Abendessen den Arzt wegen Nierenbeckenentzündung, Rippenquetschung und Genickstarre zu Rate ziehen zu müssen.

Dann knirschte der Kiel auf dem Kies, und nun kam das Schlimmste: das Ausladen. Jedes Stück mußte einmal aufgewuchtet und heimgetragen werden. Es war wohl die einzige Situation, in der ich wünschte, die Eltern hätten näher ans Ufer gebaut.

Krumm und lahm schleppten wir in unseren Garten, was evakuierte Reisigsammler uns sonst während der Nacht- oder frühen Morgenstunden abserviert hätten. Die Dämmerung senkte sich schon auf die blassen, scharf umrissenen Berge, als wir die letzten Trümmer mit dem Ruf: »Zu-gleich!« neben dem Brunnendeckel zu Boden ließen. Die Familie drinnen im Haus spürte die Erschütterung und genoß das angenehme Vorgefühl auf einige gutgeheizte Wintertage.

Aber bald ging auch dies nicht mehr. Hoch droben über dem See versammelten sich die glitzernden Schwärme der amerikanischen Flieger und starteten von hier zu ihren schlimmen Unternehmungen. Die Sicherheit Seehams schien zwar von ihnen nicht unmittelbar bedroht, aber Mamas Herzfehler ließ es nicht zu, daß wir als dunkler Punkt mitten auf der spiegelnden Fläche des Sees ein Ziel abgaben.

Noch ein anderes machte ihr Sorge. Sie hatte irgendwo gelesen, daß man bei Annäherung feindlicher Flieger die Wäsche hereinnehmen sollte, Bleichwäsche auf Rasen sei bis hoch hinauf erkennbar. Wenn über Mittag das Brummen in der Luft anschwoll, stand sie entschlossen von ihrer Couch im Wohnzimmer auf, faltete die Decke ordentlich zusammen und trat in den Garten, wo sie die auf dem noch verbliebenen Rasenstück trocknenden Lätzchen und Hosen von Dicki einsammelte. Wir schäkerten mit ihr, um sie zu beruhigen, versicherten mit Kennermiene, daß ein Fliegenklecks wie Seeham von oben überhaupt nicht wahrnehmbar sei, und breiteten Hosen und Lätze woanders wieder aus.

In Richtung München verfärbte sich der Himmel immer öfter ins Aschgraue, aber Mama war kein Spielverderber, und wenn sie aus Versehen hingeschaut hatte, so sagte sie nichts darüber, so daß wir sie nicht beruhigen mußten.

Anders erging es den Seehamern. Auf dem großen Gebäude weiter nördlich am Ufer, das Papa als »Gast- und Fleischhauerei« bezeichnete, stand eine Sirene. Sie heulte nicht so gräßlich wie die in Berlin, sondern hatte ein mehr landwirtschaftliches Timbre, wie eine brüllende Kuh. Böse Menschen behaupteten, sie funktioniere noch mit Handbetrieb und sei drunten in der Metzgerei an die Wurstmaschine angeschlossen. Der Tageslauf wurde durch ihr Getön nirgends unterbrochen.

Da fielen eines Tages Bomben auf die bombensichere kleine Kreisstadt. Diese Tatsache und einige energisch gehaltene Feldpostbriefe von Michael ließen uns dazu übergehen, bei Alarm eine Matratze in die Badewanne zu legen und Dicki daraufzusetzen, damit er in unserem einzigen gemauerten Raum, dessen Fensterläden zudem noch nicht zersägt und verheizt waren, so gut wie splittersicher untergebracht sei. Er fand es großartig und drehte immer alle Hähne auf, so daß die Matratze bis zur Entwarnung völlig durchweichte. – In unserem Kellergelaß wäre höchstens für eine Person und die Katze Platz gewesen, und Leo meinte, die Gefahren des Rheumatismus seien beträchtlich größer als die Chance eines Volltreffers. Um so erstaunter waren wir, als ein amerikanisches Flugzeug aus Versehen oder weil es angeschossen war, gerade über Seeham alles fallen ließ, was ihm zuviel an Bord dünkte. Es knallte unglaublich stark, die Fensterscheiben sprangen, eine Reihe von Bombentrichtern zog sich über die Äcker, und die Heiligenbilder fielen von den Wänden. Die Nachbarin war einen Augenblick im Zweifel, ob auch in diesem Falle rein menschlicher Bosheit die geweihte Wetterkerze anzuzünden sei, konnte sie dann aber in der Verwirrung nicht finden.

Zum Glück gab es keine Opfer und nur eine Leidtragende: eine evakuierte Mutter, die ihren Badeofen auf Weißglut geheizt hatte, um ihre vier kleinen Mädchen zu baden. Die Bomben trafen Seehams Wasserreservoir, der Badeofen lief trocken, und die beiden Jüngsten blieben schmutzig.

Seeham fühlte sich nun nicht mehr so außerhalb des Kriegsgeschehens. Man verdunkelte sorgfältiger und stand viel geduldiger Schlange beim Bäcker und beim Fleischer. Jeder einzelne, der seine fünf Sinne noch beisammen hatte, hoffte glühend auf ein baldiges Ende mit Schrecken.

Manchmal wehte mir der Wind einen Gesprächsfetzen zu, vor der Post oder etwas abseits von der Schlange, die beim Gärtner anstand. Es hieß da etwa: »O mei, ma sogt ja nix, aber dös is ja a Wahnsinn ...« Und dann sahen sich zwei Frauen nach mir um und verstummten ängstlich. Man kannte einander ja nicht mehr. Es waren zu den Evakuierten noch die Ausgebombten und neuerdings die ersten Flüchtlinge gekommen. Mit den Evakuierten hatten die Einheimischen sich längst abgefunden. »Zeit hams, so vui Zeit«, seufzte hie und da eine Bäuerin, die zusah, wie die Städterinnen ihre Kinder in mitgeführten Kinderwagen durchs Dorf bewegten. Manche von ihnen waren sogar recht beliebt, und nach der dritten gemeinsamen Kartoffelernte gehörten sie soviel wie dazu. Andere wiederum, auf Feldpostbriefe angewiesen, zogen gleich verheerenden Kometen eine glühende Spur durch die Männerschar Seehams, brachten Ehen ins Wanken und pflanzten ketzerische Gedanken in die jungen Dirndl. Von ihrer epochemachenden Art, sich scheußlich zu frisieren, ganz zu schweigen. Noch jahrelang sah man statt der nach bayrischer Sitte geordneten Zöpfe die geplatzte Roßhaarmatratzenfrisur auf manchem Kopf, der sich nie von hinten im Spiegel besehen hatte.

Zum ersten Male waren wir heilfroh, daß unsere Hütte so klein war. Die Wohnungskommission kam, errechnete den Luftraum, zählte die Betten und die Köpfe und ging lachend ab. Mancher Nachbar hatte es »schlechter«, und an vielen Türen, auf denen früher nur die Anfangsbuchstaben der Heiligen Drei Könige mit Kreide gestanden hatten, klebte nun ein unangenehm amtlich aussehender Zettel mit der Aufschrift *Beschlagnahmt*.

War dies schon nicht gerne gesehen, so wurde es doch noch

viel weniger gern gesehen, wenn die Zettel entfernt wurden und die Zwangsmieter einzogen. Dennoch ging alles glatt. Es wurde uns kein Fall von Totschlag, Körperverletzung oder dergleichen bekannt. Die Seehamer hielten sich im Zaum.

Auch die Sache mit dem Volkssturm wurde mit Ruhe hingenommen. Wacker ausschreitend marschierte das Häuflein der aller- und unwiderruflich letzten Ausgemusterten zu zwei und zwei an unserem Haus vorüber an den See und machte dort auf Kommando kehrt. Waffen besaßen sie nicht. Ich glaube auch kaum, daß einer von ihnen vorhatte, mit dem geschulterten Prügel einen Feindpanzer aufzuhalten. Die Nachbarin, die gerade Kartoffeln für die Sau kochte, blickte aus dem Küchenfenster und kommentierte die Manöver: »O mei, jetzt werd's kriegerisch da drüb'n. Nur nauf auf mein' Krautacker, nur nauf! Schaut's nur grad, wie sie's Linksum scho könna.«

Danach befragt, in welchem Ernstfall seine Wehreinheit ausrücken würde, gab mir der Volkssturmführer, ein braver Schreinermeister, die geruhsame Antwort: »Dös is aso: Wenn i net geh, na geht neamd – und i geh net!« Damit war der Krieg für Seeham eigentlich schon entschieden, man durfte nur noch nicht darüber sprechen.

Für eine jedoch war er noch nicht entschieden: für die neue, braune Gemeindeschwester. Sie hatte festgestellt, daß die Hausfrauen Seehams, sofern nicht in der Landwirtschaft tätig, noch nicht total genug eingesetzt waren. »Was«, sagte sie entsetzt zu mir, »Sie haben ja nur ein Kind!«

Ich fühlte mich so beschämt, als hätte sie Läuse auf mir entdeckt. Sie ließ mir jedoch keine Zeit, im stillen Kämmerlein eine Vermehrung meines Nachwuchses zu planen, sondern beorderte mich barsch am nächsten Montagnachmittag in die Unterklasse A der dörflichen Volksschule. Dort nahm ich mit anderen ungenügenden Müttern hinter den hochgeklappten Pulten Aufstellung. Man gab uns Binsen aus einem Korb, die wir zu Zöpfen flechten mußten. Da ich die neben mir Flechtenden für Nazis hielt, wagte ich nicht zu fragen, ob diese Zöpfe zur Tarnung von Panzern dienen sollten. Erst beim dritten Flechtstündchen erfuhr ich, daß wir sie zusammenringeln und daraus Strohsohlen für Pantoffeln flechten sollten. Nun glaubte ich klarzusehen: Die Invasion Englands war beschlossen, und dabei war natürlich ein sehr leises Auftreten nötig. Wieder wagte ich mich mit meiner Meinung nicht hervor, konnte dies doch die Wunderwaffe sein, auf die wir alle warteten.

Eine junge Frau, die ich nicht kannte und die lange Zeit das Wort nicht an mich richtete, weil ja auch ich hätte ein Nazi sein können, gestand mir endlich, die Pantoffeln seien für Lazarette bestimmt.

Es war gerade an dem Tage, an dem ein Feldpostbrief mir mitteilte, daß Michael zur Zeit innerhalb Deutschlands bei einem Lehrgang weile, wo niemand auf ihn schoß, höchstens von oben manchmal etwas auf ihn fallen konnte. Ich war über seine relative Sicherheit so froh und vergnügt, daß ich die NS-Frauenschaftsführerin von Seeham, die gerade unsere Sohlen inspizierte, am liebsten unterm Kinn gekrault hätte: ein Impuls, der mir bis dato gänzlich fremd gewesen war. Ich konnte die Hoffnung nicht unterdrücken, daß dem größten Feldherrn aller Zeiten vielleicht die Puste ausgegangen sein würde, ehe der Lehrgang zu Ende war.

Mein sinnloser Optimismus teilte sich dem ganzen Hause mit. Papa lobte spontan die neue Streckbutter: ein Teil Mischfett, zwei Teile Mehl, etwas Magermilch und eine Spur gehackten Dill, und fand sie köstlich. Mama hatte für Dickis geglückten Versuch, eine Flasche Sidol auf sich zu kippen, nur die milde Mahnung: »Aber Männlein ...«, und Leo und ich fühlten uns beim Stapeln des zermachten Seeholzes gedrängt, zweistimmig zu singen »Starke Scheite schichtet mir dort ...« aus der Götterdämmerung.

Der freudige Aufschwung unserer Stimmung durfte sich jedoch nicht auf die täglichen Rationen ausdehnen. Mama stand morgens in der Küche und wog auf der Briefwaage jedem seine Brotration für den Tag zu. Nach dem Frühstück machte Papa in sein Stück zwei Kerben. Mama in das ihre eine tiefe Querrinne. Bruder Leo legte seines mit einer einzigen, leichten Handbewegung hoch oben auf die Kante des Bücherschrankes. Nur meines fuhr ohne Markierung in der Brottrommel herum und war eben daran kenntlich.

Dicki beanspruchte mit der unschuldigen Unverfrorenheit des Familienjüngsten von allem das Beste. »Will das haben«, rief er und kam freudestrahlend herbeigestürzt, wenn irgendwo etwas Eßbares ausgepackt oder zubereitet wurde. Zu der Mahlzeit, die man in der bürgerlichen Zeit als Kaffee bezeichnet hatte, kam Papa eines Tages, den Finger zwischen die Seiten eines Buches gelegt.

»Ich weiß gar nicht, was ihr andauernd habt«, begann er, »ich lese euch jetzt eine Stelle aus einem Roman der Biedermeierzeit vor: ›Die gute Frau Mutter reichte mir eine Scheibe Vesperbrotes, die sie zum Überfluß mit etwas Rahm befeuchtet hatte ...‹ Zum Überfluß, na also, da habt ihr es gehört. Und ihr macht euch mit dieser Kalorienmathematik verrückt.«

Mama lächelte schwach. »Ich bitte euch nur um eines«, sagte sie, die längst nicht mehr so ruhig war, wie sie schien, »ängstigt das Kind nicht mit irgendwelchen Bemerkungen. Alles wird so oder so vorübergehen, aber das Kind soll sich nicht fürchten müssen, das ist schlecht für später.«

Von Stund an hieß es, wenn die Sirene auf dem Dach der Fleischhauerei zu jodeln anfing: »Dicki komm, wir dürfen wieder mal im Bad spielen.«

»Fein«, erwiderte Dicki höflich und kam mit seinem geborstenen Papierkorb voller Spielschutt angewackelt. Mama setzte sich neben die Badewanne. Papa tat die Versuche Amerikas, ihn zu zerstören, mit einer wegwerfenden Handbewegung ab und ging in sein Atelier. Er malte an einem Schneebild. Auf den Bergen jenseits des abgebildeten Tales lag noch eine bleiche Sonne, die einen schönen Tag versprach, drunten in den bläulichen Gründen, aus denen die ersten Lichter blinkten, waren aber mindestens schon zehn Grad Frost. Wen es nach Erfrischung gelüstete, der ging ins Atelier und sah zu, wie Papa den Himmel mit einem ganz feinen Pinsel an die Bergkämme ansetzte.

Diesmal jedoch gelüstete es keinen. Die Luft zitterte von dem geballten Hornissenton der Geschwader, die man nicht sah. Leo und ich schlenderten ums Haus, und ich fragte ihn in etwas verkrampftem Plauderton, wie dick die Mauer ums Bad eigentlich sei. Er sei schließlich beim Bau dabeigewesen.

Leo schwieg und blies den Rauch seines fürchterlichen selbstgebauten Krauts vor sich hin. »Diese Hütte«, sagte er dann und gab dem Haus einen zärtlichen Klaps, »hat etwa so viel Widerstandskraft wie eine Scheibe Pumpernickel, aber dafür liegt sie strategisch richtig, verstehst du. Ich zeige es dir nachher, wenn die Eltern schlafen.«

Es war schon ziemlich spät in der Nacht. Bei Papa war noch Licht. Er legte auf einem umgekehrten Bild eine Patience. Leo und ich stellten im Wohnzimmer ganz leise das Radio an und hörten einige Feindsender. Dann breiteten wir eine Landkarte auf dem Eßtisch aus. Ich holte den alten Zirkel, den ich im Münchner Mädchenlyzeum für meine hoffnungslosen Versuche in Mathematik benutzt hatte. Wir stachen hier, wir stachen dort, wir schlugen Kreise, maßen und verglichen. Endlich trennten wir uns mit einem geflüsterten: »Gott sei Dank, die Amerikaner werden schneller dasein als die Russen.«

Wir lagen keine Stunde im Bett, als das Haus dumpf erdröhnte und Papas Farbenmühle auf dem obersten Boden ins Schlingern kam. In meinem Dachkämmerlein hörte ich, wie Bruder Leo nebenan brummend in die Hosen fuhr. »Sakradi«, bemerkte er böse, »zugehen tut's hier, wie im Krieg!«

Der müde Feind am Himmel aber, der nach Hause wollte, hatte den Rest seines Ballasts abgeworfen und entschwirrte über die nachtdunklen Wälder landeinwärts. Das Haus kam wieder zur Ruhe, Leo aber nicht zu allzuviel Schlaf. Er stand um halb sechs Uhr morgens auf und radelte gegen leichte Steigung und schweren Gegenwind dreißig Kilometer hin und dreißig Kilometer zurück in ein benachbartes Städtchen. Gerüchtweise verlautete, daß man dort auf Zuckermarken tatsächlich noch Zukker bekäme.

Auch ich hatte eine Aussicht, und Aussichten waren das, wovon wir hauptsächlich lebten. Die heutige Aussicht führte mich in die Umgebung, in ein schönes, fernes Dorf, das ich früher immer unseren Gästen gezeigt hatte, wenn sie das bezaubernde Hinterland unseres Sommerhauses kennenlernen wollten. Dort wohnten Nonnen mit großen Flügelhauben, die zum Wohle ihrer Mitmenschen feldweise Kohlrabi und Salat anbauten. Wenn man vormittags kam, durfte man ein paar Pfund kaufen. Weil sie dem Himmel schon so nahe waren, verlangten sie dafür nichts als Geld, und davon nicht mehr, als das Gemüse im Frieden beim Gärtner gekostet hatte – und außerdem waren sie noch reizend.

Als ich Dicki gefüttert hatte und er an seine Tagesarbeit gegangen war – er trug ein altes, abmontiertes Steuerrad aus der Abfallgrube vor sich her und schrie tuut, tuut, bis er heiser war –, pumpte ich mein Fahrrad auf. Ich wickelte ziemlich viel Bindfaden um die Felge an der Stelle, wo der Fahrradschlauch sich in einem eingeklemmten Bruch durch den Fahrradmantel zwängte, und fuhr los. Jedesmal, wenn die umwickelte Stelle genau unter mir war, tat es oben am Sattel einen Ruck. Man konnte zu dieser synkopischen Fortbewegungsweise, solange niemand in der Nähe war, der noch an den Endsieg glaubte, amerikanische Jazzrhythmen pfeifen, und ich tat es auch, aber nicht lange. Die großen Fahrstraßen, die mein Feldweg kreuzte, waren heute voller Lastwagen, Lärm und Soldaten. Auf einer

Lichtung, unter den bemoosten Bäumen, lagen Soldaten im Gras.

»Worauf wartet ihr denn?« fragte ich.

»Auf den Frieden, mein Kind«, sagte ein gemütlicher Landser.

»Wieso«, fragte ich verwirrt und stieg von meinem Massageapparat ab. »Ist es soweit?«

»Klar«, sagte ein anderer und spuckte zielsicher und saftig aus. »Die amerikanischen Panzerspitzen sind ja schon in München.« Ich ließ Nonnen und Kohlrabi sein und kehrte um. In der Ferne hörte man ein grollendes Dröhnen. Es war nicht zu unterscheiden, ob es Geschützdonner, Flugzeuge, Bomben oder Panzer auf der Autobahn waren.

Von Seehams Kirchturm hing etwas langes Weißes herab: die Kapitulationsfahne. Aber nicht lange, etwa eine Stunde. Dann kam eine Einheit zum Äußersten entschlossener SS auf dem Wege zum Obersalzberg durch das Dorf und riß sie unter finsteren Drohungen ab. Gegen Abend fuhr die Einheit weiter. Der krumme Wastl, dem immer die Nase so lief, stieg murmelnd wieder auf den Kirchturm und brachte das Wahrzeichen von Seehams zersetzter Wehrmoral aufs neue an.

Papa und Leo empfingen mich an der Gartenpforte. »Los«, rief Leo mir zu, »steig ab, schließ das Rad im Schuppen ein, und hilf mir die Radios aus dem See zu fischen, die die Lastwagensoldaten vor fünf Minuten hineingekippt haben, man kann sie noch ausschlachten.«

»Geh allein«, sagte ich hastig, »im Kramladen gibt es Baumwollstoffe auf Haushaltskarte, ich muß dort anstehen.«

Papa legte den Kopf in den Nacken und lachte lautlos, aber amüsiert. »In Berlin, am Alexanderplatz«, sagte er, »war es vergleichsweise ruhig!«

In diesem Augenblick trat ein Soldat ohne Achselstücke in den Garten und bat uns, seine beiden Pferde als Geschenk anzunehmen. Traurig mußten wir gestehen, daß auf unseren wenigen Quadratmetern ungenutzter Wiese nicht genügend Gras wüchse, um sie zu ernähren. Warum er sie nicht den Bauern gäbe? Nein, dort würden sie sofort entdeckt. Ich geriet bei dem Gedanken, daß unser vielgeprüftes Sommerhaus nun als Pferdeversteck dienen sollte, in ein überreiztes Kichern. Noch kichernd reihte ich mich in die lange Reihe der um Stoff Anstehenden. Die dritte Frau hinter mir sagte zur fünften Frau hinter mir: »Der Hitler ist tot«. Die fünfte Frau reagierte überhaupt nicht. Ich dachte, sie hätte es nicht gehört. »Soso«, sagte sie dann. »Sie, ich war fei gleichzeitig mit Ihnen da – Sie haben sich vorgedrängt.«

Vom Landungssteg hörte man Krachen und Brechen. Die Landser versuchten, ihre Gewehre kleinzukriegen, und warfen sie dann in den See. Im Hof vor der Schmiede schwelte ein Haufen Soldbücher, dieses heiligste Gut des deutschen Soldaten. Hinter jedem Busch lagen Stahlhelme und anderes Gerät, mit dem man weder kochen noch umrühren konnte, verlassen und vergessen.

Jemand, der es gut mit mir meinte, rief mich auf der Straße an und raunte mir aus größter Nähe ins Ohr, drüben bei der Flakbaracke würden die Verpflegungslager aufgelöst und morgen früh um Punkt 10 Uhr gäbe es dort auf Kinderkarte je ein Pfund Zucker pro Kind. Ich dankte für den Tip und schleppte mich nach Hause, einige Meter stark knitternden blauen Stoff mit italienischem Randdruck unterm Arm. Ich hatte nach dem stundenlangen Anstehen das Gefühl, meine Beine begännen bei den Rippen.

Zu Hause gab es leider keinen Strom, und so kam ich um die Apotheose des tausendjährigen Reiches im Radio. Ich hatte so vieles aus diesem Lautsprecher gehört, das ich lieber nicht gehört hätte, daß es mir aufrichtig leid tat. – Außerdem fehlte auch der Strom für die Pumpe. Da es diesmal etwas länger damit dauern konnte, versuchten wir, den verrosteten Handbetrieb in Gang zu bringen, und damit verging der ganze Nachmittag. Gegen fünf Uhr kam ein Vetter, dessen Zug in den zerbombten Gleisen der kleinen Kreisstadt liegengeblieben war und der sich unserer Adresse erinnerte. Er wußte ebensowenig wohin mit sich wie der Rest des deutschen Heeres. Wir legten eine ziemlich schlechte, dreiteilige Matratze auf den Fußboden des Balkonzimmers und überließen den abendlichen edlen Wettstreit um die bessere Lagerstatt den Männern.

Der Vetter krempelte gleich die Ärmel auf und half beim Reparieren der Pumpe. Wir gossen so lange Wasser ins Steigrohr, bis das ausgetrocknete Saugleder wieder zu fassen schien; wenn wir dann den abgeschraubten Schwengel endlich wieder dranhatten, spie das Rohr das Wasser in die Höhe wie die Fontänen in der Villa d'Este. Bald stand die Küche fußhoch unter Wasser, was bei dem trüben Schein einer Stearinkerze Marke Haushaltsperle feenhafte Spiegelungen ergab. Dicki war dabei nicht so genau zu überwachen, er jauchzte und pantschte und verstreute meine letzte Packung Süßstoff. Jetzt, meinte Papa trocken, fehlten nur noch eine Ziege und ein paar Hühner, dann wäre das Idyll komplett.

Als es vollständig dunkel geworden war, klopfte es an der Haustür. Es kam ein bekanntes Ehepaar, das noch nicht lange in Seeham lebte, und fragte, ob es wahr sei, daß der Großteil der Familie holländische Pässe habe, und ob sie bitte bei uns über Nacht bleiben dürften. – Mama rieb mit dem Finger an der Stelle, wo früher der Ring gesessen hatte, und hieß dann auch sie willkommen. Sie legten sich auf eine Decke auf den Anbauboden und durften selbst von der anderen Seite das Brett hochklappen, was ihnen des Zugbrückeneffektes wegen ein angenehm sicheres Gefühl vermittelte. Ihr Essen hatten sie mit.

Die Nacht stieg herauf, mit den gewohnten Sternen. Mama ging schlafen, Papa ging schlafen. Der Vetter, Leo und ich standen noch einen Augenblick im Garten und lauschten auf das Dröhnen der tausend Wagen, die zwischen München und dem Obersalzberg unterwegs zu sein schienen. Was sie nur alle dort wollten?

Wir lagen nicht lange, da klopfte es wieder leise an die Haustür. Bruder Leo ging zur Tür und fragte von innen: »Wer ist da?«

»Ach bitte«, tönte eine schüchterne Stimme, »machen Sie doch auf.«

Bruder Leo war um diese Stunde und unter diesen Umständen nicht geneigt, den Liebenswürdigen zu spielen. »Was heißt: machen Sie doch auf«, sagte er barsch. »Was wollen Sie überhaupt?«

»Hören Sie, die Amis sind schon ungefähr 50 km von hier. Ich möchte gerne stiften gehen. Hätten Sie vielleicht einen zivilen Rock für mich? – Sie können auch vier Würfel Margarine dafür haben«, tönte es draußen.

Leo litt schon als Kind an übergroßer Gutmütigkeit. Er schenkte dem Krieger einen Rock, der noch tadellos erhalten war, und dieser verließ uns seelisch gestärkt und beruhigt. Wir trafen ihn später wieder: Der Rock hatte ihm nichts genutzt, er war genauso ins Lager gewandert wie seine uniformierten Kameraden.

Der Motorenlärm hatte am nächsten Morgen nicht im geringsten abgenommen. Als ich um sieben Uhr zur Molkerei radelte, um Dickis Milch und unser bläuliches Magergemisch zu holen, hielt ein Lastwagen auf der Dorfstraße neben mir. »Fräulein«, rief ein Kopf aus dem Führerhäuschen, »leihen Sie mir Ihr Fahrrad! Ich bin vom Rhein und will nach Hause. Ich schenke Ihnen auch meinen Wagen.«

Ich schüttelte traurig den Kopf. Ein Fahrrad war jetzt viel mehr wert als ein Militärfahrzeug.

Um halb neun Uhr wurde Leo unruhig und meinte, es gäbe doch sehr viele Frauen mit Kindern in Seeham, wir sollten uns wegen des Zuckers doch schon bei der Flakbaracke anstellen. Als wir hinkamen, war kein Mensch zu sehen. Das konnte nicht mit rechten Dingen zugehen. Es ging auch nicht mit rechten Dingen zu.

Beim Näherkommen bemerkten wir, daß die Fensterscheiben der Baracke eingedrückt, ihre Türen aus den Angeln gerissen waren. Der Boden des Lagerraumes war mit zertretenen, halbaufgerissenen Konservendosen bedeckt. Der herrliche deutsche Mensch schien aus dem Vollen gewirtschaftet zu haben. An der Wand lehnten etwa sechzig ausgetrunkene Flaschen, deren Hälse abgebrochen waren, und über die ganze Wüstenei war etwa ein Kilo roter Paprika verstreut. Auch die Kojoten verunreinigen ja immer alles, was sie nicht mehr fressen können, damit kein anderer es kriegt.

Ein Augenzeuge, der sich noch am Ort der Tat herumtrieb, wußte mit schwerer Zunge (er hatte wahrscheinlich die Reste ausgetrunken) zu berichten, die Bauern seien nachts gekommen und hätten mit Wagen und Traktoren alles abgefahren, was in den Säcken war, er wolle aber keine Namen nennen. Er verstieg sich zu der Behauptung, es seien ganze Batterien von Schnapsflaschen in Stallungen und Waschküchen eingemauert worden, er dürfe nur nicht sagen, wo.

Siehe da, von dieser Seite kannten wir die tüchtigen Seehamer noch nicht. Wir kannten aber auch uns nicht, wie es schien. Ich sah Leo erbleichen. Leo erbleicht nur aus einem einzigen Grunde: aus Wut. Er warf mir die leere Einkaufstasche zu, die er aus Höflichkeit bisher getragen hatte, und trat an mir vorüber ins Innere der Baracke. Bei dieser Gelegenheit bemerkte ich zum ersten Male, wie mager er geworden war. Man sah seine Zahnreihen von außen durch die Backe. Aber ich sah noch mehr. Es war, als fielen mir die sprichwörtlichen Schuppen von den Augen. Ich sah, daß wir mit unserer Zurückhaltung und Ehrlichkeit stets die Dummen gewesen waren, so wie hier und jetzt. Wie bescheiden war Mama zurückgewichen, um an einer Ecke des Bäckertisches der Seehamer Bäckerei unser Blech

Weihnachtsplätzchen aus Schwarzmehl und selbstgekochtem Sirup auszurollen, während einheimische und evakuierte Hausfrauen neben uns zwei Waschkörbe voller Buttergebäck aus dem Ofen zogen. Wie klaglos hatten die Eltern an Winterabenden heißes Wasser getrunken, um sich vor dem Zubettgehen zu erwärmen, während das Holz ringsum am Stamme wuchs und anderen Leuten gehörte. Ich bekam einen unsinnigen, panischen Zorn.

»Schluß – aus«, sagte ich ganz laut zu mir selber, und es hallte in der leergeplünderten Baracke wider. »Ab jetzt wird alles ganz anders.«

Ich stand auf dem gleichen grimmigen Punkt meiner Entwicklung wie die vom Winde verwehte Scarlett O'Hara und brauchte mich vor meinen Entscheidungen gar nicht erst in einem Radieschenbeet zu übergeben. Noch während ich die leere Tasche auf den linken Arm hängte und den Fuß über die Schwelle setzte, bekam ein bisher vernachlässigter Teil meines Wesens in mir die Oberhand: die Furie.

Im dritten aufgebrochenen Raum fand ich eine Kiste, in deren Ecken und Deckelleisten sich noch Mehl befand. Ich kratzte es mit allen zehn Fingern heraus und schaufelte es in meine Tasche. Es reichte vielleicht für zweimal Mehlbrei. – Die Kellertür trat ich ein und fand drunten etwa zehn Zentner unfreundlich schimmernder roter Rüben und ein Häufchen Kartoffeln.

»Leo, wo bist du?« rief ich hinauf. »Hilf mir mal.«

»Nein, ich geh jetzt heim«, tönte es. Ich stieg an die Oberwelt und sah Leo mit einem gewaltigen, verschlossenen Essensträger in der Hand.

»Was hast du denn da?«

»Gekochte Bandnudeln in Soße.«

»Gut!«

»Und du?«

»Bißchen Mehl, einen Besen, ein Feuerlöschgerät und eine elektrische Birne. Los, heim!«

Ich stürzte nach Hause, um mir für die Kartoffeln und die Rüben, die den Seehamern zu gering dünkten, einen Eimer zu holen. Mama begegnete mir beim Landungssteg. Sie hatte Dicki an der einen Hand, in der anderen den Eimer. Dicki lauschte verzückt dem fernen Hornissengesumm in der ganzen Gegend, hob eine Pummelpfote und teilte seiner Umgebung mit: »Wu! Wu! Eisenhaua tommt!«

Es erwies sich, daß Mama den Eimer selber brauchte. Die

durchziehenden deutschen Soldaten hatten eine Gulaschkanone mit gekochten Erbsen stehenlassen. Ich lieh mir eilig einen anderen Eimer und kehrte zur Flakbaracke zurück.

Leos Essensträger wurde zum Triumph. Es gab fünfmal am Tag Nudeln und dann noch ein letztes Mal vor dem Schlafengehen. Mama zog sorgfältig die Vorhänge zu, damit wir nicht bei einer Nudelorgie überrascht wurden. Sie hielt sie für widerrechtlich erworben und fuhr erschreckt zusammen, als es wieder einmal zur Unzeit klopfte. Da Leo, einen der vielen leeren Gasmaskenbehälter voller Nudeln als Proviant mitführend, in die kleine Kreisstadt geradelt war, öffneten wir nur sehr vorsichtig. Diesmal war es einer jener Bauern, die den Zucker der Kleinkinder abgefahren hatten und mit denen wir uns so intim wähnten. Er wähnte sich nunmehr intim genug mit uns, um Papa zu bitten, sein Jagdgewehr bei uns verstecken zu dürfen, weil wir doch Ausländer seien. Es war seltsam wohltuend, einmal nicht bitten zu müssen, sondern gewähren zu dürfen. So vergaß ich denn, mich darüber zu ärgern.

Abends kochten wir beim Schein eines Talglichtes die halbgaren Erbsen ganz gar. Es war sehr schwer, sie brannten sofort an. Alle, die das Kriegsende in unser Sommerhaus gespült hatte, mußten je eine Viertelstunde langsam darin rühren. Aber wir wurden wenigstens alle einmal richtig satt, auch das Ehepaar hinter der Zugbrücke, und es war eine Abwechslung nach all den Nudeln.

Nachts setzte leichtes Schneetreiben ein. Es war dies eine uralte Tradition Seehams: Schneetreiben Anfang Mai. Es hatte ja auch immer so besonders drollig geklungen, wenn die BdM-Chöre auf der Maifeier im Radio sangen: »Der Maien, der Maien, der bringt uns Blümelein ...« Der Schnee dämpfte das Getöse der Hunderte von Wagen und Soldaten. Es wurde stiller. Man hörte manchmal Kühe muhen und Hunde bellen, wie früher auch.

Der nächste Tag war sonnig und freundlich. Nur ein klein wenig Schnee war oben auf den Bergkuppen liegengeblieben, wie Puderzucker. Die Straßen waren sehr schmutzig, weil sie in aufgeweichtem Zustand von zu schweren Militärfahrzeugen zerwühlt worden waren. Soldaten waren kaum noch zu sehen, sie schienen sich irgendwie verteilt zu haben. Wir hätten gerne aufgeatmet, aber im Kampf um die tägliche Nahrung durfte es kein Nachlassen geben. Ab neun Uhr hatte ich bei der Molkerei nach Quark anzustehen.

Papa und Leo rückten aus und kamen mittags mit folgenden Dingen zurück: drei leeren Kanistern, Putzbenzin, 2 Grubenlampen aus dem See, noch brauchbar, Klingeldraht, einem Vorschlaghammer, sechs Scheuerlappen, die einmal etwas Militärisches gewesen sein mußten, und neun Akkumulatoren.

»Aber Leo, wozu denn Akkumulatoren?« fragte Mama.

»Man kann nie wissen«, sagte Leo.

Die Männer wurden anerkennend geküßt und bekamen wieder Nudeln. Bei dieser Mahlzeit konnte man sich schon vorstellen, daß man vielleicht später einmal nicht mehr so gerne würde Nudeln essen mögen, aber es war nur eine ganz schwache Regung.

Auch der Vetter, dankbar für Kost und Logis, war nicht müßig gewesen. Auf einem Streifzug im Walde fand er außer etwa fünfzig Maschinengewehren, drei Panzerfäusten und zweihundert Stahlhelmen ein schweres Faß, halbvoll mit einer teerigen Masse. Sicherheitshalber und weil es nahezu nichts gab, das man nicht doch verwenden konnte, lud er es auf den Gepäckträger seines von mir geliehenen Rades und schob nach Hause. Das Rad stieg vorne von Zeit zu Zeit wie ein Lipizzaner bei der Levade, und der Vetter war völlig naßgeschwitzt, als er heimkam. Zu Hause umstanden wir alle das Faß ehrfurchtsvoll, faßten hinein, rochen daran. Kein Zweifel, es war dicker Maggiextrakt.

»Bißchen darfst du dir nehmen, für die Suppen«, keuchte Leo, der das schwere Faß in den Schuppen wuchtete, »den Rest tauschen wir ein, wenn es ruhiger geworden ist und die Börse etwas angezogen hat! Los weiter! Den Strand absuchen – heute früh sind hier Lastwagenladungen ausgekippt worden, wer weiß, was es alles war!«

Ich machte mich selbständig. Im Hof hinter der Schreinerei stand ein verlassener Heuwagen voller Ehrendolche, Gewehre und Stahlhelme. Ich zog mich an seinem Rande hoch und äugte intensiv in die schimmernde Wehr. Am Grunde des Wagens erblickte ich eine Wolldecke. Sie war patschnaß von getautem Schnee, und es war sehr schwer, sie unter all dem Eisen hervorzuzerren, aber der Lohn blieb nicht aus: Es war nicht eine Decke, sondern es waren drei. Aus der ersten machten wir eine Joppe für Papa, aus der zweiten einen Wintermantel für Dicki. Die Zuschneidereste kamen zwischen die Doppelfenster. Die dritte mußte den ganz zerfransten Verdunkelungsvorhang ersetzen. Die Verdunkelung ging seltsamerweise weiter.

Mama, die eine wirkliche Dame war und somit zum Plündern gar nichts nützte, begrüßte uns, wenn wir beutebeladen in die Festung zurückkehrten, mit freudig über dem Kopf zusammengeschlagenen Händen, was uns das Gefühl vermittelte, tüchtige Kerle zu sein. An dem Tag, als ich die drei zinnernen Abwaschschüsseln brachte und wir am Nachmittag den Lastwagensitz und den Sessel aus dem alten Mercedes unweit des Steinpilzplatzes ausmontierten, rang sie die Hände sogar mehrmals hintereinander. Die meiste Zeit achtete sie auf Dicki, den man wegen der vielen weggeworfenen scharfen Munition nicht unbeaufsichtigt spielen lassen durfte, und hielt Vorder- und Hintertür verschlossen, weil man sich über die Natur der nächsten Besucher nicht ganz klar war.

Das schutzsuchende Zugbrückenehepaar hatte sich überzeugt, daß nichts sich verändert hatte, und beschloß, wieder aufzutauchen. Sie waren keine Stunde weg, da rollte, von den Seehamer Kindern offenen Mundes bestaunt, der erste amerikanische Panzerspähwagen durch die Dorfstraße. Die Insassen stiegen gar nicht erst aus und waren sofort wieder verschwunden.

Später kamen andere Amerikaner, hochmotorisiert, sahen niemanden an, rasteten, kochten sehr viel gutes Essen auf Ölfeuerherden, aßen wenig und vergruben, was übrigblieb. Seeham lag abseits der großen Straßen, und so blieb ihr Kommen und Gehen ohne Sensation. Es hieß, sie hätten die deutschen Soldaten in große Lager zusammengefaßt.

Wo blieb nur Michael? Er mußte mit seinem sich absetzenden Stabe nicht allzuweit von Oberbayern entfernt gewesen sein, als man im Radio, sofern Strom vorhanden, die Götterdämmerung hörte. Ich hoffte, daß Sankt Expeditus sich der Sache schon annehmen würde, und ging auf neue Streifzüge – ja, ich schnürte ab wie ein Fuchs auf Beutesuche.

An einem der schönsten Aussichtspunkte der ganzen Gegend, von dem aus der See wie ein Metallschild dalag und die fernen Berge dahinter von ihm in ein klares Oben und Unten zerschnitten wurden wie Spielkarten, hatten die deutschen Landser, auch bei einer Kapitulation voller Ordnungssinn, ihre Lastwagen hübsch im Kreise geparkt. Es waren lauter solche, wie man sie mir zum Geschenk angeboten hatte, und ich betrachtete sie mit einer gewissen Rührung. Die einzige Menschenseele weit und breit war ein amerikanischer Posten. Zufällig war es der gleiche rotblonde Jüngling, der am Tage vorher am Strand mit Dicki Ball gespielt hatte. Er erkannte mich sofort.

»Sorry, honey, you can't go in there, it's verboten«, sagte er sanft, als ich mich raffgierig glimmenden Auges dem Pool durchnäßten deutschen Heeresgutes näherte.

»Come, come now«, sagte ich begütigend und schlüpfte zwischen den Rädern durch. Der junge Sieger blickte zur anderen Seite und sah sich die weißen Kirchtürmchen am Horizont an, was sehr nett von ihm war.

Ich schwang mich auf den nächsten Wagen, wobei ich mir die Schienbeine braun und blau schlug, riß die naß an einem Stock baumelnde Kapitulationsfahne herunter, bemerkte erfreut, daß es sich um ein guterhaltenes Leintuch handelte, und breitete es aus. Mit einem in dem Führerhäuschen gefundenen Stahlhelm schaufelte ich aus den geplatzten Säcken einen Berg Hülsenfrüchte hinein, sagte mir energisch vor, daß es gar nichts ausmache, wenn der Inhaber des Helms Krätze gehabt hatte, die Linsen und Bohnen würden ja sowieso gekocht, packte noch etwa zwanzig Schachteln Trockengemüse Marke Julienne und ein Kommißbrot obendrauf, knotete die Zipfel des Leintuchs zusammen und sprang vom Wagen. Das Ganze hatte keine fünf Minuten gedauert. Auf allen vieren kriechend erreichte ich mit der Beute das Gebüsch, und dort ruhte ich erst einmal aus. Ich bedauerte heftig, weder Papa noch Leo oder den Vetter mitzuhaben, sie hatten größere Kräfte. Der Abtransport wäre noch gegangen, wenn ich nicht unter dem Sitz des Führerhäuschens ein Weckglas mit Rhabarberkompott gefunden und mitgenommen hätte. Da ich keine Hand mehr frei hatte, steckte ich es mir vorne ins Kleid, und dort rutschte es immerzu.

Erfüllt von den Gefühlen, die den Ritter Kunz von Kauffungen bei der Heimkehr von einem Raubzug erfüllt haben mögen, näherte ich mich mühsam meiner heimatlichen Burg. Die Familie war nicht müßig: Leo hockte am Schuppen und beschäftigte sich damit, die uralten Kartoffeln aus den Kellern der Flakbaracke zu waschen und zu entkeimen. Papa füllte aus verschiedenen Kanistern stinkende, aber wertvolle Öle um und ineinander. Der Vetter schnitt gerade den Boden aus einem leeren Benzinfaß und schenkte solchermaßen dem Hause eine neue Regentonne. Die alte, hölzerne war völlig zerfallen. Mama saß auf der Veranda in der Sonne und kratzte mit einem spitzen Küchenmesser den Schimmel aus den Ritzen zweier gefundener Kommißbrote. Dicki hatte im Sandhaufen einen Teich gemacht, in dem er den Ameisen das Schwimmen beibrachte. Die Weide und die Birke wiegten sich im Winde, die Vögel hielten sich mit den Krällchen in den schwankenden Zweigen fest und sangen unvermindert laut und triumphierend. Es war ein schönes Bild und überzeugte mich davon, daß auch wir alles Kommende überstehen würden. Wenn nur Michael schon da wäre ...

»Ich habe was Komisches gefunden, es liegt hinter dem Wäldchen in einer Grube«, sagte der Vetter. »Es riecht nicht, sieht aus wie Erbswurst, ist hart und bröcklig und glimmt, wenn man es anzündet. Wenn ihr wollt, hole ich euch noch einen Waschkorb voll.«

»Kinder, seid bloß vorsichtig«, sagte Mama ängstlich, »es ist sicher irgendein Zeug zum Brückensprengen oder so, das die Soldaten weggeworfen haben.«

»Wenn, dann haben sie es zu spät weggeworfen«, meinte Leo dazu, »einige der schönsten Brücken zwischen München und Salzburg sollen in letzter Minute hochgegangen sein.«

»Ach so«, meinte Papa, »ich habe was gehört, wollte aber nichts sagen, damit es nicht heißt: Bei Papa ist wohl bißchen Kalk gerieselt. Nun zeigt mal her eure Zünd-Erbswurst!«

Die Männer gingen, wie gewöhnlich, der Sache auf den Grund und zündeten einige Brocken auf dem steinernen Brunnendeckel hinten im Garten an, unter dem Undine hauste. Es schien tatsächlich ungefährlich zu sein, glimmte und hielt die Flamme lange.

»Hm«, sagten Mama und ich. Zeitungen erschienen keine mehr, und mit den paar auf dem Nachbaracker aufgelesenen Flugblättern, auf denen Eisenhower zur Kapitulation aufgefordert hatte, ließ sich der Herd so schwer in Gang bringen. »Schön, seid so gut und holt uns noch einen Vorrat. Wir vergraben ihn hinten am Schuppen bei der wilden Brombeere. Vielleicht nimmt es uns jemand übel, daß wir deutsches Heeresgut verwenden.«

Todmüde sank ich ins Bett, noch nie war es auf dem Kopfkissen so gemütlich gewesen. Dennoch schlief ich nur leicht und hörte nachts um zwei Uhr die Schritte auf dem Gartenkies sofort. Wollte wieder jemand eine zivile Hose? Ich fuhr auf und in die Pantoffeln. Nein, es waren natürlich die Amerikaner. Eine Vorhut wollte wohl Bestand aufnehmen.

Durch die Glasscheibe der Verandatür schaute ein Gesicht, das mir bekannt vorkam, das Gesicht eines Operettenfürsten,

aber bedeutend magerer. Ich hatte ja gewußt, daß auf Sankt Expeditus Verlaß war! Es war tatsächlich Michael.

Diesmal durchfeuchtete nicht er mir mit seiner nassen Uniform das Nachthemd, sondern ich ihm die Uniform mit meinen erleichterten Freudentränen. Auch wich unser Dialog etwas vom Üblichen ab.

»Gott sei Lob und Dank, da bist du ja. Der Krieg ist aus!«

»Ja, jetzt ist er wirklich aus.«

»Wie bist du denn hergekommen?«

»Teils auf einem Lastwagendach, teils mit einem geliehenen Fahrrad, den Rest zu Fuß.«

»Bist du denn ordnungsgemäß entlassen?«

»Ja, das bin ich!«

»Und seit wann bist du unterwegs?«

»Seit langem«, sagte Michael fröhlich, nur als er sich hinsetzte, atmete er stöhnend aus. Da ich sofort nach Bettwäsche kramte und den Küchenherd heizte, wurde das ganze Haus wach, und seine Bewohner liefen in unterschiedlichen Verkleidungen und unterschiedlichen Graden der Unfrisiertheit zusammen.

Ich schloß die Vordertür wieder ab und gab ihr zum Überfluß noch einen freundlichen Klaps. Die Arche war komplett, alle Tierchen an Bord, nun konnten die Wasser steigen beziehungsweise fallen. Ich hätte bei dieser einzigartigen Gelegenheit Sankt Expeditus gerne meine letzte Talgkerze auf Abschnitt C VII der Haushaltskarte geopfert, aber es war fast andauernd Stromsperre, und ich brauchte sie, um Dicki nachts aufs Töpfchen zu setzen.

IX

»So, und was spielen wir jetzt«, fragte Bruder Leo, als wir uns wieder vollzählig in die Eckbank drängten.

»Jetzt«, sagte Papa zufrieden, »spielen wir Frieden und Demokratie. Ich bin dafür, daß eine Runde Streckbutter extra ausgegeben wird.«

»Frieden?« fragte Mama ein wenig zweifelnd. Dicki saß stillvergnügt neben ihr und schwatzte vor sich hin. Ich wurde nicht müde, in tiefer Dankbarkeit Michaels heilgebliebene Arme und Beine abzutasten, und was ich äußerte, war nicht gerade intelligent: »Du bist da, du bist wirklich da.«

Die Sonne schien, die Vögel lärmten, der Flieder hatte dicke Knospen: wenn ich gewußt hätte, was ich für meine zahlreichen Lieben zu Mittag kochen sollte, so hätte ich mich unter die Glücklicheren der Sterblichen gezählt. Sollte ich wirklich die letzten verschrumpelten Karotten opfern, die wir in einer Sägemehlkiste aufgehoben hatten?

Alle Sorgen liefen weiter, nur einer machte Michael sofort ein Ende: der Wassernot. Er stellte fest, daß das Versagen der Pumpe nicht auf das Kriegsende und auch nicht auf den ständigen Strommangel zurückzuführen sei, sondern darauf, daß sich drunten im Brunnen ein Mehlwurm oder Wasserfloh ins Ansaugventil geklemmt hatte. Er nahm mein letztes feines Passiersieb – es sah aus wie eine überfahrene Schildkröte –, lieh sich eine lange Leiter und stieg in den kühlen, tropfenden Schacht. Ich saß auf dem Rand der Brunneneinfassung und blickte dem Passiersieb nach. Wir würden eben künftig gröberes Apfelmus essen müssen, das sättigte ja auch besser. Wenn Michaels Baskenmütze auftauchte, freute ich mich, daß es keine Kopfbedekkung mit Kokarden und Schnüren war, und benutzte die Gelegenheit, ihn zärtlich hinter den Ohren zu kraulen. Von weitem sah es aus, als seien wir ein Paar aus einem Märchen von Brentano oder Fouqué.

Erst gegen elf Uhr vormittags kam ich endlich dazu, das Erdbeerbeet zu jäten, und stieg gerade zwischen die Pflanzen, als sich ein Getöse auf dem Dorfweg näherte: die Amerikaner auf ihren Panzern, Trucks und Jeeps. Dicki lief zum Gartentor und deutete begeistert mit dem Finger: »Eisenhauer, da is er! Eisenhauer!« rief er.

Ich richtete mich auf und sah erschrocken eine ganze Armee näherkommen. Was zum Teufel wollten die Amerikaner in einem so abgelegenen Fleck wie Seeham, und wenn schon in Seeham, was dann in einem der abgelegensten Winkel des Dorfes, nämlich bei uns? Fröhlich die Straße zerwühlend, deren Dreckbrocken nach rechts und links spritzten, kamen sie heran, bogen beim großen Lindenbaum am Bach richtig auf uns zu, und dann alle an unserem Hause vorbei. Die Panzerspitzen mochten die stille Kiesgrube erreicht haben, da blieb die Kolonne stehen. Die Panzer jenseits unserer Hecke sahen verblüffend groß aus. Ich machte mich fieberhaft ans Jäten und versuchte, nicht aufzublicken. Der Amerikaner, der aus der Panzerklappe sah, war sehr vergnügt. Es war ein heißer Tag, und er hatte, ebenso wie seine Kameraden, seinen Durst überall, wo sie durchkamen, mit 45prozentigem Schnaps gelöscht. Er rief mir, durchaus freundlich und in der Meinung, daß er sich in diesem gottverlassenen Nest keinerlei Zurückhaltung einer Weibsperson gegenüber aufzuerlegen habe, einen unwiedergebbaren Unflat zu. Im ersten Schreck kippte ich mit einem Büschel Unkraut in der Hand nach hinten. Dann besann ich mich, daß man seinerzeit keine Kosten gescheut hatte, um mir profunde Sprachkenntnisse beizubringen. Ich richtete mich voll auf und gab ihm seinen Unflat in reinstem amerikanischem Slang zurück. Nun war es an ihm, vor Staunen den Mund aufzureißen – er rang nach Luft. Aus den anderen Panzern tauchten Köpfe auf, und ich hörte anerkennendes Pfeifen.

Die Kolonne setzte sich wieder in Bewegung und machte schließlich auf der Wiese vor dem Uferwäldchen manöverartige Bewegungen. Die gewaltigen eisernen Fahrzeuge wurden in mehrere Kreise zusammengeparkt und Zelte aufgeschlagen. Es zeigte sich, daß die Vorhut des Generals Patton dasselbe bei uns suchte wie die Sommerfrischler und vormals die Kraft-durch-Freude-Angehörigen: die schöne Gegend. Ein Witzbold malte ein Pappschild mit der Aufschrift: *Messhall Bellevue* und hängte es neben die Gulaschkanone in die Weiden des Ufers. Mancher GI stand nun am See, kaute ein Sandwich und betrachtete sich jene Himmelslinie voller Weite, Bläue und Grazie, die vor vielen Jahren die Eltern in ihren Bann geschlagen hatte.

Alles, aber auch alles führte der Sieger mit sich: Duschen und Fußbälle, Waffen und Angelzeug, Fahrzeuge jeder Art und Größe. Von weitem sah es so aus, als habe er auch die an sein Lager angrenzende überdimensionale Hundehütte mit sich geführt: unser Sommerhaus.

Es war uns gelungen, vom Kriege unberührt zu bleiben. Vom Siege unberührt blieben wir nicht. Die Wiese der Nachbarin wurde zum improvisierten Fußballplatz, Kaugummiumhüllungen und Orangenschalen füllten unsere Hecke, und wenn der Ball sich verirrte, kamen halbnackte Gestalten sämtlicher Rassen und Farbschattierungen durchs Milchholtörchen gelaufen und suchten ihn sich wieder.

Mama hatte Bedenken, weil Leo, Michael, der Vetter und Papa alle so groß und germanisch aussahen, und schlug schüchtern vor, es sei vielleicht gut, an Vorder- und Hintertür ein Plakat mit unseren längstvergessenen holländischen Landesfarben anzubringen.

»Meinetwegen«, sagte Leo. »Ich weiß nicht mehr, ob sie

längs- oder quergestreift ist, die Fahne. Man kann ja doch auf englisch was dazuschreiben. Papa, hast du nicht einen alten Skizzenblock?«

Wenn Mama gehofft hatte, daß man uns nun in Ruhe ließe, weil wir so halb und halb zu den Alliierten gehörten, so hatte sie sich getäuscht. Das Gegenteil war der Fall. Von Stund an wimmelten Haus und Garten von jugendlichen Uniformierten, die mit den echten Einheimischen nicht fraternisieren durften und sich bei uns endlich einmal aussprachen. Die einen verlangten zu erfahren, wo sie ihre Wäsche waschen lassen sollten, wo man Eier, wo Schnaps kaufen könne. Andere wollten frisches Wasser trinken oder auch einfach nur die entsetzlichen Eindrücke loswerden, die sie in den soeben befreiten Konzentrationslagern empfangen hatten. Ein junger Mann in voller Rüstung saß neben der offenen Küchentür auf einem Hocker, nahm zur Kenntnis, daß auch ich nichts von all den Greueln gewußt habe, und weinte über das, was er gesehen hatte. Ich stand am Tisch, schälte Kartoffeln und weinte mit.

Einer kam, als wir gerade auf der Veranda aßen, schwenkte ein Bündel Forellen – sie stammten sichtlich aus dem Seehamer Dorfbach – und fragte barsch: »Can you cook these?«

Stets froh, dem Sieger nur in Kleinigkeiten zu Willen sein zu müssen, erhob ich mich seufzend, um das Herdfeuer mit einigen Stücken selbstgefischten Seeholzes wieder in Gang zu bringen. Da kam heraus, daß er mir die Fische hatte schenken wollen. Den rüden Ton hielt er für Vorschrift.

Ein einziger Amerikaner hatte einmal so etwas wie Zweifel beim Betreten unseres Hauses. Er lehnte sich von innen an die Haustür und fragte mit einem mißtrauischen Blick auf alle meine Männer, deren Länge wesentlich über 1,80 lag: »Who tells me you are not all SS?«

Papa räusperte sich. »My dear boy«, sagte er milde, »if we were SS, we wouldn't be here, we would be hiding in the woods. Come right in and have a nice cup of tea.«

Für jede kleine Gefälligkeit, ja sogar für eine Auskunft revanchierten sich diese Jungens in den prachtvoll sitzenden Hosen geradezu fürstlich. Sie ließen uns Zigaretten da, Kaugummi, eine Konservendose, Candy oder eine Orange für Dicki, die erste seines Lebens. Dicki sah seine Vorstellungen von den Eisenhauers aufs beste bestätigt, und wenn einer den Garten betrat, lief er ihm entgegen und gab ihm unaufgefordert die Hand.

Eines Abends hätte es beinahe Schwierigkeiten gegeben. Ein

Sergeant kam, um sich mit Papa über Rußland zu unterhalten. Kaum hatte er die Beine gemütlich auf dem Tisch, da donnerten Schläge an die Tür. Bruder Leo zur Seite stoßend, wankte ein Soldat herein, das Gewehr im Anschlag. Mama griff sich Dicki und verschwand diskret in ihr Zimmer. Vom Schreibtisch her sagte der Sergeant mit gedämpfter Stimme: »Put that gun down, Pop.« Die Augen des Soldaten wurden kreisrund und kindlich vor Staunen. Alles hatte er erwartet, selbst eine Versammlung von Werwölfen, aber nicht seinen Vorgesetzten beim Tee. Er rüstete ab, machte aus seinen Waffen einen niedlichen Berg auf dem Wohnzimmerteppich und legte den Stahlhelm obendrauf, ehe er sich artig hinter seine Tasse setzte. Weil er so furchtbar betrunken war, machte ich den Tee stark genug, um einen Ochsen damit zu töten. Den Soldaten Pop ernüchterte er ein wenig, und alles schied in Frieden.

Als die Amerikaner etwa vier Wochen rings um unser Haus residiert hatten, kam eines der berühmten italienischen Tiefs, die die Sommer in Seeham auszeichnen. Es goß Tag und Nacht. Der von Trucks ausgefahrene Feldweg hinter dem Haus und der Bach vor dem Haus begannen einander stark zu ähneln. Eines Nachts hörte man etwas lallen und in gewissen Abständen gurgeln. Jemand watete, Choräle singend, den Bach entlang und fiel von Zeit zu Zeit aufs Gesicht. Dadurch ernüchtert, rettete er sich schließlich auf die Zementstufen hinter unserer Küchentür und spie. Papa, der gerade früh um zwei Uhr im Konversationslexikon nachsehen wollte, wann Cimabue geboren ist, ging im Pyjama hinaus, um zu prüfen, wem denn da so schlecht sei. Es war ein junger Mann aus Massachusetts, bleich und übelriechend, der in der Regennacht den Weg in sein Lager nicht mehr fand. Papa fürchtete, der völlig durchnäßte Knabe könne Lungenentzündung bekommen, zog einen Sommermantel über und nahm ihn unter den Arm. Die paar hundert Meter bis zu den Zelten wurden sehr anstrengend für ihn. Vor jedem Apfelbaum sank der zerknirschte Sünder in die Knie, weil er ihn für ein Kruzifix hielt, schlug sich an die Brust und wollte beichten. Papa mußte jedesmal mit ihm hinunter in den Schmutz.

Der Lagerposten rief mürrisch: »Who's that?« und leuchtete dem seltsamen Paar mit der Laterne ins Gesicht. Papa, mit nasser, lilagestreifter Pyjamahose und verbeultem Hut, sah sehr vertrauenerweckend aus. Der Soldat weniger, aber er wurde vereinnahmt, obwohl er gar nicht in dieses Lager gehörte. Der Posten konnte es nicht mit ansehen, wie Papa über die vielen

Zeltpflöcke und Lafetten stolperte, und brachte ihn seinerseits nach Hause. Der Wettkampf der Höflichkeiten dauerte bis etwa früh um drei Uhr.

Nach weiteren vier Wochen packte das Lager unter Motorenlärm und Unruhe seine Zelte wieder zusammen. In der Abenddämmerung – es war ein lauer Sommerabend, und zwischen den Uferweiden stiegen und sanken die glimmenden Funken der Glühwürmchen – kamen die netten Jungens durch die Küchentür geschlichen. Sie legten eine Militärdecke auf die Kellerklappe, in die Candy, Konservendosen und Zigaretten eingeknotet waren wie in das Bündel von Santa Claus, und sagten uns Adieu. Papa schenkte einem von ihnen ein Bild von der Aussicht, die sie täglich genossen hatten, wenn sie sich am Ufer rasierten. Der beschenkte Sergeant diktierte Namen und Dienstgrad, und Papa schrieb sie mit Blaustift hinten auf das Bild, damit niemand annähme, es sei irgendwo gestohlen. Mit Michael tauschten sie einen kernigen Händedruck, der allen Frontkämpferverbänden das Herz erwärmt hätte, hoben Dicki ein letztes Mal empor und verschwanden.

Hinter ihnen blieb ein Kielwasser des Wohlwollens für Amerikaner zurück, viele ausgehobene Gräben und Gruben, Abfallhaufen, die noch tagelang schwelten, ein ausgebranntes Motorboot, mit dem ein verunglückter Versuch zum Schleppangel-Fischen auf dem See gemacht worden war, und ein amerikanischer Warenhauskatalog von der Dicke eines Telefonbuches: »*Sears and Roebuck*, Order by mail.« By mail ordern konnten wir zwar nicht, aber wir zogen uns mit diesem Konvolut oft stundenlang zurück, um das sogenannte Wunschtraumspiel zu spielen.

»Los«, sagte Michael, »du hast heute tausend Dollar bei mir gut. Aber hübsch aufschreiben, damit du sie nicht überschreitest. Auf Seite 834 ist eine Bestellkarte eingeheftet!«

Wir setzten uns zusammen auf die Couch, und ich strich an. Die Bestellkarte reichte natürlich niemals aus, denn außer Kleidungsstücken, Küchengerät, Matratzen, Gladiolen Regenbogenprachtmischung, Parfüms und dergleichen brauchte ich ja auch handfeste Dinge: eine Gartenkarre, eine Segeljacht, einen Cadillac, eine Dünndruckausgabe von Churchills Memoiren und zwei Paar Gummihandschuhe. – Die Gummihandschuhe waren das einzige, was ich eines Tages wirklich bekam, aber auch damit dauerte es noch drei volle Jahre.

Das Lager war verschwunden. Frei schweifte das Auge desjenigen, der in der offenen Küchentür Eierschnee schlug, über die leeren Wiesen. Das Gras wuchs auf den kahlgetrampelten Stellen. Das Getreide schloß sich über den Bahnen, die die Trucks der Amerikaner abkürzungshalber hindurchgelegt hatten. Mit viel Kies ließ auch der Feldweg sich reparieren. Die Dorfjugend grub noch lange nach brauchbaren Resten und Konservendosen in den Abfallhalden.

Noch einmal kamen uniformierte Amerikaner nach Seeham, aber ach, sie waren diesmal anders, so ganz anders. Mit dem Auftrag, nach Waffen zu suchen, betraten sie die Häuser, und man trug uns rechtzeitig zu, daß die Sehnsucht nach Souvenirs groß und alter Schmuck bei der Gelegenheit nicht ganz sicher sei. Es hätte mir leid getan um die wenigen Stücke von Urgroßmama, die alle Zufälle bisher überdauert hatten. Ich legte sie daher an und mich selbst in einen Liegestuhl in den Garten. Zufällig kam nur eine kleine Vorhut, die sich auf meine freundliche Aufforderung hin zwischen die Johannisbeerbüsche kauerte und sich erst einmal an frischem Obst satt aß. Ihre ewigen Konserven hingen ihnen sichtlich zum Halse heraus. Das Haus betraten sie nicht.

Was nun noch gelegentlich in Seeham herumwimmelte, waren nur mehr Uniformierte, die irgendwie zur CIC gehörten, die tschechisch, ungarisch oder jiddisch sprachen und sich nirgends so recht beliebt zu machen verstanden. Noch immer war Ausgehverbot, was niemanden störte. Als braver Seehamer war man ja sowieso um die Stallzeit zu Hause. Die Verdunkelungsvorhänge, seien es geplünderte Decken oder anderes Textil, wurden abgenommen. Mama und ich fragten einander erstaunt, ob das Zimmer immer so hell und kalt ausgesehen habe.

Nun schien uns der Zeitpunkt gekommen, die während der Apotheose des Dritten Reiches vergrabenen Preziosen der Familie wieder aus dem Kiesplatz vor der Veranda auszugraben. Gespannt standen wir im Kreise. Papa, mit hochgezogenen Schultern, versuchte sein heimliches Lachen dadurch zu verbergen, daß er stark an seiner Nase zupfte, Mama blickte etwas angewidert auf Bruder Leos Schaufel.

Siehe da, der alte, rosa Blechkrug mit Jugendstilmuster – er hatte einst zum Dienstmädchenwaschgeschirr der Elisabethstraße gehört – kam unversehrt ans Tageslicht. Die mit Guttapercha – alten Halswickeln – umhüllten Päckchen schienen in gutem Zustand. Das waren sie auch, von außen. Es war stets schwer, von Mama ein erschrecktes Luftholen zu erpressen.

Das Äußerste, was man von ihr hörte, war ein gefaßtes »Hm!«. Auch diesmal legte sie die Etuis oder vielmehr die halbverwesten Häufchen aus Leder, Samt und Preßstoff mit eben diesem Laut auf die Verandabrüstung und sagte dann fest: »Hol mal die Teppichbürste, Kind, wir müssen die einzelnen Dinger vorsichtig saubermachen.«

Es erwies sich, wie schon so oft, daß der Segen des Großonkels den Kindern keine Häuser baut. Die schwer goldenen Vorlegebestecke, deren Griffe gräßlich als Nixen und Najaden verkleidet waren, entpuppten sich als nur dünn plattiert und hatten sich weitgehend aufgelöst. Ich fand es nicht so traurig, denn ich hätte mich geniert, mit diesen Monstren eine Eisbombe in meiner Villa am Cap d'Antibes zu servieren. Dorthin hätte übrigens auch das Konfektbesteck gepaßt, obwohl ich selbst an der Riviera ungern eine Praline mit Messer und Gabel äße.

Die kostbaren Hochzeitsgeschenke an die Eltern – die pompösen Aufschriften der Lieferanten waren gerade noch so lange zu entziffern, bis ich mit dem Besen über die Kassetten fuhr – waren flüchtig gearbeitete Ware. Sie zerfielen in ein plebejisch verrostetes eisernes Inneres und ein hochherrschaftlich goldenes, aber hauchdünnes Äußeres. Auch die Familie zerfiel, und zwar in zwei Parteien. Bruder Leo, der sich die Hände abklopfte und die Schaufel in den Schuppen zurückstellte, meinte, Tante Betty hätte seinerzeit womöglich sparen wollen. Papa stimmte ihm bei. Mama und ich hingegen bestanden darauf, daß Tante Betty damals von einem listigen Hofjuwelier getäuscht worden sei. Zu unserer Freude waren die sehr viel später angeschafften Gegenstände völlig intakt, und wir kamen auf den Segen des Vaters noch einmal wohlwollender zurück. Der Kies wurde wieder festgestampft, und alles sah aus wie früher.

Rein äußerlich betrachtet sah auch Seeham fast so aus wie früher. Die Ochsen gingen langsam und x-beinig vor den Wagen und Pflügen. Klein und grün setzten die Äpfel inmitten der abgeblühten Blüte an, die Hühner scharrten voll dämlichen Eifers auf den Misthaufen, das Korn wogte golden und erinnerte an das Fell einer rotblonden Katze. Zwischen Scheunen und hohen Dächern traten an Föhntagen die Berge unversehens einen Schritt auf das Dorf zu. Das Namensschild am Dorfeingang war von den Amerikanern erneuert worden. In allen Höfen gab es plötzlich die Männer der Evakuierten, die in bajuwarisch verwandelten Uniformjäckchen bei der Ernte halfen. Die ehemaligen Flakbaracken beherbergten Letten, Litauer, Ungarn,

Banatdeutsche, die am Ufer Holz sammelten und bei den Bauern in Zigarettenwährung bezahlten, was sie kriegen konnten.

An einigen der Badehütten, die Honoratioren aus der kleinen Kreisstadt gehörten, erschien das berühmte Plakat: *Hier wurde alles bereits gestohlen, wenn Sie noch etwas finden, nehmen Sie es ruhig auch noch mit!*

Bei der Kirche traf ich die alte Meyerin. »Verstehst du dös?« fragte sie und wies auf die vielen Quadratmeter bedrucktes Papier, die an der Friedhofsmauer klebten. Es waren die neuen Verordnungen der Militärregierung. Manches deutsche Wort war orthographisch nicht ganz richtig, mit kleinem oder großem Anfangsbuchstaben geschrieben. Auch ich verstand nicht alles. Die alte Meyerin schüttelte den Kopf, erklomm mühsam und gebückt die Steinstufen zum Friedhof und stand lange, in ihr Umschlagtuch gehüllt, vor den Birkenkreuzen für die Gefallenen, die man an die Nordwand der Kirche gestellt hatte. Sie standen nun schon so dicht, daß man die einzelnen Täfelchen nicht mehr lesen konnte. Sie tauchte ein Buchsbaumzweiglein in das Weihwasserschälchen und schüttelte es aus. Ihre Gedanken waren bei den wirklichen Gräbern, weit weg.

Der alte Herr Wagner, ehemals Kassierer für die NS-Volkswohlfahrt, kam vorüber und zog den Hut mit altmodischer Grandezza. »Wie geht es?« fragte ich. »Schlecht«, antwortete er höflich. »Man hat mich auf einen Lastwagen geladen und irgendwo bei Freilassing KZ-Opfer ausgraben lassen. Es ist mir nicht wegen der armen Menschen, die würdig bestattet werden sollten, aber ich bin fünfundsiebzig, und ich kann den Spaten nicht mehr richtig führen. ›Meine Herren‹, habe ich gesagt, ›erschießen Sie mich doch lieber gleich.‹ Da haben sie mich laufen lassen.«

Tastend nahmen wir wieder Kontakt mit der Außenwelt auf. Die Außenwelt begann in der kleinen Kreisstadt. Wir radelten hin, Bruder Leo, Michael und ich. Neben der Landstraße, auf der beständig Lastwagen mit amerikanischen Fahrern dahinrollten, waren die Ein-Mann-Löcher und Splittergräben eben erst zugeschüttet worden. Der Bahnhof war weg, die Güterhalle auch. Fahrkarten gab es in einer schnell zusammengezimmerten Bretterbude, die Tag und Nacht von zerlumpten Gestalten überquoll. Wer eine Einkaufstasche, einen Koffer oder Rucksack hatte, die er nicht einbüßen wollte, stellte sie sich zwischen die Beine und beileibe nicht neben sich. Es sah abscheulich aus, aber Grazie war nicht mehr nötig. Die Frauen trugen Hosen und Kopftücher, auch im Sommer. Die Häuser waren schmutzig-grau, und die weiß aufgemalten Pfeile, die den Rettungskommandos den Weg zum Luftschutzkellereinstieg zeigen sollten, gleißten wie bleichende Knochen. Die meisten Läden hatten mangels Waren geschlossen, andere waren ausgeräumt, und an ihren Schaufenstern stand in Riesenlettern Unrra-Hilfskomitee. Unbekannte Männer in Ledermänteln gingen in der Bahnhofstraße auf und ab und raunten uns leise Worte zu: »Kaffee? Zigaretten? Amerikanisches Schweinefett?«

Beim Heimradeln sahen die Felder genauso aus wie vor vielen Jahren, als Bruder Leo die letzten Kleinigkeiten zur Vervollständigung des Hauses mit mir geholt hatte. »Weißt du noch – hier ist uns das Bündel Vorhangstangen heruntergefallen«, rief ich über die Schulter. »Und da drüben haben sie wieder Mais angebaut, genau wie damals. Gott, ist das lange her. Seitdem war ja einiges los. Na, egal, wir haben es überstanden. Wenn wir nur erst wüßten, wie es die anderen überstanden haben ...«

Die Briefpost funktionierte noch nicht. Wohl aber trat plötzlich ein gebrochen Deutsch sprechender Mann auf der Straße an mich heran, drückte mir ein Papier in die Hand und verschwand, nachdem er sich meiner Identität vergewissert hatte. Es war ein einfach gefalteter Zettel, und darauf stand in Maschinenschrift: *Schwiegereltern und Familie sind gesund. Alles in Ordnung. Eure Bücher und Silberkiste sind gerettet!* Es war wie Flaschenpost auf einer einsamen Insel, und wir sprachen tagelang in wilden Mutmaßungen über den Weg, den diese Botschaft genommen haben könne.

»Wenn wir nur ein einziges unserer Bücher wirklich wiedersehen oder eine Grammophonplatte oder eines von Urgroßmamas Mokkatäßchen«, sagte ich leidenschaftlich zu Michael, während ich die Kartoffelration für den Tag abwog, »will ich nie aufhören, dankbar dafür zu sein.«

»Ja«, sagte Michael schlicht. »Bisher ist ja alles wunderbar glattgegangen. Fast zu glatt.«

»Wie meinst du das?« fragte ich und tat vor Schreck drei Kartoffeln wieder in den Korb zurück, um sie einzusparen.

»Nun mach dir mal keine Sorgen«, sagte Michael.

Bald trafen nicht nur die ersten Briefe ein, sondern es näherten sich sogar wieder Leute unserem Gartentor, die sich weder mit »Heil Hitler! Wohnt hier ...« noch mit »Hallo there ...« einführten, sondern wie in uralten Zeiten mit »Guten Tag!«.

Die Familie reagierte auf diesen Gruß meist mit einem erschütterten »Menschenskind! Wo kommen *Sie* denn her?«.

In der ersten Viertelstunde wechselseitigen Berichtens erfuhr man, wer von den Freunden das Kriegsende überdauert hatte und wo. Wenn die Männer bei ihrem gewohnten Thema, der Aufbereitung von selbstgebautem Tabak, angelangt waren, entwichen Mama und ich in die Küche, und vor der geöffneten Speiseschranktür entspann sich ein geflüsterter Dialog etwa so:

»Glaubst du, daß er zum Essen bleibt?«

»Sicher! Könnte er eventuell übernachten?«

»Ja, gern, bloß wo?«

»Nein, Grießbrei heute abend geht nicht, ich brauche die Magermilch morgen für die Knödel!«

»Brotpudding vielleicht?«

»Ja, wenn er Brotmarken mithat. Ich kann ihn ja nicht gut danach fragen.«

Für mich als Köchin hieß es meist: Augen zu und durch. Manchmal hatte man Glück, und dafür, daß man das letzte Glas eingemachter Gurken geopfert hatte, ließ der Gast ungeahnt viele Weißbrotmarken da. Sicher aber war es nie.

Zu keiner Zeit war es so schwer, die Grundregeln der Gastfreundschaft und der Bibel zu befolgen, wie in der ersten Nachkriegszeit. Brich dem Hungrigen dein Brot, gewiß, aber es ist so unangenehm, wenn man dann bis nächsten Montag keines mehr hat.

Im Gespräch mit den Gästen zeichnete sich auch allmählich etwas ab, wovon im Familienkreis nie gesprochen wurde: die Zukunft. Es war klar, daß wir die Eltern hinfort nicht mehr unbetreut in Seeham lassen konnten.

»Verstehst du«, sagte Bruder Leo abends hinter dem Haus beim Holzhereinholen, »es ist eine ganz einfache Rechnung: Sie sind gerade um das älter geworden, um das die tägliche Wirtschaft sich erschwert hat. Ich muß wieder weg und meiner Nahrung nachgehen, amerikanischer Nahrung wahrscheinlich. Wer macht dann den Hausknecht?«

In seiner angeborenen Liebenswürdigkeit gab Michael vor, sich schon als Kind ein Haus in Oberbayern gewünscht zu haben.

Ich schaltete mich ein: »Aber ich habe doch vor dem Kartoffelkäfer geschworen, dorthin zu gehen, wo du hingehst!«

»Nun laß das mal«, unterbrach Bruder Leo, »und freu dich, daß er dorthin geht, wo du sowieso schon bist. Komm, Michael, ich zeige dir, wie man die Jauchegrube aufkriegt, wenn sie sich verklemmt hat.«

Bruder Leo packte schon seine Sachen, als die Nachricht uns erreichte, daß jene Fabriken im Ausland, von denen noch gelegentlich die spärlich tröpfelnden Gelder für die Eltern eingetroffen waren, den Weg aller außerdeutschen Fabriken gegangen seien: die eine war von den Russen enteignet, die andere dem Erdboden gleichgemacht. Leo schlug vor, mit den noch vorhandenen Aktien das Atelier zu tapezieren, dort zöge es immer so. Mama war zu erschrocken, um zu lachen. Mit blassem Gesicht saß sie im Sessel im Wohnzimmer und massierte ihr Knie, als sei ihr jemand drangestoßen. »Nun«, sagte Papa philosophisch, »dann war es eben ein Traum!«

»Ja, aber Sascha«, sagte Mama, »wir werden künftig womöglich von der Kunst leben müssen, und das, du weißt ja ...«

Papa nahm sich ein Fruchtbonbon aus dem Mittelschubfach des Schreibtisches. »Wir haben ja das Haus, vorläufig regnet es ja noch nicht auf uns«, sagte er, hakte sorgfältig die Angel von den Nägeln an der Verandawand und ging fischen, froh, von keinen feindlichen Flugzeugen und keiner deutschen Flak mehr daran gehindert zu werden.

Eine Stunde später wurde mir schlecht. Ich dachte, es handele sich um einen jener Fälle psychologischer Zeitzündung, die nach schlimmen Nachrichten oft eintreffen. Dann jedoch dämmerte mir der wahre Sachverhalt. Ich ging ins Balkonzimmer. Michael saß an seiner Reiseschreibmaschine, ganz still, die Hände auf den Tasten. Auf dem eingespannten Blatt stand eine römische Eins und ein Punkt dahinter, sonst nichts.

»Der Abfalleimer«, sagte ich und brach in Tränen aus, »der Abfalleimer stinkt wieder!«

Diesmal hatten wir keinen Frack und keinen roten Sekt. Wir hatten auch nur noch ein halbes Dutzend ganz zerwaschene Windeln und einen vergilbten Strampelanzug von Dicki. Woher sollten wir alles nehmen, was wir nun brauchten, und woher das, was wir am allermeisten brauchten: Mut! Eines aber bekamen wir immerhin: ein paar zusätzliche Nahrungsmittelkarten und einen halben Liter Vollmilch täglich. Sie reichten nicht weit, obwohl der Vetter wieder abgereist war und Leo sich dazu bereitmachte.

»Also mach's gut«, sagte er zu Michael, ihm freundschaftlich die Schulter massierend. »Oben im linken Schubfach vom Basteltisch ist noch ein Satz Werkzeug unter Verschluß. Der ist für dich. Das reguläre wird dein hoffnungsvoller Sohn sowieso spätestens im Herbst im Garten ver-spielt haben.«

Da die Stromsperre zu wilden Tageszeiten auch unter der Demokratie weiterging, legte Michael als erstes eine Notbeleuchtung aus jenen elektrischen Resten, die das Kriegsende uns beschert hatte. Sie funktionierte und blieb mir ein Rätsel.

»Woher kannst du so was?« fragte ich Michael.

»Ach«, erwiderte er und warf die Haare aus der Stirn, »ich hab mal Elektriker gelernt.«

Er schien es im Ernst gelernt zu haben. Es gelang ihm neben seinen Hausknechtsarbeiten auch noch, die Reparatur sämtlicher Radios der Umgebung zu übernehmen und seine kleine Familie damit über Wasser zu halten. Wie andere die Sprache der Vögel verstehen, so verstand er die der Schaltpläne. Auf dem Anbauboden stank es nach Lötzinn, und überall verwikkelte man sich in Drähte. Bekannte und unbekannte Bauern stolperten unsere Verandastufen herauf und trugen auf ihren Armen ihren Radioapparat wie ein krankes Kind. Bald tönten die verstummten Kisten wieder, und das für Michael Schwierigste war dann, ein angemessenes Honorar zu fordern.

»Und woher kannst du so gut rudern?« fragte ich über die Schulter, wenn wir nach der Flußmündung am jenseitigen Ufer um Holz unterwegs waren.

»Ich bin früher mit den Fischern auf Dorschfang ausgefahren, an der Ostsee«, sagte Michael bescheiden. »Bitte zieh nicht so nach rechts, sonst kreiseln wir.«

Ich legte die Ruder ein und drehte mich auf der Bootsbank um, um mir den Mann genau anzusehen, den ich so gut zu kennen geglaubt hatte. »Mensch«, sagte ich spontan, »hab ich mit dir ein Glück gehabt!«

»Du ehrst mich tief«, sagte Michael und zeigte sämtliche Zähne bis zur Goldplombe.

Das Heizmaterial, das der Fluß nicht heranschaffte, lag in Gestalt von Tannenzapfen im Walde. Ich war gewiß rasch im Sammeln, Michael aber hatte das Tempo eines Dampfpfluges. Nur nahm er alles, was ihm vor die Nase kam, auch die qualitativ minderwertigen Zapfen, die schon von den Eichhörnchen bekaut worden waren. Meine aber waren fett, glänzend und schön geformt. Es war ein Jammer, daß man sie nicht auch noch essen konnte.

Bei allem und jedem dachte man ans Essen. Im Einschlafen träumte man von runden Bauernbroten, manchmal auch einfach von einem Riesenteller Schlagsahne. Am Morgen nach so einem Traum fiel mir zum ersten Male auf, wie hoch der Weizen schon stand. Ich ging schlendernden Schrittes in die Felder.

Die Weizenähren abzureißen war nicht ganz so leicht, wie ich es mir vorgestellt hatte. Sie gingen schwer vom Halm und zerschnitten einem die Hände. Sie mit der Linken festzuhalten und mit der Rechten eine Schere zu führen sah schon von weitem so verdächtig aus, daß es nicht in Frage kam. Am besten bewährte es sich, einen Handschuh anzuziehen und raschen, harmlosen Schrittes einen Feldrain entlangzugehen, eine geräumige Tasche mit langen Henkeln am Arm, in der man blitzschnell etwas verschwinden ließ. Ein Rest von Gerechtigkeitsgefühl hinderte mich daran, einem einzelnen Bauern die Last meiner Ernährung aufzubürden, und so verlor ich viel Zeit damit, mehreren voneinander entfernt liegenden Äckern Muster zu entnehmen. Die Landschaft um das Dorf, die ich so genau zu kennen geglaubt hatte, ordnete sich zu einem neuen Muster: dem Muster der Weizenäcker. Wie groß sie doch waren, wenn man einmal den Weg verlassen hatte! Ihre windbewegte, nach Brot duftende Weite, von der zitternde Hitzewellen aufstiegen, war auch dann schön, wenn man sich ihnen bedrückten Herzens und in übler Absicht näherte.

Leider mußte man immer dann nach Hause, wenn es am schönsten war. Wurde die Tasche allzu rundlich, bestand Gefahr, daß jemand Unbefugter ihren Inhalt identifizierte. Zu Hause wurde sie in eine Schüssel geleert und die Körner aus den Ähren gerieben. Die wahre Arbeit begann erst dann. Jedes einzelne Korn mußte mit den Fingernägeln entspelzt werden, als sei es ein Sonnenblumenkern. Weder das Stampfen noch das Schütteln bewährte sich, wohl weil wir aus naheliegenden Gründen den äußersten Reifegrad nicht abwarten konnten.

War der Weizen wirklich reif, so kam man morgens oft enttäuscht an ein inzwischen gemähtes Feld und mußte mit dummem Gesicht und herzlichem Grüßgott an den dort arbeitenden Besitzern vorübergehen.

Papa kam auf die Idee, den Spelz mit dem alten Fön aus der Elisabethstraße wegzupusten, während Michael und ich das Korn in den geplünderten Militär-Zinnschüsseln hochwarfen. Leider ging auch dabei viel Korn verloren. – Die Kaffeemühle konnte das Mahlen nicht bewältigen, und es traf sich gut, daß sich unter dem im Walde verrostenden Feldküchengerät eine Zerkleinerungsmaschine für Malzkaffee befand. Michael montierte sie mir auf den etwas rachitischen Tisch hinter dem Küchenausgang. Das Schrot konnte man verbacken, noch besser aber schmeckte es als Weizenbrei, besonders wenn man diesen mit einer meiner Sonderzuteilungen bestreute, die in der Familie kurz und bündig als »Brüderchens Zucker« bezeichnet wurde. Dicki in das Geheimnis einzuweihen schien uns zu früh.

An einem Mittwoch war ich wieder einmal dabei, Spelz in den Wind zu pusten, als sich der neue Seehamer Bürgermeister finsteren Gesichtes dem Hause näherte. Erschrocken trat ich von der Veranda ins Wohnzimmer. Himmel, irgend jemand hatte mich beim Weizen-Organisieren beobachtet. Nun kam es!

»Ist der Mann da?« fragte der Bürgermeister. Es war der Tapezierer, der erst kürzlich Dickis Matratze frisch bezogen hatte. Die Militärregierung hatte ihn zum Bürgermeister ernannt, denn nichts aus dem tausendjährigen Reich durfte übernommen werden, auch der alte Bürgermeister nicht.

»Er ist drinnen, wollen Sie ihn sprechen?«

»Es ist net notwendig«, sagte der Bürgermeister. Erst jetzt sah ich, daß er nicht finster, sondern traurig war. »Die Ami san bei mir auf der Gemeinde droben. Sie hol'n Leut ab, wo in'n automatischen Arrest g'hörn. Der Mann war beim Nachrichtendienst, gell? Er soll sich warm einmachen und a Wäsch mitnehmen.«

Mit zitternden Lippen versuchte ich einen Scherz. »Tischwäsche?« fragte ich.

»Du verstehst mich schon«, sagte der Bürgermeister, als sei ich noch einmal die Vierjährige mit den Korkenzieherlocken, die am Strande gespielt hatte. Es war ihm sichtlich unangenehm, Träger einer solchen Botschaft zu sein, und mir war es ebenso unangenehm, daß ich sie ihm nicht ersparen konnte.

»Werd net so schlimm wer'n – aso a Krampf«, murmelte er, sichtlich damit seine Kompetenzen überschreitend, und wandte sich zum Gehen.

Michael war keinen Augenblick erstaunt. Wie immer, wenn Unangenehmes eintrat, hatte er es längst erwartet. Es dauerte keine halbe Stunde, da stand er mit bleischwerem Rucksack und Wintermantel auf der Veranda. Ich begleitete ihn bis zur Gemeinde. Wir waren unter dem Druck dessen, was nun auf uns zukam, von eisiger Höflichkeit und wagten nicht, einander zu berühren oder etwas Tröstliches zu sagen.

Während Michael vernommen wurde, lungerte ich in der Gegend des Gemeindezimmers umher. Wie anders doch die altvertrauten Häuser plötzlich aussahen! War dies wirklich der vergitterte Kasten, in dem mein Aufgebot gehangen hatte?

Keiner der mir bekannten Seehamer zeigte sich, um diese Zeit wurde gegessen. Eine wildfremde Frau tauchte neben mir auf und bot mir zu einem Phantasiepreis eine Stange amerikanischer Zigaretten an. Ich war so verdutzt, daß ich sie kaufte und sie Michael in den Jeep reichte, in den er in Begleitung eines Zivilisten einstieg. Michael brachte es fertig, mir zuzuraunen, alles sei für ihn sehr interessant, besonders da er nun wohl zum ersten Male in seinem Leben mit echten Nazis ins Gespräch kommen würde. Der CIC-Mann, der den Jeep chauffierte, war sehr freundlich. Er meinte, es handele sich höchstens um einige Wochen, er wisse selber nichts Genaues, obwohl er täglich an die hundert Personen aus der Gegend verhöre. Ich wollte ihm kein Schauspiel geben, sagte mit heller Stimme: »Also, dann mach's gut« zu Michael und blieb mit geballten Fäusten regungslos auf der Dorfstraße stehen, als der Jeep sich entfernte.

Vom Gemeindezimmer weg ging ich im Sturmschritt in den Wald, den Rucksack hatte ich schon auf dem Rücken. Ich sammelte Tannenzapfen, ich sprach mit ihnen, ich murmelte, ich fluchte, ich gebrauchte Kraftausdrücke und warf den Rucksack gegen einen Baum. Als ich mich genügend erfrischt und gestärkt hatte, war ich in der Lage, nach Hause zu gehen und Mamas Trostversuche anzuhören. Mama stammte aus einer Zeit, in der niemand Unrecht zu leiden brauchte, der nicht vorher Unrecht getan hatte, und in der Ehrlichkeit am längsten währte, auch bei ausgefüllten Entlassungsfragebogen. Nun, was letzteres anbelangte, so war alles beim alten geblieben. Auch diesmal währte es am längsten, etwa ein Jahr.

Zu Hause empfing mich Dicki. »Mein Bär«, erklärte er wichtig, »der hat Fieba, ich hab den gemeßt, der hat Viertel nach acht, der kriegt Hafaschleim und ein' Wickel mit einer Nadel zugemacht. Wo is'n der Papi?«

»Der Papi ist fortgefahren«, sagte ich tonlos und leerte abgewandten Gesichtes die Tannenzapfen an die sonnige Stelle zwischen Veranda und Hauswand. Bald würde der Herbst dasein, und sie sollten noch trocknen.

X

Michael war und blieb verschwunden. Ich fragte viele Menschen nach ihm, ja ich drang sogar bis ins Gebäude der CIC vor, einer alten Villa in der kleinen Kreisstadt, und führte dort in der Qual meines Herzens eine Sprache, die den diensttuenden Offizier veranlaßte, erstaunt die Beine vom Tisch zu nehmen. Helfen konnte er mir nicht. Zur Zeit wußte bei der Militärregierung die rechte Hand nicht, was die linke tat.

Die Kastanien von den Bäumen der Allee, eben noch lecker und glänzend, verwandelten sich in Dickis Spielkorb in matte, unansehnliche Gebilde, das Laub wurde goldfarben und fiel den Kastanien nach. Dicki raschelte darin umher, und jeden Abend mußte man seine Strümpfchen waschen, weil sie so staubig geworden waren.

Als das letzte Blatt abgefallen war, sprach mich eines Morgens bei der Molkerei ein Mann an. »Eahna Mann«, sagte er, »der is fei noch immer im G'fängnis in der Stadt. Jetzt derfen S' ihn besuchen, einmal wöchentlich, am Mittwoch von zwei bis drei.« Er zeigte alle Zähne, als sei ihm ein fabelhafter Witz gelungen, und gluckerte vergnügt. Auf meine vielen verwirrten und empörten Gegenfragen wußte er keine Antwort. – So nah also war Michael die ganze Zeit gewesen, so nah! Ich zitterte am ganzen Körper, aber es gelang mir, die Milch nach Hause zu bringen, ohne einen Tropfen zu verschütten.

»Kind, du darfst dich nicht so aufregen«, murmelte Mama, »du mußt an deinen Zustand denken. Die Situation ist doch eigentlich fast komisch. Du kennst ja Michael, er wird sicher das Beste daraus gemacht haben. Das solltest du auch lernen.«

Ich verschob das Lernen auf später und plünderte erst einmal den Speiseschrank, um ein Paket zusammenzustellen. Papa, der gerade vorüberkam, sah mir zu. »Nun back bloß keine Feile ins Brot, du Gangsterweibchen«, sagte er amüsiert, »du bringst den Deinigen bloß in Schwierigkeiten.«

Es gab keinen passenden Autobus in die kleine Kreisstadt. Wann hätte es je einen gegeben?

Ich nahm das einzige Vehikel, das Seeham vormittags verließ: das Milchauto. Man mußte hinten auf den Kannen sitzen, und es zog von allen Seiten, außerdem von oben und von unten. Ich war warm verpackt. Schön sah ich nicht aus, aber das war in meinem Zustand sowieso nicht zu erwarten. Wie hatte die kleine Stadt sich doch verändert, nun alle ihre Straßen zum

Gefängnis zu führen schienen, einem Gebäude, das ich entweder nie gesehen oder aber nie beachtet hatte! Es hatte eine hohe Mauer ringsum und richtige Gitter vor den Fenstern. Die Gefangenen der oberen Stockwerke mußten einen guten Blick auf den Straßenverkehr hinunter haben. Ich ging eine Stunde lang vor dem Gebäude auf und ab in der Hoffnung, Michael könnte mich vielleicht sehen. Erst später erfuhr ich, daß er nur hätte hinausschauen können, wenn er sich auf seine Pritsche stellte und am Fenstergitter in die Höhe zog.

Die Mittagsstunden waren sehr lang. Ich betrat ein Gasthaus von finsterer Verkommenheit, das dem Gefängnistor gegenüberlag, und bestellte das Stammgericht: Kartoffelgemüse. An meinen Tisch setzte sich ein ebenso finster verkommener Mann mit geflicktem Rucksack. Er süßte sein Dünnbier mit Süßstoff, damit es malziger schmecke, und rührte das Gebräu mit seinem Taschenmesser um. Nachdem er mir mehrere Blicke voll trüber Aufmerksamkeit zugeworfen hatte, fragte er: »Wart'st aa?«

»Ja«, sagte ich, ohne mich zu wundern.

»I hab an Spezi drin«, sagte der Mann und ruckte mit dem Kinn in Richtung auf das Gefängnis. »G'wildert hat er.«

Er benutzte wieder das Taschenmesser, diesmal, um sich etwas aus den Zähnen zu bohren, und schien nun auch von mir einen Vertrauensbeweis zu erwarten. Da keiner kam, fragte er: »Du werst auf dein' Mo warten, oder? Wie lang hat er denn?«

Ich mußte lachen, obwohl es mir heiß in die Augen stieg. »Ich weiß es nicht«, sagte ich in reinstem Hochdeutsch, »er ist im automatischen Arrest.«

Der Mann schmatzte und betrachtete mich von oben bis unten. Irgendwie tat ich ihm leid, und er wußte augenscheinlich nicht, wie er mir sein Mitgefühl bekunden könne.

»Da siechstes wieder mit dera Demokratie«, sagte er tadelnd, »allweil die gleich' Scheißerei und no ärger!«

Nun lachte ich wirklich. Es hatte wohl keinen Sinn, ihn in einem langen Vortrag zu belehren. Ich erkannte seinen guten Willen an, indem ich wenigstens »O mei!« sagte, was alles bedeuten konnte.

»Mogst a Brez'n?« fragte der Mann und bot mir freundlich die Hälfte von seiner. Nachher gingen wir einträchtiglich zusammen über die Straße und standen vor dem Gefängnis, vor dem sich nun, ein paar Minuten vor zwei Uhr, noch einige mehr als zweifelhafte Gestalten eingefunden hatten: Weiber in abgeschabten Pelzmänteln, grau und hohläugig, ein pickliger Jüngling in leuchtend kariertem Jackett. Nun, wer weiß, wie ich aussah, in meiner langen Trainingshose und dem alten Ledermantel von Michael darüber, einen verschnürten Pappkarton mit Brot, Schweinefett und selbstgebautem Tabak in der Hand. Einen Augenblick lang durchrieselte mich die humoristische Vorstellung, Urgroßmama könne mich so sehen. Dann hörte man Schlüsselrasseln, und das Tor ging auf.

Es dauerte noch eine halbe Stunde in dem büroähnlichen Vorraum, in dem sich außer zwei Schreibstubengesellen etwa zehn Personen aufhielten, dann erst brachte man Michael. Ich hatte mir vorgestellt, daß man mich einen Korridor entlangführen würde und ich ihn durch ein Gitter, aber allein sprechen könne.

Ich erschrak furchtbar, als ich ihn sah. Er war unrasiert und eingefallen und glich plötzlich den Jugendbildern seines Vaters, so kantig energisch sprangen seine Kinnladen vor. Ich wußte nicht, ob ich ihn zwischen all den Geldfälschern, Wilddieben und Zuhältern küssen sollte oder nicht. Wir stellten uns an das eine Ende eines Fensters, das auf den Hof hinausging. Der Wärter, der Michael gebracht hatte, schlug am anderen Ende mit seinem Schlüsselbund spielerisch auf das Fensterbrett. Das Geräusch ging einem durch Mark und Bein. Wir hatten fünf Minuten Zeit. Michael zählte mir kurz auf, was für interessante Typen mit ihm in der Sechs-Mann-Zelle säßen und an wen ich alles zu schreiben hätte, um eventuell eine Beschleunigung seiner Vernehmung zu erreichen. Er vergaß auch nicht, mit vor Optimismus leuchtenden Augen zu äußern, daß es nach der Vernehmung höchstens noch ein, zwei Wochen dauern könne. Er wisse es aus sicherer Quelle.

Ich besuchte ihn noch einmal, unter ähnlichen Umständen. Als ich das dritte Mal in den Vorraum des Gefängnisses trat, mit stärkerem Herzklopfen als bei unserem ersten Rendezvous in Berlin, stand ein Uniformierter auf und sagte zu mir: »Ihr Mann ist nicht mehr hier. Er ist ins Lager gekommen.«

»In was für ein Lager?« fragte ich.

»Das wissen wir nicht«, sagte der Mann. »Die Amis haben alle im Lastwagen abgeholt, die in den automatischen Arrest gehören.«

Ich ging stumm und erschreckt davon und brauchte eine geraume Weile, um vis-à-vis des Gefängnisses die Straße zu überqueren, die in ein schwefliges Licht getaucht schien. Es wurde auch immer dunkler. Als ich genauer hinsah, lösten sich kleine, helle Flocken aus dem Himmel. Es fing an zu schneien, der Winter war da. Wie gut, daß Michael seinen Wintermantel mithatte.

Vierzehn Tage später kam ich mit einem Mann ins Gespräch, der aus einem Lager entlassen worden war. Er nannte seinen Namen nicht und wußte auch nicht, wo Michael sich aufhielt. Er konnte mir jedoch aus eigener Anschauung berichten, wie so eine ehemalige KZ-Baracke im Winter aussah: Türen und Fenster von der Bevölkerung geplündert und die verschneiten Pritschen ohne Strohsack.

Die Amerikaner waren sicherlich der Meinung, daß ein Schriftsteller viel lebenswahrer schöpft, wenn er Lager und Gefängnis von innen kennengelernt hat, und daß es seinen Charakter stählt, den Urzuständen der Menschheit nähergebracht zu werden, als da sind Kälte, Hunger und Ausgeliefertsein. Meinen Charakter jedoch stählte es nicht. Ich wurde nur bissig und bitter. Vielleicht hatte ich die falsche Art, auf Prüfungen zu reagieren. Nachts wurde ich im Bett nicht warm, weil ich mir immerzu überlegte, ob Michael seinen Mantel als Unterlage oder als Zudecke verwendete.

Mama, die noch glaubte, das menschliche Leben würde von Realitäten regiert – sie hatte nicht bemerkt, wie Seehams zauberhaft schöne Landschaft sich in eine Vorhölle verwandeln konnte und die blumenbunten Wiesen voller weggeworfener Panzerfäuste in Todesfallen für Dicki –, bestand darauf, daß ich nur deshalb so fröre, weil ich fast nichts mehr äße. Ich konnte nicht. Alles schmeckte nach Dieselöl und Kriegsende und erregte mir Brechreiz. Wenn ich für die Familie kochte, so steckte ich mir Watte in die Nasenlöcher, um nichts zu riechen, und richtete meinen Blick auf das Diplom aus dem Cordon bleu, um mich durch die Vorstellung »noblesse oblige« aufrechtzuhalten.

Wer mit dem Geschick hadert, schädigt den Kreislauf. So war es denn nicht verwunderlich, daß sich bei mir diverse Leiden entwickelten, die nur bedingt mit dem bestellten Brüderchen zu tun hatten. Es traten mehrere Ärzte auf den Plan, für jedes Leiden einer. Nachdem diese ihre lateinischen Vokabeln ausgetauscht hatten, wurde klar, daß ich sowohl als Köchin wie als Managereß und Mutter in den kommenden Monaten ausfallen würde. Mama würde sich während dieser Zeit nur um zwei Dinge kümmern können: um Papa und ihren Herzfehler. Wir machten noch einen, von vornherein zum Scheitern verurteilten

Versuch, eine weibliche Hilfskraft heranzuziehen, und beschlossen dann, Dicki seinem ersten Gemeinschaftserlebnis zuzuführen: einem Kinderheim. Ich sah mich gezwungen, auch diese Trennung von einem bezaubernden Kinde im nettesten Alter den Zuständen aufzurechnen, die der Mann mit dem häßlichen Bärtchen uns hinterlassen hatte.

Es war schwer, ein geeignetes Kinderheim zu finden, aber fast noch schwerer, Dicki hinzuschaffen.

Für dringende Fälle stand Seeham ein Holzvergaser-Auto zur Verfügung. Wenn man das Holzgulasch in dem Blechkessel auf seinem Dach frisch umgerührt hatte und wenn keine Steigung kam, dann solle es, sagte man mir, recht ordentlich fahren. Diesem zweifelhaften Gefährt und einer guten Bekannten vertraute ich den Knaben an, der sich gutwillig von uns trennte. Im Hinnehmen des Unabänderlichen schien er die Grazie seines Vaters geerbt zu haben. Er trommelte mit beiden Fausthandschuhen zum Abschied an die Autoscheiben und sah in seiner aus Wollresten gehäkelten Mütze und dem Mäntelchen aus der geplünderten Militärdecke herzzerreißend lieb aus.

»So, nun legen Sie sich aber endlich hin«, sagte der Arzt. Dem jedoch stand etwas sehr Wichtiges entgegen: Am Vormittag war ein Bekannter gekommen, der soviel wie sicher zu wissen glaubte, in welchem Lager Michael sei. Wir sollten ihm doch ein Paket schicken. – Der Gedanke elektrisierte das ganze Haus. Ein Paket? Was hineintun? Der zermahlene Weizen war aufgebraucht. Wieviel Brotmarken hatten wir noch? War von meinen Zusatzweißbrotmarken noch etwas da? Ich hatte schon den Mantel an. »Kind, übermach dich nicht!« rief Mama mahnend, aber ich hörte es nur halb, weil ich gerade mein Kopftuch zuband. Mein erster Gang führte zum Metzger, dem ich mit knappen Worten ein Fahrrad, voll bereift, zum Tausch gegen Speck und Geräuchertes anbot. Der Metzger war nicht gerade Feuer und Flamme, doch leistete er immerhin eine kleine Anzahlung, auf die es mir ankam. Dann wandte ich meine Schritte in Richtung auf ein Nachbardorf. Ich betrat eine Bäckerei, wartete nicht, bis das Ladenglöckchen ausgeläutet hatte, legte das Geld für drei Pfund Brot auf den Tisch, aber keine Brotmarken, nahm einen Wecken und verschwand. Meinen Heimweg wählte ich durch die Scheune eines großen Gehöftes. Ich hatte zwei Eier in der Tasche, als ich wieder herauskam. Das Huhn hatte sie mir freiwillig gegeben. Es war ein purer Zufall, daß ich nicht auch das Huhn noch mitgenommen hatte, aber es hätte wahrscheinlich gegackert und meinen Ruf für immer untergraben.

Mit der Post konnten wir das Paket nicht schicken. Persönlich zum Lager fahren durfte ich nicht, das verbot der Arzt. Mama verbot er es auch. So startete denn Papa zum Holzgasauto, das Paket unverschnürt in der Hand, um es einer Kontrolle am Lagereingang zeigen zu können. Anderthalb Stunden lang wurde der Motor des Holzvergasers angelassen, Papa stand in Galoschen und Pelzmütze daneben. Dann hieß es, jetzt sei der Karren endgültig hin. Papa kehrte heim. Als das Holzgasauto wieder repariert war, fiel Schnee, viel Schnee. Das Auto mit seinen schwachen Kräften hätte nicht durchgekonnt. Das Brot im Paket wurde ziemlich trocken, ein Beweis dafür, daß unrecht Gut nicht gedeihet.

Papa zog einen noch wärmeren Mantel an und fuhr morgens, in erfrischender Luft auf einer Milchkanne sitzend, mit dem Lastauto in die kleine Kreisstadt, verbrachte dort den Vormittag im bretternen Behelfswarteraum unter verschleppten Personen und bestieg mittags einen Zug. Nach einem Fußmarsch von einer weiteren Stunde über vereiste Landwege gelangte er an einen Stacheldrahtverhau. Ihm folgend erreichte er das Lagertor. Der Posten wies ihn zurück. »Pakete nur montags und freitags«, sagte er. Papa blieb stehen und sagte milde: »Hör mal zu, mein Junge. Ich bin siebzig Jahre alt und seit heute früh unterwegs. Sieh dir das Paket wenigstens einmal an.« Der Posten kam näher und studierte die Aufschrift. »I am terribly sorry«, sagte er dann. »Einen Gefangenen dieses Namens haben wir hier nicht.« Das »terribly sorry« rettete in meinen Augen die Würde der amerikanischen Armee.

Papa kam abends sehr erschöpft und durchfroren zurück, das Paket in der Hand. Von dem Brot machten wir Brotsuppe. Es war die sauerste Brotsuppe meines ganzen Lebens. Ich begann zu ahnen, daß es mir bisher zu gut gegangen war und daß ich nun im Ernst geprüft wurde. Vielleicht fiel ich bei dieser Prüfung durch und mußte nachsitzen?

Die Energie, die mir noch verblieben war – es war nicht allzuviel –, brauchte ich, um meine Entbindung vorzubereiten. Um die Klinik der kleinen Kreisstadt aufzusuchen, benötigte ich ein Rotkreuzauto. Das Rotkreuzauto hatte nur Benzin für lebensbedrohende Fälle. Ich ging zum Amtsarzt des Kreises. Er stellte mir ein Zeugnis aus, nach dessen Lektüre ich Papa fragte, ob man bei einem Testament eigentlich Datum oder Unterschrift an letzte Stelle setze. Auf das ärztliche Attest hin war das Rotkreuzauto bereit, mich zu fahren, aber nur tags. Nachts während der Sperrstunden dürfe niemand auf die Straße, darin seien die Amerikaner eigen. Man verwies mich wegen eines entsprechenden Antrages an die Militärregierung. Die Militärregierung überreichte mir einen sechsseitigen Fragebogen von einem Format, daß man sich im Freien hätte damit zudecken können. Er heischte genaue Auskunft über meine früheren Auslandsaufenthalte, über meine politische Vergangenheit und die Kragenweite meines Großvaters. Ich fand, das alles habe mit meiner Entbindung nichts zu tun, aber ich füllte alles aus und reichte es ein. Nach einer weiteren Woche – Mama wurde immer nervöser – erhielt ich die Genehmigung, mich in Ansehung meines besonderen Falles nachts auf der Straße zu bewegen. Die Genehmigung war nach Datum befristet.

»Es ist fein«, sagte Papa trocken, »daß du weder zu Früh- noch zu Spätgeburten zu neigen scheinst, das könnte jetzt eine schöne Schweinerei werden.«

Von Bruder Leo kam ein Brief, auch er könne die Amerikaner nicht mehr ganz so liebhaben wie damals, als sie hinter unserem Sommerhaus residierten. Er arbeite jetzt für sie, und es sei ein Jammer, daß er uns nicht etwas kaltes Gulasch in einem Einschreibbrief schicken könne. Mit Resten seien die Amerikaner großzügig. Im übrigen ginge es ihm gut. Natürlich zehre die Ungewißheit an ihm, ob er wieder Onkel oder diesmal Tante würde.

Das Rotkreuzauto ging zwei Tage später kaputt, und man ließ mir sagen, ich solle den Seehamer Holzvergaser nehmen. Der Fahrer des Holzvergasers brauche allerdings auch ein Permit, um mich nachts fahren zu dürfen. Zum Ausfüllen eines weiteren sechsseitigen Fragebogens kam es jedoch nicht mehr, weil Brüderchen nicht länger warten wollte. In der nächsten Nacht stolperte Papa durch Seehams dunkle Wiesen, in der Hand eine aus dem See gerettete Grubenlampe, weil wir keine Batterie für unsere Taschenlampe mehr bekommen hatten. Er holte den Seehamer Arzt und das Holzgasauto nebst Chauffeur. Den Arzt hätte man am besten bei Mama gelassen, die infolge der vielen Aufregungen seiner mehr bedurfte als ich, er war aber dazu ausersehen, unserem Transport die nötige Legitimierung zu geben. Die besorgten Eltern blieben zu Hause, und wir fuhren in die Klinik. Wir wurden zwischen Seeham und der kleinen Stadt von niemandem gesichtet, geschweige denn aufgehalten.

Es war fast schade. Mir brannten für diesen Fall einige amerikanische Redewendungen auf der Zunge, die ich gerne auf eine Patrouille der Military Police abgeschossen hätte.

In der Klinik ging alles glatt. Es war ein wahres Glück, daß irgendwo auf der Welt irgend etwas so funktionierte, wie die Natur es vorgesehen hatte. Das Brüderchen glich Dicki gar nicht, es war viel zarter und etwas müde, als sei auch für ihn das Kriegsende und alles, was danach kam, sehr anstrengend gewesen. Es sah aus wie Michael, wenn er abends zu lange gelesen hatte und dann das Monokel herausnahm, mit dem angetroffen zu werden ihm peinlich war.

So wie die ganzen letzten Wochen erlebte ich auch das Krankenhaus wie durch eine dicke Glasscheibe. Ich war nicht wirklich dort, aber es war doch schön, nichts mehr zu müssen und endlich müde sein zu dürfen. Die pflegenden Nonnen mit ihren ungeheuren Hauben neigten sich über mich, um mir etwas einzugeben, und ich überlegte flüchtig, wer auf den Gedanken gekommen sei, daß die Engel die Flügel unbedingt an den Schulterblättern haben müssen. Ginge es nicht auch weiter oben?

Meine beiden Bettnachbarinnen nahmen großen Anteil an mir.

»Bist verheirat?« fragte die eine, die so rote Haare hatte, daß man ein dunkles Zimmer mit ihr hätte erleuchten können. Ihr Baby stammte von einem Neger, der mit seiner Truppe die Berge entlanggezogen und versehentlich in ihr Dorf geraten war. Der Vater des anderen Babys war in letzter Minute gefallen. Brüderchen und ich wirkten unerhört bürgerlich in dieser Umgebung.

Früh um fünf Uhr weckte mich Gesang: Die Nonnen hielten in der kleinen Krankenhauskapelle Frühmesse. Wenn es wieder still geworden war, kam langsam die Dämmerung und drückte ihr graues Gesicht flach wie Papier an die großen Fenster. Es wurde niemals richtig hell, und ich selber wurde niemals richtig wach. Das eilige Ticken eines Wasserhahnes am Waschtisch zählte die Minuten in den Ausguß. Draußen auf den linoleumbelegten Korridoren knarrten die frommen Schnürstiefel der Schwestern, und in der Ferne pfiff manchmal ein Zug, der aus der kleinen Kreisstadt das Weite suchte.

Papa und Mama besuchten mich abwechselnd, aber wir konnten uns der Bettnachbarinnen wegen nicht in gewohnter Weise unterhalten, und sie taten mir wegen der schwierigen

Anreise zu mir immer so leid. Ich war erst froh, wenn ich sie wieder sicher in Seeham wußte. Einmal ging Papa zu Fuß nach Hause, weil wie gewöhnlich kein Autobus ging, und mußte der Schneeglätte und seines unsicheren Knies wegen den Fahrstraßenberg auf dem Hosenboden herunterrutschen. Naß und mit zerrissener Hose kam er nach drei Stunden zu Hause an.

Vom Pfarramt der nächsten Stadt kam eine Karte: Ich möge dorthin mitteilen, wie es mir gehe. Die wenigen dürren Worte erzählten eine lange Geschichte von den rührenden Versuchen eines Lagergeistlichen, den Gefangenen die wichtigsten Nachrichten von draußen zu vermitteln. Nun bestand Hoffnung, daß Michael von uns hörte. An diesem Tage schmeckte der Abendtee aus den dicken Porzellantassen besser, obwohl die Schwestern Laniera und Cortilia immer zuviel Süßstoff hineintaten.

Wir berichteten dem Pfarramt, Mutter und Sohn gehe es glänzend. Das war leider nicht die Wahrheit. Wir gaben Anlaß zu Beanstandungen. Am schlechtesten gedieh Brüderchen. Es schien ihm bei näherer Betrachtung dieser Welt und ihrer Einrichtungen einfach keinen Spaß zu machen, in ihr zu leben. Wer konnte es ihm übelnehmen? Mir machte es zur Zeit ja auch keinen.

»Tja«, sagte der Krankenhausarzt. »Ihnen ist es ja auch vorher so schlecht gegangen. Das Kind müßte in eine Kinderklinik, wir haben hier nicht die rechten Möglichkeiten. Aber unter den heutigen Verhältnissen ...«

Was nach menschlichem Ermessen völlig unmöglich war, brachten echte Freunde dennoch fertig. Sie fanden den Weg, das Brüderchen in geheiztem Wagen holen zu lassen und durch eine halbzerstörte, mit Brettern und Verordnungen vernagelte Welt sicher in eine Kinderklinik zu bringen. Es grenzte an ein Wunder, besonders, da der Chef der Kinderklinik selber kam, um Brüderchen entgegenzunehmen.

Wie jedes Wunder war auch dieses ein bißchen zum Fürchten. Die Art, wie der schwarzgekleidete alte Herr, flankiert von zwei gewaltigen frommen Schwestern seines Ordens, an meinem Fußende auftauchte und das reisefertig verpackte Brüderchen im Arm hielt, hatte etwas von der phantastischen Intensität eines Traums. Ich war so tief beeindruckt, daß ich nicht einmal weinte. Die drei unirdischen Gestalten verabschiedeten sich, ehe ich ihnen hatte danken können, stiegen drunten vor dem Krankenhaus in einen großen dunklen Wagen und fuhren fort. Ich sah sie niemals wieder, auch das Brüderchen nicht. Alle Liebe und Fürsorge vermochten nicht, sein kleines Lebensflämmchen zu erhalten. Es erlosch nach wenigen Wochen.

Als man das Brüderchen begrub, lag ich noch immer im Krankenhaus. Meine Bettnachbarinnen hatten mehrmals gewechselt. Manche strammen, vitalen Besatzungskinder waren noch neben mir geboren worden: Sie krähten und verhinderten, daß ich aus dem ewig-gleichen Kreis meiner finsteren Gedanken entkam. Wenn man mich ansprach, weinte ich. Vor den Eltern nahm ich mich zusammen, und wir unterhielten uns freundlich-munter, als seien wir auf einer Tee-Einladung. Ich las nicht, und ich schrieb nicht. Vor mir auf der Decke lagen meine Hände, glatt und gepflegt, unnütz wie die Lilien auf dem Felde, seit vielen Jahren zum erstenmal wieder die Hände einer Dame.

Ein altes Weiblein, das den Nonnen half, um die Essenszeit Bestecke und Tabletts in den Zimmern zu verteilen, blieb nun täglich etwa fünf Minuten an meinem Bett stehen. Sie erinnerte mich ein wenig an die Beerenfrauen längst vergangener, schönerer Zeiten, und wenn sie kam, wandte ich mich nicht zur Wand, wie bei den meisten anderen Leuten.

»Was is mit dir, werst du allweil no net g'sund?« grollte sie, und mütterliche Zärtlichkeit schwang in ihrer Stimme. »In d' Würscht' g'hörst! Du muaßt mehra essen und darfst net allweil an den Verdruß mit dem Kindl denken. Schau, daheim sans uns' sechzehne g'wen und sans uns' zwölfe am Leben blieben und hat d' Muatter aa nix sog'n derf'n. Jetzt schau amal, daß d' was werst. 's Leben is lang, da kimt no allerhand. Tu nur schön essen!«

Da stand sie nun, anzusehen wie ein rundes Brot mit kurzen krummen Füßchen daran, und hielt einige blecherne Eßlöffel in der Hand, mit denen sie gelegentlich zu ihrer Predigt den Takt schlug. Ich ertappte mich dabei, daß ich nach der Uhr sah, wenn ich sie erwartete. Mit ihr drangen die Berge, Wälder und kauzigen Originale Bayerns in das allzu weiße, nach Lysol riechende Krankenzimmer.

Obwohl ich brav war und aß, wurde ich doch immer elender. Es kam der Tag, an dem sich zwei Ärzte zugleich an meinem Bett einfanden und nach der rein spaßhaft gemeinten Frage: »Tja, was machen wir nur mit Ihnen?« beschlossen, mich ganz auseinanderzunehmen, die einzelnen Teile gut zu polieren und wieder zusammenzusetzen. Man brachte mich in eine andere Abteilung, in der ich allein lag.

Am Mittwoch nach der Operation kam Papa, wie jeden Mittwoch. Er setzte sich umständlich, faltete die Hände zwischen den Knien und fragte: »Hast du deine Innereien numeriert? Ich meine, daß sich dann nicht hinterher herausstellt, daß die Hälfte fehlt?« Dann erzählte er von Seeham.

Es war sehr still geworden im Haus, von dem anzunehmen war, daß es sich nach der jahrelangen Überbelastung nun erlöst aufblähte wie ein abgeschirrter Gaul. Meisen und Grünfinken ließen sich von der Stille dazu hinreißen, es für unbewohnt zu halten. Sie pickten an Wänden und Fensterrahmen, ja, sie pickten sogar die Briefe auf, die Mama für den Postboten auf die Veranda bereitgelegt hatte. Vielleicht schmeckte der Leim der Kuverts besonders gut. Die Tür zum Anbau war abgeschlossen und ein Teppich davorgehängt, weil von dort ein Eiseshauch heranzog. Das Bad, nur von dort aus betretbar, war längst aus dem Verkehr gezogen. Es gab kein Holz, um den Badeofen zu heizen, seit niemand mehr zur Flußmündung über den See ruderte.

»Tja, was noch?« fragte Papa in die Stille hinein. »Von Leo haben wir gute Nachrichten. Ebenso von deinem Sohn Dicki. Die Mama telefoniert oft mit dem Kinderheim. Der Knabe lügt die anderen Kinder an wie gedruckt, um ihnen zu imponieren. In Seeham, sagte er, gebe es Löwen mit einem Stern auf der Brust. Nicht schlecht, wie? Wenn er groß ist, kannst du ihn Journalist werden lassen!«

Ich lachte, ein bißchen mühsam, so wie damals in Paris nach der Blinddarmoperation. War es möglich, daß es das einmal gegeben hatte, Paris, und keine anderen Sorgen als die Launen von Mutter Veilchen?

Von Michael sprachen wir nicht. Wir wußten ebensowenig von ihm wie er von uns. Fast erwartete ich, daß Papa auch von ihm eines Tages sagen würde, er sei nur ein Traum gewesen, so wie die Fabriken im Ausland, die bürgerliche Sicherheit, die Elisabethstraßenwohnung und die Villa am Cap d'Antibes.

Der erste Zugvogel, der nach Seeham zurückkehrte, war ich. Die Verhältnisse schienen sich gebessert zu haben, denn Mama bekam fast mühelos ein Auto, mit dem sie mich abholte. Papa blieb zu Hause und heizte die Öfen. Als der Wagen um die Ecke bei der großen Linde bog, sah ich über dem Dachfirst unseres Hauses eine hohe, zartlila Wolke stehen. Ich mußte zweimal blinzeln, ehe ich erkannte, daß es die noch kahle Weide war. Neben ihr wirkte das Haus klein und niedrig. Was für ein ungeheurer Baum war sie doch geworden, ohne daß es mir aufgefallen war!

Der Schnee, der den Winter über ums Haus gelegen hatte, war zusammengesackt und machte deutlich, daß Papa ungeachtet Mamas Verbot die Asche der Öfen hinter der Küchentür einfach ins Freie gekippt hatte. Der See war schon aufgebrochen, und auch heuer, unter der Militärregierung, trieb der Westwind die Eisschollen zusammen und zerscherbelte sie auf den Ufersteinen.

Mama hatte mich, der relativen Wärme des Ofenrohres wegen, in das sogenannte Kinderzimmer umquartiert, und in meinem Rekonvaleszentenbett lagen so viele Wärmflaschen, daß ich kaum dazwischen Platz hatte.

Als ich wieder ausging, stützte ich mich auf einen Stock, und beim Passieren eines Spiegels war ich erstaunt, mein Haar nicht ergraut zu finden. Papa schmunzelte, gab mir einen ermunternden Puff und zitierte den Rosenkavalier: »Da geht sie hin, die alte Fürstin Resi, die alte Marschallin ...«

Ich ging langsam und oft stehenbleibend hinüber zur Nachbarin, die einen Tisch unter die Obstbäume in den Windschutz des Hauses gestellt hatte und Wäsche wusch. Sie legte die Seife aus der Hand und wandte sich mir zu. Güte und Verlegenheit standen in ihrem faltigen Gesicht. »Du brauchst mer gar nix sag'n, i woaß«, sagte sie. Dann sprachen wir vom Wetter und wie kühl es morgens noch sei. Die Bienen flögen zwar schon aus, viele aber erstarrten und kämen nicht mehr zum Stock zurück. »Das Rechte is's no net«, sagte die Nachbarin. Das fand ich auch und ging fröstelnd heim in mein Bett. Dort las ich halbe Tage lang. Keine guten Bücher beileibe, die mich womöglich an die Gegenwart und Wirklichkeit erinnert hätten: nein, stockig riechende Prachtbände aus der Bibliothek einiger Seehamer Mitbürger, das jüngste Werk war etwa 1880 geschrieben worden. Die Heldinnen, deren Alabasterbusen wogte, ohne daß sie recht eigentlich Grund dazu hatten, amüsierten mich und besserten meine Stimmung. Noch mehr besserte eine Postkarte meine Stimmung – eine Postkarte von ungewohnt kleinem Format. Sie enthielt viele Nummern und Ziffern und in der Mitte einen zwar in Druckbuchstaben, aber unverkennbar von Michaels Hand geschriebenen Satz, wonach es ihm gutgehe und er Post an obige Adresse erbitte.

Von dieser Postkarte an dehnte ich meine Trainings-Spaziergänge täglich um zwanzig Schritte weiter aus. Als ich wieder eine halbe Stunde hintereinander marschieren konnte, ohne stehenzubleiben und tief zu atmen, bemerkte ich ganz nebenbei, daß es Mai geworden war. Der Garten schlug buschig-grün über dem Hause zusammen. Es schienen sich viel mehr Blätter entfaltet zu haben als voriges Jahr um die gleiche Zeit. In der lauschigen Hecke, die teilweise fast einen Meter breit geworden war, und zwar sowohl auf der gedüngten wie auf der ungedüngten Strecke, war ein solches Vogelgetöse, daß man einen Band Brehm zur Artenbestimmung gebraucht hätte. Von diesem dichten, grünen Bande zusammengehalten, schwebte das Grundstück über den weiten Wiesen wie ein Bukett. Die Kronen der Bäume wuchsen schon ineinander. Hatten wir denn seinerzeit so viele Bäume angepflanzt?

Als ich mir zutrauen durfte, längere Zeit zu gehen und sogar einen Koffer zu tragen, brach ich auf, um mir meinen Sohn wiederzuholen. Die Heimfahrt würde ab München mit dem schon historisch zu nennenden Holzvergaser vor sich gehen.

In diese Reise war nebst anderen Emotionen auch das schmerzliche Wiedersehen mit München eingebaut. Fassungslos stand ich am Nebenausgang des Hauptbahnhofs und schaute stadteinwärts. War es denn möglich, daß man von hier die Frauentürme sah? Das Licht fiel ganz falsch in die ehemalige Ladenstraße ein, die jetzt von häßlichen einstöckigen Bretterbuden gesäumt war, als seien wir in Klondyke. Trambahnen und Unterführungen trugen Aufschriften in englischer Sprache, überall warnten Schilder die Fahrer von Jeeps und Trucks, daß der Tod eine dauerhafte Angelegenheit sei. Und wo waren die echten Münchner? Was da an Volk zwischen Stachus und Bahnhof abgeschabte Pappkoffer hin und her trug, sah so gar nicht münchnerisch aus. Ich hatte ursprünglich vorgehabt, einmal durch die Elisabethstraße zu gehen, aber es war unvorstellbar geworden, daß wir dort jemals in einer hochherrschaftlichen Wohnung mit Stuckdecken gewohnt haben sollten. Ich setzte mich lieber in den Wartesaal wie alle anderen, denen München nicht mehr bedeutete als eine Umsteigestation, trank eine Tasse schwarzen Kaffee ohne Süßstoff und Milch und bereitete mich darauf vor, in einer Stunde wieder ein Kind zu haben, diesmal ein ganz großes.

Ja, groß war Dicki geworden. Er erkannte mich sofort und begrüßte mich verlegen, fast höflich. Dann rannte er fort, suchte seine wenigen Spielsachen zusammen, kam wieder und ergriff meine Hand, um sie nicht mehr loszulassen. Anstatt, wie ein

Junge seines Alters soll, keinerlei Erinnerung an Zurückliegendes zu haben, fragte er mich als erstes: »Wenn ma daheim ins Wohnzimmer kommt, da riecht's dann immer so gut, gell?« Und nach einigen Minuten: »Un in dem Stuhl, da sitzt dann die Oma.«

In unserem Holzgasauto saß er auf meinem Schoß. Wir waren keineswegs allein in dem Vehikel. Wir durften es nur allein bezahlen. Mancherlei Freunderl des Seehamer Chauffeurs hatten plötzlich herausgefunden, daß sie Geschäfte in München wahrzunehmen hatten und dann mit uns zurückkehren konnten. Sie verkürzten die Fahrt durch ihre kernigen Reden und verpesteten die Luft mit ihrem selbstgebauten Tabak. Als wir sie beim Dorfeingang absetzten, waren Dicki und ich halb erstickt.

»Ich seh das Haus, ich seh's!« rief Dicki und schlug mir mit dem Kopf unters Kinn, so daß ich mich auf die Zunge biß. Im Abenddämmern sah es aus, als wogten die Baumkronen über dem Dach wie Gräser in einer Vase. Ein Lichtschein fiel aus der Tür auf die Veranda. In ihm war zu erkennen, wie Mama bei Annäherung des Wagens freudig die Hände überm Kopf zusammenschlug.

Da die Zeit der Windeln und Gummihöschen vorbei war, hatte ich das Zimmer mit der relativen Ofenwärme an Mama zurückgegeben und das Hauptquartier für Mutter und Sohn im Balkonzimmer aufgeschlagen. Der eingebaute Schrank, der einst die paar Sommerkleidchen und den einen Badeanzug eines Logierbesuches hatte aufnehmen sollen, mußte Dickis und meinen Kram fassen und dazu noch in die Südwestecke umziehen. Holz auf Holz, das ging ja leicht. Er war gleich wieder eingebaut. So wurde Platz für ein zweites Bett, und die Balkontür ging trotzdem noch auf.

Schon morgens vor sieben Uhr erteilte Dicki mir Unterricht in Liedern und Versen, die er im Kinderheim gelernt hatte und die ich zum Teil noch nicht kannte. Wir konnten unbeschadet der Ruhe der Eltern in ein Duett ausbrechen, denn Papa fing an, schlechter zu hören, und die anderen Räume waren weit, so weit, wie sie es in einem kleinen Holzhaus eben sein können.

Von Michael kamen jetzt öfters Karten, ja sogar manchmal Briefe, alle in Druckbuchstaben und alle der Überzeugung Ausdruck gebend, daß er in spätestens vierzehn Tagen entlassen würde. Zunächst glaubte ich es, wie ich im Kriege an die Urlaubsmeldungen geglaubt hatte. Ich bürstete mein Haar und harkte sicherheitshalber die Kieswege im Garten. Nach der fünften, sechsten Enttäuschung glaubte ich keinem Brief mehr. Schon schwerer war es, den Hoffnungsmachern aus Fleisch und Blut zu widerstehen. Wie die Schwalbe, die noch keinen Sommer macht, kam erst der eine, dann der andere mir gänzlich Unbekannte, brachte Michaels Grüße und versicherte, dieser werde ihm nun bald folgen.

Anfang Juli sah ich einen älteren, würdig gekleideten Herrn zögernd mehrmals an der Hecke entlanggehen und wieder kehrtmachen. Mir wurde so eiskalt ums Herz, als hätte ein Zahnarzt gesagt: Nun seien Sie einmal recht tapfer. Das da drüben, was sich nicht hereintraute, war zweifellos ein Geistlicher, der mir beibringen kam, daß Michael krank, tot oder verschleppt sei, und der sich jetzt die Worte zurechtlegte. Ich hatte zu viel darüber gehört, wie schießfreudig es gelegentlich in den Lagern zuging.

Der freundliche Herr, ein emeritierter Oberst von untadeligen Manieren, konnte gar nicht begreifen, warum ich ihn bleich und zitternd empfing.

»Ich komme«, sprach er, »aus dem Lager, in dem Ihr Mann sich befindet, gnädige Frau. Es geht ihm gut, er läßt herzlich grüßen und sagen ...«

»... daß er in spätestens vierzehn Tagen entlassen wird«, vervollständigte ich und brach in meiner Erleichterung bei der oft gehörten Phrase in ein hysterisches Gelächter aus. »Treten Sie ein, Herr Oberst, Sie sind der zwölfte in den letzten paar Monaten, der ihn ankündigt. Darf ich Ihnen ein Schälchen reife Johannisbeeren ohne Zucker anbieten?«

Im Juli kam endlich auch Leo. Uns war zumute, als hätten wir uns jahrzehntelang nicht gesehen. Zu der ganzen Lawine der Schwierigkeiten und des Kummers, die seit unserem letzten Beisammensein über uns hinweggegangen war, sagte er nur: »Ich hätt halt da sein sollen ...«, als wäre dann alles anders gekommen. Den Knaben Dicki lobte er, zu mir aber sagte er nachdenklich: »Ich kann mir nicht helfen, wenn ich dich so anschau, meine ich immer, daß all deine Tropfen und Pillen eine tägliche Dosis von Wiener Schnitzel nicht ersetzen können! – Wie steht es denn übrigens mit der Ernährung, so ganz im allgemeinen? Schlecht? Hast du je daran gedacht, daß wir ein Faß Maggi im Schuppen haben, he? Vergessen, wie?«

»Aber Leo«, sagte Mama und runzelte die Stirn ein klein wenig, »Maggi hat doch kaum Nährwert, und es widersteht einem so bald.«

»Ha«, sagte Leo mit unternehmungslustig funkelnden Augen, »dafür widerstehen andere ihm nicht. Schade, daß ich nur ein paar Tage Zeit habe ... Aber einrichten kann ich dir deine Hausiererei wenigstens.«

Leo schwatzte der Krämerfrau, die von früher her eine Schwäche für ihn hatte, zwei riesige leere Original-Maggiflaschen ab und ermunterte Mama scherzend, kochendes Wasser zu machen und von dem Teer so viel darin aufzulösen, als es nur eben aufnehmen wollte. Dann füllten wir es durch einen Trichter, den Dicki als die »große Milchtrompete« bezeichnete, in die Flaschen.

»Es riecht gut«, sagte Mama, »man wird direkt hungrig davon.«

»Hungrig wirst du nur zuerst davon, danach aber satt«, prophezeite Bruder Leo und pumpte unsere Räder auf. Er stellte beide Maggiflaschen in das geborgte Korbstühlchen an der Lenkstange, in dem ich für gewöhnlich Dicki transportierte. Er fuhr so gerne und wurde ganz aufgeregt, wenn wir einmal Seehams Kirchturm aus den Augen verloren. »Jetzt sin mer ganz weit weg, gell?« fragte er. »Ui, schau da drüben: ein Mamipferd und ein Babypferd! Wo is'n das Papipferd? Sicher bei die Merrikaner, gell?« Diesmal aber mußte er tränenüberströmt zu Hause bleiben und wurde aufs nächste Mal vertröstet.

Am ersten, recht abweisend aussehenden Hof kam ein Hund auf uns zu. Ich sprach ihn freundlich in der Landessprache an. »Ja, wo is er denn, der Brave?« sagte ich. Der Hund wedelte. Leo faßte sich kürzer. »Schau, daß d' weiterkommst, dummes Luder«, sagte er. Der Hund wedelte wieder. »Es muß das Maggi sein«, sagte ich erstaunt.

Die ersten drei Male wartete ich bei den Rädern, bis Leo wiederkam.

»Wieviel?« fragte ich.

»Ein rundes Brot, zwei Eier«, sagte Leo, oder auch: »Einen Waschkorb voll Torf. Ich soll ihn morgen holen. So, jetzt du!«

Tatsächlich, es war viel leichter als Hamstern. Diesmal hatte ich eine begehrte Ware anzubieten, die mir erlaubte, großzügig zu sein.

»Du brauchst es net nehmen, Mutter», sagte ich zu einer mißtrauischen alten Frau, die lange an meiner Flasche roch. »Du derfst mer scho in dös Flascherl eins eini to«, murmelte sie versöhnlich. Zwischen Pfefferdose und Küchenwecker stand eine kleine Lourdes-Madonna aus Gips. Auf dem Fensterbrett saß die Katze und kniff vergnügt die Augen zu. Im Herd knisterte das brennende Reisig. Die alte Frau kramte im Speisekammerl und schenkte mir eine Dose Gänsefett.

Den Tauschsatz für meinen Stoff legte ich nicht fest. Manchmal verschenkte ich ihn sogar. Ich verschenkte ihn für das Vergnügen, das Innere eines herrlichen alten Hofes kennenzulernen, den ich ohne das Maggifaß wohl nie betreten hätte – für das Vergnügen, von wackeren Pfarrköchinnen und Wirtinnen zu einer Tasse Kaffee und Kletzenbrot eingeladen zu werden.

Das geliebte Bayern meiner Kinderzeit schien trotz aller Vorkommnisse der letzten Jahre intakt geblieben zu sein: Bei meinen Rundfahrten begegnete ich Zeugnissen bezaubernder Menschlichkeit.

Da war zum Beispiel meine Freundin Rosa, eine Bauerntochter, die prachtvolle Dörrzwetschgen herzustellen wußte. Soeben hatte sie ein Kind geboren, der Vater war ein Flüchtling. Als das Maggi unter Scherzreden umgefüllt war, stieg ich mit ihr die behäbige breite Treppe ihres väterlichen Hauses hinauf, um das Baby zu besichtigen. In Rosas peinlich sauber aufgeräumtem, riesigem Zimmer lag eine fremde Frau im Bett. Am Fenster in der Sonne standen zwei Körbchen. Nach dem ersten Staunen verglich ich die Babys mit anerkennenden Worten, rief der Wöchnerin Aufmunterndes zu und stieg mit Rosa die Treppe wieder hinunter. Erst drunten am Ende des fliesenbelegten Korridors erklärte sie mir verschämt: »Sie is a ganz a arms Luder. 's Kind hat's mit einem von hier. I hab's zu mir g'nomma und bei mir entbinden lassen, weil i da daheim bin und weil's mir so gut gangen ist dabei. Hätt mir ja auch schlechtgehen können.«

Die altersdunkle Eichentür mit den Kreidezeichen für die Heiligen Drei Könige bildete einen schönen Hintergrund für meine Freundin Rosa mit den Dörrzwetschgen. Sie ahnte nicht, daß sie mit ein paar Worten viele üble Erfahrungen des Kriegsendes gelöscht hatte.

»Wenn ihr noch Maggi braucht«, sagte ich und versuchte, die Rührung aus meiner Stimme zu verbannen, »so wißt ihr ja, wo ich wohne. Rosl, du kannst dann auch gleich noch ein paar Babysachen für deine Wöchnerin holen.«

Beim Heimradeln durch die Wälder, die Leo, Papa und ich einst als pilzsuchende Sommerfrischler durchstreift hatten, sah ich, wie barmherzig die Natur den Schutt der sich auflösenden Armeen allmählich übergraste, vermooste und in sich zurücknahm. Die verlassenen Autoskelette, von Mal zu Mal stärker ausgeschlachtet, wurden immer kleiner, ja selbst die Berge von Stahlhelmen schienen zu verwittern. Eines Tages verschwand sogar die anklagend gen Himmel gerichtete rostige Flakkanone aus der Lichtung neben dem Eichenwäldchen. Ganz hinten in meinem Rippenkorb regte sich die vage Hoffnung, daß das vergangene verfluchte Jahr auch in mir einmal überwachsen und verschwunden sein würde.

Seelisch erfrischt, aber auch materiell bereichert, schoben Leo und ich zu Hause die Räder in den Schuppen.

»Na, wie war's Geschäft?« fragte Papa, den Pinsel in die Linke nehmend, und neigte sich aus dem Atelierfenster.

»Nicht übel«, sagte Leo. »Es ist ja erst der Anfang.«

Im Lauf der nächsten Wochen verwandelte sich der Inhalt des Fasses allmählich in Brot, Eier, Fallobst, Weizen und Mehl, und Leo ließ sich den Kalauer, daß es sich nicht so sehr um Maggi als vielmehr um Magie handele, nicht entgehen.

In jenen Tagen kam das erste Liebesgabenpaket aus dem Ausland an. Warm stieg es uns in Herzen, Kehlen und Augen: Man hatte uns nicht vergessen! Die größte Wirkung ging von dem Paket aus, als es noch geschlossen zwischen uns auf dem Küchentisch lag. Dann lösten wir Papier und Schnüre, und es zeigte sich, daß sich die Post mit aller Wucht auf die Liebesgaben gesetzt hatte. Der Inhalt, einst zwei Pappbecher mit Orangenmarmelade und eine Tüte mit Kaffeebohnen, bildeten ein untrennbares Ganzes.

»Kinder«, sagte Mama ratlos, »was machen wir nur?«

Die Marmelade, durchsetzt mit Kaffeebohnen, war nicht aufzustreichen. Der Kaffee, durchsetzt mit Marmelade, war nicht mahlbar. Leo und ich fanden die Lösung nahezu gleichzeitig. Wir nahmen einen Mund voll von dem Gemisch, lutschten es mit Genuß und spuckten die Bohnen in ein Suppensieb. Sie wurden anschließend heiß gespült und in einer trockenen Bratpfanne aufgeröstet. »Na, wißt ihr ...«, sagte Mama, zwischen Entsetzen und Amüsement schwankend. Dann griff sie zu einem Eßlöffel und machte sich ebenfalls ans Werk.

Auf Seehams Straßen begegnete man jetzt öfter Kindern, die mißtrauisch hinter sich blickend ein CARE-Paket von der Post auf einem Leiterwägelchen nach Hause zogen. So mancher Bauer hatte ausgewanderte Verwandte in Amerika. Zwischen Nachbar und Nachbar flammte Mißgunst auf. »Mei, die ham ja alles, und allweil wieder a Karree-Packl«, sagte einer vom anderen in giftigem Ton. Plötzlich gab es auch unter den Selbstversorgern graduelle Unterschiede in ihren Beziehungen zur weiten Welt.

Kaum war Leo zwei Tage abgereist, da kam das große Unwetter. Es schien in den Sternen zu stehen, daß er nie zu Hause sein sollte, wenn man ihn am meisten brauchte. Papa war zufällig gerade beim Fischer, um sich nach dem Fang zu erkundigen, und ich auf der Post. Als ich auf dem Heimwege den Schirm gegen die ersten Regentropfen aufspannte, wunderte ich mich über zweierlei: über die unheimliche Dunkelheit des Himmels und über die Vögel, die mit ausgebreiteten Flügeln auf dem Wege saßen, so daß ich beinahe auf sie trat.

»Glei' gibt's jetz was!« rief ich scherzend einer im Garten arbeitenden Seehamerin zu, an der ich vorüberkam. Ich behielt hundertprozentig recht.

Als ich die Bachbrücke überquerte, änderte sich plötzlich die Tonart, mit der der Wind gegen meinen Schirm sang, und erhöhte sich um eine gute Quint. Sekunden später schon hob es mich von der Erde, der Schirm krempelte sich um und wurde zum Besen, und ich rollte in die Wiese. Der Hagel trommelte mir in großen Schloßen auf Kopf und Schultern. In irgendeinem klugen Buch hatte ich einmal gelesen, daß man die Hände unter sich ziehen müsse, wenn man sich Blutergüsse ersparen wollte. Ich tat es und murmelte in die feuchten Grasbüschel unter meinem Gesicht die idiotischen Worte: »So ist das also ... So also ist das!«

Als der Hagel allmählich durch einen pfeifenden Wolkenbruch abgelöst worden war, versuchte ich aufzustehen. Mein Mantel war vollgesogen und schwer wie ein Krönungsornat, die Schuhe eine breiige Masse. Ich konnte kaum die Augen offenhalten, und dabei hätte es sich gerade jetzt unbedingt gelohnt. Die Uferbäume wanden sich gequält, die Zweige und Blätter zeigten die Unterseite, dann erklang ein seltsamer, heller Pfeifton, der den Sturm übertönte, ein Stamm brach krachend, die Krone neigte sich, und die Erde erdröhnte. Mancher der alten Bäume in der Allee gab kampflos auf, neigte sich langsam, legte sich nieder und reckte einen riesenhaften, kies- und erdbedeckten Wurzelballen anklagend gen Himmel. Ich kämpfte mich, so gut es ging, vom Wege weg und noch weiter in die Wiese vor, um wenigstens nur mit den kleineren der durch die Gegend peitschenden Äste rechnen zu müssen und am Leben zu bleiben. Mir war, als würde ich durch eine Wand aus Blättern und

Wasser gerissen. Staub und Kies waren übrigens auch dabei, mein Gesicht wurde mit einer recht groben Rute geschlagen. Schrittchen vor Schrittchen stemmte ich mich vorwärts und versuchte blinzelnd, etwas zu sehen! Da! Das Haus stand noch! Das Dach war oben geblieben! Als der Winddruck im Schutze der Veranda nachließ, wäre ich beinahe nach vorne gefallen. Ich durfte erwarten, daß Mama mir in gewohnter Weise entgegenkäme und fragte: »Du Ärmste! Wo hat es dich denn erwischt?«

Es kam niemand. Leicht pikiert öffnete ich die Haustür, dann die zum Wohnzimmer. Mama kauerte am Boden und versuchte mit allen Textilien, die uns geblieben waren, das waagrecht durch die Fensterritzen hereinströmende Wasser aufzutunken. Dicki stand auf der Eckbank, klammerte sich an eine Stuhllehne und rief weinend: »Das Haus taucht unter! Das Haus taucht unter!«

Im Korridor ergoß sich ein tröpfelnder Bach von der Decke. Oben, wo Altbau und Anbau zusammenstießen, schien die Dachrinne dem Segen nicht gewachsen. Und Papa war nicht zu Hause! Ich stürzte, den Mantel fallen lassend, der wie ein Klotz zu Boden ging, ins Atelier hinauf, wo das Wasser bereits den ganzen Fußboden bedeckte und sich von oben durch die Dielen in den Speiseschrank der Küche ergoß. Besonders drollig war das Extrabrettchen, auf dem ich die gewissen Küchenkleinigkeiten aufhob. Ein Niagara flüssig gewordener Ostereierfarbe, dunkelviolett, vermischt mit Schwefelfaden und etwa einem Lot Nelkenpfeffer, kam mir entgegen. Das Dümmste war, daß alle Lappen, die dort zum Auftrocknen benutzt wurden, sofort in die Abfalltonne mußten, da sie das Dunkelviolett eigensinnig bei sich behielten und weitergaben. Über all diesen Aufgaben horchten wir kaum noch auf das Winseln des Sturmes, unter dessen Anprall das Haus an seiner elektrischen Leitung zerrte, wie ein Hund an einer zu straff gezogenen Leine. Das Dach war immer noch droben.

Bei uns, nicht bei allen Leuten! Es gab einige Eigensinnige, die sich beim Bau ihrer Heime nicht den landesüblichen Gepflogenheiten gefügt und ihren Giebel in andere Himmelsrichtungen gelegt hatten als nach Süden wie alle Bauernhäuser und wir. Der Sturm machte sich einen besonderen Spaß daraus, diesen Gebäuden den Hut in den Nacken zu schieben. Der Regen konnte dann von oben in aller Ruhe nachstoßen, und zwar mindestens zwei Tage lang.

Am nächsten Morgen sehnte ich verzweifelt alle diejenigen

Männer herbei, die das Kriegsende bei uns erlebt hatten. Ein einziger hätte genügt, mit mir die große Zugsäge zu bewegen und das viele umgebrochene Holz zu zerkleinern, das man jetzt für ein Butterbrot hätte kaufen können. Aber ich hätte mich gar nicht aufzuregen brauchen: im ganzen Dorf war keine überzählige Säge aufzutreiben. Wer eine hatte, war längst am Ufer tätig, wo jeder dritte der alten Bäume umgebrochen war und mit seinem Stamm den Uferweg blockierte. Im ganzen Landkreis gab es kein Obst, kein Gemüse mehr, und die Bauern mußten sich gegenseitig das davongeflogene, durcheinandergewirbelte Heu wieder abjagen.

Wenn mir die ausgiebigen Trümmer auch versagt blieben, so zerrte ich doch an großen Ästen über die Felder, was zu zerren ich physisch imstande war, und warf scheele Blicke auf die Traktoren, die mich überholten und deren Besitzer sich nun zu den zehn Ster Holz an der Südwand noch zehn Ster an die Nordwand würden stapeln können.

Papa, dem sein Enkel soeben den besten Vorweltkriegs-Dachshaarpinsel abgelistet hatte, um »mit diesem Bildschmierer ein feines Bild für Mami« zu machen, kam mir über die Wiese entgegen und nahm chevaleresk die Schleppe des Riesenastes auf, um sie mir nachzutragen. »Du bist schon wieder ziemlich gesund, wie ich sehe, ich muß dich loben«, sagte er anerkennend.

»Müd bin ich wie ein Hund, gut, daß es Abend ist«, sagte ich und setzte mich zu Tisch.

»Kind, geh heute mal früh schlafen. Heute ist wirklich viel geschehen«, mahnte Mama. In diesem Augenblick ging draußen die Tür. Dicki hängte sich an die Klinke und schlüpfte neugierig hinaus. »Ein fremder Herr«, meldete er. Ich erschrak ahnungsvoll, knüllte die Serviette neben den Teller und folgte ihm.

Draußen stand Michael, auf erschütternde Weise unverändert, und meldete sich von der Odyssee zurück. Wir waren vor Ergriffenheit beide wortkarg und förmlich. Die vielen schlimmen Tage, die so schneeflockenleicht zwischen uns niedergerieselt waren, waren nun zu einem Jahr geworden, einem Jahr, so grau und fest wie eine Betonmauer.

»Wie geht es dir?«

»Danke, gut. Und dir?«

Der vielgeprüfte Dulder war nicht so mager, wie wir befürchten mußten, ihn zu finden, ja, er hatte die letzten Monate sogar etwas besser gelebt als wir daheim in Ithaka. In seinem abgewetzten Rucksack befanden sich seltsam verbogene, selbstgefertigte Blechbecher und Löffel, Schlipse aus Rupfen und zwei nicht durchkorrigierte Novellen.

»Warst du mal der Papi?« fragte das Kind vorsichtig.

Der Sturm war vorüber. Es konnte weitergehen.

XI

Hatte es einmal eine Zeit gegeben, in der das Haus ohne Michael existierte? Sanft und selbstverständlich nahm es ihn wieder auf. Keine Amme brauchte an seinem Knie nach einer Narbe zu suchen, keine Freier waren totzuschlagen, wir konnten schon am nächsten Morgen dazu übergehen, die von mir heimgezerrten Äste zu verarbeiten. Es war, als wäre es nie anders gewesen.

»Sei so gut und setz dich hier mal auf das Stammende«, bat Michael, »es wackelt so beim Sägen.«

Ich setzte mich und sah das frische Holzmehl unter Michaels Säge zu Boden rieseln. Es duftete stark nach Kräutern, Schlamm und Ufer. Während ich den Stamm beschwerte, hatte ich Gelegenheit, auch mich gleich zu beschweren, und zwar darüber, daß sich seit Kriegsende so gar nichts gebessert habe. Meine Worte bekamen durch das Vibrieren des Holzes etwas nachdrücklich Klagendes. Als der Ast zerkleinert dalag, klopfte Michael sich die Hände ab, griff nach Papier und Bleistift und bat mich auf die Eckbank im Wohnzimmer. Dort machte er mir an Hand einer Zeichnung klar, daß keine Kurve eine Ecke macht und auch am Ende eines Abstieges noch eine Weile weiterfallen und sehr langsam umbiegen muß, wenn sie wieder steigen will. Es war die einzige Lektion in Wirtschaftslehre, die ich jemals erhielt, und sie machte mir großen Eindruck. Als ich mich von der Bank erhob, hatte ich aufgehört, die Normalisierung unseres täglichen Lebens für spätestens nächsten Montag herbeizuwünschen.

»Wir müssen nun erst einmal sehen, wie wir weiterkommen«, sagte Michael und spitzte den verwendeten Bleistift sorgfältig wieder an. »Kann ich dein Dachkämmerchen haben? Wir wollen versuchen, einen Ofen darin zu setzen.«

»Kinder«, rief Mama erschrocken, »das kann man nicht, der Kamin ist über drei Meter weit entfernt, das ist gegen die feuerpolizeilichen Vorschriften!«

Michael beruhigte Mama auf das liebenswürdigste und holte den Hafner von Seeham, mit dem er die Rückwand und Decke meines ehemaligen Kleiderschrankes abklopfte. Michael brauchte keinen Kleiderschrank. Die alten Militärbreeches, die von seiner wohlassortierten Garderobe übriggeblieben waren, gingen mühelos an einen Haken in der Abseite. Der Hafner war ein stiller Mann von wenig Worten. Er nahm ein Paar städtische Schuhe entgegen und besorgte dafür einen kleinen eisernen Ofen. Es wurde zuerst an der Wand gesägt, dann gemauert, gepatzt und geschmiert. Auf dem obersten Boden entstand, dicht neben Papas Farbenmühle, zu der sich nun noch die Tabakschneidemaschine in ausladender Wucht gesellt hatte, ein sogenannter Fuchs, durch den führte das Rohr zum Kamin. Michael füllte den eisernen Ofen zur Probe bis obenhin mit Tannenzapfen und zündete sie an. Nach etwa zehn Minuten mußte er den Rock ausziehen, setzte sich zufrieden an den kleinen Schreibtisch und begann einen Zeitroman. Der Vorname des Helden bot sich wie von selber an: Michael.

Das Dachkämmerchen war nach acht Tagen nicht mehr wiederzuerkennen. Es gab keinen Kubikmeter Luftraum mehr ohne elektrische Leitungen, die sich zum Schreibtischlicht, zum Deckenlicht, zum Radio, zum Rasierapparat und zum elektrischen Kocher ringelten. Sie dienten, so wie die Dinge lagen, hauptsächlich dekorativen Zwecken, denn meistens war Stromsperre. Wenn das Licht anging, eilte Michael auf den Balkon, wohin er durch das Fliegengitter des Fensters noch eine siebente und letzte Strippe gelegt hatte. Dort auf der Rampe, auf der einst unsere Badeschuhe trockneten, stand der Grundstein zu seiner schriftstellerischen Karriere: die aus einem alten Marmeladeeimer, Asbest und Mamas Stricknadeln gebastelte Kaffeeröstmaschine. Die kleinen, grüngrauen Bohnen vom schwarzen Markt wurden darin ganz brauchbar, und man schmeckte kaum noch, daß sie bei einem Schiffsuntergang an Land gespült worden waren. Die Tätigkeit des Röstens wiederum bescherte Michael stille Momente der Selbstbesinnung. Papa öffnete einmal die Tür zum Balkon, um ein Bild zum Trocknen zu stellen, sah ihn versunken die Kurbel seiner Gebetsmühle drehen und zog sich mit einem gemurmelten »Om mani padme hum« leise zurück.

In unser allzu beschauliches Leben platzten gelegentlich Gäste, deren wesentliches Merkmal darin bestand, daß ich sie nie mit einem Auge gesehen hatte. Michael setzte sich bei ihrem Anblick eine verbindliche Miene auf und sagte: »Darf ich dir meinen Lagerkameraden, Herrn Sowieso, vorstellen?« Die Herren zogen sich dann in den Garten zurück und spielten dort das Spiel: »Von Müller haben Sie nichts mehr gehört, wie?« – »Nein!« – »Und was macht Meier?« – »Keine Ahnung!«

Mit manchen Menschen jedoch, die mit Michaels Lagerzeit zusammenhingen, hatten wir mehr gemeinsam als Erinnerungen an Appelle und Hunger. Mit ihnen saßen wir im Dachkämmerlein oder in ihren primitiven Bauernquartieren in der Umgebung Seehams auf dem Bett, auf dem Fußboden oder auf dem Not-Herd, lasen im Wilhelm Meister, sprachen von Mörike und Hölderlin und musizierten auf einem verstimmten Klavier, das aus dem Nebenzimmer eines Gasthauses stammte. Viele Werke eigener Produktion wurden vorgelesen, ermutigt, gelobt, getadelt und besprochen. Die Welt wurde auseinandergenommen und wieder zusammengesetzt. Nur unserer Selbstbeherrschung war es zuzuschreiben, daß wir nicht jede Woche eine andere literarische Zeitschrift gründeten.

Die Gastlichkeit dieses neuen Biedermeier beschränkte sich auf Pfefferminztee, Möhreneintopf oder trockenes Brot mit geriebenem Rettich, aber sie hatte einen großen Zauber. Ottilie von Goethe, die geborene Pogwisch, hätte ihre Freude an unserem Cercle gehabt, sie hätte höchstens vermißt, daß wir keine feinen Handarbeiten zu machen verstanden, aber wir hatten kein Material. Die Tatsache, daß viele von uns monatelang vom Verkauf eines alten Anzuges lebten, wurde mit einem Scherz abgetan. Solange die Währungsreform nicht kam, würde es schon noch eine Weile weitergehen.

Sie schien sich aber jetzt mit Macht zu nähern, und wie jede notwendige Operation drohte sie lange am Horizont. Wie hatte doch Michael in seinem Wirtschaftsvortrag gesagt: »Eines Tages wird es alles wieder geben, aber dann werden wir kein Geld haben, um es zu kaufen.«

»Ob ich mir die Haare ganz kurz schneiden lasse?« fragte ich Mama zweifelnd, »dann muß ich bestimmt die ersten acht Wochen nach dem Tage X nicht mehr zum Friseur!« Mama lachte amüsiert, aber sie schrieb doch schnell noch einen Doppelbrief an die längst in der Versenkung verschwundene Tante Fanny, um die alten Briefmarken aufzubrauchen. Papa verkaufte laufend Bilder. Wenn er wieder eine Kollektion vom Atelier ins Wohnzimmer hinuntertrug, lachte er heimlich auf der Treppe und zupfte an seiner Nase. Drunten im Wohnzimmer saßen auf der Sitzbank einige Kohlenhändler und Schreinermeister, gaben sich ein kunstverständiges Air, besichtigten Bilder und nahmen dann zwei bis drei mit.

Wenn das Gartentor hinter ihnen zugefallen war, legte Mama die Geldscheine mit ablehnendem Gesicht in die Kassette im Schreibtischschubfach und meinte halblaut, es sei schade um Papas Bilder – gerade das mit der Heide und den abendlich beleuchteten Birken sei so schön und erinnere sie an Rußland.

»Laß es ihnen«, meinte Papa versöhnlich, »es macht ihnen Freude. Und nach der Währungsreform wird man Bilder nicht mehr kaufen, nicht einmal stehlen. Was habt ihr gesagt? Nächsten Sonntag soll der Tag X sein? Ist das nicht wieder so ein Gerücht?«

Auch in der kleinen Kreisstadt begann sich Nervosität zu zeigen. Selbst die Bedürfnisanstalt hatte Hochbetrieb. Jeder wollte sein Geld noch auf legitime Weise loswerden. Trafen sich zwei alte Freunde auf der Straße, so beobachteten sie eine gewisse Reserviertheit im Gespräch. Einer schien vom anderen zu fürchten, daß er plötzlich in die Hosentasche griff und ihm eine Handvoll Geld anhängte, wie bei dem Kinderspiel ›Du hast den Letzten‹. Am Tage X wankte uns einer unserer Nachbarn ganz gebrochen entgegen. In später Stunde hatte ihm gestern einer telegraphisch tausend Mark zurückbezahlt, die er ihm fünf Jahre schuldig gewesen sei. Es sei eine Gemeinheit!

Über Nacht war alles da. Die Gemüse schossen nur so aus dem Boden der beiden Gärtnereien, auf dem bisher so gar nichts hatte gedeihen wollen. Schlagartig sprang die Plombe, mit der die Hühner Seehams bis dato hinten zugesiegelt gewesen waren: es gab Eier in Fülle. Wir zählten an den Knöpfen ab, ob wir uns frischen Blumenkohl leisten und dafür lieber die Zeitung abbestellen sollten. Die Gerüchte überschlugen sich, wie zur Zeit des amerikanischen Einmarsches. Michael konnte nicht in Ruhe arbeiten, alle fünf Minuten stürzte einer von uns zu ihm hinein: »Stell dir vor, die Schwarzmarktpreise für Butter sind binnen zwölf Stunden gefallen. Ein Pfund kostet nicht mehr zweihundert, sondern nur noch fünf Mark!«

»Du, die Theater haben geschlossen, weil gestern für Fidelio nur ein einziger Platz verkauft worden ist!«

»Kinder, wollt ihr ein Ferkel haben, ein lebendes Ferkel? Jemand hat mir für zwanzig Mark eins angeboten!«

»Unsinn, woher sollen wir die Abfälle nehmen? Wenn's so weitergeht, werden wir uns selber von Abfällen ernähren müssen.«

Im Dorf hörte man ausschließlich Klagen. Diesmal halfen keine Beziehungen, kein Hamstern und kein Schummeln. Es war erbarmungslos alles nur noch ein Zehntel wert. Murrend ging die alte Lenzenbäuerin heim, ein Säckchen Pfennigstücke unterm Arm, die sie in jahrelanger Kleinarbeit zusammengespart hatte. Nun wollte sie plötzlich doch keiner. Der kinderreiche Familienvater hingegen, der in ihrem angebauten Austragshäusl wohnte, ging schmunzelnd hin und kaufte von seinen vielen Kopfquoten eine Musiktruhe, kanadisch Nußbaum, hochglanzpoliert, die noch nach Jahr und Tag die halbe Wohnküche verstellte. Die Schaufenster barsten von Fahrradreifen, Geschirr, Bettwäsche und Kleidern. Es war, als hätte sich unser alter, eselsohrverzierter Wunschtraumkatalog hinaus in die Wirklichkeit ergossen.

Michael kam vom Gemeindezimmer wieder, legte die Kopfquoten der Eltern ins rechte Schreibtischschubfach im Wohnzimmer und steckte die unseren drei in seine Brusttasche. Er zwinkerte Mama ermutigend zu, die auf dem Sofa lag, holte mich aus der Küche und ging mit mir an den Strand. Mama war viel zu krank, als daß wir schwerwiegende Gespräche nicht gern in einer gewissen räumlichen Entfernung von ihr geführt hätten.

»Ein paar Monate brauche ich noch mit dem Roman«, sagte Michael und setzte sich neben mich in den Kies. Der See lag sanft gerauht und spielte in zweierlei Blau, über den Bergen segelten träge, abgeschliffene Föhnwolken wie milchige Fische. »Kein Verleger kann mich vorfinanzieren, dazu bin ich noch nicht bekannt genug, wir müssen also die Zeit irgendwie überbrücken.«

Wir saßen zufällig an der gleichen Stelle, an der früher immer die mannshohen Freudenfeuer für die Gäste gebrannt hatten. Woraus wir sie immer so schnell hatten bauen können? Der Strand lag wie reingefegt von jedem Ästchen Reisig.

»Wenn es nun aber doch kein Bestseller wird?« fragte ich beklommen und schälte einen frischen Weidenzweig. Michael kratzte in den Steinen, wählte sich einen flachen Kiesel und schnipste ihn über die Wasserfläche.

»Wir wollen es doch erst einmal versuchen«, sagte er. »Eine Tankstelle eröffnen können wir ja immer noch. Die Autobahn ist ja so lang.«

»Und womit überbrücken wir?« kam ich eigensinnig auf den Ausgang des Gesprächs zurück.

»Mit dem Segen des Vaters«, sagte Michael entschlossen und

zog sein massiv-goldenes Zigarettenetui aus der Tasche. Es trug den Namenszug seines Vaters und den seinen.

»Hier«, sagte ich leise und fuhr mit dem Finger an der Stelle entlang, »hier hätte Dickis Namenszug einmal stehen sollen.«

»Ja«, sagte Michael und steckte das Etui wieder ein. »Aber er hat nichts davon, wenn vorher seine Eltern verhungert sind. Ist mein Rad aufgepumpt?«

In der kleinen Kreisstadt mischte Michael sich unter die fremdartigen Gestalten der Bahnhofstraße und war noch keine zehn Schritte gegangen, als eine leise Stimme ihn ansprach. »Ham Se was zu verkaufen? Gold? Schmuck? Alte Münzen?«

»Ja, hier«, sagte Michael ebenso leise und zog das Etui ein wenig aus der Tasche. Er blickte auf und in ein Paar dunkle, leicht verschleierte Augen, so traurig und so alt wie die Welt.

»Das kann ich alleine nicht bezahlen, komm Se mit«, sagte der Mann und führte Michael in seine blitzsaubere Wohnung irgendwo im dritten Stock eines für verschleppte Personen geräumten Hauses. Er müsse, sagte er, den Juwelier fragen, was das Etui wöge. Daran fand Michael nichts auszusetzen, aber die beiden Herren kannten einander noch zuwenig. Dem traurigen kleinen Juden kam eine gute Idee. »Da«, sagte er eifrig und fuhr einen blütenweißen Kinderwagen mit einem schlafenden Kind in die Stube. »Halten Se das, bis ich zurück bin.«

Michael stand ein wenig verdutzt da und sah nicht ohne Rührung auf das schlafende, ihm zum Pfande gelassene Kind nieder. Dann kam der Mann wieder, begleitet von sechs Freunden. Auf einem Zettel stand das Gewicht des Etuis, auf ein Zehntelgramm genau. Die Herren, die sich in einem unverständlichen Idiom unterhielten, kramten in allen Taschen und förderten die rasch vereinbarte Summe in Zwanzigmarkscheinen zutage, die auf dem Tisch ausgebreitet wurden.

»Wenn Se aber nu angehalten werden? Es ist verboten, wissen Se«, sagte der Mann mit dem traurigen Blick. »Komm Se, wir verstecken das Geld auf Ihnen.«

Eifrige Hände schoben die Scheine in Michaels Taschen, verteilten es in Rockfutter und Manschetten. Einige knieten vor Eifer nieder. Dann wurde eine gemeinsame Abschiedszigarette geraucht, eine amerikanische natürlich. Der Wohnungsinhaber zog ein Schubfach auf: »Seh'n Se«, sagte er und zeigte Michael stolz den Grundstock für die neue Existenz in Amerika, »und nu noch Ihrs.«

Unangefochten erreichte Michael auf dem Rad das Haus.

Mama lag auf dem Sofa und sah ihm gespannt entgegen. Michael zog die Brauen hoch, räusperte sich wichtig und bedeckte den ganzen Wohnzimmertisch mit neuen Zwanzigmarkscheinen. Sie waren untereinander verschieden.

»Kinder, Kinder«, sagte Mama mit schwacher Stimme, »sind die auch sicher nicht zur Hälfte falsch? Wie lange hab ich nicht so viel Geld gesehen. Zeig mal – ganz neue Bilder sind drauf.«

»Los, ich lade euch zum Kaffee ein«, sagte Michael mit der Attitüde eines Mannes, der gewohnt ist, aus dem vollen zu wirtschaften, »drüben auf der anderen Seeseite soll es ein Café mit ausgezeichneten Torten geben. Jeder darf einmal essen, bis er nicht mehr kann.«

»Ja, Kinder, fahrt«, sagte Mama freudig bewegt. »Nicht ohne dich«, sagte Michael und radelte zum Chauffeur des Holzgasautos. O Wunder, es gab kein Holzgasauto mehr. Ein funkelnder Mercedes-Diesel stand an seiner Stelle im alten Holzschuppen. Wo und wann er sich so verwandelt hatte, blieb ungewiß. Wir stiegen alle ein, Dicki sogar mehrmals, und fuhren ins Café. Dicki stand der Schokoladeschaum noch in den Mundwinkeln, als er fragte: »Jetz is Frieden, gell?« »Ja, Dicki«, sagte Mama lächelnd und gab ihm noch den Rest von ihrem Stück Apfelkuchen. »Fahrn wir jetz in jedem Frieden hierher?« fragte Dicki begeistert. Papa schlug vor, noch einige Schritte spazierenzugehen, dort droben am Hang stünde solch wundervoll dekorativer Birnbaum, den müsse er sich näher ansehen, genauso einen wolle er links im Vordergrund seines neuen Bildes wachsen lassen. – Mama blieb sitzen, und ich sah, daß sie, um uns die Freude nicht zu verderben, so getan hatte, als ginge es ihr heute besser.

Gestärkt und in dem ruhigen Bewußtsein, nun viele Monate leben zu können, kehrten wir in unsere allzu freien Berufe zurück.

Die Zeit normalisierte sich rasch: uralte Witze wurden wahr. Der Metzger fragte tatsächlich: »Es ist um ein Zehntel mehr, darf ich's lassen?«, und man runzelte die Stirn und sah in sein Portemonnaie. Ein andermal gab es nur Grießbrei, damit man sich mit gutem Gewissen für siebzig D-Pfennig pro Mann in der ehemaligen Flakbaracke die Vorführung eines Wanderkinos ansehen konnte. Unter Herzklopfen saßen Michael und ich in der harten, engen Bank und sahen Bilder von Berlin. »Berlin«, flüsterten wir ergriffen, »mein Gott, Berlin!« und taten einen tiefen Atemzug, in dem Bewunderung, Sehnsucht und Trauer mitzitterten. Wann würde man wieder reisen können? Und wenn, wann nach Berlin?

Die Seehamer nahmen lange Zeit nicht auf, daß der Berliner Michael nun in Oberbayern seßhaft war. Vorsichtig wurde ich gefragt, ob denn der Meinige heil aus dem Krieg heimgekehrt sei, weil man ihn nie sähe. Was er denn jetzt täte? Soso, Schriftsteller sei er.

Einige Wochen später kam eine junge Bäuerin, scharrte auf der Veranda anhaltend mit den Füßen, rollte den Saum ihrer Schürze zwischen den Fingern und fragte, ob der Meinige ihr nicht vielleicht einen Schriftsatz gegen ihre zwangseingewiesenen Flüchtlinge aufsetzen könne, wo er doch Schriftsetzer sei. – Er könne auch Butter dafür haben, versicherte sie rasch, als sie mich mit der Antwort zögern sah.

Der Flickschneider übersah die Sachlage etwas besser. »Ah, Bücher schreiben S'«, sagte er und maß an Michaels Hosenbein herum, »in welcher Preislage denn?«

Der Mann, der droben bei der Gemeinde das Spritzenhaus in Ordnung zu halten hatte, kam mit mir ins Gespräch, und als er erfuhr, daß Michael schriebe, blies er stark durch die Nase. »Pfüat di Gott«, sagte er und teilte mir dann mit, daß die freien Berufe jetzt verhungern müßten. »Ausgerottet werd da Mittelstand, pfeilgrad ausgerottet« prophezeite er und stützte sich düster blickend auf die Feuerspritze.

Fast alle Pessimisten behalten recht, manche gern, manche ungern. Dieser jedoch behielt unrecht. Wir gingen nicht unter. Michaels Roman wurde auch in der neuen Währung gekauft, ja, er wurde so gekauft, daß der Autor beschloß, das Dachkämmerlein aufzugeben und sich den Anbau auf den Leib schneidern zu lassen.

Wie alle Pläne seit Jahren wurde auch dieser im Wohnzimmer gemeinsam besprochen. Mama, die sonst fast nur noch lag, hielt sich bei dieser Gelegenheit im Sessel sehr gerade, und nur ihr Kehrreim: »Kinder, macht ganz, wie ihr wollt« klang müde und gefiel mir nicht. In ihrem Ton schwang etwas mit, das mich Reichtum, Ruhm und Ehren für Michael ebenso heftig und eilig herbeisehnen ließ, wie ich einst das Erwachsenwerden, das Kriegsende und Michaels Rückkehr herbeigesehnt hatte. Ich wollte gerne ein wenig über unsere Verhältnisse leben, solange wir diese Verhältnisse noch mit Mama teilten.

»Ist es dir recht, Mama, wenn die Handwerker so bald wie möglich anfangen?« fragte Michael.

Mama machte eine reizende, antreibende Geste, die an ihre sportliche Jugend unter Hunden und Pferden erinnerte. »Natürlich«, sagte sie. »Los! Je eher wir anfangen, desto eher sind wir fertig.«

Es erhob sich ein tagelanges Getöse im Hause. Wolken von Ziegelstaub und Hobelspänen gingen langsam zu Boden und vermischten sich dort mit den Fußtapfen der aus dem vorfrühlingshaft aufgeweichten Garten hereintretenden Arbeiter. Eines Tages konnte man die große Schaufel nehmen und aus den offenen Fenstern nach draußen kippen, was drinnen hinderlich war. Dann kam die kleine Schaufel, dann der Besen, und schließlich konnte man damit beginnen, fünf-, sechsmal feucht aufzunehmen. Es war vorüber.

Staunend trat die Familie zusammen und betrachtete die neueste Metamorphose des für einige Ferienwochen gebauten Holzhäuschens: Der Anbau war gehoben worden, und unter den Dielen lag Heraklit, noch ehe wir das Große Los gewonnen hatten, auf das Bruder Leo hatte warten wollen. Die Innenwand war versetzt. Wir verfügten nun über eine richtige Diele, in der sich mehr als zwei Personen gleichzeitig den Mantel ausziehen konnten. Man biß sich jetzt zwar wieder auf die Zunge, weil der Boden einem nach dem jahrelangen Stufentraining unvermutet hoch entgegenkam, der neue Kachelofen aber heizte warm, und Michael konnte, ohne darunter lebende Angehörige zu stören, fast volle sechs Schritte hin- und wieder zurückwandern.

Papa hatte das Heranströmen der Maurer und Zimmerleute mit einem amüsierten »Ah fein, endlich bauen wir eine Sternwarte« quittiert und sich dann um Details nicht mehr gekümmert. Nun aber kehrte er sofort ins Atelier zurück, um sich einen besseren Rock anzuziehen. Wir seien, bemerkte er, plötzlich so feine Leute geworden. Ähnlich drückte sich auch Bruder Leo in seinem Brief aus, in dem er sich dafür entschuldigte, bei einer so wichtigen Gelegenheit zu fehlen. »Eure erste Seehamer Best-Sellerei scheint ja soweit ihre Früchte zu tragen«, schrieb er, »wie gern hätte ich das Heraklit mit eigenen Augen gesehen, das nun unter die Dielen gelegt worden ist. Habt Ihr endlich die verkehrtherum schließenden Fensterriegel ersetzt?«

Ach, wir hatten andere Sorgen als richtig herum schließende Fensterriegel. Die winzig kleine Aufwärtsbewegung unserer Verhältnisse, die wir in geheimen Einverständnis zum Aufstieg aufgebauscht hatten, war das letzte, was Mama noch voll mit uns feierte und genoß. Von da an kam der Arzt täglich, gab ihr

Spritzen und Pillen und fast nichts mehr zu essen. Aus den bei Kriegsende geplünderten Drähten legte Michael eine Nachtglocke von Mamas Bett zu dem meinigen.

Je mehr Dicki mir entwuchs, der täglich mit Ranzen und Henkeltöpfchen für die Schulspeisung in die Volksschule Seehams hinaufwanderte, desto mehr wurde Mama zu meinem Sorgenkind. Ein unheimlicher und schmerzhafter Prozeß der Umkehrung unserer Rollen trat ein. Ich ertappte mich dabei, daß ich beim Aufschütteln ihres Kopfkissens die gleichen Scherzchen machte, die gleichen Worte brauchte, die sie einst in der Elisabethstraße an meinem Gitterbett gebraucht hatte, wenn meine Augen im Fieber die Muster der hochherrschaftlichen Stuckdecken abtasteten. Erst ganz zuletzt verlor sie das Bewußtsein der Realität. »Wo sind wir hier?« fragte sie. Mir war der Mund so trocken, als könne ich nie wieder ein Wort herausbringen. »Zu Hause«, sagte ich dann, »einfach zu Hause«, und zog die Decke über ihren Füßen glatt. In diesem Augenblick wußte ich, daß ich von diesem Ort nie mehr loskommen würde, von diesem Hause, das so unvollkommen war und so liebenswert wie alle Träume, deren Erfüllung man sich anders vorgestellt hat. Während ich Pläne und immer neue Pläne gemacht hatte, war es zu meinem Leben geworden, das vielleicht einmal an der gleichen Stelle zu Ende gehen würde wie Mamas, die nun tapfer und in königlicher Haltung in meinen Armen starb.

Am Morgen nach Mamas Tod wollte eine hilfreiche Frau aus dem Dorf die Uhren anhalten und die Spiegel verhängen. Schluchzend, aber energisch hinderte ich sie daran. Wie konnte ich ihr begreiflich machen, daß die Zeit weitergehen mußte und daß ich die Spiegel brauchte, um zu sehen, wie ähnlich ich Mama geworden war?

»Fürchtest du dich?« fragte ich Dicki, als ich ihn an der Hand zu Mamas Bett führte. »Nein, wovor?« fragte er. In meinem wunden, von Tränen verschwollenen Herzen war noch Platz für eine kleine Freude darüber, daß das Kind, seit ich es in der Leinentasche ins Haus getragen hatte, inmitten der Gegebenheiten der Natur aufgewachsen war und sich keine subalternen Gruselvorstellungen in ihm hatten festsetzen können.

Die Bäume flammten in Herbstfarben, als wir Mama beerdigten. Das alte Pferd des Fischers, eines der letzten, das noch nicht von Traktoren verdrängt worden war, zog den Sarg auf einem blumenbedeckten Wagen durch die Allee messinggelber Birken. Es sah aus, als wandere ein buntes Feuer die Straße entlang, aus

Seeham hinaus zu unserem kleinen Kirchhof, der noch aus der Pestzeit im 17. Jahrhundert stammte und auf dem nur wenige Leute sich einen Platz gesichert hatten. Der unsere lag an dem mit bemoosten Schindeln gekrönten Mäuerchen, und man sah von dort den See durch die Bäume schimmern. Auf die Waldwiese traten in der Dämmerung die Rehe. Keine menschliche Behausung war in der Nähe.

Die Seehamer verliefen sich, die Autos, denen wir Papa und Dicki mitgegeben hatten, waren abgefahren. Michael, Leo und ich blieben allein. Der Totengräber war ein harmloser Dorftrottel, der murmelnd und vor sich hinlachend schaufelte. Wir schickten ihn fort und schaufelten selber. Das Geräusch vertrieb die Vögel nicht, die gerade jetzt ihr Abendlied singen wollten und sich auf das Glockentürmchen der kleinen Pestkirche setzten. Es war wunderbar tröstlich, jede Handvoll Erde, die wir warfen, persönlich zu kennen.

Nach Bruder Leos Abreise folgten ein paar Tage fieberhafter Tätigkeit, wie sie im Gefolge aller amtlichen Familienereignisse, seien sie traurig oder fröhlich, einhergehen. Plötzlich war ich diejenige, die entschied, anordnete, kommandierte und als Vertreterin der ganzen Familie allen Rede und Antwort stand, die Teilnahme bekundeten. »Das effektive Sterben«, hatte Papa in seiner stillen Art gesagt, und seine Pinsel in einen Terpentinlappen ausgedrückt, »ist eine reine Privatangelegenheit. Das Drum und Dran jedoch leider nicht.«

Als die Tage wieder ihren gewohnten Gang gingen und das einst so winzige Haus riesengroß und öde um uns herumschlotterte, kam die Nachbarin herüber. Sie lehnte es ab, ins Wohnzimmer zu kommen und sich niederzusetzen – sie müsse sowieso gleich in den Stall. »Es wird scho ois wieder recht wer'n«, sagte sie und reichte mir eine rauhe, harte Hand. »Derfst jetzt aa amal an dich denken, mein i.« Sie hatte vier Söhne im Krieg verloren und kannte die langsame Dünung, mit der das Meer der Zeit steigt und fällt. Zu Michael aber sagte sie, mit dem Kinn auf mich deutend: »Mit der is' oaner aufg'richt. Sie is a rechts Leut.«

Es war das schönste Lob, das mir jemals zuteil wurde. Fast zwanzig Jahre lang hatte sie mich beobachtet, ehe sie mich für voll nahm.

»Schrecklich«, sagte ich zu Michael, als die Nachbarin gegangen war. »Ich komme mir uralt vor.«

»Wir sind gar nicht alt«, erwiderte Michael und lehnte mich

tröstend an seinen Pullover. »Wir sind nur plötzlich die vorige Generation.« –

Lag es daran, oder an etwas anderem, daß von nun an die Winter immer rascher aufeinander folgten? Wuchs Dicki so viel schneller als andere Kinder? Gelang es dem idyllisch-abgelegenen Seeham wirklich in so wenigen Sommern, sich in die Fremdenverkehrshausse Oberbayerns einzuschalten?

Auf der von silbrigen Weiden begrenzten Wiese am Steg entstand ein bewachter Parkplatz, Seehams Hauptstraße wurde betoniert und verbreitert, drei Tankstellen und ein modernes Kino schossen aus dem Boden. »Du werst es segn«, schmunzelte der alte Mojer, der gleich uns den Neuerungen nicht allzu wohlwollend gegenüberstand, »werst es seg'n, a Sauna kriag mer aa no. So vui modern wird ois, so vui modern.«

In manchen Höfen am See wurde das Vieh abgeschafft, und die Stallungen, in denen früher die Schwalben über den Köpfen der friedlich mahlenden Kühe dahingeschossen waren, verwandelten sich in Garagen und Faltbootunterkünfte. Wellen von Fremden, die alle acht Tage wechselten, wurden von einem findigen Reiseleiter nach Seeham hineingeschleust.

Doch ach, das Wirtschaftswunder fraß weiter um sich. Die Freunde aus dem Rettichbrot-Biedermeier, die eben noch verklärten Blickes gesagt hatten: »Man muß auch mal hungern können, es gibt höhere Werte«, fuhren nun in großen Wagen vor und sagten: »Was? Ihr wohnt immer noch hier auf dem Kuhdorf?« Ja, manche der Frauen schlichen sich in mein Schlafzimmer, wie die Schlange zu Eva, und sagten, während sie sich vor meinem Spiegel die Nase puderten: »Sorgen Sie dafür, meine Beste, daß Ihr Mann Beziehungen zu den Illustrierten aufnimmt. In der Stadt hätte er doch ganz andere Möglichkeiten. Wenn er erst schlechtere, aber gängigere Romane schreibt, fahren Sie auch bald einen Mercedes!«

Manchmal jedoch kamen auch die entzückenden Schwägerinnen aus fernen Städten angereist, saßen mit uns auf der Veranda und ließen den Blick genußreich über die Bergkämme schweifen. »Kinder«, sagten sie, »ihr wohnt hier goldrichtig. Nur ein bißchen mehr Komfort – ein bißchen mehr Komfort wäre euch zu wünschen.«

Den mephistophelischen Einflüsterungen hatten wir widerstanden, den Einflüsterungen der Liebe aber öffneten wir unser Ohr. In unseren Gesprächen tauchte das Wort »Lebensstandard« auf, und unter dem Briefbeschwerer auf Michaels

Schreibtisch fanden sich plötzlich Kostenvoranschläge für Zentralheizungen und ein gekacheltes Bad ein. Rein äußerlich gesehen scheiterten unsere Pläne an technischen Unzulänglichkeiten, die tiefere Wahrheit aber lag woanders: Das Haus, seit den ersten Bautagen eine eigenwillige Persönlichkeit, weigerte sich, gewisse Neuerungen anzunehmen, und diejenigen, die es tatsächlich annahm, versah es mit ungeahnten Barockschnörkeln.

So auch unsere Verbindung zur weiten Welt: das Telefon. Der Rasen schloß sich verhältnismäßig rasch über dem Graben, den die Arbeiter für das Kabel ausgehoben hatten, aber der Garten behielt doch lange einen Schmiß wie ein Korpsstudent. Der Apparat klingelte vorschriftsmäßig und versetzte uns in die freudigste Aufregung. Ich verwickelte mich in den Läufer und stürzte samt dem abgehobenen Hörer in den Spiegel. Dann aber entspann sich ein durch geheimnisvolle Knarr- und Krächzgeräusche expressionistisch aufgelockertes Gespräch, bei dem keiner der beiden Teilnehmer auch nur ein Wort verstand. Irgendein Erdtier schien am Kabel zu nagen. Als dieser Mißstand beseitigt war, kamen wir bald zu der Erkenntnis, daß das Telefon nicht, wie vorgesehen, unser tägliches Leben erleichterte, wohl aber eine große Abwechslung hineinbrachte. Fehlverbindungen waren an der Tagesordnung, fremde Stimmen boten uns Kälber an, fragten nach Kunstdünger und waren beleidigt, daß wir nicht das Lagerhaus waren. Als seien es nicht der landwirtschaftlichen Belange genug, strömten auch noch die Nachbarn herbei, um von uns aus ihren Kühen telefonisch ein Rendezvous mit dem Stier zu vermitteln. Die einzigen, die den Apparat nicht benutzten – etwa um sich rechtzeitig anzumelden –, waren unsere Logierbesuche.

Noch immer stiegen wir mit ihnen entweder auf die Hügel jenseits Seehams oder auf die Kiesgrube, die Papa inzwischen etwa zehnmal gemalt hatte, und zeigten ihnen die Gegend. Behäbig, mit rauh bewaldeter Brust zogen sich die Berge hinter dem See entlang, der in kleinen Wellchen von Westen nach Osten lief und so leise ans Ufer plätscherte, als dürfe er niemanden stören. Einige der Tannen und Weiden hatten den Stürmen getrotzt und sich am Ufer zu voller Majestät entfaltet. Davor breiteten sich die Wiesen, Kornfelder und Kartoffeläcker, und zwischen ihnen, wie eine dunkelgrüne Insel, fast ein Wäldchen, wuchs unser Grundstück empor, das einst so flach wie ein Zwiebelbrett dagelegen hatte. War das Haus wirklich einmal so blond gewesen wie wir, ein helles Impromptu ohne Erfahrungen? Nun war es von Regen und Schnee geschwärzt, würdig gealtert, zu einem Anwesen geworden, zu einer Heimat, in der man lebte und starb.

Hoch droben über seinem Dach atmete die Weide im goldenen Licht des Spätnachmittags. In ihrem Wipfel saß, ich wußte es, die Amsel, die im Winter immer so frech an der Küchentür bettelte. Sie flötete, das Köpfchen dem See zugekehrt, einige Fragen, wartete lauschend und beantwortete sie dann selbst in frommem, dankbarem Ton.

Die Amsel, noch nicht aus dem Paradiese vertrieben und ohne Bewußtsein der Zeit, ahnt nicht, wie viele Generationen von Amseln schon im Wipfel unserer Weide gesungen haben. Aber ich weiß es. Es macht mich fast schwindlig, in die Vergangenheit zurückzudenken. Wo ist zum Beispiel der kleine, zärtliche Junge hin, der so nett auf meiner linken Hüfte saß, damit ich mit der Rechten in den Kochtöpfen rühren konnte? Dicki ist einen Kopf größer als Michael und muß sich beim Holzholen im Schuppen ebenso tief bücken wie Bruder Leo. Wenn ich vor dem Wäscheschrank stehe und mir überlege, ob ich die kostbaren, viel zu großen Tischtücher von Großmama nicht doch zerschneiden und aufbrauchen soll, fällt mir meine künftige Schwiegertochter ein. Soll ich sie für sie aufheben? Vielleicht braucht sie sie einmal – in einer Villa am Cap d'Antibes. Wird sie überhaupt Damast noch von Zellwolle unterscheiden können? Wird sie dessenungeachtet eine reizende Person sein?

Neulich, an einem herrlichen, sonnigen Tag, trug ich den Inhalt der Truhen zum Lüften auf die Veranda. Gedankenverloren ließ ich den weißen und den schwarzen Straußenfächer, diese beiden Anführungsstriche meines Lebens, in den Händen spielen.

»Was ist denn das für Zeug, Mami?« fragte Dicki, aus der Schule kommend, und warf seine Mappe in eine Ecke.

Ich legte beide Fächer sorgfältig zusammen, wickelte sie in Seidenpapier und hörte mich zu meinem größten Erstaunen den Satz aussprechen: »Heirate die richtige Frau, und sie kann sie tragen!«

Dicki setzte sich auf die Verandarampe, ließ die riesenlangen Beine in der Sonne baumeln und sagte: »Das mit dem Heiraten überlege ich mir noch. Aber weißt du was, ich glaube, ich ziehe in die Stadt.«

»Wieso denn in die Stadt?« fragte ich erschrocken und ungläubig.

Dicki kratzte seine Mückenstiche und feuchtete sie dann mit etwas Spucke an. »Wenn ich«, sagte er, »eine feine Wohnung in der Stadt habe, dann könntet ihr eines Tages zu mir ziehen. Sie darf ruhig teuer sein, die Wohnung, weil wir für den Urlaub kein Geld brauchen. Ein Sommerhaus«, setzte er hinzu, »ein Sommerhaus, das haben wir ja schon.«

Isabella Nadolny im dtv

Ein Baum wächst übers Dach

Ein Sommerhaus an einem der oberbayrischen Seen zu besitzen – wer würde nicht davon träumen? Für die Familie der jungen Isabella wurde dieser Traum in den dreißiger Jahren wahr. Doch wer hätte zum Zeitpunkt der Planung und des Baus daran gedacht, daß dieses kleine Holzhäuschen, »das so unvollkommen war und so liebenswert wie alle Träume, deren Erfüllung man sich anders vorgestellt hat«, eines Tages eine schicksalhafte Rolle im Leben seiner Besitzer spielen würde? dtv 1531

Seehamer Tagebuch

Heiter-ironisch erzählt die Autorin in diesem unkonventionellen Tagebuch vom Einzug des ersten Fernsehers in die ländliche Idylle des Seehamer Holzhäuschen, von einer Mittelmeerkreuzfahrt, von Putzfrauen und Handwerkern. Erinnerungen an den Vater werden lebendig, an frühere Festlichkeiten, an das erste Auto, an den Erwerb des Führerscheins, an Haustiere, an viele kleine Begebenheiten und Erlebnisse. dtv 1665

Vergangen wie ein Rauch
Geschichte einer Familie

Als einfacher Handwerker aus dem Rheinland ist er einst zu Fuß nach Rußland gewandert und hat es dort zum Tuchfabrikanten gebracht, in dessen Haus Großfürsten und Handelsherren, der deutsche Kaiser und der russische Zar zu Gast waren: Napoleon Peltzer, der Urgroßvater des Kindes, das ahnungslos die Portraits und Fotographien betrachtet, die in der Wohnung in München hängen. »Vergangen wie ein Rauch« sind die Zeiten, doch die Erinnerungen der Noch-Lebenden sind wach, und das Kind lauscht ihren Erzählungen. – Eine anderthalb Jahrhunderte umfassende Familiengeschichte.
dtv 10133

Durch fremde Fenster
Bilder und Begegnungen

Treffsicher und liebevoll schildert Isabella Nadolny Menschen, denen sie begegnete und die sie bewundert. »Alltägliche Leute? Sie sind alle etwas Besonderes, denn sie haben ihre Merkwürdigkeiten und ihre Schicksale – man braucht nur hinzuschauen und hinzuhören, so wie es Isabella Nadolny mit Anmut und Empfindsamkeit hier tut.« (Frankfurter Allgemeine Zeitung)
dtv 11159

Amei-Angelika Müller im dtv

Foto: Studio Kleiber

Pfarrers Kinder, Müllers Vieh
Memoiren einer unvollkommenen Pfarrfrau

Sie ist ein Morgenmuffel, Kochen ist nicht ihre Stärke, und auch sonst entspricht sie nicht dem Ideal einer Pfarrfrau. Sie wollte auch alles andere werden, nur das nicht. Doch sie lernte den Theologiestudenten Manfred Müller kennen – und lieben. Selbst den Einwohnern des »idyllischen Dörfchens«, in das Vikar Müller als Pfarrverweser versetzt wird, bleiben die Schwächen der »Frau Pfarrer« nicht lange verborgen. Kein Wunder, daß es zu manchen Spannungen kommt, daß viele Situationen oft nur mit Humor zu meistern sind.
dtv 1759 / dtv großdruck 25011

In seinem Garten freudevoll...
Durchs Gartenjahr mit Wilhelm Busch

Jeder glaubt Wilhelm Busch zu kennen, doch eine Seite des berühmten Zeichners, Dichters und Philosophen ist weniger bekannt: Er war ein großer Naturfreund und Hobbygärtner. Amei-Angelika Müller hat diesen »anderen« Wilhelm Busch aufgespürt in seinen Briefen, Gedichten und Zeichnungen, in denen er von Gärtners Freud und Leid erzählt, das menschliche Leben mit dem Ablauf der Jahreszeiten vergleicht und Tiere und Pflanzen beobachtet.
dtv 10883

Ich und du, Müllers Kuh
Die unvollkommene Pfarrfrau in der Stadt

Nach sieben Jahren in der ländlichen Pfarrei folgt Amei-Angelika Müller ihrem Mann auf eine Pfarrstelle in der Stadt. Neue Erlebnisse und Erfahrungen warten auf die »unvollkommene Pfarrfrau«, von denen sie mit viel Selbstironie und gekonnter Situationskomik erzählt.
dtv 10968

Sieben auf einen Streich

Eine herzerfrischend fröhliche, witzige und humorvolle Familiegeschichte: Sieben Geschwister nebst Anhang, insgesamt siebzehn Personen, darunter nicht weniger als drei Pfarrer, versammeln sich zu einem Familientreffen im Harz. Vergnügliche Einblicke in eine ganz und gar unmögliche Familie...
dtv 11204

Alois Brandstetter im dtv

Die Abtei

Eine große Klage wird da von Alois Brandstetter in Gang gesetzt, ein circulus lamentationum, der keine Problematik ausläßt, seien es nun die mangelnden Fähigkeiten der Politiker, sei es die betrübliche Situation der gymnasialen Schulbildung oder die Depravation des Mönchtums. dtv 10218

Über den grünen Klee der Kindheit

Brandstetter erinnert sich an die Sorgen und Freuden des bäuerlichen Lebens in seiner Heimat, an Landschaft und Menschen, die sich ihm eingeprägt haben. dtv 10450

Altenehrung

Dünkel und Überheblichkeit, Besserwisserei und Beckmesserei werden dem Ich-Erzähler nach seiner »Untat« vorgeworfen. Doch er wollte nichts anderes, als auf den »Mißstand der vielen politischen und damit unsachlichen und unfachlichen Entscheidungen« bei Besetzungen öffentlicher Ämter aufmerksam machen. dtv 10595

Zu Lasten der Briefträger

Der Herr, der hier in jeder Hinsicht das große Wort führt, bleibt anonym. Sein imaginärer Gesprächspartner ist der Postmeister eines niederbayerischen Dorfes, der drei Landbriefträger unter sich hat, über deren Schwächen Klage geführt wird. dtv 10694

Die Burg

Eine Familie steht ganz im Zeichen der Burg. Das Luxusmodell aus Plastik, mit dem wohlmeinende Verwandte dem sechsjährigen Sohn eine Freude machen wollten, »belagert« den Schreibtisch des Vaters, der eigentlich seine Habilitationsschrift fertigstellen sollte, aber zunehmend von Zweifeln am akademischen Betrieb geplagt wird . . . dtv 11053

Vom Schnee der vergangenen Jahre

Früher waren die Winter irgendwie kälter, schneereicher, glanzvoller. In diesen autobiographischen Skizzen untersucht Brandstetter, warum das so war. Ob er von seinen ersten Ski-Erlebnissen oder vom Eisstockschießen zur Zeit seiner Kindheit in dem kleinen österreichischen Dorf Pichl erzählt, oder ob er humorvoll die Anschaffung des ersten Radioapparats kommentiert, immer geht er den Dingen auf den Grund. dtv 11149

Marlen Haushofer im dtv

Foto: Peter J. Kahrl, Etscheid

Begegnung mit dem Fremden

Siebenundzwanzig zwischen 1947 und 1958 entstandene Erzählungen. »Ihre minuziösen Schilderungen der Welt im Kleinen, der sehr persönlichen, unauffälligen Schwierigkeiten des Zusammenlebens, ihre Darstellung eines sehr kunstvoll-bescheidenen Erzählerbewußtseins und ihr Stil der negativen Ironie gehören zum Genauesten und Bemerkenswertesten, das die moderne Literatur zu bieten hat.« (›Tagesspiegel‹ Berlin) dtv 11205

Die Frau mit den interessanten Träumen

Zwanzig Kurzgeschichten aus dem Frühwerk der großen österreichischen Erzählerin über Themen wie Ehe- und Familienalltag, Kriegs- und Nachkriegserlebnisse, Kinderglück und Kinderleid, die Erkenntnis von der Schranke zwischen den Geschlechtern, der Umgang mit der Natur – dargestellt in oft ironischen Vignetten mit einer komischen und einer traurigen Pointe. dtv 11206

Bartls Abenteuer

Bartl teilt sein Schicksal mit vielen neugeborenen Katzen auf der ganzen Welt: Kaum stubenrein, wird er von der Mutter getrennt und muß sich in seinem neuen Zuhause einrichten. Zögernd beginnt der kleine Kater die Welt zu erkunden, besteht Abenteuer und Gefahren, erleidet Niederlagen und feiert Triumphe, wird der Held der Katzenwelt und in der Familie die »Hauptperson«.
dtv 11235 (August 1990)